中国现代文学编年史（1895—1949）

总主编 刘勇 李怡

第七卷 1930—1933

本卷主编 钱振纲

文化艺术出版社
Culture and Art Publishing House

图书在版编目（CIP）数据

中国现代文学编年史.第七卷/刘勇，李怡总主编.—北京：文化艺术出版社，2014.12
ISBN 978-7-5039-5924-0

Ⅰ.①中… Ⅱ.①刘… ②李… Ⅲ.①中国文学—现代文学史—1930～1933 Ⅳ.①I209.6

中国版本图书馆CIP数据核字(2014)第277260号

中国现代文学编年史·第七卷

总 主 编	刘 勇 李 怡
本卷主编	钱振纲
责任编辑	董良敏
封面设计	姚雪媛
出版发行	文化艺术出版社
地　　址	北京市东城区东四八条52号（100700）
网　　址	www.whyscbs.com
电子邮箱	whysbooks@263.net
电　　话	（010）84057666（总编室）84057667（办公室）
	（010）84057691—84057699（发行部）
传　　真	（010）84057660（总编室）84057670（办公室）
	（010）84057690（发行部）
经　　销	全国新华书店
印　　刷	国英印务有限公司
版　　次	2017年9月第1版
印　　次	2017年9月第1次印刷
印　　张	21
字　　数	350千字
开　　本	710毫米×1000毫米 1/16
书　　号	ISBN 978-7-5039-5924-0
定　　价	60.00元

版权所有，侵权必究。如有印装错误，随时调换。

丛书编委会

总主编

刘 勇　李 怡

编委会成员

刘 勇　李 怡　邹 红　钱振纲
沈庆利　黄开发　万安伦　陈 晖
林分份　黄育聪　李春雨　张武军
胡福君　冉红音　宋 嫒　陈思广
黄 菊　孙 伟　张 悦

本卷主编

钱振纲

本卷编撰人员（按姓氏笔画排列）

王芳玲　王文文　石志浩　伏 熙
张贝贝　周智源　钱振纲

本卷主编简介

钱振纲 男,汉族,1954年9月生于山东省莱州市。北京师范大学文学院教授、博士研究生导师,曾兼任中国茅盾研究会会长、《茅盾研究》主编。自1985年以来在北京师范大学从事中国现代文学研究工作,出版专著《走向新大陆——中国现代作家与中美文化交流》、《清末民国小说史论》;与他人合著《鲁迅与胡适——双悬日月照文坛》;主编《20世纪中国文学名作导读》、《茅盾评说八十年》、《茅盾研究八十年书系》等;参加编写其他学者主编的学术著作十余种。至今已在《文学评论》、《中国现代文学研究丛刊》、《文史哲》、《鲁迅研究月刊》等发表学术论文数十篇。

总序：中国现代文学编年史的理论价值和实践意义

刘 勇 李 怡

奉献在读者诸君面前的这一套《中国现代文学编年史》，是北京师范大学中国现当代文学学科点牵头编撰的中国现当代文学系列编年史著之一，仅"现代"部分，组织编写的时间就历时五年之久，加之先前已经推出的《中国当代文学编年史》，总体时间更在八年以上，如今总算初具规模，可以说是大体完成了我们对于中国现当代文学历史的一种表述。

编年史，顾名思义也就是以时间为经、以事件为纬的历史记录方式。编年史的写作，中外并见，既是中国自己的一种传统，也是西方古典时代就存在的叙述方式，古罗马历史学家李维（Titus Livius，公元前59年—公元17年）的《罗马自建城以来的历史》、塔西佗（Tacitus，约公元55年—120年）的《编年史》和中国的《春秋》《左传》及《资治通鉴》等都属于著名的编年史经典。《春秋》被称作是中国现存最早的一部编年体史书，《左传》被誉为中国古代最早的一部叙事详尽的编年体史书，《资治通鉴》则是我国现存编年体史书中影响最大的一部。文学编年史的写作始于现代人的自觉探求,历史学家陈寅恪建议文学研究不妨借鉴"史家长编之所为","能尽取当时诸文人之作品,考定时间先后,空间离合,而总汇于一书"。① 这就是文学编年史。武汉大学陈文新教授任总主编的《中国文学编年史》由湖南人民出版社2006年出版,著述上至周秦,下迄当代,共分十八卷,每卷约80万字,总计1400万字。这是我国第一部系统完整、涵盖古今的编年史,其中於可训主持的现当代部分也是迄今最详尽的中国现当代文学编年通史。进入2013年,更有钱理群主编的《中国现代文学编年史》、刘福春的《中国新诗编年史》等面世,有学者据此而称是"又一次文学史写作的高潮到来了"。当然,是不是真的掀起"高潮"还可以继续观察,但是,中国学者试图以新"编年"方式入手发现文学的"新历史"则是毫无疑问的。

中国现当代文学编年史的出现首先是中国现当代文学在新时期以来持续不断的"重写"工程的有机组成部分。中国现当代文学史的写作,曾经分别在1950、1980、1990年代出现过三次大的高潮。20世纪50年代是响应教育部将"中国新文学"纳入大学中文系课程的需要,以王瑶的《中国新文学史稿》、丁易的《中国现代文学史略》及刘绶松的《中国新文学史初稿》为代表;20世纪80年代伴随着改革开放、思想启蒙的大潮,"重写文学史"蔚然成风,如果说唐弢、严家炎主编的《中国现代文学史》是承上启下的成果,那么钱理群、吴福辉、温儒敏、王超冰的《中国

---

① 陈寅恪:《元白诗笺证稿》,上海古籍出版社1978年版,第9页。

现代文学三十年》则是开拓创新的展示，其他如黄修己《中国现代文学发展史》、郭志刚等主编《中国现代文学史》、杨义《中国现代小说史》、严家炎《中国现代小说流派史》、朱寨《中国当代文学思潮史》等等构成了文学史写作的繁盛景观；20世纪90年代文学史写作更加多元化，继续追踪文学研究动态的《中国现代文学三十年》修订版、陈思和主编《中国当代文学史教程》分别成为中国现代文学、中国当代文学史著的经典之作，洪子诚《中国当代文学史》则开启了关注文学生产体制的新格局。进入新世纪之后，文学史的写作基本上沿袭了20世纪90年代的多元化方向，不断拓展新的叙述空间，范伯群的《中国现代通俗文学史》第一次系统勾勒了雅文学主流之外的通俗文学的世界，孟繁华、程光炜的《中国当代文学发展史》标志着当代文学历史化的最新成果。

中国现当代文学史之所以值得"拓展"乃是因为"以论代史"依然在很大的程度上影响了我们的文学史叙述。作为20世纪80年代中后期以来"重写文学史"的潮流的继续表现，中国现当代文学编年史也和"重写文学史"思潮一样充满"拨乱反正"的意味，经过多少年"以论代史"的干扰，我们对于"文学"历史的诸多基本情况——作家作品与期刊图书出版的基本情况本身其实是相当隔膜的，仅仅是"论"的展示并不足以揭示文学的历史演进，不足以还原文学历史的真相，"编年史"的价值可能正在这里，它力求将文学的发展还原为一系列最基本的文学现象的素朴的呈现，尽可能真实地告诉我们究竟"发生了什么"。《中国新诗编年史》的著者刘福春先生曾经感慨说,目前出版的中国新诗史,算上全部有名目的诗歌出版物,也不到他所掌握的数量的一半,如此比例的研究基础,实在令人质疑不断。所以,从进入中国新诗研究的那一天开始,刘福春先生就另辟蹊径,将主要的精力置于中国新诗原始材料的搜集、整理和勘探、分析之中,先后为我们推出了《中国现代文学总书目·诗歌卷》《中国当代新诗编年史(1966—1976)》《中国新诗书刊总目》等系列著作,一步一个脚印地为我们积累了中国新诗历史的点滴史料,刚刚由人民文学出版社隆重推出的《中国新诗编年史》可以说就是这数十年心血的结晶,中国新诗终于有了自己厚重的档案和家谱,不能不说这真是中国现代文学界的一件大事。

当然,随着当代文学持续不断的发展,随着现代文学领域不时出现对"新文学主流"、"雅文学主流"、"白话文学主流"的"独占"历史的质疑,文学史写作似乎也出现了一种逾越边界或者说模糊边界与范围的可能,以至于引发了另外一类疑虑:仅仅只有百年历史的中国现当代文学,是否应该不断扩大我们的写作面积?是不是以时间为线索的编年史写作就成了可以收罗一切文学现象的框架?

其实,正如我们从来也不曾有过放弃主观思想认识的历史叙述一样,文学史的写作从来都不可能是不偏不倚、客观中性的材料完善工作,因为材料本身就是一个永远无法真正完结的活动,何况对于同样的材料,如何挑选、如何陈述依然是一种"态度"的结果,史料与史识的协调配合才是文学史写作的应有之义。从这个意义上看,所谓"重写文学史"并不就是叙述范围的不断扩大——从新文学扩大到旧文学,从雅正文学扩大到通俗文学,从各种可见的"地上文学"扩大到犄角旮旯里的"地下文学"……编年史的出现也不能够简单理解为是这一"扩军"过程的理所当然的产物。

在我们看来,现代文学史的重写从来都是史识与史实的同时建构,对"以论代史"的突破最终依靠的并不只是一大堆的史料,同时也需要更坚实有力的、更具有启发意义的历史思想。在透过新的思想扩大我们的认知范畴之后,在新的认识框架拓展了文学视野之后,等待我们的工作恰恰是回过头来,切实把握中国现代文学的新的历史内涵与特点,重新确立现代文学的经典,重新梳理现代文学的历史逻辑,重新解释现代文学自己的传统。在新的历史经典的构建之中,所谓的"多元标准"并不意味着毫无原则地容纳一切,"多元"并不能够成为没有标准的理由。正如温儒敏先生所指出的那样:"基本的价值标准放弃了,表面上似乎包容一切,结果呢,此亦一是非,彼亦一是非,公说公有理,婆说婆有理,连起码的学术对话也难于进行,只好自说自话。过去是一个声音太过单调,全都得按照某种既定的政治标准来研究,学术创造的通道被堵上了;现在则放开了,自由多了,但如果缺少基本的评判标准,'多元化'也只落下个众声喧哗,表面热闹,却无助于争鸣砥砺,还会淹没那些独特的学术发现。"[①]

[①] 温儒敏:《谈谈困扰现代文学研究的几个问题》,《文学评论》2007年第2期。

最近几年，出现在我们视野中的有价值的文学编年史都不是原始材料的无限罗列，其中显然包含了著者诸多深刻的学术思想与良苦的学术用心。中国新诗尤其是当代中国诗歌常常受制于各种"非艺术"的社会事件，包括政治生活事件，也包括私人生活事件，"以论代史"的诗歌史不过是将文学艺术注解为一系列国家形势的反映，而总是忽略这些国家大事背后的异样人生与复杂生态。刘福春敏锐地注意到了这种缺失，所以他的《中国新诗编年史》将大量的篇幅花在"文学周边"的一些事件或者活动上，比如某些文坛官司的来龙去脉，还有不少的作家日记，有张光年日记、陈白尘日记、郭小川日记等等，这些日记折射出当时诗人的生活状态和遭遇，这些表面看来好像跟诗人的创作没有关系——他哪天做检讨了、哪天被谈话了——但实际上这就是真实的中国诗歌的生存，我们就是在这样的状态中生存下来的。这都是今天诗歌的生态环境，是当代文化、当代文学非常重要的场景。在这个意义上，刘福春先生的编年史其实又可以说是中国诗歌的生态景观汇编，是中国诗歌的生态史。当我们的史家能够将诗歌发展的生态环境和作家的文字创作联系在一起，寻找两者之间的很好的映衬、说明，"还原"出我们诗歌发展百年来非常重要的细节时，这些细节带给我们的就不再是一些干枯的文字符号，而是以新的思想智慧烛照我们发现历史的道路，是以论者的思想高度吸引我们重新进入历史情境，感同身受地体验中国新诗的时代与氛围。这样的处理和安排，显然又是一般的文学史所不容易做到的。钱理群主编的《中国现代文学编年史》不仅仅以副标题的形式特别标明这并非一部泛泛的文学大事记,而是"以文学广告为中心"的相当个人化的历史叙述,在"总序"中,更有明确的思想提示:"更重要的是,全书条目的选择与叙述,都暗含着我们对现代文学发展的一些基本关系的持续关注,如文学与时代政治、社会、经济问题的关系,文学与出版、教育、学术……的发展,等等,都形成了我们的历史叙述中的内在线索,看似散漫无序、时断时续,但有心的读者是不难看出其间的蛛丝马迹的。""'个人文学生命史'应该是文学史的主体,某种程度上文学史就是由一个个具体的个人文学生命的故事连缀而成的。文学史就是讲故事,而且是带有个人生命体温的故事。"①

那么,文学编年史到底是什么呢?在我们看来,它应该是目前文学史研究最基本的文学发展史料的有机组织。与一般的文学史论著不同,它主要通过文献史料本身的整理铺排来展示历史的过程;与一般的史料汇编不同,其中依然包含着编著者对历史的理解和认识——虽然不是那种长篇大论的思想定义和概念阐述,但却应该包含着或者说提示着编著者对历史内在逻辑的理解。

这种理解归根结底就是对文学"谱系"的一种梳理和解读。

从文学史到编撰史,从学术史到接受史,从思潮史到编年史,中国现代文学研究不断拓展,寻找历史"谱系"的价值也越发引人注目。所谓"谱系",就不是将历史看作乱七八糟的无序堆砌,

---

① 钱理群:《中国现代文学编年史总序》,载《中国现代文学编年史——以文学广告为中心(1915—1927)》,北京大学出版社2013年版,第3—5页。

而是承认在纵横交错、四方融汇、相互关联之中，有着清晰的某种变化发展的流脉。留意于这些事物之间的互动关系，立体地观照事物多层面的复杂关联，方能深刻地揭示事物自身的特质。

近年来，随着西方尼采、福柯的学说在中国大陆学界的深入研究，"谱系"这一概念开始广泛出现在各类人文社会学科的研究著作和论文当中，特别是对于西方"谱系学"理论的大量译介和运用，反映出人们打破以往将历史看成是一个既定的、有目的性、连续性的过程，期望在具体历史情境中去探索不同社会的冲突、博弈关系，重新解释历史的努力。根据福柯自身对于"谱系学"的解释，他所谓的谱系学就是要"将一切已经过去的事件都保持在它们特有的散布状态上；它将标示出那些偶然事件，那些微不足道的背离，或者，完全颠倒过来，标识那些错误、拙劣的评价以及糟糕的计算，而这一切曾经导致那些继续存在并对我们有价值的事情的诞生；它要发现，真理或存在并不位于我们所知和我们所是的根源，而是位于诸多偶然事件的外部"。[①] 以往的历史研究把历史看成是一个具有本质意义、连续性的东西，我们可以从中推演出历史的起源和发展脉络，但是"谱系学"则注重历史背后的断裂、差异和偶然性，反对一味地追问历史规律和逻辑性，关注世界中一些边缘存在和历史本身的丰富性。简而言之，福柯的"谱系学"是对于历史的一致性和规律性的反拨和拒斥。

---

① ［法］米歇尔·福柯：《尼采·谱系学·历史学》，苏力译，载汪民安、陈永国编《尼采的幽灵：西方后现代语境中的尼采》，社会科学文献出版社2001年版，第121页。

与西方的"谱系学"不同，中国自古以来就有着自己关于谱系的知识，并且已经在中国古代文学、史学、哲学的研究当中被广泛运用，体现了中国古代对于谱系的理解和对于世界的认知。根据汉语大词典出版社1993年版《汉语大词典》对于"谱系"一词的考察，中国对于谱系一共有三种解释：第一种解释是记述宗族世系或同类事物历代系统的书。《隋书·经籍志二》曾有"今录其见存者，以为谱系篇"。第二种是指家谱上的系统。明代归有光著《朱夫人郑氏六十寿序》，中间写道："至于今四百余年，谱系不绝"，清代顾炎武《同族兄存愉拜黄门公墓》诗云"才名留史传，谱系出先公"，章炳麟在《驳康有为论革命书》一文中："而文化语言，无大殊绝，《世本》谱系，犹在史官，一日自通于上国，则自复其故名，岂满洲之可与共论者乎？"第三种解释则是指物种变化的系统。①

相较于现代西方福柯的那种强调发现历史的复杂性和差异性、解剖政治、分析权力的"谱系学"而言，中国的谱系研究更加注重历史性、秩序性、考据性，通常是为了加固传统礼教、秩序和价值观，突出某种伦常观念和文化理念，使其更好地延续传承，强调文化上的一致性和连续性。同样是以历史本身和其中的事物为对象，西方的谱系研究强调其中的断裂、差异性，中国的谱系研究则看重其中的联系性、关联性。这其实是对于认知的两种态度和方法，一方面，一般的"谱系"是指事物在历时的演变

---

① 《汉语大词典》，汉语大词典出版社1993年版。

过程或共时的相互关联中，同根同源、共生互养而又共同发展、相互影响的系统；另一方面，在这个系统的生成、发展过程中，又充斥着边缘性、偶然性、异质性的因素，这些因素同样决定了历史和事物系统最后的形成和形态，两种谱系的研究方法实质上都是一种对于还原历史的努力。

我们认为，抛开传统"谱系学"中那些僵化的礼教秩序和道统价值观，中国式的谱系学对于历史"变中有常"的认识依然具有明显的文学史建构价值：我们既要从传统的僵化理念中解放出来，不断发现新的历史细节，辨析各种矛盾与偶然，同时，这一切的努力并不意味着我们就此放弃对包含其中的历史性质与历史方向的寻觅。

变中有常的中国谱系学理念，在很大程度上可以成为我们文学编年史构建的基础理论。我们需要尊重历史过程的种种偶然、种种"变量"，需要对这些变化的细节做出尽可能详尽的梳理，同时，处理这些历史材料的方式又不应当是漫不经心的，对于晚清至20世纪的文学发展，我们显然存在自己的理解和观察，我们有必要通过对历史材料的呈现来传达我们的基本认识。当然，这样一来，我们也就绝不会认为，中国现代文学的历史编年，只能以我们的方式进行，因为，出于不同的历史认知，当然也就存在不同的历史编年模式，未来的中国现当代文学编年，肯定会在多种形态的共生与对话中走向成熟，共同推进中国现当代文学研究的发展。

北京师范大学中国现当代文学学科创建于新中国成立之初，

至今已历时半个多世纪，如果追踪本学科重要学者李何林先生的学术活动，更可以上溯到20世纪30年代。新中国成立后，我校叶丁易先生的《中国现代文学史略》与王瑶先生的《中国新文学史稿》、刘绶松先生的《中国新文学史初稿》并称为三部最有影响的新文学史教材；同时，随着新中国文学的发展，我们又适时展开了追踪研究，是国内最早开设当代文学课程的单位之一，1979年由郭志刚教授等主编的《中国当代文学初稿》在国内产生了很大影响。从叶丁易到郭志刚，我们参与了中国现当代文学史写作的两个主要阶段，至20世纪90年代以降，以王富仁教授为代表的学者更积极地投入到"重写文学史"的理论建构之中，并不断有文学史著问世。今天，我们学科点组编的《中国当代文学编年史》已经出版，《中国现代文学编年史》马上就要付印，这可以说代表了新一代学科同仁对于中国现当代文学历史研究的新的努力和开拓，虽然我们的这些努力还显得稚嫩、笨拙，这样规模的编年史著也难免疏漏多多，但究竟是在我们理解的学科发展的方向上迈出了有意义的一步。但愿我们所有的努力和所有的疏漏一起都能够成为中国现当代文学史研究的新的基础，在不断的借鉴和不断的反省批判中实现新的学术突破。

本套《中国现代文学编年史》丛书共11卷，历述自晚清1895年1月至新中国第一次文代会召开前夕的1949年6月半个世纪的文学历史。内容包括文学发展的社会历史背景、主要作家行踪、文学活动、文学思潮、文学出版、主要文学作品的基本情况，书后附录整个编年史涉及的主要人物索引，便于读者进一步查证，也列出了我们著述所使用的主要参考文献，有兴趣的读者可以就此进一步拓展、探究。担任各卷主编的主要是北京师范大学中国现当代文学学科点的老师，鉴于1942年以后战争年代中国文学发展特殊的地域性，为了更准确地把握中国现代文学的这种时代特征，我们特别约请了重庆与四川从事现代文学研究的两位学者加盟。在本书完成的过程中，还有许多博士和硕士研究生同学积极参与其间，在查阅资料方面，他们付出了大量的心血。经过四年多的精诚努力，如今总算定稿完成，作为主编，我们要深深感谢所有这些学科点同事、学界同仁以及各位同学的辛勤付出，在当今，为这样一个浩大而又并不一定讨好的"集体工程"而孜孜工作，需要多么难能可贵的奉献精神！在本丛书出版之际，我们要向这些令人尊敬的学者致以诚挚的谢意！

2015年盛夏于北京师范大学

本卷导言：中国现代文学在第二个"十年"

钱振纲

中国现代文学在第二个"十年"（1927—1937）出现了新的发展局面。这一时期的中国在政治上出现了中国国民党和中国共产党的尖锐对峙，国内政局动荡，而外部又面临着帝国主义的经济入侵和武装侵略的威胁。但在这种内忧外患、政见喧哗的政治局面下，中国新文学却在第一个"十年"发展的基础上，进入了一个辉煌的时代。

政治思想和文学思想的多元、相对宽松的创作环境、辉煌的创作成就是20世纪30年代中国文坛的基本面貌。

左右对峙所形成的多元文坛

如果说1927年蒋介石集团在上海发动的"四一二"反革命政变标志着第一次国共合作公开破裂的开始，那么同年汪精卫集团在武汉发动的"七一五"反革命政变则标志着第一次国共合作的最后破裂和大革命的失败。此后，中国共产党和中国国民党形成了政治上、军事上和文化上的尖锐对峙。中国共产党要依靠工人、农民走俄国式的社会主义发展道路，中国国民党则要依靠地主和资产阶级，在中国走普鲁士式的资本主义发展道路。在政治影响文化方面，20世纪30年代的中国文坛也出现了"左翼"和右翼两大阵营。

1928年1月，新成立的太阳社与后期创造社一起开始大力倡导无产阶级革命文学。太阳社和创造社成员多为中共党员，受苏联、日本、朝鲜等无产阶级文学运动的影响，认为"五四"时代已经过去，当前文学的任务就是发展无产阶级革命文学，以无产阶级革命文学为无产阶级的政治服务，以迎接新的革命形势的到来。1930年3月2日，他们与鲁迅等人在上海成立了中国左翼作家联盟。"左联"成立后马上出版了自己的刊物，宣传无产阶级文艺理论，同时组织对马克思主义文艺理论的翻译和研究及对世界左翼文学作品的翻译。"左联"拥有相当规模的发表渠道，除成立前的《创造月刊》、《文化批判》和《太阳月刊》外，还有《拓荒者》、《萌芽月刊》、《北斗》、《文学周报》、《文学导报》、《文学》等刊物，"左联"还在一些城市设立小组，在北平有相对独立的"北方左翼作家联盟"。当时的左翼文化组织吸引了大批文艺青年。

面对这一文化形势，中国国民党中央宣传部于1929年9月召开全国宣传会议，提出"三民主义文艺"的口号，并在《中央日报》、《文艺月刊》等报刊上发表文章，主张要"创造三民主义文学"，"取缔违反三民主义之一切文艺作品"。1930年6月，一批与国民党实权派有密切联系的文人又发动了民族主义文艺运动，出版《前锋周刊》与《前锋月刊》，提出将"多型的文艺意识"统一于"民族主义"的"中心意识"。民族主义文艺运动虽然贫乏无力，但却在国民党的财力支持下一直持续到1937年抗日战争全面爆发。"三民主义"文艺政策和民族主义文艺运动是当时右翼政治的文化体现。

左翼阵营和右翼阵营之间，文坛上还有一大批作家并不属于任何政治阵营。这些作家中不少人与左翼作家思想接近，关系密切，是左翼文学的同情者和同盟军，如巴金、曹禺、王统照等人。也有一批自由主义倾向较强的作家与左翼文学阵营存在着文艺思想上的重大分歧，如京派、海派、论语派的作家。

20世纪30年代，左翼政治文化思潮在中国占据主导地位，这有其深刻的历史背景。从国际环境上看，西方资本主义世界依然存在着深刻的政治和经济危机，而苏联却获得了社会主义实践的初步成功。这种国际形势对中国革命的方向产生了巨大的影响。而"五卅事件"的爆发所显示的帝国主义的威胁与中国工农现实的悲惨处境也为左翼政治文化思潮的兴盛提供了现实依据。

多元文艺思想之间的激烈论争

在上述文坛背景下，20世纪30年代文坛爆发了持续数年的文艺思想论争。

首先爆发的是创造社、太阳社成员与鲁迅、茅盾之间的论争。当创造社、太阳社成员在上海倡导"革命文学"时，他们以代表历史发展潮流的先行者自居，而将鲁迅、茅盾、叶圣陶等成名作家作为攻击目标。这是一种带有严重宗派倾向的自以为是，理所当然地要受到鲁迅、茅盾等作家的抵制。鲁迅并不反对提倡革命文学，但他批评创造社、太阳社成员不注意文艺与其他宣传方式的区别。茅盾在20世纪20年代中期就有介绍"革命文学"的文章发表。他赞成对于"革命文学"的提倡，但他认为创造社和太阳社的某些成员"仅仅根据了一点耳食的社会科学常识或是辩证法，便自负不凡地写他们所谓富于革命情绪的'即兴小说'"①，是无视文艺的特殊规律。左翼作家内部的这一论争引起中国共产党领导者的关注。在上级党组织的指示下，创造社与太阳社才停止了对鲁迅的攻击。

同时或稍后，左翼阵营与新月派的梁实秋之间发生了文学是否具有阶级性的论争。梁实秋的基本观点是文学是表现人类基本的因而也是普遍的人性的。只有描写这种普遍的人性的作品，才是真正伟大的文学，才有永久性。无产阶级的文学理论是错误的，"错误在把阶级的束缚加在文学上面，错误在把文学当作阶级争斗的工具否认其本身的价值"②。对梁实秋的抽象人性论批判最有力的是鲁迅。鲁迅指出："文学不借人，也无以表现'性'，一用人，而且还在阶级社会里，即断不能免掉所属的阶级性，无须加以'束缚'，实乃出于自然。"③鲁迅对梁实秋的批评是有说服力的，同时他也注意到有人在此问题上的偏颇。1928年，他在给恺良的信中就明确指出，人的性格感情，由于都受支配于经济，所以"就一定都带阶级性。但是'都带'，而非'只有'"④。

民族主义文艺派在文艺理论上反对"鼓吹阶级斗争"的文学，主张以民族主

---

① 茅盾：《读〈倪焕之〉》，载《茅盾全集》第19卷，人民文学出版社1991年版，第211页。
② 梁实秋：《文学是有阶级性的吗?》，《新月》第2卷第6、7号合刊。
③ 鲁迅：《"硬译"与"文学的阶级性"》，载《鲁迅全集》第4卷，人民文学出版社1981年版，第204页。
④ 鲁迅：《文学的阶级性》，载《鲁迅全集》第4卷，人民文学出版社1981年版，第127页。

义为文学的"中心意识"。因此，他们的文艺思想也受到左翼阵营的批评。鲁迅、瞿秋白、茅盾等左翼作家都写文章批判过民族主义文艺理论。他们的批判重点在两个方面：一是揭露国民党专制主义的文化政策，二是揭露民族主义文艺派作品中的反苏倾向和法西斯主义倾向。茅盾从理论来源上批判过民族主义理论。

此后，左翼作家阵营又与"自由人"及"第三种人"开展了一场关于文学自由论的论争。"自由人"胡秋原与"第三种人"苏汶与左翼文学论争的焦点在于"文学是否应为政治服务"。胡秋原、苏汶等人认为文艺至死也是自由的，反对政治侵犯文艺。左翼作家则主张文艺可以或者必须发挥其政治功能。两派文艺思想的斗争，体现的不仅是文艺主张的不同，而更多的是政治态度的不同。"自由人"、"第三种人"要回避政治，而左翼作家则要参与政治。

1936年，关于"两个口号"的论争是左翼内部的一场争论。1935年以后，中、日之间的国家矛盾不断升级，左翼文艺阵营的文艺方针也面临着调整。1936年春，周扬等"左联"党团负责人在与陕北中共中央失去联系的情况下，根据中共驻共产国际代表团的指示，解散了"左联"，并确定了"国防文学"的口号。他们的做法未能得到鲁迅的认同。1936年4月，鲁迅在听了来自苏区的冯雪峰所传达的中共中央的精神后，经过几个人的商量，提出"民族革命战争的大众文学"的口号。胡风于5月9日在文章《人民大众向文学要求什么》（发表于6月1日的《文学丛报》）中提出了这一口号，但没有说明这一口号也代表鲁迅的意见。周扬等人与胡风本来就有矛盾，认为胡风提出的新口号是错误的，是标新立异，于是组织一些作家群起而攻之，从而引起两个口号的论争。论争的发生与双方认识上的差异有关，也与人际关系方面的矛盾有关。当时担任"左联"党团书记的周扬等人对胡风的内奸传闻涉嫌夸大，对"左联"执委会常委书记鲁迅尊重不够。

文学创作的多元形态和辉煌成就

到了20世纪30年代，除了苦闷彷徨、个人解放之外，对社会现实的剖析和对下层人民处境的同情也成了文学创作的重要母题。这一时期政治思想对文学创作影响颇大，国民党政权虽然对左翼文学也进行过禁印、查封，但这种对文学活动的干涉并不是致命的,左翼的思想和作品仍然能够发表。当时作家的创作环境相对自由,作家基本上能够独立自主地进行创作。具有不同政治思想和文学见解的作家,按照自己对社会和文学的理解,依据自身的兴趣和天赋,创作出了风格迥异的作品,使20世纪30年代成为一个文学成就辉煌的年代。

小说的成就首先体现了这一时期文学的繁荣。

左翼小说创作在20世纪30年代取得了重大成就。茅盾是当时最有成就的左翼作家。茅盾在经过多年理论和素材的积累后,在这一时期创作出一系列反映现实政治经济生活的作品,这些作品以写实化的叙述、细腻真实的心理描写,勾勒出人物在政治经济变迁中的种种情态。其宏大的架构、丰富的社会生活内容,完全突破了"五四"时期现实主义的狭窄的视角,开创了新的现实主义类型并深刻影响了其后几十年的小说创作。《蚀》三部曲、《虹》、《子夜》、《林家铺子》、《春蚕》等,都是他重要的小说创作。另外,鲁迅的《故事新编》、蒋光慈的《咆哮了的土地》、丁玲的《莎菲女士的日记》、柔石的《二月》、张天翼的《包氏父子》、艾芜的《南行记》、叶紫的《丰收》、萧军的《八月的乡村》、萧红的《生死场》,也都是重要的左翼小说。

除左翼作家之外,其他一些现实主义作家也都有不俗的表现。老舍曾一度热衷于从文化角度挖掘中国国民的精神缺陷,这方面的创作有《老张的哲学》、《赵子曰》、《二马》、《猫城记》、《离婚》等。后来兴趣转变到描写城市贫民生活的辛酸方面,《骆驼祥子》、《月牙儿》、《我这一辈子》是这方面的代表作。巴金在20世纪30年代是广受青年人欢迎的作家,《灭亡》,《新生》,爱情三部曲《雾》、《雨》、《电》,激流三部曲《家》、《春》、《秋》,都写得感情激荡、生动真实。京派小说家沈从文在对城市文化失望之余转向对强悍质朴的边地人民的赞美。尽管他的小说也描写人民的苦难,但在田园诗一样的作品中,苦难被稀释,人物所蕴藏的强硬的气质和淳朴的品格被凸显出来。这成为沈从文拯救国家的文化尝试。与沈从文风格迥异,借鉴西方现代派小说表现手法的海派小说也赢得了大量读者。张资平和叶灵凤在描写对象和手法上为海派小说奠定了基础,等到"新感觉派"出现,海派小说已形成了鲜明的特性。刘呐鸥和穆时英大量运用意识流和电影蒙太奇手法表现大城市孤独和纸醉金迷的气息,为新文学增添了新的表现手法。施蛰存则运用弗洛伊德的观念,拓展了现代心理小说的领域。民族主义文艺派虽然成就不佳，但也有作品曾受到人们的关注。黄震遐的《陇海线上》、《大上海的毁灭》，万国安的《国门之战》是这方面的代表作品。

"五四"时期新文学对"鸳鸯蝴蝶派"的批判虽然在舆论上取得了胜利，但商业小说仍有市场。其中大部分作品是为迎合一部分读者陈旧或者低级的审美趣味而作，武侠、神怪、畸情，不一而足。但其中也有少数作品对现实生活有所反映，艺术上也有可取之处。张恨水的社会言情小说在结构和语言上吸取现代严肃小说的特点，注重对社会人生做深层次的开掘，在艺术上取得了较高的成就。

在小说取得巨大成就的同时，新诗创作也出现了左翼诗歌、新月社诗歌与现代派诗歌三种类型。"左联"领导下的中国诗歌会诗人，强调诗歌的现实性和政治性，将早期郭沫若强烈的主观抒情形式加入叙事成分，创作出一系列富有力度的、极具鼓动性的诗歌。他们的诗歌对白话的运用更为纯熟，但不太注重意象和韵律。在这一时期的左翼诗人中，臧克家无疑取得了较大的成就，而艾青也崭露头角。新月社诗人在20世纪20年代后期开始对白话诗进行改造，倡导一种注重音乐性和视觉性的新格律诗歌。徐志摩1928年底发表的《再别康桥》，结构完美，诗句自然流动，在白话诗歌的音乐性追求上取得了令人瞩目的成绩。戴望舒的诗作《雨巷》同样重视音乐性追求。到20世纪30年代，这些充满想象、情感和律动的诗歌使白话在短短十余年的时间里重新具有了诗意，使人们对白话重现中国传统古典诗歌的辉煌充满信心。

话剧在20世纪20年代还处于创业维艰的境地，直到1934年《雷雨》的问世，中国话剧才真正成熟起来。曹禺对西方话剧的精髓深有体悟，他的剧本或者运用善构剧的结构，或者运用人物展览的结构，但无不重视戏剧性的设置，同时又能容纳严肃的社会内容、富有个性的人物形象和紧张强烈的舞台氛围。他的《雷雨》、《日出》和《原野》都获得了成功。夏衍经过一段时间的创作摸索，对话剧的戏剧性也深有体悟，其作品结构精巧、对话简约、情节意味深长。但他这一时期的成功作品《上海屋檐下》却是以浓郁的生活气息见长的。同期的话剧作家还有田汉、洪深、欧阳予倩、李健吾等。他们的话剧创作也曾引起过较大反响。20世纪30年代也是中国话剧的一个黄金时代。

现代散文在20世纪30年代也取得了巨大的发展。鲁迅的杂文笔法更为老辣，对世事人心的深刻洞察与内心炽烈的情感融合在一起，形成了独特的鲁迅式杂文。

周作人、林语堂创作的闲适小品文,则远离混乱复杂的政治现实,以洗练而典雅的笔法,追求"闲适"和"幽默"的格调。这一时期重要的散文作家还有茅盾、郁达夫、巴金、老舍、李广田、何其芳、沈从文等。他们的散文内容充实、个性突出,色彩纷呈。

目录

1930年
- 七月　1
- 八月　9
- 九月　18
- 十月　27
- 十一月　37
- 十二月　42
- 本年　47

1931年
- 一月　48
- 二月　57
- 三月　61
- 四月　65
- 五月　72
- 六月　76
- 七月　83
- 八月　91
- 九月　97
- 十月　105
- 十一月　113
- 十二月　120
- 本年　129

1932年
- 一月　132
- 二月　141
- 三月　144
- 四月　149
- 五月　156
- 六月　164
- 七月　168
- 八月　174
- 九月　179
- 十月　184
- 十一月　189
- 十二月　196
- 本年　202

1933年
- 一月　208
- 二月　215
- 三月　221
- 四月　228
- 五月　232
- 六月　239
- 七月　245
- 八月　254
- 九月　260
- 十月　264
- 十一月　271
- 十二月　276

本卷主要作家
人名索引　283

本卷后记　307

1930年

七月

1日，郁达夫的小说《杨梅烧酒》发表在《北新》第4卷第13号。该作品写一位书生早年有实业救国的梦，在他沦为穷教书匠、与友人喝得酩酊大醉时，都依然未曾把这个梦破灭掉。最后因为争着付酒账而发怒，竟然与客人扭打起来。

同日，茅盾的杂文《青年苦闷的分析》发表在《中学生》第7号，署名"止敬"。

叶圣陶在《中学生》月刊第6号发表散文《假如我有一个弟弟》，署名"郢生"，初收于1931年9月新中国书局版《脚步集》。同日，叶圣陶在《妇女杂志》月刊第16卷第7号发表译诗《伫望》、《荷马之教》、《风》，署名"孟言"。

毅真的理论批评《几位当代中国女小说家》发表在《妇女杂志》第16卷第7期。

郁达夫的《中学生向那里走——中学生的出路问题》发表在《中学生》月刊第6号的"中国现代中学生的出路"栏目。

茅盾的译著《文凭》发表在《妇女杂志》第16卷第7—11号、第17卷第1号，署名"沈余"。在该译著引言中，茅盾指出，《文凭》"将乡村中所听到的都市的宏壮的呼声用很美妙的文情表达出来，比之别的更出名的伟大作家亦不多让罢"。

夏莱蒂翻译的美国作家皮尔斯的小说《天空中的骑兵》发表在《北新》第4卷第13期。

6日，鲁迅参观时代美术社展览会，捐1元。

鲁迅接待好友许寿裳及其长子许世瑛来访。许寿裳赠给鲁迅一张三十年前在东京时与鲁迅及邵明之、陈公侠合影的复制照片。

7日，老舍于上午9点钟应邀到北平师范大学讲演，题目为《论创作》。

周作人所作的《专斋随笔一、反书石刻，二、文字的魔力（小品）》发表在《骆驼草》第9期，署名"岂明"。该文初收于《看云集》。

冯至的《星期五的夜晚》、《等待》发表在《骆驼草》第9期。

欧阳予倩翻译的日本岸田国士的《包多丽许研究》，继本年6月之后在广州《民国日报》副刊《戏剧研究》继续连载。收入1931年5月广州泰山书店出版的《予倩论剧》。

10日，章克标的理论批评《关于夏目漱石》发表在《小说月报》第21卷第7号。

14日，冯至的诗《塞尔维亚民歌》发表在《骆驼草》第10期。

15日，王独清主编的托派刊物《展开》在上海创刊，主要撰稿人有余慕陶、王独清、王实味等。该刊为综合性半月刊，署名"展开社编辑"，实为王独清主编，由展开社出版，文艺出版社发行。第1、2期为合刊，同年12月20日出第3期后终刊。所载较重要的作品有王独清的《上海的忧郁》、《创造社——我和它的始终与它的总账》，黄药眠的《工人之家》，王实味的《三代》、《握别》等。

16日，缪崇群的小说《猫》发表在《北新》第4卷第14期。

钱歌川的散文《含泪的微笑》、胡秋原的理论批评《蒲力汉诺夫论艺术之本质》、苏读余的理论批评《冲出云围的月亮》、桐华的理论批评《中国文艺论战》发表在《现代文学》创刊号。

沈海翻译的苏联诗人马雅可夫斯基的诗歌《我们的进行曲》发表在《北新》第4卷第14期。

肖崇素翻译的日本作家林房雄的小说《凯夫剧场的暗杀》发表在《北新》第4卷第14期。

李青崖、陈定深翻译的法国作家杜哈美的小说《调节运输的车站》发表在《现代文学》创刊号。

汪馥泉翻译的日本理论家冈泽秀虎的《关于文学史中的社会学的方法》发表

在《现代文学》创刊号。

17日,周作人翻译的古希腊海罗达斯作的拟曲《熟师》,载1930年7月28日《骆驼草》第12期,署名"岂明"。

21日,冯至的散文《父亲的生日》发表在《骆驼草》第11期。

23日,周作人翻译的《关于蝙蝠附记》(附记),载1930年8月4日《骆驼草》第13期,署名"岂明",初收于《看云集》。

24日,俞平伯作《贤明的——聪明的父母(讲演词)》,载1930年8月4日《骆驼草》(周刊)第13期,署名"平伯",初收于《燕郊集》。

26日,沈从文作《我们怎样去读新诗》,载1930年10月《现代学生》第1卷第1号,署名"沈从文",初收于《文集》第12卷。

28日,冯至的散文《C君来访》发表在《骆驼草》第11期。

29日,叶圣陶、胡默林、王伯祥同访朱自清下榻处俭德储蓄会,和朱自清共赴新乐府看昆曲,为朱自清点了姚传芗的《寻梦》,夜晚在金陵酒家饮酒。

30日,俞平伯收到周作人函和四张日本友人在山口萩及久经两地拍摄的传说为杨贵妃的照片。

刘大白作《致蔚南书》,收于1932年5月上海大夏书局《白屋书信》(五十三)。

本月

由国民党出钱津贴,王平陵、钟天心、缪崇群、左恭等主持的"中国文艺社"在南京成立。这几个人的情况是比较复杂的。王平陵在20世纪20年代就小有文名。1929年他开始主编南京《中央日报》的两个副刊《大道》和《青白》,与国民党联系密切。《大道》上常刊登叶楚伧的文章。王平陵是赞成"三民主义"文艺政策的。不过,他对于民族主义文艺运动也不反对,而且还积极响应。《民族主义文艺运动宣言》在1930年6月29日出版的《前锋周报》第2期刚刚刊登了上半部分,他就将其在1930年7月4日的《中央日报·大道》全文发表。缪崇群能写感伤缠绵的散文,在文艺思想上主张为艺术而艺术。左恭和钟天心主要在政界活动,两人在当时的政坛上属于胡汉民派。思扬在1931年9月出版的《文学导报》第 4 期发表的《南京通讯》中说："现在，因为蒋大人拘禁胡汉民，西山派赴粤反蒋，刘芦隐离职，所以中国文艺社的钟天心和左恭，都去广东了。"袁殊编辑的《文艺新闻》介绍说："该社中央月有津贴一千二百元，主干为左恭等。因经济来源富裕，故能收集一批作家，如沈从文等。月有月刊，已出至第 2 卷第 1 期，格式颇似《小说月报》，闻每期约印五千册左右。另有周刊一种，系附于《中央日报》，占《大道》地位。"民族主义文艺运动的干将之一朱应鹏对中国文艺社的评论也很有参考价值。有位记者询问朱应鹏："南京中国文艺社和民族文学，路线相同否？"朱应鹏回答说："中国文艺社，是三民主义的文艺，他们的作品我看的极少，但是我知道它是由党的文艺政策所决定的。"综合上述情况，可以这样认为：中国文艺社是国民党支持的一个文艺社团，但不是一个民族主义文艺运动的社团。该社由国民党出资主办，鼓吹"三民主义文艺"，试图扼杀"革命文学"、"无产阶级文学"。这个社团对民族主义文艺运动采取了一种不公开支持也不加反对的态度。中国文艺社接受国民党津贴，编辑出版了《文艺月刊》，同时又在南京《中央日报》上创办副刊《文艺周刊》。中国文艺社自身的作者有王平陵、缪崇群、杨昌溪、钟天心、汪锡鹏、张道藩、李青崖、金满成等人。但由于自身缺少优秀作家，《文艺月刊》的编者主要采取的是向其他著名作家拉稿的编辑方针。由于这个刊物稿费优厚，也由于不少作家想利用这个刊物发表作品，所以刊物上名家的作品相当多。沈从文、老舍、巴金、戴望舒、臧克家、卞之琳、陈梦家、靳以、何其芳、李金发、鲁彦、洪深、施蛰存、李长之、马彦祥、袁牧之、林徽因、袁昌英、凌叔华、梁实秋等人都给这个刊物写过稿子，徐悲鸿则为刊物供给了一些画稿，这一点与前锋社的两个报刊有着明显的区别。这种编辑方针实际上也是为了与左翼作家争夺文坛。但由于色彩不够鲜明，所以前锋社只是把它视为"同路人"。范争波曾在《现代文学评论》第 1 卷第 1 期发表《民国十九年中国文坛之回顾》一文，其中说："《文艺月刊》'虽然不是民族主义文艺运动的主要刊物，但它是一个同路人'。"从 1937 年 10 月 21 日起，《文艺月刊》改为《文艺月刊·战时特刊》继续出版，为 32 开，不定期刊。这时成立了新的编委会，编委有汪辟疆、宗白华、商章孙、王平陵等，主编为徐仲年。《战时特刊》于 1941 年 11 月在重庆终刊，共出 51 期。由于当时已进入国共合作的抗战时期，《战时特刊》也表现出共同抗战的面貌。

"开展文艺社"在南京成立。这个社团是在南京国民党党部支持下由潘子农、曹剑萍、赵光涛、卜少夫等人组成的。这几个人在文学上都没有大的成就,但他们旗帜鲜明地参加了民族主义文艺运动。他们创办过《开展月刊》《开展》周刊、《青年文艺》等报刊,在前期民族主义文艺运动中扮演了比较重要的角色。他们在杭州、宁波等地还设有分社。杭州的分社由娄子匡、刘湘女等人主持,宁波的分社由左询、周文夫等人主持。另外还有一种《民俗周刊》,关注民俗研究,由杭州钟敬文等人组织的"民俗学会"撰稿,开展文艺社负责编辑和出版。该社于1931年8月发生内讧。对此,刊登在袁殊编辑的《文艺新闻》第25号的文章《此之谓内讧也!开展社之分裂》有所记载:"前号载开展社之可注目的决议,系开除该社理事潘子农。据记者所知,潘为开展社之创办人……该社此次倒潘,系另一派人眼红潘之权高利重所致……现在内部竟已分裂,是否尚能按时领得某要人之津贴,则闻已成问题。但潘现在上海,闻又进行出版一《矛盾月刊》。"其中,《开展》周刊以《新京日报》副刊的形式出版,由卜少夫主编,出了30多期,刊登短小的作品。《青年文艺》以《中央日报》副刊的形式出版,由曹剑萍创办,所载文章也缺少分量。分裂后的开展社,随着《开展月刊》的终刊而告解散。

中国左翼美术家联盟成立,简称"美联"。它的成立,标志着革命、进步美术家的第一次大联合,组成了战斗集体。"美联"成立大会,是在法租界环龙路(今南昌路)靠近马思南路(今思南路)一座双开间房子二楼前厅举行的。当时设在上海的中共中央宣传部直属的文化委员会(简称"文委"),委托夏衍代表"文委"参加"美联"成立大会。另外,中共党组织派党员张眺(耶林)参加大会并执行领导任务。与会的左翼美术家代表有许幸之、于海、胡以撰(一川)、周熙(江丰)、姚馥(夏朋)、沈叶沉(西苓)、刘露、张谔等。左翼戏剧家代表凌鹤出席了大会。大会由许幸之主持,于海做秘书。会上选出执行委员9人:许幸之、于海、张眺、江丰、胡一川、姚馥、沈叶沉、刘露、张谔。执行委员中又选出许幸之为主席,沈叶沉为副主席,于海为总干事。"美联"接受中国左翼文化界总同盟领导。"美联"成立后的日常工作,由许幸之、沈叶沉、于海几名常务执委负责。后因沈叶沉将更多精力用于中国左翼戏剧家联盟(简称"剧联")的工作,实际上是许幸之、于海主持日常工作。这时,张眺在"文委"工作,经常代表中国共产党联系和领导"美联"的工作。1932年3月,于海由张眺、洪灵菲介绍加入中国共产党，之后任"美联"党团书记。张眺奉命调中央苏区赣东北工作，任闽浙赣省苏维埃政府教育部长，并常在《红色赣东北》报上发表美术作品，后在反国民党对苏区的军事围剿战斗中不幸牺牲。"美联"成立后总部设在中华艺术大学绘画科，有时也在盟员黄日东（上海美术专科学校学生）、倪焕之（白鹅画会学员）两人在菜市街（今顺昌路）附近天祥里的宿舍里进行会议和活动。因为国民党政府查禁和镇压进步、革命文化的关系，"美联"的活动多半用单独接触的方式和各单位联系，由各单位的盟员小组分头以美术社团进行活动。当时的"美联"盟员小组有：上海美术专科学校盟员小组以张谔为骨干，有蔡若虹、洪叶（吴天）、钱文澜、施春瘦等参加；新华艺术专科学校盟员小组以陈烟桥为骨干，有陈铁耕、马达、王艺之等参加；中华艺术大学盟员小组以许幸之、沈叶沉为骨干，有卢炳炎、郑宝益、萧建初、王汝玉、梁白波等参加；上海一八艺社研究所盟员小组以胡一川、姚馥为骨干，有吴似鸿、艾青、李岫石、力扬、黄山定、顾鸿干全体社员参加；上海艺术大学和白鹅绘画研究所（原称"白鹅画会"）没有建立盟员小组，只有刘露、江丰、倪焕之等个别盟员的活动。此外，苏虹、易洁（叶华），以及加入中国籍的朝鲜人萍子等，也参加了"美联"。后因中华艺术大学被国民党当局查封，在该校执教的许幸之失业，随即去苏州，在苏州女子职业学校美术专修科执教，此时又成立"美联"苏州小组，由许幸之负责，成员有胡琴荪、胡笳笙、胡逸民等。在日本东京学习美术的留学生中也成立了"美联"东京分盟，成员有顾鸿干、黄新波、陈学书、官亦民等。1930年，夏衍于上海主编的《艺术》月刊和《沙仑》月刊发表了两篇有关左翼美术运动的论文：《新兴美术运动的任务》和《中国美术运动的展望》。两篇论文为"美联"主席许幸之所写，实际上代表了"美联"成立后所提出的左翼美术运动的理论和行动纲领。前文提出以下几条斗争纲领：一、我们必须立在一定的阶级立场，彻底和支配阶级及支配阶级所御用的美术政策斗争；二、我们必须把握辩证法唯物论，以克服支配阶级的美术理论，并批评他们的美术作品；三、我们必须强大我们的新兴美术运动，并须充分地磨炼我们的作品，以凌驾于支配阶级的美术作品；四、我们必须确立美术与社会生活的关系，及其自身存在的价值，并须完成支配阶级所未完成的美术启蒙运动。后文论述了左翼美术运动的历史任务。全文分为五节：一、初期美术运动的变革；二、美术运动与美术作品的检查；三、布尔乔亚（资产阶级）美术运动的末日;四、新兴美术运动的萌芽;五、新兴美术运动的出路。

周瘦鹃、严独鹤等共同主编的《中华》图画杂志月刊创刊,由上海东方图书出版社出版发行。周瘦鹃任文字主编,在创刊号上发表游记《雪窦山之春》,署名"周瘦鹃";以及翻译美国葛兰博士的小说《真男子》,署名"周瘦鹃"。

冯雪峰、王学文一起主持由"左联"和"社联"合办的"暑期补习班"。学员主要是来自杭州及其他城市的青年学生。

中国左翼文化同盟(即"文总")在上海成立。这是中国共产党领导的各左翼文化团体的联合组织。

南国社召开《卡门》座谈会,着重讨论"戏剧为谁服务"的问题。

《妇女杂志》主编杜就田辞职,叶圣陶接任。

巴金创作的短篇小说《洛伯尔先生》发表于《小说月报》第21卷第7号。该作品初收于1931年8月上海新中国书局版《复仇》,现收于《巴金文集》第7卷。小说叙述了法国穷音乐师洛伯尔与一位姑娘深沉而不幸的爱情故事。故事的背景发生在巴金生活过的马伦河畔;主人公洛伯尔的模特儿是拉封丹中学的音乐教师。《洛伯尔先生》在巴金文学创作生涯中起过独特的作用。1929年春写了《房东太太》和1930年6月完成了《死去的太阳》后,巴金对自己的创作很不满意,想从此搁笔不写小说了。但在写了《洛伯尔先生》后他改变了想法。他说,7月初的"某一夜,我忽然从梦中醒来。在黑暗中我还看见一些悲惨的景象,我的耳边也响着一片哭声。我不能再睡下去,就起来扭开电灯,在清静的夜里一口气写完那篇题作《洛伯尔先生》的短篇小说"。(《写作生活的回顾》)"这一篇开了端,所以我接连地写了好些短篇小说。"(《谈我的短篇小说》)

巴金作短篇小说《亡命》,载8月10日《东方杂志》第27卷第15号。该作品初收于1931年8月上海中国书局版《复仇》,现收于《巴金文集》第7卷。作品叙述了流亡巴黎的意大利青年尼可拉·发布里为追求理想而背井离乡、横遭驱逐、未婚妻被杀害的痛苦经历。巴金借发布里的故事倾吐了自己"漂泊"异邦受到"歧视"、"压迫"的痛苦,因而他很喜欢《亡命》。

黄仲苏的小说《音乐之泪》发表在《小说月报》第21卷第7号。

本月出版的诗集有《山花》(刘廷蔚著,北新书局)、《酸果》(徐雉著,上海光华书局)。

孙福熙的散文《巴黎捞针》发表在《小说月报》第 21 卷第 7 号，署名"春苔"。

本月出版的散文集有《海上闲话》（安世著，上海北新书局出版），衣萍作序，内收散文 31 篇。

本月，于赓虞著散文诗合集《孤灵》由上海北社书局出版。柳丝、杨邨人著小说、诗歌、散文合集《烦恼与女子》由上海光华书店出版，内收小说《烦恼》。

本月出版的理论著作有：《法国文学史》（徐霞村著，上海北新书局）；《意大利文学 ABC》（傅绍先著，上海 ABC 丛书社）；《我所见的叶圣陶》、《叶圣陶的短篇小说》（朱自清作）；《人权论集》（梁实秋、胡适、罗隆基合著，新月书店）；《戏剧的起源》（洪森，《南国月刊》第 2 卷第 4 期）；《世界语文学论》（巴金，连载于《绿光》第 7 卷第 7、8 期和第 9、10 期合刊）；《近代文学的反响》、《爱尔兰的新文学》（茅盾，《东方杂志》第 17 卷第 6、7 号）；《从资本主义到安那其主义》（社会科学丛刊）（巴金著，上海自由书店），同年 8 月又由美国三藩市平社出版。该书分"序"及三部。第一部题为《今日》，含 16 章：你一生最向往的东西是什么、工钱制度、法律与政府、这制度怎样工作、失业、战争、教会与学校、正义、教会能够帮助你吗、改良派与政客、社会主义、二月革命、从二月革命到十月革命、布尔塞维克、专政与革命、专政的把戏；第二部题为《安那其主义》，含 5 章：安那其主义是什么、安那其是否可能、安那其主义的社会、阶级斗争、革命的安那其主义；第三部题为《社会革命》，含 8 章：为什么要革命、社会革命、预备、工团的职务、原理与实行、消费、生产、革命之防卫。该书在研读、综合柏克曼寄赠的《安那其主义的 ABC》的基础上，又结合自己的社会经验写成。这是巴金第一部也是最后一部从理论上全面、系统地阐述克鲁泡特金无政府主义原理的论著。

本月出版的翻译著作有《卖淫妇》（[日]叶山嘉树著，张我军译，上海北新书局），除作者小传外，有小说 11 篇。《费迦罗的婚礼》（[法]博马舍著，柳木森、汪济译，上海图书编译馆），该书又名《狂欢的一天》，系作者费迦罗三部曲之二。作品写伯爵企图诱骗费迦罗所钟爱的使女并想在使女身上"赎回"初夜权，于是就有了伯爵和费迦罗之间的冲突。作品主旨是"人民受着压迫，他们就会诅咒，会怒吼，会行动起来"。《雅歌》（吴曙天译，上海北新书局），英汉对照，附有周作人《圣书与中国文学》、冯三昧《论雅歌》、薛冰《雅歌之文学研究》。《茵梦湖》

([德]施笃谟著,张友松译,上海北新书局),除译者序之外,内收作品9篇。小说《伊凡之死》([俄]托尔斯泰著,顾绶昌译,上海北新书局);《愁斯丹和绮瑟》(柏地耶述著,朱孟实译,上海开明书店);《战争》([德]雷思著,麦耶夫译,上海水沫书店);《难忘的爱侣》([俄]屠格涅夫著,袁嘉华译,上海北新书局),内收小说3篇:《咯,咯,咯》、《难忘的爱侣》、《客店》;《伟大的恋爱》([俄]柯仑泰著,周起应译,上海水沫书店)。论文集《艺术论》([俄]普列汉诺夫著,鲁迅译,上海光华书局),该书收作家论文4篇,并附有20年间的序文。鲁迅是据日本外村史郎的日译本重译;《〈丹东之死〉原序》([俄]托尔斯泰作,巴金译),载7月上海开明书店出版《丹东之死》。叙述原作者始据毕黑纳的悲剧《丹东之死》改编,后又"极力去掉……原剧借来的一切",据"自身在俄国革命中的印象与经历……重新改作一次"的简况。本月还出版了译作《丹东之死》([俄]托尔斯泰作,十一幕话剧,开明书店)。

章克标翻译的日本作家夏目漱石的小说《哥儿》在《小说月报》第21卷第7—9期连载。作品写的是某地褪尽了学校的圣洁的色彩,反而有腐败的气息所弥漫笼罩,于是也出现了知识青年由个人义愤出发而最终走向反抗现实的活剧。

本月出版的其他作品有历史故事《法国大革命的故事》(巴金著,载《丹东之死》,开明书店);后收于1934年10月上海生活书店出版《沉默》(按:列入"附录"栏,小有改动,改题为《法国大革命的故事》),以生动、精练的语言叙述18世纪末法国人民大革命推翻"封建制度和王权"、三大党派(吉隆特党、山岳党、平原党)争权夺利和互相残杀、最后革命成果被资产阶级右翼保皇党篡夺的历史故事。作者认为"捣毁巴斯底狱"、"打倒封建制度"、"抵抗外国军队侵略以保卫法国的"英雄"就是法国民众";认为大革命失败的主要教训是"离开了民众",迷信"恐怖制度"和"专政压制";称颂大革命的主要历史功绩是"自那天以来所有的君主顶上的圆光都消失了。全世界的人民都有了一个新的认识:没有那个戴王冠的怪物,人民也是能够生存的"。

八月

1日,光人的诗歌《夕阳之歌》发表在《北新》第4卷第5期。

沈善坚的理论批评《虹》发表在《开明》第 2 卷第 13 号。

4 日，"左联"执行委员会通过《无产阶级文学运动新的形势及我们的任务》的决议，载 8 月 15 日《文化斗争》第 1 卷第 1 期，号召开展"工农兵通信运动"，"创造我们的报告文学"。决议因错误地估计"中国革命快要到高潮的时期"，因而认为：无产阶级文化运动虽然遭受日益严重的围剿和压迫，但依然加速发展。形势是"不管新月派怎样板起脸孔来说文学的尊严，也不管民族主义文学派怎样在叫嚣，也不管取消派怎样取消中国无产阶级文学运动，然而，他们在蓬勃的革命斗争事实之前，只暴露自己的反动的真相，在群众中不会有多大的影响"。决议说：斗争使作家们学习了唯物辩证法和实际经验，"因此清算了文坛的封建关系，手工业式的小团体的组织以至它的意识，而形成统一的无产阶级文学运动的总机关左翼作家联盟。"苏维埃文学运动"已从"这个血腥的时期开始"了。"我们号召'左联'全体联盟员到工厂到农村到战线到社会的地下层中去"，开展"工农兵通信运动工作"，"从封锁了的地下层培养工人农民作家"。特别是在"左联"工作发展中，青年基础薄弱，是狭隘观念的表现。因此，"左联"要成为真正的斗争机关，"这个组织基础的重心应该移动到青年群众身上，渐次转移到工农身上"。"理论斗争没有充分地展开"，"作品内容缺乏现实社会的真实性"等，都是工作上的弱点和不好倾向。

"左联"执委会通过《无产阶级文学运动新的形势及我们的任务》的决议。决议错误地认为以占领长沙、攻打武汉等"武装暴动"为标志的"中国革命的高潮"，是"全人类解放斗争的伟大叙事诗，最后一卷的前奏曲"。决议检查了过去的创作，认为存在的弱点"是作品的内容缺乏现实社会的真实性。因为作家们依然没有和现实社会的斗争打成一块，形成生活的空虚，作品内容的没有力量"。

6 日，鲁迅、郁达夫出席了内山完造在上海功德林举行的文艺漫谈会，会后参加晚宴并合影留念。

鲁迅到暑期文艺讲习会演讲，题为《美术上的写实主义》。

8 日，曹剑萍、潘子农编辑的《开展月刊》创刊于南京。在发刊词《开端》一文中编者说："民族主义文学，以水到渠成之势，无疑的成为支配中国文坛的一种新的势力了。我们应该帮同来开展着，给中国的文学，开展一条新的路径，建设起一种文学的革命的文学来。"第 2 期封三上的《本社紧要启事》又说："查本社

《开展月刊》自创刊号出版以来,即为本党民族主义文艺运动,放一异彩。"在创刊号上,还以《中国民族主义文艺运动宣言》为标题,转载了前锋社的《民族主义文艺运动宣言》。这些都说明这是一个色彩鲜明的民族主义文艺运动的刊物。该刊共出 12 期,最后 1 期的出版时间是 1931 年 11 月 15 日。《开展月刊》内容侧重创作,一士的《回国》(第 2 期),潘子农的《决斗》(第 4 期)、《印捕之死》(第 5 期),刘祖澄的《血》(第 4 期)等小说,都能表现被压迫民族的苦痛。而刘祖澄的《挣扎在泥沼里的灵魂》(第 8 期)、《刹那的互裹》(第 9 期)则描写了人民之苦,技巧也较为圆熟。还有连载于第 6、7、8、9 期上的卜少夫的长篇小说《两种典型下的青年》也是值得注意的作品。刊物还刊登了一些论文,其中一士的《民族与文学》(创刊号)、程景颐的《民族主义文艺与国家主义文艺》(第 5 期)、孔鲁芹的《时代文艺论》(第 8 期)较为重要。刊物还设有"开展线下"栏目,刊登了不少杂文。第 10、11 期合刊是《民俗学专号》,由钟敬文、娄子匡编辑,刊载了一些民俗学方面的学术文章。

王沉予的小说《清凉的月夜》发表在《开展》创刊号。

开明翻译的俄国作家 Tolstoy 著的小说《永远在西伯利亚》发表在《开展》创刊号,署名"蒲牢"。

10 日,茅盾的历史小说《豹子头林冲》发表在《小说月报》第 21 卷第 8 号。该篇作品以"历史的亡灵"曲折地映照了现实。体现出了茅盾历史小说的特色,取精用宏,在横切的断面中容纳深厚的内容,从而显示出窥一斑而见全豹的功夫。

钱公侠的小说《丝绵被头》发表在《小说月报》第 21 卷第 8 号。

周久荣翻译的苏联著名作家高尔基著的小说《幸运》发表在《文艺月刊》创刊号。

11 日,废名的小说《桥》在《骆驼草》第 14—19 期连载。该作品写的是一个诗化的爱情故事。作品主要情节是主人公程小林出城郊游,与史琴子姑娘一见倾心。十年后程小林辍学返乡,依旧爱恋着史琴子,却同时又心折于史琴子的表妹细竹,爱她那种有别于琴子的"自然的有一个非人力的节奏"。于是,他在诗一样的境界中,与琴子、细竹看山赏塔、采花折柳以为"天下之务",一派返璞归真景象。作品中的人物和清新的乡村的自然景物构成对应的关系,用冲淡、质朴的笔调表现尚未被现代社会污染的宗法制农村世界,表现带有古民风采的人物的淳朴美德。凡叙述乡间儿女翁婆之事，皆流露出一种寂静的美。这种描写人美、景美的牧歌般意境，正是作者借鉴古典诗词的简练、含蓄、留空白等经验，转化成情节简单的散文化小说形式所特具的功能。

12日，国民党当局封闭平凡书店。不久，上海书业总会召集各书店代表开会，发表宣言，抗议当局压迫文化运动。

15日，《文化斗争》周刊在上海创刊，是中国左翼作家联盟和中国社会科学家联盟的机关刊物。"左联"诞生不久，先后出版过许多反对帝国主义及国民党当局的左翼刊物，但都遭查禁，如《新思潮》、《萌芽月刊》、《拓荒者》、《世界文化》、《巴尔底山》等。《文化斗争》就是在《巴尔底山》被明令查禁后，冲破重重困难，在残酷的环境中诞生的又一"左联"机关刊物。该刊于1930年8月15日正式创刊，16开12版。为了建立左翼文化自己的出版、发行阵地，坚持文化斗争，为免受当时国民党文化"围剿"，此刊没有署出版单位，应征的稿件也是由各左翼杂志转交的。它的诞生代表了中华民族新文化运动的方向，是中华民族斗争精神的火炬、奋进的号角。该刊由朱镜我和潘汉年主持。杂志第1期登有潘汉年的《本刊出版的意义及其使命》，谷荫（即朱镜我）的《反对帝国主义进攻红军》、《取消派与社会民主党》等。《文化斗争》的首页，文字设计颇具战斗性和号召力，统一中有变化，静中有动，柔中有刚，似刀枪、似匕首。"文化"二字内容与形式达到了完美的结合，"文"字上一点不写方点、圆点，而用小星，可谓寓意深刻：这是一颗战斗之"心"、燎原之"星"，体现了当时中国文化斗争的急剧尖锐和两个阵线的斗争。把"斗争"二字放置锁链之外，起到了画龙点睛的作用，点出了本刊的出版意义及其使命：冲破"围剿"，砸碎锁链，发出时代的最强音。《文化斗争》于同年8月22日出版了第2期，内容有《参加九七示威》、《战斗的随笔》、《读中国文学的新史料》等战斗篇章，对传播新文化、鼓舞人民进行反帝反封建斗争，起到了积极作用。前后2期共有短文13篇，这份杂志究竟出了几期，不得而知。在该刊第1期的《本刊出版的意义及其使命》一文中，指明了它的任务是宣传马列主义和苏维埃文化运动的理论和实际，开展与一切非马克思主义、假马克思主义的斗争，使其成为左翼文化界的中心刊物。[①]

---

① 朱时雨：《朱镜我与社联》，载《中国社联成立55周年纪念专辑》，上海社会科学院出版社1986年版。

徐庆誉在南京编辑出版了《长风》半月刊,编者署为"长风社",由时事月报社发行。这个刊物于同年 10 月 15 日出版第 5 期后就停刊了。该刊第 5 期封二上的《紧要启事》说:"兹因编辑离京,一时无人负责,暂行停版。"这说明编者署为"长风社"乃是为了虚张声势,除了徐庆誉,"长风社"并无他人。《长风》是一个以提倡民族主义文艺为旗帜的刊物。在第 1 期《本刊之使命》中,编者说:本刊负有两个重大的使命:"一个是介绍世界文学,二是发扬民族精神。"而目的则在于"一面赈济学术的饥荒,一面唤起国人的民族意识,与人类的压迫者——帝国主义作最后的决战"。刊物中也有少量体现其编辑宗旨的作品。如第 4 期中,樵朋的独幕剧《扎兰诺尔》就是用民族主义的观点去描写发生于 1929 年 10 月的中苏战争的:一群中国士兵被苏俄军队俘虏了。苏俄士兵对他们百般侮辱……但一个俄国姑娘却对他认识的一个中国士兵能够为民族而战表示钦佩。这时,中国军队的大反攻也取得了胜利。不过这类作品实在非常少,因而其他民族主义文艺运动者对这个刊物并不满意。如《前锋周报》的编辑李锦轩在《长风》刚出版第 3 期时就撰文《给〈长风〉》,批评《长风》虽然拉了不少名家的稿件,但却很少发表真正有关民族主义文艺的文章。烽柱在发表于 1930 年 11 月 15 日《文艺月刊》第 1 卷第 4 期中的《我所见一九三〇年之几种刊物》中评论这个刊物时也说过:"它也是南京所出的一种刊物,编者似乎是一个多方面的追求者,内容涣散而没有什么精彩了。现在据说已经停刊。"

中国文艺社主办的《文艺月刊》在南京创办,至 1937 年 8 月 1 日出版第 11 卷第 2 期后终刊,共出 73 期,16 开。编辑者主要是王平陵、左恭和缪崇群。

肖石君翻译的英国作家赛孟兹著的小说《魏尔伦》发表在《文艺月刊》创刊号。

16 日,金枝的小说《我们狗与人》发表在《北新》第 4 卷第 16 期。

梁遇春的散文《救火队》发表在《现代文学》第 1 卷第 2 号。作者在小小的题目里开掘微言大义,引用外国的经典、警句,信手拈来,处处切题。在阐发议论时,他能从容自如地运用广博的知识,为文章服务,海阔天空,纵横捭阖,且行文富有感情,笔下虽波澜四起,却能不失法度。

吕叔湘翻译的捷克作家郝尔曼创作的小说《没孩子的夫妻》发表在《北新》第 4 卷第 16 期。

谢六逸翻译的日本著名理论家片冈短兵创作的《新兴小说的创作理论》在《现代文学》第 1 卷第 2—5 期连载。

钱歌川翻译的日本理论家平林初之辅创作的《商品化的近代小说》发表在《北新》第 4 卷第 16 期。

22 日，钱谦吾编的文艺理论批评著作《新文艺描写辞典续编》由上海南强书局出版。

23 日，中国左翼剧团联盟在上海成立。1927 年大革命失败后，中国共产党 1929 年在上海成立了中央文化工作委员会。在"文委"领导下，上海艺术剧社率先揭开了左翼戏剧运动的序幕。1930 年 3 月，由上海艺术剧社和摩登社发起，联合南国社等戏剧团体，正式成立了上海戏剧运动联合会。不久，上海艺术剧社、南国社相继被国民党当局查封。为了加强团结，坚持斗争，两团体决定改组联合会为中国左翼剧团联盟，于 1930 年 8 月 23 日召开了成立大会，1931 年 1 月改为中国左翼戏剧家联盟（简称"剧联"）。首任党团书记为杨邨人，刘保罗、赵铭彝、郑君里分别担任总务、组织、宣传等部负责人。1936 年年初，中国左翼戏剧家联盟自行解散。"剧联"成立以后，先后组织了"大道剧团"等十几个演出团体到工厂、学校、市镇、农村流动演出，帮助工人成立"蓝衫剧团"，开展群众性的演剧活动。"剧联"的活动突破了只在中心城市剧院演出的狭小圈子，进一步深入广大民众之中，奠定了戏剧大众化的发展趋势。"剧联"还在南通、北平、武汉、广州、南京、青岛、杭州等地设立了分盟和小组，扩大了左翼戏剧运动的活动范围。在戏剧运动为政治斗争服务的思想指导下，"剧联"的活动与现实斗争紧密配合。1931 年 3 月，为庆祝苏区红军的胜利，演出由苏联小说改编的《马特伽》，使得人心一振。"九一八"事变之后，"剧联"所属的十几个剧团分别举行了反日公演，台上台下，同仇敌忾，反帝口号连成一片。1933 年初，为救济东北难民，"剧联"调动了几十个业余剧团和学校剧团，在上海演出一个多月，声势阵容十分可观。同年 3 月，"剧联"又组织了上海学生剧团联合会的 30 多个剧团，举行援助东北义勇军的大规模公演，产生了很好的社会效果。1936 年初，根据形势发展的需要，"剧联"提出了"国防戏剧"的口号，并自行解散，着手筹建戏剧界抗日民族统一战线的组织。这一时期左翼剧作家创作的作品大都以工人、农民为主人公，着重表现他们的革命斗争，及时、直接地反映现实生活中重大政治事件。如反映人民困苦生活的田汉的《洪水》、尤兢的《江南三唱》、袁殊的《工场夜景》、冯乃超的《阿珍》、欧阳予倩的《同住的三家人》，表现人民抗日反帝斗争的楼适夷的《S.O.S》、《活路》等。这些剧作都以其强烈的现实性与及时性，发挥了巨大的宣传鼓动作用，并初步突破了话剧只能在都市剧院演出的狭小圈子，开始走向工厂、农村。

30日，上海书店职工会召开群众大会，布置罢工，平凡、江南、群众、北新等30余家书店及"左联"、"互济会"的代表出席。

鲁迅译完苏联雅格武莱夫的中篇小说《十月》(第4—28节)及《作者自传》，并作《后记》。与去年1月3日所译前三节合成全书，1933年2月由神州国光社出版，为《现代文艺丛书》之一。《后记》联系1928年10月27日所作《〈农民〉译者附记》和1929年1月2日所作《〈十月〉译者识》，进一步介绍了作者的生平、创作特点，特别是他参加过的"绥拉比翁的弟兄"这一"同路人"文学团体的创作倾向及其变化情况，并且就近年来"同路人"逐渐与无产阶级作家"两相合流"这一事实，指出："一切'同路人'，也并非同走了若干路程之后，就从此永远全数在半空中翱翔的，在社会主义建设的中途，一定要发生离合变化。"在1933年6月26日致王志之信中，鲁迅又以同一观点再次分析、评价了《十月》一书。

本月

"社联"和"左联"机关刊物《新思潮》、《社会科学讲座》、《萌芽月刊》、《拓荒者》、《文艺讲座》及《巴尔底山》，都先后被国民党反动当局查禁。国民党上海市党部和社会局还强迫各书店不准再印行左翼文化书刊。①

瞿秋白夫妇从莫斯科回到上海，通过开明书店与茅盾联系。茅盾得信后，遂偕夫人前往拜访，并把瞿秋白夫妇接到寓所同住。

老舍受聘山东济南齐鲁大学国学研究所文学主任兼文学院教授，开设《文学概论》等课，并由该院出版《文学概论讲义》一书，署名"舒舍予"，在校参与编

---

① 朱时雨：《朱镜我与社联》，载《中国社联成立55周年纪念专辑》，上海社会科学院出版社1986年版。

辑《齐大月刊》。

周立波由湖南返回上海,和周扬一起,经赵铭彝介绍,参加中国左翼戏剧家联盟。

本月出版的小说有《世纪病狂者》(徐学文著,上海芳草书店)以及中篇小说《韦护》(丁玲著,上海美丽书店)。《韦护》描绘了革命者韦护的性格和心态,生活气息比较浓郁。作者在《我的自白》中说:"韦护是一个革命的人物。应该做的事,他都勇往地去从事工作。他遇见一个虚无思想甚深的女人,他对她无形中就发生了一种热情的爱恋。后来进一步同她住在一起,不过另一面却感觉得非常痛苦,感觉到无时间工作的痛苦。然而,竟为她的美丽,一种无可比拟的热爱所迷惑。后来总算给他逃开了。""我现在觉得我的创作,都采取革命与恋爱交错的故事,是一个唯一的缺点,现在是不适宜的了。不过那还是去年写成的,与我现在的环境又大大不同了。"丁玲又在1931年8月10日发行的《读书月刊》第2卷第4—5期合刊中说:"《韦护》中的人物,差不多都是我的朋友的化身,大家都有一看的必要。"钱谦吾在由北新书局1931年出版、黄英编的《现代中国女作家》中发表评论文章《丁玲》说:"这部反映革命与恋爱冲突的作品完全是一个Romance。其不足,'简单地说,那就是这一部长篇依旧是一部恋爱小说,与革命并没有怎样深切的关联。她和其他的许多的新的作家一样,还不能进一步地取得前卫作家的立场,来描写前卫阶级的血腥的斗争,来反映这一个伟大的时代。她所表现的,仍旧是用着小资产阶级智识分子的浪漫革命家的气氛,来描写离开了斗争的Romance的事件'。"郝宝璋则在1931年12月发行的《中国新书月报》第1卷第12期中发表评论文章《〈韦护〉的转变》,认为《韦护》"是近今文坛不可多得的作品"。草野在1932年由北平人文书店出版的《现代中国女作家》中将丁玲视为中国现代最出色的女作家。他认为,就《韦护》而言,"作者已非那市井一般的普通作家可比了。她在每一个字句里都含了一种极愿牺牲的力,她相信世界都要变了,一切都须根了世界的变而变"。"作者描写《韦护》是那样朴素的文章,冷静的态度,沉毅的热诚,对爱情对革命。这都是作者显露出她要转变的表示。"谛山、殷干、萧石在1933年由光华书局出版、黄人影编的《当代中国女作家论》中有《一个时代的烙印——〈韦护〉之内容与技巧》,认为:"丁玲的《韦护》就是一本公式化了的,恋爱与革命冲突的描写;而它的结尾更充分地示出对革命的罗曼史的迷梦。"而殷干认为："无论在意识上或技巧上，《韦护》这部小说都是失败了的。"萧石认为，《韦护》是丁玲转变之后的力作。张惟夫在 1933 年由北京立达书局出版的《关于丁玲女士》中认为："这本小说，虽是丁玲业已改变了《在黑暗中》的作风，但她总不免拿恋爱的事实来套上一个革命的套。里边的个人色彩，英雄色彩太重。韦护嫌中国青年不够革命的资格，一切的革命原动力并没有以社会作根基这都是最大的错误。但是作者的意志确乎是正确的倾向，这一点总算是丁玲女士成功的开端。"丁玲的作品在流行的"革命加恋爱"的公式中，表现了作家独特的观察和发现：中国士大夫家庭出身的觉醒了的新知识分子，一面为时代潮流所推动，成为新兴无产阶级运动的先锋，一面却在灵魂深处保留着充满浓重的士大夫气息的"旧我"的一角。丁玲敏锐地捕捉到了这一过渡时代的过渡性历史人物的特殊矛盾，使作品具有了深刻的认识价值。

本月出版的小说集有《两种不同的人类》（蒋光慈著，上海北新书局）；《处女的悲哀》（陈一夫著，上海疾风社出版部版）；《建塔者》（台静农著，北平未名社）。《建塔者》收《建塔者》、《昨夜》、《历史的病轮》、《人彘》、《井》等 10 则短篇，一部分仍是乡土题材，一部分却扩大到描写革命者的殉难，这是他的文学视域的拓展，只是远不如 20 世纪 20 年代发表的集子《地之子》那样悲哀、淳朴了。

本月出版的理论著作有《中国文学史纲》（欧阳溥存著，上海商务印书馆）；《西洋文学通论》（茅盾著，署名"方璧"，上海世界书局）。茅盾的理论创作是结合着中国的文艺运动实际和作家的创作实际，来从事理论批评的。他主张学习世界文学中对我们有益的东西，在文学领域内重视艺术规律，促进现代文学内容与形式的不断进步，对中国文学的现代化做出贡献。

上海水沫书店出版《马克思主义文艺论丛》，共出 2 种。

王独清在《展开》第 3 期发表《创造社——我和它的始终与它底总账》。

本月出版的翻译著作有《食莲花者》（[英]丁尼生著，朱维基译，发表于《金屋月刊》第 1 卷第 11 期）；《皇帝的新衣》（[丹]安徒生著，赵景深译，上海开明书店）；《戈里基文录》（鲁迅主编，上海光华书局，该书收高尔基自传、小说、论文、书信、回忆录等 8 篇，分别由鲁迅、柔石、冯雪峰、夏衍等翻译。1932 年 1 月再版时改名为《高尔基文集》）；《唯物史观的文学论》（[法]伊可维支著，戴望舒译，上海水沫书店）。

巴金的《俄法狱中记》(广告)发表在平明出版社版《面包与自由》书末广告栏。"这是自传的姐妹篇,叙述作者在俄法两国狱中的见闻和感想。作者更注重牢狱生活给与囚人之道德的影响,因此本书曾被 H. 霭理斯视为犯罪学方面之重要的参考资料。本书因忠实地描绘了俄国监狱的黑暗面,深触帝俄政府之忌,刊行不久,即由帝俄政府利用外交与经济的力量使出版书局毁版。全世界中仅少数公立图书馆藏有此书。"

九月

1 日,鲁迅题赠冯蕙熹四言诗一首:"杀人有将,救人为医。杀了大半,救其子遗。小补之哉,呜呼噫嘻!"未收集。冯蕙熹,广东南海人,系许广平的表妹,当时是北平协和医学院学生。鲁迅在她的纪念册上题的这首诗,抨击了国民党新军阀屠杀人民的罪行,启示人们认清"救人"的根本道路。

巴金的小说《复仇》发表在《中学生》第 8 号。次年 8 月,上海新中国书局出作者同名小说集,现收于《巴金文集》第 7 卷。他称《复仇》是"我的悲哀",强烈的激情和人道主义精神在作品中不断地倾泻出来,以真诚的态度揭示与诅咒人间的黑暗与不平。《复仇》集中收的 14 篇小说,表现的大都是外国的人与事。集中有"被战争夺去爱人的法国老妇,有为恋爱所苦恼的意大利的贫乐师,有为自己的爱妻和同胞复仇的犹太青年,有无力就学的法国学生,有意大利的亡命者,有命运多舛的法国女人,有波兰的女革命家,有监牢中的俄国囚徒"。但作者无意追逐异国生活的情趣,而是在不同肤色、不同语言的人际关系中寻求共同的东西。用作者在《复仇·序》中的话说:"他们同是人类的一分子,他们是同样具有人性的生物。他们所追求的都是同样的东西——青春,活动,自由,幸福,爱情,不仅为他们自己,而且也为别的人,为他们所知道、所深爱的人们。"的确,不论是《不幸的人》中的穷乐师路易基,还是《先生》中的主人公,他们都被人世的不幸命运驱赶着,但是又都苦苦追寻着幸福和爱情。《复仇》一文写排除万难为妻子和同胞复仇,是犹太青年福尔恭席太因演出的一场人生壮剧;之后他又自杀身亡,这几乎注定了他的宿命。其作品常常在短短的篇幅中结构故事,但从容不迫,富于诗情画意。它们一方面有着美丽、曲折的故事性,另一方面又富于散文的特色。

其散文性不仅在于文体上的抒情韵味和浓郁的激情,还在于叙事写景的舒卷自如。作者自云早期的短篇小说"喜欢让主人公自己讲故事,像《初恋》、《复仇》、《不幸的人》","很可能是受到屠格涅夫的启发写成的"。(《谈我的短篇小说》)

张逸菲的《〈往事〉与冰心女士》,发表在《开明》第2卷第14号。

余上沅翻译的俄国戏剧家L.Dunscuy著的戏剧《丢了的礼帽》发表在《戏剧与文艺》第1卷12期。

3日,鲁迅致信李秉中说:"以译书维持生计,现在是不可能的事。上海秽区,千奇百怪,译者作者往往为书贾所诳,除非你也是流氓。加以战争及经济关系,书业也颇凋零,故译著者并蒙影响,预定译本,成后收受,现已无此种地方,即有亦不可靠。我因经验,与书坊交涉,有时用律师或合同,然仍不可靠也。"他又说,像翻译日本青木正儿《明清戏曲史》这样大部的学术性好书,更无收受之处。他说:"此地的新书坊,大都以营利(而且要速的)为目的,他们所出,是稿费廉的小书",并告以自己"近来不编杂志","报载为燕京大学教授,全系谣言"。

6日,中国左翼文化大同盟筹备委员会代表与日本革命文化团体在上海举行联席会议,讨论"九·七"国际青年示威日纪念活动,并联名发表《反对国民党摧残文化运动宣言》。

7日,上海革命文化团体发表《反对帝国主义国民党摧残文化压迫思想屠杀革命民众宣言》,控诉国民党反动派"乃至血腥的屠杀之上加以文化压迫"的滔天罪行。《宣言》说:"半载以来,查封书店,逮捕学生,禁止新思想书报,压迫公演,仅就反动报纸所泄露记载而言,已是日出不绝。""同时国民党更出其文化的欺骗政策","豢养若干大小走狗,造作荒谬绝伦的言论,企图摇惑青年,倡所谓民族主义的文化,企图与无产阶级文学对抗,密输欧洲的社会民主主义,企图缓和阶级斗争,消弭革命浪潮。阴谋的取消派挂羊头卖狗肉以假马克思主义列宁主义的招牌破坏真正的马克思列宁主义,于是新起的反动刊物,如文艺月刊,如前锋周报,如长风,如动力,如展开,如野草,异曲同工,一齐发动。这便是反动的国民党欲苟延残喘最后的无耻的伎俩!"《宣言》告诫人们提高警惕,这种摧残、压迫文化的手段将会"更凶恶更狡猾"。号召文化战士,依靠革命的工农革命,"领导着觉悟的青年,誓必以万觞的热血,誓必以决死的斗争,冲破此白色恐怖的文化压迫,扫荡此白色的文化上的妖气,唤醒那些被他们所麻醉的人们"。发起《宣言》的文化团体有中国社会科学家联盟、中国左翼作家联盟、中国左翼美术家联盟、中国左翼剧场（团）联盟、齐镰社、社会科学研究社、问学社、文艺研究社、马达社、赤色书业职工会等。这是各种文艺团体发起的为"九·七"纪念反对国民党摧残文化运动周而发表的宣言。

9日，子农的小说《重逢》发表在《开展》第2号。

10日，国民党中央执行委员会密令严密侦查并取缔中国社会科学家联盟、左翼作家联盟、上海青年反帝大同盟、普罗诗社、无产阶级文艺俱乐部、中国革命互济会、自由运动大同盟等组织，并"缉拿其主谋分子，归案究办"，鲁迅等人在其通缉名单中。

《世界文化》月刊在上海创刊，为中国左翼作家联盟机关刊物，由世界文化月刊社出版，仅出1期。该刊是以宣传马克思主义文艺理论，报道国内外革命文化内容的综合性杂志。创刊号有谷荫的《中国目前思想界底解剖》、冯乃超的《左联成立的意义和它的任务》、梁平的《中国社会科学运动的意义》、鲁迅翻译的匈牙利作家安多·加保的论文《无产阶级革命文学论》、柔石以"刘志清"为笔名写的《一个伟大的印象》及《左联致全国苏区代表大会祝福》等。

《中央日报》文艺周刊在南京创刊，至1931年12月17日停刊。

丁玲的小说《一九三零年春上海》发表在《小说月报》第21卷第9号。其二载第21卷第11、12号。这两篇作品展开的是知识分子从个人主义走向集体主义的道路，表现出作家对社会斗争更大的关注。其一写作家子彬不问世事，关闭在象牙塔中，甚至对从事革命运动的朋友的劝导也付之鄙视，其妻子美琳终不愿做笼中鸟，离家投身于革命队伍。其二写革命者望微与情人玛丽久别重逢，玛丽慕虚荣，求享乐，在不能劝转望微之后，以残酷的心折磨他。

靳以的小说《沉落》发表在《小说月报》第21卷第9号。靳以（1909—1959），天津人，原名章方叙，又名章依（见1931年《小说月报》），字正侯，笔名靳以（三十年代起用）、方序（见1942年永安《现代文艺》）、陈涓（见《小说月报》）、苏麟（1943年南平国民出版社出版的散文《人世百图》署此名）。1932年毕业于复旦大学国际贸易系。抗日战争期间任重庆复旦大学教授，兼任《国民公报》副刊《文群》编辑。1940年在永安与黎烈文编《现代文艺》，又任教于福建师专。1944年回重庆复旦大学，抗日战争胜利后随校迁回上海，任国文系主任,与叶圣陶等合编《中国作家》。1933年起,先后与郑振铎合编《文学季刊》,与巴金合编《文季月刊》。1959年7月,一直"跟着党跑"的靳以加入中国共产党。中华人民共和国成立后,历任沪江大学教务长、教授,复旦大学教授,《收获》主编,中国作家协会书记处书记,中国作家协会第一、二届理事和上海分会副主席,第二届全国人大代表。出版有《猫与短简》《雾及其他》《血与火花》《圣型》《珠落集》《洪流》《前夕》《江山万里》,散文集《幸福的日子》《热情的赞歌》等。

刘志清创作的散文《一个伟大的印象》发表在《世界文化》第1期,署名"柔石"。

冯乃超在《世界文化》创刊号上发表《"左联"成立的意义和它的任务》。他从理论上阐明无产阶级革命文学运动的产生和"左联"的成立,都有"它的社会根据和历史的条件",驳斥了"左联"是"只有几个小团体的组合"的说法,论证了"左联"成立的历史意义。他强调"大众化——到工农群众中去!这是目前文学运动的中心口号"。

贺非编制的《中国各省白色恐怖统计表》在《世界文化》月刊创刊号上发表。该表称,自1929年5月1日至1930年5月30日,全国有27214人被当局监禁,12790人被杀害,1273人被通缉。

13日,俞平伯为沈启无编的《冰雪小品》作跋,后改题目为《〈近代散文钞〉跋》。

15日,缪崇群创作的散文《亭子间的话》发表于《文艺月刊》第1卷第2号。文笔婉约精细,感情纤细而又真切动人,虽采取的是平实的路数,但平实中蕴含真挚的情感,靠的是以情动人。

杨靖翻译的英国诗人拜伦的诗歌《当我俩分离了》发表于《文艺月刊》第1卷第2号。

16日,鲁迅校完《静静的顿河》,并作《后记》。《后记》发表于1931年10月神州国光社出版的《静静的顿河》第1分册,署名"鲁迅",后来收入《集外集拾遗》。《静静的顿河》系贺非据德国奥尔加·哈尔佩恩译本转译的苏联肖洛霍夫的短篇小说,为鲁迅编校的《现代文艺丛书》之一,并由鲁迅题写封面。鲁迅在《后记》中对该书已译部分做了评价,说它"风物既殊,人情复异,写法又明朗简洁，绝无旧文人描头画角，宛转抑扬的恶习"。他又说："将来倘有全部译本，则其启发这里的新作家之处，一定更为不少。"

邵冠华的诗歌《从黄昏到天明》发表在《现代文学》第1卷第3号。

崔万秋的散文《盛夏小品》发表在《真善美》第6卷第5号。

缪崇群的散文《楸之寮》发表在《现代文学》第1卷第3号。作品文笔精细婉约，显然吸收了日本小品文的抒情艺术，情感真挚。

17日，上海左翼文化界人士为鲁迅50寿辰举行庆祝会。本月21日中共中央机关报《红旗日报》第38号为此做了专题报道。

"左联"举办庆祝鲁迅50寿辰纪念会。史沫特莱出面租借餐厅，在上海法租界荷兰西餐厅举行。到会的有工人、学生、中国红军后援会代表、进步作家、演员、教授、记者30余人，由"左联"党团书记阳翰笙主持。鲁迅在会上讲述了他半个世纪的经历和思想，批评了文艺界脱离工农、脱离实际的不良倾向，恳切希望文学青年要到工农当中去，从实践中而不是从概念中创造出工人农民所喜爱的文艺作品来。史沫特莱曾在《记鲁迅》一文中描述了当日的情景。

18日，北方左联成立。成立大会在北平大学法学院礼堂举行，由段雪笙主持。会上选出段雪笙、潘漠华、谢冰莹、张璋、郑吟涛、张郁堂、梁冰、刘尊祺等9人为执行委员，段雪笙任党团书记，潘漠华任候补书记。1936年5、6月间，该分盟自行解散，其前后活动存在6年时间，对20世纪30年代乃至后来的文学发展产生巨大影响。

左翼文化总同盟召开成立准备会。"参加代表有左联，社联，美联，剧联等团体代表二十余人，首先讨论左翼文化力量统一的问题。……其次讨论该同盟包括范围问题"。会上选出5人代表组成准备委员会的任务和具体准备工作为"一、起草纲领宣言；二、发刊机关杂志；三、建立革命文化出版所等云"。（9月19日中共中央机关报《红旗日报》第36号）

20日，鲁迅致信苏联曹靖华，揭露国民党对进步文学运动和著名作家的迫害。信中肯定了创造社、太阳社提出无产阶级革命文学口号的历史成绩"是不可没的"，他"希望就是在文艺界，也有许多新的青年起来"。

鲁迅翻译苏联小说家绥甫林娜的小说《肥料》在《北斗》第1卷第1—2期连载，署名"隋洛文"。

25日，鲁迅同许广平携海婴往阳春堂照相。后来，他在照片上题写"鲁迅与海婴，五十与一岁。"

27日，鲁迅作《〈梅斐尔德木刻士敏土之图〉序言》，载1931年2月2日鲁迅以"三闲书屋"名义自费出版的《梅斐尔德木刻士敏土之图》卷首，署名"鲁迅"，后来收入《集外集拾遗》。该图系德国青年画家梅斐尔德为苏联革拉特珂夫的长篇小说《士敏土》所作的10幅插图。鲁迅从德国购得原拓版画，"为替艺术学徒设想"，在中国首先自费试验用珂罗版复制，印行250本。鲁迅在《序言》中赞扬梅斐尔德的革命精神和作品的革命内容，指出他创作的《士敏土》之图，突破了他过去创作中隐约可见的悲悯的心情，"惟这《士敏土》之图，则因为背景不同，却很示人以粗豪和组织的力量"。《序言》也指出插图的不足，没有充分表现原作中所描写的两种社会意识的矛盾和冲突，认为其原因之一，是因为"刻者生长德国，所经历的环境也和作者不同的缘故"。1931年10月22日，为把本篇印入董绍明、蔡咏裳合译的《士敏土》一书中，鲁迅又删去本篇最后一段和写作时间，另外续写了一段说明文字，发表在1932年7月新生命书店出版的插图本《士敏土》。

丁玲的长篇小说《韦护》由上海大江书铺出版。

李青崖在《文艺月刊》第2卷第9期发表小说《新家具》。

石民翻译的英国文学家高尔斯华绥的小说《妒》发表于《文艺月刊》第2卷第9号。

本月

巴金应吴克刚邀请赴福建泉州晋江黎明中学，途经厦门结识王鲁彦，并介绍王为华侨《民族日报》编副刊，兼在厦门大学讲授《中国文学》。同月巴金又结识陈范予、林憾庐、丽尼。月底返回上海，称在晋江一月是"一生中最快乐的日子"。

巴金构思《新生》。得悉湖北人董寄虚曾经组织厦门机器工会，领导电灯厂工人罢工，后与同伴被捕入狱，根据被捕朋友狱中日记，又进一步了解了这些斗争的经过，作为《新生》的创作素材。

巴金为上海世界语学会编辑了俄国诗人爱罗先珂的童话集《幸福的船》。该集收有鲁迅、夏丏尊、胡愈之、觉农、西可、卫惠林等人分别据日文、世界语和俄文翻译的16篇作品。编辑中"发现爱罗先珂的全部童话和小品中只差了《木星的人神》一篇没有被译过，我便不量力地把它译出了。这篇童话在爱罗先珂的作品中并不是最好的"。(《〈笑〉前记》)

沈从文在由上海光华书局出版、黄人影编的《郭沫若论》中刊载《论郭沫若》，对郭沫若诗歌的善于抒情、崇尚雄奇的特点做了精湛论述。他对郭沫若小说评价不高，指出了郭沫若对现实生活缺乏深刻观察，以及作为"创造社"作家的一般浪漫主义精神。

萧乾借假文凭考进辅仁大学英文系，仍靠"半工"维持大学生活。他参与编辑英文《中国简报》文艺版，用英文撰写大量中国现代作家的评介文字，由此结识沈从文。

借《卡门》等演出事件，国民党当局查封了南国社。黄素、张曙、田沅被捕，田汉转地下继续从事进步戏剧活动。

"左联"、"社联"继暑期补习班后又创办"现代文学讲习所"，由冯雪峰、王学文主持，洪深出面向公共租界工部局注册。10月间被查封。

闻一多受聘于青岛山东大学，任文学院院长兼国文系主任。

梁实秋受聘于青岛山东大学，任外文系主任。

彭康被捕入狱，至1937年出狱。

本月出版的小说有《某夫妇》(李白英著，上海光华书局)；短篇小说《初恋》(巴金著，载《复仇》，现收于《巴金文集》第7卷)，写在异国留学的主人公叙述自己与一位法国姑娘曼丽相互初恋时的忠诚和喜悦以及失恋后的痛苦和悲伤；长篇小说《倪焕之》(叶圣陶著，开明书店)，与茅盾的《子夜》一道成为现代长篇小说的真正开端。夏丏尊写序说，在"只是千篇一律的恋爱谈，或宣传品式的纯概念的革命论"的国内文坛，"突然见了全力描写时代的《倪焕之》，真是使人眼光为之一新。故《倪焕之》不但在作者的文艺生活上是划一个时代的东西，在国内的文坛上也可以说是可以划一时代的东西"。茅盾誉《倪焕之》为"扛鼎之作"，称赞它从一个广阔的背景中来展现中国知识分子的历史道路。小说还提供了倪焕之这一不可重复的"五四"理想主义者的典型形象，他的"理想主义"不仅其内容（建设理想的学校和家庭）是"五四"式的，而且连精神特征也是那样的纯洁、天真，一味沉溺于美好无邪的幻想，而决不考虑社会环境与实现理想的现实可能性，都反映了"五四"历史青春期的特点。《倪焕之》仿佛是一个"五四"小说的小结，同时开启了下一个阶段。《倪焕之》是叶圣陶唯一的长篇小说，写于1928年，最初连载于《教育杂志》。它的问世，标志着作者现实主义创作方法的成熟。茅盾在1929年5月发行的《文学周报》第8卷第20期发表评论《读〈倪焕之〉》，认为："把一篇小说的时代安放在近十年的历史过程中的，不能不说这是第一部；而有意地要表示一个人——一个富有革命性的小资产阶级知识分子，怎样地受十年来时代壮潮所激荡，怎样地从乡镇到都市，到埋头教育到群众运动，从自由主义到集团主义，这《倪焕之》也不能不说是第一部。在这两点上，《倪焕之》是值得赞美的。"小说艺术地再现了从辛亥革命到大革命时期十几年间中国革命的历史进程和时代风貌，通过主人公倪焕之从个人奋斗到投身于群众运动以及在人生道路上的探索，形象地批判了改良主义的"教育救国论"，着重展示了一个不断追求进步的小资产阶级知识分子的复杂心态。

倪焕之是一个有理想、有抱负的青年知识分子。他满怀着改革社会的希望迎接辛亥革命的到来，甚至想拿着旗子、炸弹去冲锋陷阵。当他不得已走入教育界，目睹了辛亥革命失败后教育界的黑暗状况时，幻想即刻破灭。有志于改革教育的小学校长蒋冰如请他去共事，使他又扬起理想的风帆。"一切希望悬于教育"，通过理想教育"养成正当的人"，使中国一天天好起来的愿望使他和蒋冰如醉心于制定新的办学方案和施行新的教学方法。然而，他们想以理想教育来改造社会的做法遭到了以蒋士镳（蒋老虎）为代表的封建势力的百般阻挠，最终证明他们那套建立在空想基础上的教育改革方案是不堪一击的，结果当然以失败告终。在追求理想教育的同时，倪焕之还追求着建立在共同事业基础上的理想婚姻。与新女性金佩璋情投意合的相爱，使他满怀希望地成婚。婚后的金佩璋，失去了新女性的朝气，沉湎于家庭琐事，他再次感到幻灭的悲哀。五四运动震撼了他的心灵，他接受革命者王乐山"要转移社会、非得有组织的干不可"的观点，从乡村到都市，从埋头教育到参加群众运动，其人生道路与思想都发生了重大转变。在"五卅运动"和大革命高潮中，他感到个人的渺小和工农大众的伟大，以更高的热情投身于革命工作，但倪焕之的转变毕竟是初步的，小资产阶级脆弱浮躁的本性使他在革命高潮时踌躇满志，处于低潮则悲观失望。大革命失败和随之而来的白色恐怖轰毁了他对革命胜利的憧憬，他纵酒痛哭，患了不治之症。在弥留之际，他说："脆弱的能力，浮动的感情，不中用，完全不中用！一个个希望抓在手里，一个个失掉了……成功，不是我们配受领的奖品，将来自有与我们全然两样的人，让他们去受领吧！"对自身弱点的批判，对"全然两样人"的热情召唤，显示出倪焕之的新的觉醒。从个人奋斗到投身革命，从不断追求、不断幻灭到最终觉悟，这是倪焕之的心路历程，具有时代性，也具有典型性。围绕着主人公，小说中出现的金佩璋、蒋冰如、王乐山、金树柏等知识分子群像，也较早地走入中国现代小说的人物画廊。《倪焕之》对中国现代小说的发展，具有不可低估的意义。

《倪焕之》史诗般的结构，纵贯十几年的社会历史，横连诸多重大政治事件，气势宏伟，张弛有度。后半部虽显粗疏，实属美玉微瑕。作者对人物复杂微妙心理的展示，细针密缕，真实可信。

本月出版的小说集有《黑猫与塔》（郭沫若著，上海仙岛书店）；《活力》（华汉著，上海平凡书局）；《无名的牺牲》（李卓吾、李健吾著，上海岐山书店）；《刘大姑娘》（王澎著，上海联合书店）；《巨盗》（尚钺著，南京书店）；《胜利的微笑》（陈一竹著，上海泰东图书馆）。

本月出版了理论著作《希腊文学ABC》（茅盾著，署名"方璧"，上海ABC丛书社出版发行）。

本月出版的翻译著作有《文学之社会学的批评》（[美]卡尔佛登著，傅东华译，上海华通书局）；小说《没有太阳的街》（[日]德永直著，何鸣心译，上海现代书局）；小说《哨兵》（[波]普鲁士著，杜衡译，上海光华书局）；诗歌《印度情诗》（[印]洛能斯何卜著，丘玉麟译，上海开明出版部）；戏剧《浮士德与城》（[苏]卢那卡尔斯基著，柔石译，上海神州国光社），剧本借用歌德《浮士德》第二部结尾情节并加以引申，写浮士德创建自由城——托洛志堡，却实行专制统治，遭民众反对，于是退出王位，并将权利归还人民，微笑逝去；《木星的神》（[俄]爱罗先珂著，巴金译），载1931年3月开明书店版《幸福的船》，后易题为《木星的人神》，收于1948年文化生活出版社出版《笑》。由巴金在泉州翻译了蒲鲁东的著作《何为财产》的下半部,但"《何》稿未发表就全部遗失了"。[1]

本月出版的合集有小说散文集《在没落中》(王任叔著,上海华东图书公司)。

本月出版的其他作品有《创造社:我和它的始终与它的总账》(王独清著,《展开》杂志);《〈幸福的船〉序》(序跋)(巴金著,载1931年《马来亚》半月刊第2期,又载1931年3月开明书店版《幸福的船》)。该文初收于《生之忏悔》,现收于《巴金文集》第10卷(按:这篇序曾收入1948年6月文化生活出版社版《笑》,改题为《关于爱罗先珂》)。作者称俄罗斯诗人爱罗先珂"苦人类之所苦,憎人类之所憎",他"不忍见人类的痛苦,想造一只为全人类乘坐的幸福的船来普救众生"。巴金坚信,"我们终有一日会见着那样的幸福的船航行在人间之海里"。他又借诗人作品中这一具有象征意义的"幸福的船"表达了自己的理想:愿将"个人的生命之发展"与"群体的生命之发展""连带"一起,愿把"个人的生命拿来为他人而放散,甚至为他人而牺牲"。巴金又在《〈幸福的船〉序》后作"附言":感谢鲁迅等人把译文的版权赠予上海世界语协会。

十月

1日,上海各界掀起抵制日货运动,商业界举行"国货运动大会",宣誓不卖日货。

鲁迅等翻译的俄国作家爱罗先珂的小说《红的花》发表在《开明》第2卷第24号。

旭之翻译的英国作家丹沙尼的小说《悠闲地城》发表在《北新》第4卷第17期。

4日,鲁迅与内山完造合作,举办版画展览会(共两天)。这是中国首次举行的各国版画展览。鲁迅将个人收藏的70多幅版画提供给展会展出。

5日,左翼戏剧家联盟会员宗晖被国民党反动当局杀害于南京雨花台。

9日,"剧联"会员、共产党员谢纬荣在南京被国民党杀害。

10日,《前锋月刊》于上海创刊,32开。该刊系"民族主义运动"者主办的

---

[1] 《巴金老师自上海来信》,载1984年泉州黎明学园校刊《信息》总第6期。

文艺刊物，是为了配合蒋介石策划的反革命军事"围剿"，由朱应鹏、傅彦长等编辑，召集了王平陵、黄震遐、范争波、潘公展等人，由现代书局发行。该刊共出 7 期，出至第 1 卷第 7 期终刊，最后一期出版于 1931 年 4 月 10 日。编者在《前锋月刊》第 1 期的《编辑的话》中说："我们规定今后的《前锋周报》专刊短篇的文字，以文艺方面为范围；《前锋月刊》刊登长篇的文字，除了文艺之外，还要刊登关于民族运动及社会科学等各种文字，以期读者有所参证。"创刊号重登《民族主义文艺运动宣言》，大力鼓吹"文艺底最高的使命，是发挥它所属的民族精神和意识"，所以"文艺的最高意义，就是民族主义"。他们妄图用"民族意识"、"民族主义"来抹杀和代替阶级意识和阶级斗争，用"民族主义文艺"来抵制和取代无产阶级文艺。他们提出要铲除"多型的文艺意识"，而统一于"民族主义"的"中心意识"。该刊理论、创造并重，选载大量攻击"左联"和进步作家的文字。在他们的创作中，更充分地暴露了他们仇视人民、仇视无产阶级的真实面目。这个刊物对于研究前锋社和民族主义文艺运动都非常重要，因为民族主义文艺运动中最有影响的创作大多刊登在这个刊物上。如黄震遐的长篇小说《陇海线上》刊登在第 5 期，万国安的长篇小说《国门之战》刊登在第 6 期，黄震遐的剧诗《黄人之血》刊登在第 7 期。该社还编辑过《民族主义文艺论》一书，由上海光明出版部于 1930 年 10 月出版。该书共收有关民族主义文艺的论文 8 篇，书前有编者的《弁言》一篇。

茅盾的历史小说《大泽乡》发表在《小说月报》第 21 卷第 10 号，署名"蒲牢"。该文主要内容是写九百戍卒在大泽乡遇雨久屯，守着饿死，而到渔阳则误期——也是死。在陈胜、吴广带领下，反抗的怒火爆发了！"从营帐到营帐，响应着贱奴们挣断铁链的巨声，弥漫了大泽乡的秋雨是举义的檄文"。茅盾在《茅盾文集》第七卷后记中认为：《大泽乡》是一篇'概念化的东西'，'形象化非常不够'，'是一部历史小说的大纲而已'。"

施蛰存的心理分析小说《将军底头》发表在《小说月报》第 21 卷第 10 号。作者在 1932 年 1 月由上海新中国书局出同名小说集。作品写唐代成都名将花惊定奉命征讨吐蕃。因部下胁迫一个边疆少女，他下令斩首示众，而自己却爱上了这个少女。两军对阵，他终被吐蕃将领砍下了头，而无头的他依然坐在马上，驱马奔向少女所在的溪边。文章用精神分析来重新解释历史人物和事件，用人的内在生命来表现人性、表现男女情爱，呈现人物的潜意识、性心理乃至变态心理。

易康的小说《胜利的死》发表在《前锋月刊》创刊号。

老舍的散文《一些印象》发表在《齐大月刊》第1卷第1期，署名"舍予"。该文初收入《老舍幽默诗文集》（时代图书公司1934年4月出版），标题为《到了济南（一）》。该文作于1930年夏，写济南交通工具——马的瘦弱与车的破旧。

老舍所作的《发刊词》发表在《齐大月刊》第1卷第1期，初收于《老舍序跋集》（广州花城出版社1984年10月第1版）。该文为齐鲁大学校刊《齐大月刊》创刊而写，文中表明了办刊态度："不是以这小小刊物来满足自己，也不是炫示学校的成绩"，而是要发扬"求知无已"的精神，通过忠实的读书，大胆地发表，引起一些研究与批评的兴趣。

老舍的论文《论创作》发表在《齐大月刊》第1卷第123期，署名"舍予"。本文把汉语和外国语，中国文学与外国文学相对照，进行了比较研究，在文学语言与文学创作方面做了精辟论述。文章充分肯定了古文化遗产的价值，同时又指出如不能正确对待，这笔遗产则是一大祸根，会使后人坐吃山空。作者反对盲目模仿古人，提出"不因沿才有活气，志在创作才有生命"，主张"抛开旧势力的重负，抱着批评的态度，有了自己的思想，用着活的文字，看着一切问题"。文中还说："在最近二三十年我们受了多少耻辱，多少变动，多少痛苦……我们不许再麻木下去，我们且少掀两回《说文解字》，而去看看社会，看看民间，看看枪炮一天打杀多少你的同胞，看看贪官污吏在那里耍什么害人的把戏。看生命，领略生命，解释生命，你的作品才有生命。"他要求创作"不要浮浅，不要投机，不计利害。活的文学，以生命为根，真实作干，开着爱美之花"。

方光焘翻译的日本作家正宗白岛的小说《向哪里去》在《小说月报》第21卷第10—12号连载。

熊式式翻译的英国作家埃巴蕾的小说《七位女客》发表于《小说月报》第21卷第10号。

蓬子翻译的苏联作家洛曼诺夫的小说集《没有樱花》由上海联合书店出版发行。

13日，鲁迅致信王乔南，就对方提出的拟将《阿Q正传》改作剧本一事给予答复："我的意见，以为《阿Q正传》，实无改编剧本及电影的要素，因为一上演台,将只剩了滑稽,固我之作此篇,实不以滑稽或哀怜为目的,其中情景,恐中国此刻的'明星'是无法表现的。"同年11月6日,鲁迅又得王乔南信,其中除说明将《阿Q正传》改编为《女人与面包》一剧的情形外,还提出原作者的"表演摄制权"问题。鲁迅再次表示:"先生既然要做,请任便就是了",并断然说:"至于表演摄制权,那是西洋——尤其是美国——作家所看作宝贝的东西,我还没有欧化到这步田地。它化为'女人与面包'以后,就算与我无干了。"

15日,沈从文的小说《三个男人和一个女人》发表在《文艺月刊》第1卷第3号。

聂绀弩的诗歌《马来的琴歌》发表在《文艺月刊》第1卷第3号。

段梦晖创作的诗歌《弥留》在《开展》第3、4号连载。

克川的理论著作《十年来中国的文坛》发表在《文艺月刊》第1卷第3号。

16日,张佐夫的小说《梦魇》发表在《北新》第4卷第18期。

蹇先艾的小说《洞仙》发表在《现代文学》第1卷第4期。

石民的诗歌《再显》发表在《现代文学》第1卷第4期。

彭道真翻译的英国作家萧伯纳的戏剧《他为何对她的丈夫撒谎》发表于《北新》第4卷第18期。

孙俍工翻译的日本理论家荻原朔太郎的《主观与客观》发表于《现代文学》第1卷第4号。

20日,胡也频的小说《光明在我们的前面》由上海春秋书店出版。作品写革命青年刘希坚是共产党员,妻子白华是无政府主义的信徒。爱情与信仰的矛盾不时地在他们之间摩擦。"五卅"运动的血与火,终使白华抛弃先前立场而倾向共产主义,找到了真理,找到了前途的光明。小说突出描写了"五卅"运动爆发后,北京广大民众在共产党领导下展开的英勇顽强的反帝爱国斗争,表达了共产主义事业不可战胜、光明就在我们前面的坚定信念。男主人公刘希坚与许多时代青年一样,在追求真理的过程中,有过很多艰难曲折,但在实际革命斗争中,他不仅增强了对中国现实主义社会的清醒认识,而且在思想上坚定了对马克思主义科学理论的信仰。他是一个从实践到理论逐步成熟起来的先进知识分子和党的工作者的艺术形象。他的爱人、女主人公白华开始是一个既有政治热情而又深受无政府主义影响的小资产阶级知识分子,她曾幼稚地把无政府主义理论信奉为改造社会的理想和指南。在严峻的现实斗争考验中,在刘希坚等共产党人的帮助下,白华终于认清了正确的人生道路,决心投身工农革命运动。小说交织着男女主人公政治理想的冲突和爱情生活的纠葛,既有鲜明的性格刻画,又有充实的内心情感的揭示。

这部作品在当时文坛上产生了较为强烈的反响,张秀中在1932年7月发行的《新地月刊》第6期上发表评论《读〈光明在我们的前面〉》中认为:小说是以"生长在'五卅'运动以后的文学作品中的一种新姿态展开在读者面前的,因了其生活内容的充实,意识的正确,技巧的熟练,无疑的,在中国文坛是一部划分时代的作品,表现了中国'五卅'以后新阶段的开始"。"全书中人物的描写以刘希坚、白华的影子表现得最为活跃",而相对的"缺了一般革命者的生活及其意识形态的描写以及阶级的对立,统治阶级方面的描写和暴露,因此,显得内容单薄"。他还认为其"尖端的抒情写法""有相当的成功"。所谓"尖端的抒情写法"是指急风骤雨的游行示威和群情激昂的群众斗争场面的描写"充满了紧张、急剧、破碎的力量"。而这种经常出现、充分表现着"一泻到底的,在技巧上有着摄取读者的力量"的描写,正显示了"近来新兴文艺上少有的别开生面的特殊风格"。丁玲在《一个真实人的一生——记胡也频》中回忆说:你可能看得出"他的生活实感还不够多,但热情澎湃",特别是最后几章,"我以二十年后的对生活、对革命、对文艺的水平来读它,仍觉得心怦怦然,惊叹他在写作时的气魄与情感"。作品截取了中国知识分子思想历程的一段真实生活,表现白华在"五卅"运动的教育下,终于由无政府主义倒向她爱人刘希坚所信仰的共产主义,是很有历史认识价值的。

24日,叶圣陶作书信《致赵景深》,署名"钧",后载入1981年4月上海文艺出版社《中国现代文艺资料丛刊》第6辑。

26日,阳翰笙的长篇小说《地泉》(包括《深入》、《转换》、《复兴》三部曲)由上海平凡书局出版,署名"华汉"。该作品社会画面广阔,反映了大革命后从农村到城市,从农民、知识分子到工人的激烈变化,基本上是从政治观念上生发故事,缺乏文学的描述,人物又很少有活的个性,革命与反革命的双方都变得神经质似的。三部曲的第一部《深入》,曾以《暗夜》为题由创造社出版部于1928年1月出版。作品写老罗伯从自身的被压迫经历中养就叛逆心理,在农会组织下,奋起反抗,表现了作家对革命深入的概括。知识青年林怀秋在大革命时期本是一个勇猛的志士，政变之后，热情渐次冷却，后被真正坚毅的革命者所感召，重新抖擞精神，表现了作家对小资产阶级知识分子立场转换的思考。林怀秋与梦云在 H 埠组织工人运动，主张用总罢工向重要城市进攻来迎接日益逼近的革命高潮，表现了作者对工人运动"复兴"的渴望。作者华汉在《〈地泉〉重版自序》中认为："他（易嘉）只教我们应该怎样走，还没有告诉我们究竟怎么样才能走得到。"他说："在目前，正当着我们的许多作家及不少的文艺青年，正当着我们的许多作家及不少的文艺青年，正在离开现实的斗争，企图关在书斋里优哉游哉地创造新兴文学的时候，我们如果不抛开我们小资产阶级的生活，不克服我们小资产阶级的意识，不深深地打入群众中，不直接参加在残酷的现实斗争里，那我们是不能真正反映现实斗争，不能真正创作出'大众化'的新兴文学。不然的话，那末我们的作家将要回答我们：应该怎样走的问题，他是比我们懂得更多！用不着我们再来多嘴！"作者还认为："茅盾对于《地泉》所指摘出来的两大缺点，我是诚意接受的，然而他的批评方法以及基于他这种方法所得出来的我们每个作家应走的道路，我却认为还有探讨的必要。""茅盾在他批评《地泉》一文中所说的一部作品成功的两个必要条件，我觉得实际上只是一个注重作品的形式的基本观点，我们不是艺术至上主义者。"茅盾"丝毫没有看见过去我们的作品中比什么还严重的在内容上的非无产阶级乃至反无产阶级的意识的活跃。比什么还严重的在形式上（即在文字上、结构上、人物的解剖上以及风景的描写上）离开了大众的文化水平的无条件的欧化主义的错误"。"因此，我们在批评过去作品的时候，如果我们竟看轻了作品的内容，或竟抹煞了作品中的阶级的战斗任务而不加以严厉的检查，只片面的从作品的结构上、手法上、技巧上，即整个的形式上去着眼，这不仅在一般的文艺批评方法上不容许，而且，其结果，却更将有离开我们新兴文学运动正确的路线的危险。"所以，作者认为，"我们最最重要的是应该面向大众，在大众现实的斗争中去认识社会生活的唯物辩证法的发展"，"是应该参加在大众的斗争中去用批判的眼光去学习大众所需要的作品的内容与形式"。

易嘉（瞿秋白）在以《革命的浪漫谛克》为题的《序》中写道："中国社会的发展过程和发展动力显然不是什么英雄的个性，而是广大的群众，不是简单的'深入'、'转换'和'复兴'，而是一个簇新的社会制度从崩溃的旧社会之中生长出来，它的斗争，它的胜利……正在经过一条鲜红的血路，克服着一切可能的错误和失败，锻炼着新式的干部。""但是《地泉》没有表现这种动力和过程。《地泉》固然有了新的理想，固然抱着'改变这个世界'的志愿。然而《地泉》连庸俗的现实主义都没有能够做到。最肤浅的最浮面的描写，显然暴露出《地泉》不但不能帮助'改变这个世界'的事业，甚至于也不能够'解释这个世界'。《地泉》正是新文学所要学习的'不应当这么样写'的标本。新兴文学要在自己的错误里学习到正确的创作方法，要在斗争的过程之中，锻炼出锐利的武器，因此对于《地泉》这一类的作品，也就不能够不相当的注意。""至于《转换》的全部的题材——实际上也可以说《地泉》的全部题材——都是这种'革命的浪漫谛克'。林怀秋是一个颓废的青年，以前曾经是革命者，但是已经堕落了，过着流浪的无聊的贵公子生活，后来莫名其妙的，一点儿也没有'转换'的过程，忽然振作了起来，加入军队，从军队里转变到革命的民众方面去。梦云是一位小姐，女学生，大绅士的未婚妻，她居然进了工厂，还会指导罢工。另外还有一位寒梅女士——始终没有正式出面的，作者对于她没有描写什么——而怀秋和梦云的转换，却都是受了她的劝告的结果。这几位都是了不得的人物！固然，实际生活之中的确也有这一类的人。可是《地泉》的表现，却不能够深刻地写到这些人物的真正的转换过程，不能够揭穿这些人物的'假面具'——他们自己意识上的浪漫谛克的意味：'自欺欺人的高尚的理想'——反而把丑陋的现实神秘化了，把他们变成了'时代精神的号筒'。""至于描写的技术和结构——缺点和幼稚的地方很多；文字是五四式的假白话，例如农民劳罗伯的对话里，会说出'挨饿受辱'这样的字眼，所有这些，都是值得研究的错误。"

郑伯奇在《地泉·序》中说："你的作品，题材多少是有事实根据的，人物多少是有模特儿存在着，然而题材的剪取，人物的活动，完全是概念——这绝对不是观念——在支配着。最后的《复兴》一篇，简直是用小说体来演绎政治纲领。我并不是说这是不可以，作一篇宣传文学看，这是很成功的（其实，就在这三部曲中，《复兴》是最有效果的一篇）。但是站在普罗革命文学的发展前途上看，这毕竟是歧途；这种倾向——革命故事的抽象描写——是应该克服的。"

茅盾以《〈地泉〉读后感》为题的《序》中说："我的中心论点是：一个作家应该怎样地根据他所获得的对于现社会的认识，而用艺术的手腕表现出来。说得明白些，就是一个作家不但对于社会科学应有全部的透彻的智识，并且真能够懂得，并且运用那社会科学的生命素——唯物辩证法；并且以这辩证法为工具，去从繁复的社会现象中分析出它的动律和动向；并且最后，要用形象的言语艺术的手腕来表现社会现象的各方面，从这些现象中指示出未来的途径。所以一部作品在产生时必须具备两个必要条件：（一）社会现象全部的（非片面的）认识，（二）感情的去影响读者的艺术手腕。""两者缺一，便不能成功一部有价值的作品，至少写作此类作品的本来的目的因而不能达到；不但不能达到，往往还会发生相反的不好的影响。而这不好的影响也是两方面的，一在指导人生方面，又一则在艺术的本身发展方面。""本书非但不能达到它写作的本来目的，且亦浓厚地分有了那时候同类作品的许多不好倾向。我在这里提出那时候同类作品的许多不好倾向，一句话，要请读者切实注意。因为作为一种'风气'或文学现象来看，则本书的缺点不是单独的，个人的，而实是一九二八年到三〇年大多数（或竟不妨说是全体）此类作品的一般的倾向，这是一个值得讨论的问题了。"他认为，本书在这两方面是失败了，尤其是"脸谱主义"地去描写人物，"方程式"地去布置故事。不过，"本书在失败方面，就其成为当时文坛的倾向一例而言，不但对于本书作者是一个可宝贵的教训，对于文坛全体的进向，也是一个教训"。

钱杏邨在《序》中认为，初期中国普罗文学都具有以下几种倾向：一是个人英雄主义倾向；二是浪漫主义倾向；三是才子佳人倾向；四是幻灭动摇的倾向。《地泉》也不例外。

27日，李健吾的诗歌《进行曲》发表于《骆驼草》第27期。

29日，叶圣陶创作散文《过去随谈》，署名"圣陶"，后载入1931年1月1日《中学生》月刊第11号，最初收在1931年9月由新中国书局出版的《脚步集》。

本月

中国左翼文化界总同盟（简称"文总"）在上海成立。先后参加的有"左联"、"社联"、"剧联"、"美联"、"记联"以及教育、音乐、世界语小组等8个团体。1936年自行停止活动。

"左联"发布《秘书处通告》，要求所有盟员对"中国无产阶级文学运动"、

"文学大众化问题"、"联盟目前工作路线"、"联盟机关报各期之内容"等进行切实讨论并提出书面意见。

《现代学生》在上海创刊,由刘大杰等编辑。该刊以指导学生生活和贡献世界学术为目标,撰稿者多为现代著名学者和大学教授,其中有胡适、徐志摩、陈梦家、郁达夫、陈望道、章衣萍、谢冰莹、沈从文、赵景深等。读者对象为中学生和大学生。该刊偏重于文艺,也介绍哲学、历史、地理、科学方面的知识,出版时间近3年。

茅盾开始筹划《子夜》的详细大纲,次年10月正式开始撰写。秋,沈从文离开上海,去武汉大学任教。张天翼送父亲张通模到安庆编撰安徽通志,自己留在安徽通志馆图书馆管理图书。

老舍到济南青年会演讲《文学的创作》,到济南一中演讲《谈幽默》。

上海商务印书馆出版《世界儿童文学丛书》,至1950年1月共出12种。

本月出版的小说有《桃花剑》(席灵凤著,上海好青年书店);《雪萍小姐》(雪明著,上海金屋书店);《哭与笑》(杨荫深著,上海现代书局);《给爱的》(杨昌溪著,上海联合书店);《旗声》(林疑今著,上海联合书店)。短篇小说《苦人儿》(巴金著,载《现代文学》第1卷第4期),初收于《复仇》,改题为《不幸的人》,现收于《巴金文集》第7卷。该作品写穷鞋匠的儿子和男爵小姐纯洁真挚的爱情和因贫富悬殊而造成的悲剧。题材取自凡宰特流亡的一段经历,以及巴金1928年离开法国前在马赛逗留时的一些见闻。

本月出版的小说集有《幻醉及其他》(谢冰季著,上海中华书局);《小朋友故事》(陈伯吹著,上海北新书局)。

本月出版了诗集《寒笳》(关萍著,上海广益书局)。

本月出版了散文集《椰子与榴莲》(许杰著,上海现代书局)。

本月出版的戏剧集有《〈孔雀东南飞〉及其他独幕剧》(袁昌英著,上海商务印书馆),收《孔雀东南飞》、《活诗人》、《人之道》等独幕剧。其所创作的《孔雀东南飞》,不是从刘兰芝、焦仲卿的爱情悲剧里去发掘反封建婚姻制度的社会意义;她的创作兴趣在于用弗洛伊德的学说去挖掘焦母的病态心理:"母亲辛辛苦苦亲亲热热的一手把儿子抚养成人,一旦被一个毫不相干的女子占去,心里总有点忿忿不平……假使遇着年纪还轻,性情激烈而又不幸又是寡妇的,这仲卿与兰芝的悲剧就不免发生了。"(《〈孔雀东南飞〉及其他独幕剧·序言（一）》)剧本所追求的正是这种"母爱与夫妻之爱之间的矛盾"中所产生的悲剧"趣味"。

袁昌英（1894—1973），女，作家，教育家，湖南省醴陵人。1916年、1926年两度出国，入英国爱丁堡大学、法国巴黎大学学习，获文学硕士学位。1928年回国后先后任上海中国公学、武汉大学教授；创作了大量的文学作品，戏剧有《孔雀东南飞》、《活诗人》等，散文有《巴黎的一夜》、《琳梦湖上》等，代表作《游新都后的感想》等被选入高中课本；出版《法国文学史》、《法国文学》等著作；生前为中国作家协会会员；1956年加入"民盟"；次年划为右派，后又被判反革命，交街道监督劳动，75岁时被遣送回醴陵乡下，三年后去世；1979年获平反。

本月出版的理论著作有《现代英国文艺思潮概观》（刘大杰著，载《现代学生》创刊号）；《民族主义文艺论》（前锋社编，光明出版部），收泽明、雷圣、潘公展、李锦轩、方光明、朱大心、叶秋原等论文7篇，《民族主义文艺运动宣言》垫后；《文艺与社会倾向》（钱杏邨著，上海泰东图书局）；《戏剧论》（郁达夫著，上海商务印书馆，专论世界近代戏剧）；《中国诗学通论》（范况著，上海商务印书馆）；《楚辞概论》（游国恩著，上海商务印书馆）；《清代文学》（张宗祥著，上海商务印书馆）；《李长吉评传》（王礼锡著，上海神州国光社）；《北欧神话ABC》（茅盾著，上海ABC丛书社）。

本月出版的翻译著作有小说《我的童年》（[苏]高尔基著，姚蓬子译，上海光华书局）；《红的笑》（[俄]安特列夫著，梅川译，上海商务印书馆）；《密探》（[美]辛克莱著，陶晶孙译，上海北新书局）；《两个野蛮人的恋爱》（[法]沙陀不里昂著，沈起予译，上海红叶书店）。戏剧《英雄与美人》（[英]萧伯纳著，中暇译，上海商务印书馆）；《悭吝人》（[法]莫里哀著，高真常译，上海商务印书馆）；《寂寞的人们》（[德]霍普德曼著，钟国仁译，上海商务印书馆）；《麦克佩斯》（[英]莎士比亚著，戴望舒译，上海金马书堂）。理论著作《小说的研究》（[英]韩德生著，宋桂煌译，上海光华书局）。

本月出版的其他著作有《沫若小说戏剧集》（郭沫若著，上海光华书局），收《塔》、《落叶》、《漂流三部曲》、《后悔》、《山中杂记》和《女神及叛逆的女性》6辑。

十一月

1日，初阳社成员心白、白云、亡羊、卫干、听风、余化、子彬等人在杭州创办了《初阳旬刊》。现在可以看到的最后一期是同年12月11日出版的第5期。这是一个旗帜鲜明的参加民族主义文艺运动的社团。他们办刊的宗旨在创刊号上的发刊词《我们的话》中表露得非常清楚。其最后一段文字是这样写的："文学是时代的反映，新时代的文学运动者是时代的前驱。中国现代的中心文学，是民族主义的文学。它的使命，是唤起民族意识，促进民族发皇，发扬民族的奋斗精神，是赤白帝国主义夹攻中的被压迫民族，及残余封建势力宗法势力剥削下的被压迫民众之慰藉者，应援者，与领导者。伟大的时代，已在我们的面前展开，希望一切文艺作家及具有文艺兴趣者，一致站在民族的立场上，来完成这伟大的使命！"不仅宣言如此，该刊物也确实具有明显的民族主义文艺的特点，其中不少作品是表现反帝的民族意识的，如诗歌方面有听风的《晨曦》、季春丹的《夜曲》(均发表在第1期)，小说方面有子彬连载于第3、4、5期上的《异邦漂泊者》，等等。《初阳旬刊》停刊后，初阳社未见有另外的活动。

顾凤成主编的《读书月刊》于上海创刊，由上海光华书局发行，共出18期。

朱英的小说《毛儿的死》发表于《读书月刊》创刊号。

少怀的诗歌《狱中之夜》发表于《读书月刊》创刊号。

崔盈科的理论批评《读〈超人〉》发表于《开明》第2卷第16号。

程鼎鑫翻译的日本文学家芥川龙之介的小说《杜子春》发表于《北新》第4卷第21、22期合刊。

淡秋翻译的苏联作家斐定的小说《冰川》发表于《北新》第4卷21、22期合刊。

蓬子翻译的法国作家巴比赛的小说《拥抱》发表于《读书月刊》创刊号。

6日，国际革命文学事务局在苏联哈尔柯夫召开世界革命作家第二次会议。北欧、美、亚、非22国代表120余人到会，萧三代表"左联"出席了大会。在会上，萧三做了关于中国无产阶级革命文学运动的报告，大会通过了中国问题的决议案，决定成立中国支部。大会将"革命文学事务局"改名为"普罗作家国际联盟"，中国"左联"加入，萧三作为"左联"的代表被选为该联盟干部会会员，并主编《国际文学》中文版。翌年1月9日，萧三向"左联"函告有关这次会议的情况，载1931年8月20日《文学导报》第1卷第3期，题为《出席哈尔柯夫世界革命文学大会中国代表的报告》。此外，会议集中批评法国作家巴比赛，表现了"左倾"的作风；确立了"唯物辩证法"的创作方法，强调世界观对创作直线式的决定作用，完全用哲学方法或世界观取代艺术方法，认为作品的成功关键在于通过具体的人物和生活的描写将唯物辩证法体现出来，那么图解政治概念也就是合理的。又由于将世界观等同于创作方法，结果在批判"革命的罗曼蒂克"的创作思想时，连作为基本创作方法之一的浪漫主义也给否定了，创作上的主体性也不容表现了，这也使得当时众多作家都错误地以为不能再写自我的情感心理，只能写群像，写"我们"，公式化、概念化的弊病还是很普遍。

8日，陈立夫签发"国民党中央宣传委员会第17759号"密函，重申查封革命进步文艺团体。

俞平伯在天津送沈启无《燕知草》一部，并在书中所附的曲园制"仿仓颉篇六十字为一章"的空白信纸式样上书五律一首，作为《燕知草》补遗。

10日，傅彦长在《前锋月刊》第1卷第2期发表《以民族意识为中心的文艺运动》，鼓吹"民族主义"文艺运动。

万景的小说《太阳不注意的故事》发表于《小说月报》第21卷第11号。

李赞华的小说《变动》发表于《前锋月刊》第1卷第2期。

老舍的散文《一些印象（续）》发表于《齐大月刊》第1卷第2期，署名"舍予"。该文写济南道路的失修。初收于《老舍幽默诗文集》，标题为《到了济南（二）》。

缪崇群的散文《旅途随笔》发表于《小说月报》第21卷第11号。文章真实地记录了社会百态，同时也渗入了怅惘和忧郁的切身感受。

熊佛西创作的戏剧《裸体》发表于《小说月报》第21卷第11号。

沈端先翻译的苏联作家高尔基的小说《母亲》（第二部）由上海大江书铺出版。

老舍翻译的 Chedeley Barer 的著作《出毛病的大么》发表于《齐大月刊》第1卷第2期，署名"舍予"。

15日，赵珊菲的小说《某小姐》发表于《文艺月刊》第1卷第4号。

潘子农的小说《决斗》发表于《开展》第 4 号。

朱雯的小说《年轻人的故事》发表于《开展》第 4 号，署名"王坟"。

芥子的诗歌《黄叶誓》发表于《文艺月刊》第 1 卷第 4 号。

沈从文的理论批评《论汪静之的〈蕙的风〉》发表于《文艺月刊》第 1 卷第 4 号。文章以为汪静之的诗上面所有的，多是一般青年人心上所蕴藉的东西。"诗人一面摆脱了其他生活体念与感触机会，整个的为少年男女所永远不至于厌烦的好奇心情加以溢美，虽是幼稚仍不失其为纯粹的意义上得到极大成功的。"沈从文的批评注重文学"趣味"的纯正和道德感，毫不留情地否定那些只追逐"商品意义"和"低级趣味"的所谓"新海派"作品，他把肤浅的"革命的罗曼蒂克"也纳入"新海派"之列。在对作家进行评论时，风格的勾勒和体味成为他文字中最精到的部分。沈从文把作家丰富的生活阅历、敏锐的艺术感受与学者的历史眼光结合起来，使得他的作品论，既能够准确把握作家的艺术个性，又能够从文学发展的历史线索中断定作家的独特贡献与历史地位。

烽柱的理论批评《我所见一九三〇年之几种刊物》发表于《文艺月刊》第 1 卷第 4 号。

铭竹翻译的英国作家斯威夫德的散文《漫想（一）(二)》发表于《文艺月刊》第 1 卷第 4 号。

16 日，"左联"召开第四次全体盟员大会，到会者有 30 余人。左翼文化总同盟、全国苏维埃大会中央准备委员会及日本"战旗社"也派代表参加。首席主席做政治报告，继有"战旗社"、"文总"、"中准会"代表报告，后由常委报告，批评盟员脱离群众、坐在亭子间工作、不参加组织生活等问题，最后讨论各提案，并通过决议：（一）派代表参加纪念广东暴动代表大会并加紧对该暴动的宣传。（二）动员全体盟员参加实际工作。（三）扩大工农兵通信运动。（四）争取公开出版运动。（五）建立农村通信机关。（六）肃清一切投机和反动分子。会议还选出赴苏维埃区考察代表一人，补选左联执行委员三人。

巴金的短篇小说《谢了的丁香花》发表于《现代文学》第 1 卷第 5 期，初收于《复仇》，改题为《丁香花下》，现收于《巴金文集》第 7 卷。该作品叙述法国青年安得烈在战场上杀死了已失去抵抗力的敌人——妹妹的情人后的痛苦心情，以及安得烈牺牲后给亲人带来的悲痛，控诉了战争给人民带来的沉重灾难。

王家棫的诗歌《许是我醉了》发表于《真善美》第 7 卷第 1 号。

苇丛芜的理论著作《近三十年英国文学》发表于《现代文学》第 1 卷第 5 期。

戴望舒、杜衡、侯佩尹翻译的法国作家魏尔伦的《魏尔伦诗抄》发表于《现代文学》第 1 卷第 5 期。

19 日，鲁迅致信崔真吾说："今年是'民族主义文学'家大活动，凡不和他们一致的，几乎都称为'反动'，有不给活在中国之概，所以我的译作是无处发表，书报当然更不出了。"他愤慨地揭露了"民族主义文学运动"充当国民党反革命文化"围剿"急先锋的狰狞面目。

20 日，谭正璧的理论著作《中国女性的文学生活》由上海光明书局出版。

杨骚翻译的美国作家果尔特的小说《没钱的犹太人》由上海南强书局出版。

25 日，鲁迅修订《中国小说史略》并作《题记》，载 1931 年 7 月北新书局"订正本出版"《中国小说史略》卷首，署名"鲁迅"。《题记》说明修订这部旧著的原因和情况："此种要略，早成陈言，惟缘别无新书，遂使尚有读者，复将重印，义当更张，而流徙以来，斯业久废，昔之所作，已如云烟，故仅能于第十四十五及二十一篇，稍施改订，余则以别无新意，大率仍为旧文。"对这部前期编写的具有首创意义的学术著作，鲁迅从未满足过，所以趁该书不断再版的机会他根据小说史研究领域中的新发现，多次对若干史实做了修改、补充。这次是第 9 次再版，鲁迅做了较大的修订。1934 年 1 月 8 日和 5 月 31 日致增田涉信中又对该书作了两次订正。从 1920 年的油印本讲义《小说史略》，到 1924 年北新书局正式出版的《中国小说史略》，以至 1935 年 6 月最后定稿的 10 版本，其间历年的修改都充分体现了鲁迅的严肃认真、一丝不苟的治学精神。

本月

本月出版的小说有长篇小说《大海》（洪灵菲著，上海东华图书公司）。《大海》是洪灵菲小说创作趋于成熟的代表作。这部小说也是最初反映农民革命运动的作品之一，与作者以往的创作相比，《大海》的艺术视角明显开阔了，对社会现实的剖析也更深入透彻了，它标志着作者的创作进入了由主要描写知识分子命运转而关注工农大众和整个民族命运的新阶段。作品反映了农民革命运动对三个不同性格的农民的命运带来的深刻变化，以及他们在斗争中的不断成熟和成长。作者热情地表现了像大海一样咆哮、震怒的农民革命情绪，具有很强的感染力和鼓动性。虽然作品有些方面的宣传意识过重，但人物性格的刻画还是较为细致的，时代气氛的渲染也是比较准确的，尤其是作品在表现农民反抗斗争由自发性转向自觉的过程中，深刻揭示了农民革命的实质内涵，达到了新的思想深度。本月还出版了小说《红雾》（张资平著，上海乐华图书公司）。皮凡在由上海现代书局出版的史秉慧编的《张资平评传》中发表评论《〈红雾〉之检讨》，认为《红雾》的时代性大为退步，是一篇有拜金主义思想的"通俗的，迎合一般人们的心理的，有着惊异的收场的低级趣味的小说"。贺玉波在由上海大光书局出版的《现代中国作家论》中发表评论《张资平的新近作品》，也认为《红雾》是一篇只有拜金主义思想的作品，思想和艺术上乏善可陈。

本月出版的小说集有《杂碎集》（罗西著，南京提拔书店）；《三条血痕》（杨昌溪著，上海金马书堂）。

本月出版的理论批评有《论施蛰存与罗黑芷》（沈从文著，载《现代学生》第1卷第2期）；《现代美国文学概论》（刘大杰著，载《现代学生》第1卷第2期）；《文学通论》（张崇玖著，上海乐华图书公司）；《文学概论》（马仲殊著，上海现代书局）；《现代文艺杂论》（保尔著，上海光华书局）；《最近三十年中国文学史》（陈炳堃著，上海太平洋书店）；《论落花生》（沈从文著，载《读书》第1卷第1期）。《论落花生》认为落华生（许地山）"为最本质的使散文发展到一个和谐的境界的作者之一"，把"基督教的爱欲，佛教的明慧，近代文明与古代情绪糅合在一处，毫不牵强地融成一片"。文中沈从文指出了落华生创作的基本元素，即"佛的聪明，基督的普遍的爱，透达人情，而与世情不作顽固之拥护与排斥，以佛经阐明爱欲所引起人类心上的一切纠纷，然而在文字中，处处不缺少女人的爱娇姿势"。此外，落华生作品中的异国情调，"东方的，静的，柔软忧郁的特质"，在沈从文看来，是因为他"生于僧侣的国度，育于神学宗教学熏染中，始终用东方的头脑，接受一切用诗本质为基础的各种思想学问，这散文在另一意义上，则将成为奢侈的，贵族的，情绪的滋补药品"。正因为如此，沈从文进而认为落华生的"心情与时代是显然起了分解，现在再不能在文学上有所表现，渐被世人忘却，也是当然的事了"。但他同时也指出，"作者的容易被世人忘却，虽为当然的事，然而有不能被世人忘却的理由,为上所述及那特质的优长,我们可以这样结束了讨论这个人的一切,仍然采取了作者的句子:'你底暮气满面,当然会把这歌忘掉。''暮'字似乎应当酌改,因为时代的旋转,是那朝气,使作者的作品陷到遗忘的陷阱里去的"。

本月出版的翻译著作有小说《恶魔》([日]谷琦润一郎著,查士元译,上海华通书局);《乔加斯突》([法]法郎士著,顾维熊、华堂译,上海商务印书馆);《光明》([法]巴比塞著,敬隐渔译,上海现代书局)。小说集《约会》([俄]屠格涅夫等著,席涤尘译,上海金马书堂);《如此如此》([英]吉卜林著,张友松译,上海开明书店)。戏剧《孟德斯榜夫人》([法]罗曼·罗兰著,李璟、辛质译,上海商务印书馆);《娜丽女郎》([法]杜德著,罗玉军译,上海商务印书馆)。理论著作《文学入门》([日]小泉八云著,杨开渠译,上海现代书局)。

十二月

1日,缪崇群的散文《秦码》发表于《北新》第4卷第23、24期合刊。

黄作霖翻译的英国作家高华斯华绥的小说《家长》发表于《戏剧与文艺》第2卷第1、2期合刊。

徐霞村翻译的法国作家斐利浦的小说《两个流氓》发表于《读书月刊》第1卷第2期。

9日,柯仲平为纪念广州暴动参加示威时被捕。

10日,巴金的短篇小说《爱的摧残》发表于《小说月报》第21卷第12号,初收于《复仇》,现收于《巴金文集》第7卷。该小说以日记体形式,通过细致的心理描写,表现了女主人公西蒙娜诚挚的爱情和遭到"爱的摧残"后的痛苦与悲哀。

沈从文的小说《山道中》发表于《小说月报》第21卷第12号。

靳以的小说《变》发表于《小说月报》第21卷第12号。

易康的小说《阴谋》发表于《前锋月刊》第1卷第3期。

15日,巴金的短篇小说《父女俩》发表于《东方杂志》第27卷第24号,初收于《复仇》,改题为《父与女》,现收于《巴金文集》第7卷。该小说用日记体形式叙述女儿在母亲死后，以纯真的爱使父亲得到慰藉；而父亲为了女儿的幸福和爱情，毅然出走，歌颂为别人的幸福而自我牺牲的精神。

巴金作短篇小说《狮子》，载1931年1月1日《中学生》第11号，初收于《复仇》，现收于《巴金文集》第7卷。该小说叙述异国一位外号"狮子"的学监莫勒地耶，因贫困不能继续求学，维持家庭生活，继而仇视社会的故事，形象地揭示了贫富悬殊的阶级对立将导致人民的怒吼和反抗的历史规律。

巴金作短篇小说《哑了的三弦琴》，载1931年1月10日《小说月报》第22卷第1号，初收于《复仇》，改题为《哑了的三角琴》，现收于《巴金文集》第7卷。该小说叙述俄国一个因失去心上人而犯罪被流放西伯利亚的囚人拉狄焦夫悲怆的命运，以失去哑了的三角琴象征着失去爱情、自由、幸福等的悲哀。

金满成的小说《爱》、尹庚的小说《某一雨天》、钟天心的诗歌《偶感》发表于《文艺月刊》第1卷第5期。

沈从文的理论批评《现代中国文学的小感想》发表于《文艺月刊》第1卷第5号。

李青崖翻译的法国作家莫泊桑的小说《那一场洗礼》发表于《文艺月刊》1卷5号。

韩侍桁翻译的俄国作家列夫·托尔斯泰的理论著作《论莫泊桑》发表于《文艺月刊》第1卷第5期，署名"东声"。

16日，国民党政府颁布《国民政府出版法》。该法共44条，对一切革命以至带进步性的报纸、杂志、书籍以及作者、编者和发行人，分别就限制、处分和惩罚办法，做了详尽的规定。诸如凡"意图破坏中国国民党或破坏三民主义"、"意图颠覆国民政府或损害中华民国利益"者，均被禁止。次年10月7日，又颁布《出版法施行细则》25条，把《出版法》中的原则和办法更加具体化。

孙席珍的小说《进城》、徐霞村的诗歌《北四川路之夜》发表于《现代文学》第1卷第6期。

葛曼菲的小说《和解》发表于《真善美》第7卷第2号。

25日，王统照的小说《记忆的神秘》发表于《前导月刊》创刊号。

彭家煌的小说《国货》发表于《开展》第5号。

26日，鲁迅译完《毁灭》第三部，未另发表，与前译第一、二部合成全书，于 1931 年 9 月由大江书铺出版，署名"鲁迅"。

30 日，鲁迅校完《铁甲列车 Nr.14—69》，并作后记，载 1932 年 8 月神州国光社出版的《铁甲列车 Nr.14—69》，署名"编者"。后来收入《集外集拾遗》，题为《〈铁甲列车 Nr.14—69〉译本后记》。该书系韩侍衍据日本黑田辰男译本转译的苏联伊凡诺夫的中篇小说，为鲁迅编校的《现代文艺丛书》之一。《后记》指出：关于苏联国内战争时巴尔底山（即游击队）的小说，"伊凡诺夫所作的不只这一篇，但这一篇称为杰出"。并说：巴尔底山一词"经西欧的新闻记者用他们的有血的笔一渲染，读者便觉得像是喝血的野兽一般了。这篇便可洗掉一切的风说，知道不过是单纯的平常的农民的集合——其实只是工农自卫团而已"，有力地回击了西方资产阶级对苏联革命人民的诽谤和污蔑。

王独清在《展开》第 3 期上发表《创造社——我和它的始终与它底总账》，批评"左联"联合鲁迅是"走上了机会主义的政治路线"。

本月

北方左翼作家联盟（简称"北方左联"）成立。"北方左联是在中国左联成立大约半年以后成立的。它并非中国左联的分支机构，在系统上没有隶属关系。作为中国共产党的外围文化团体，它直接受北方局的领导，在组织上是独立的。"它成立的原因是当时"北方文坛冷落，需要鼓动一下，把空气搞得热烈些；而且一向各自为战，力量分散，希望联合起来，有个组织，共同战斗"。这样，"北方左联"就在潘漠华、孙席珍、李霁野等人的倡导下成立了。"成立会上，通过了章程和工作纲领，推选了一些执委。并以潘漠华、台静农、刘尊祺、杨刚和我为常委，除一人兼任书记外，其余分管组织、联络、宣传、总务等等，下设几个干事，分在各组"。"北方左联"在北平设三个直属小组（后改为支部），在天津设支部，在保定、太原、济南等也设临时小组，成立时共有盟员 30 余人。（孙席珍：《关于北方左联的事情》和《再谈北方左联》）

叶圣陶应章锡琛之邀，担任商务印书馆编务，后改任上海开明书店编辑。

艾芜因在缅甸参加马来西亚共产党领导的缅甸共产主义小组，被英殖民当局驱逐回国。

徐志摩被推选为上海光华大学七人校务委员会之一，支持进步师生的正义活动。

陈大悲离开国民政府外交部，到上海从事写作。

本月出版了长篇小说《旧梦》（沈从文著，上海商务印书馆）；《啼笑因缘》（张恨水著，三友书社）。《啼笑因缘》是作者应严独鹤之邀所创作的长篇小说，1930年3月17日开始在上海《新闻报》副刊《快活林》上连载，至同年11月30日载完，12月由上海三友书社出版单行本。小说出版后迅速风靡全国，流传甚广。据张恨水自己估计，不算盗印的版本，该书前后印了超过20版，多次被改编成电影、戏剧和曲艺形式。程明祥赞其"乐而不淫"。[①] 夏征农认为"《啼笑因缘》无疑是最能把中国复杂的社会，错综地表现出来的一部作品"，虽然它只是"肤浅地摄取了一些片段的社会背景"，"但这样融合上下古今十余年的不同的生活样式于一处，正是它能迎合一般游离市民层的脾胃的地方"。"《啼笑因缘》中所表现的思想，无疑是充分带有近代有产者基调的"，如"降格迁尊的平民思想"、"欣赏主义的恋爱观"、"由欣赏主义而达到的恋爱至上主义"以及"复仇主义"。[②] 该书与徐枕亚的《玉梨魂》、李涵秋的《广陵潮》、平江不肖生的《江湖奇侠传》合称为礼拜六派的"四大小说"。《啼笑因缘》能打入老牌的鸳鸯蝴蝶派小说市场是因为它超越了鸳鸯蝴蝶派。作者自己分析过这部代表作品成功的原因："在那几年间，上海洋场章回小说，走着两条路子，一条是肉感的，一条是武侠而神怪的。《啼笑因缘》，完全和这两种不同。又除了新文艺外，那些长篇运用的对话，并不是纯粹白话。而《啼笑因缘》是以国语姿态出现的，这也不同。"而该作品的情调仍是通俗文学，为市民读者接受且能耳目一新的。于是《啼笑因缘》创了畅销书的纪录，作者生前就印行了20多版，达十几万册；并改编成六集的电影；续作也迭出，有《续啼笑因缘》、《新啼笑因缘》、《啼笑因缘三集》、《反啼笑因缘》等，以至迫使作者违背初衷续写了十回，这十回破坏了原书结构，是向畅销书市场的让步。

《啼笑因缘》写平民少爷樊家树与天桥唱大鼓书的少女沈凤喜的爱情悲剧。除了主要的情节线索，摩登女郎何丽娜、侠女关秀姑的插入，使故事平添了都市的

---

① 程明祥：《读了〈啼笑因缘〉之后》，《新闻报·快活林》，1931年7月20日、22日。
② 夏征农：《读〈啼笑因缘〉》，《万象》第1卷第6期，1941年12月。

富丽场景和乡间的传奇色彩。刘将军强夺沈凤喜及沈凤喜禁不住诱迫背叛樊家树的描写，是最重要的一笔。一般的"谴责"被远远深入女主人公心灵深处的描写所代替。对沈凤喜柔弱虚荣的性格、天真薄弱意志的刻画，反反复复的心理叙述，胀破了旧章回小说的容量，提出张恨水小说里中国的现代都市生活与传统道德心理相互冲突的主题。唯其表现的现代都市属于北方封建残余力量较强的地区，这种冲突的"中国特色"尤觉鲜明。对官、商两类加在平民身上的都市邪恶势力的表达，作者总是偏于官的方面，如军阀势力对于沈凤喜，作者的同情心当然是在弱女子的一面。而沈凤喜受到樊家树的喜爱，能胜过充满"洋化"气味的何丽娜，以及何丽娜一旦抛弃了繁华尘世、归隐学佛后，反倒有了与樊家树结合的可能，这都蕴含了作者对传统文化在现代失落的一种惋惜、回顾的复杂心情。沈凤喜的陷身，与城市环境对她的戕害有关，她的出身、职业、教养、造成她的可悲的性格，这又是市井文化的阴暗面。作者能看到这一点，便也保持了对传统的清醒态度。

《啼笑因缘》在社会言情外，又渗入了"武侠"因素。虽然起初是应南方报纸的编辑的要求而加写关寿峰、关秀姑父女的，但这不是一个无意的实验。张恨水以一个南方文人久居精华古都，他通俗文学的那种北方气质被南方文化接受并加以调理后形成的特色，也是他的魅力之一。所以他的文字也像"言情"掺和了"侠义"，细腻中挟带了豪爽。他所操的文学形式，质和体都属于章回，但慢慢越来越不像原先的章回：结构不再是一段一段的，而且按照原意有一个全开放的不交代主人公结局的非鸳鸯蝴蝶式结尾；人物心理描写复杂了；风俗描写、风景描写、环境描写，以书中的天桥景致为代表，可直逼西方小说的笔法，但全书细细叙事的传统口声和文化气味仍是浓厚的。

本月出版的戏剧有《最后的胜利》（黎锦晖著，上海中华书局）；《金丝笼》（陈楚淮著，上海中华书局），收《金丝笼》、《药》、《韦菲君》、《幸福的栏杆》等四场独幕剧。

本月出版了理论著作《文艺概论》（钱歌川著，上海中华书局），目次为：艺术概论、文学概论、美术概论、音乐概论。

本月出版的学术著作有《唐诗研究》、《宋诗研究》（胡云翼著，上海商务印书馆）；《中国文学提要》（王羽著，上海世界书局）。

本月出版的诗集有《寄诗魂》(曹葆华著,北平震东印书馆);《迷魂阵》(叶影芦著,北平震东印书馆)。

本月出版的翻译著作有:理论著作《现代俄国文艺思潮论》([日]升曙梦著,刘大杰译,载《现代学生》第1卷第3期)。小说《我的童年》([苏]高尔基著,洪灵菲译,署名"林曼青",上海亚东图书局);《洋鬼》([美]吉姆朵耳著,胡风译,署名"谷非",上海心弦书社)。戏剧《群众》([英]哥尔斯卫狄著,朱复译,上海商务印书馆)。自传《歌德自传》([德]歌德著,张竞生译,上海世界书局)。文论《苏俄文学理论》([日]冈泽秀虎著,陈望道译,上海大江书铺);《俄国文学史》([俄]克鲁泡特金著,韩侍桁译,上海北新书局)。

本月出版了小说散文集《薇蕨集》(郁达夫著,上海北新书局)。

本月出版的其他著作有《胡适文选》(胡适编,亚东图书馆),书首有《介绍我自己的思想》代序一篇;《对于争自由的认识》(潘公展著,发表于《新生命》第3卷第7号);《新文学丛书》(初为徐志摩主编,上海大东书局),至1934年4月,共出19种。

本年

闻一多的《谈商籁体(与陈梦家论诗)》、《论"悔"与"回"》两篇论文发表于1930年7、8月间《新月》月刊第3卷第5、6期。

1931年

一月

1日，上海中共地下党创办启阳书店（后改名春阳书店），曾刊行《左翼文化丛书》、《人民文化丛书》。

大道剧社在上海成立，是"剧联"领导下最富有战斗力的剧团之一，由刘保罗、鲁史等负责。该社成立后，曾与"大厦"、"光华"等剧团联合演出，还参加过复旦大学时代剧社的成立公演，活动在1931年至1932年间。为配合当时的政治斗争，开展工人戏剧活动，该社培养了大批进步戏剧工作的骨干力量，做了大量的工作。大道剧社是左翼戏剧家联盟直接领导的骨干剧团，骨干成员有刘保罗、赵铭彝等，社员遍及上海各学校，先后演出了《洪水》、《梁上君子》、《街头人》等，还与其他大学剧社联合演出《马特洛》、《乱钟》等，反响很大。"九一八"期间还以活报剧等形式，广泛开展抗日救亡宣传。"一·二八"淞沪抗战期间，剧社还参加对前线战士、医院伤兵的慰问演出。1932年5月，因部分成员奔赴苏区而停止活动。

冯铿创作的小说《贩卖婴儿的妇人》发表于《妇女杂志》第17卷第1期，署名"岭梅"。作品写挣扎在饥饿线上的劳动妇女李细妹为当奶妈而不得不出卖自己亲生的婴儿，后却被巡警以"贩卖人口"问罪。

郢生写的散文《作了父亲》发表在《妇女杂志》第17卷第1期。

杨昌溪翻译的美国作家哥尔德著的小说《职业的梦》发表在《读书月刊》第1卷第3、4期合刊。

刘大白写了《故事的坛子》(世界的传说与故事)，包括：一、"王八蛋就是我"，二、"额外秀才解元"，三、"谁教你中了第三"，刊于《世界杂志》。

7日，中共中央召开六届四中全会，王明"左"倾路线在全党取得统治地位。王明《两条路线底斗争》(后改为《为中共更加布尔什维克化而斗争》)，为"左"倾路线确定了纲领。瞿秋白被排挤出党中央。

9日，萧三致信"左联"，详细报告哈尔科夫世界革命文学大会的情况。

俞平伯与表弟许宝骙、许宝騄一起将美国作家爱伦·坡的小说《长方箱》译讫。

10日，老舍的长篇小说《小坡的生日》在《小说月报》第22卷第1至4号连载。上海生活书店1934年7月、作家书屋1942年出版单行本。初收于《老舍文集》第2卷(1981年5月北京第1版)。作品写于1929年冬至1930年春。这部小说问世后，得到广泛好评。老舍说它"是我得意之笔"(1933年2月6日致赵家璧信)。这是一部未失童心的成人的童话。作品写的是儿童生活，其寓意是反对帝国主义殖民政策、希望世界各弱小民族联合起来，为建设一个大同世界而奋斗。作品的特点是幻想与写实相结合，文字浅显简洁，不乏幽默情趣。

穆时英的小说《南北极》发表于《小说月报》第22卷1号。1932年1月上海湖风书局出同名小说集，以下层流民和流氓无产者受到人们的注意，靠近左翼文学，叙述笔调短促别致，但属于写实。作品反映的是上层社会的荒淫奢侈和下层社会贫苦的两级。小说主人公于尚义终于看清穷苦人不及猪狗的命运，便挥拳把老爷狠狠教训了一顿。

李健吾的小说《坛子》发表于《东方杂志》第28卷第1号。

徐苏灵的小说《老金》发表于《前锋月刊》第1卷第4期。

李金发的诗歌《海宁潮》、戴望舒的诗歌《秋天的梦》发表于《小说月报》第22卷第1号。

许地山翻译的印度诗人泰戈尔的诗歌《主人，把我的琵琶拿去吧!》发表于《小说月报》第22卷第1号，署名"落花生"。

梁宗岱翻译的法国诗人梵乐希的诗歌《水仙辞》发表于《小说月报》第22卷第1号。作品写英国18世纪诗人容格携爱女游蒙伯利，其女不幸绝命客店。该地居民因容格是新教徒，不允葬其女于墓园，容格不得已私埋于植物园。后人怜之，以希腊水神"水仙"事立碑，上刻"以安水仙之幽灵"。梵氏诗情惨淡，诗句凄美，诗韵哀怨而柔曼。

耿济之翻译的俄国安娜·托尔斯泰著的散文《托尔斯泰孙女回忆录》发表于《小说月报》第22卷第1号。

11日，国民党淞沪警备司令部派员会同匪北公安局搜查环球图书公司，劫走进步书籍多种。

15日，陈穆如主编的《当代文艺》月刊于上海创刊，由上海神州国光社印行。该刊出至2卷5期终刊，共出11期。

彭家煌的小说《风头》、傅东华翻译的俄国作家Roman的小说《黑饼》、张资平翻译的日本理论家北村八喜著的《表现主义的艺术》发表于《当代文艺》创刊号。

16日，"左联"召开全体党员会议，传达六届四中全会，潘汉年、戴平万、钱杏邨、夏衍、阳翰笙、胡也频、冯铿、柔石等参加会议。

17日，左翼作家、共产党员柔石、胡也频、殷夫、李伟森、冯铿等在东方旅社参加党的会议时，因叛徒告密被国民党特务逮捕。事情经过是这样的："冯铿（冯梅岭）是一九三一年一月十七日下午一时四十分在三马路二二〇号（今汉口路六一三号）东方旅社31号房间被捕的。这次被捕是上海市公安局会同巡捕房一起实施的。同时被捕的有柔石（赵少雄）、殷夫（徐英）、胡也频（蒋文瀚）以及林育南（李少堂）、彭砚耕（刘后青）等八人。""次日清晨，守候在31号房间的敌人又捕去前往该房间的李求实（李伟森）、王青士（王子官）等三人。""这件集体被捕事件中其他的重要干部是与冯铿被捕时几乎同时或先后一二天中，分别在中山旅社和其他多处秘密机关中陆续被捕的，其总数应有三十多人。同月十九日，国民党江苏高等法院第二分院开庭，对冯铿、柔石等三十余人进行审理，结果有移交他处的，也有交保释放的，而冯铿、柔石等三十余人即提解到上海公安局关押。不久他们连同关押在公安局的另一案的柯仲平等四人共38人一起押解到国民党淞沪警备司令部看守。"①

叶圣陶参与营救柔石等的活动，先在开明书店内筹款，又和夏丏尊联名写信

---

① 黄河子：《〈冯铿传略〉补正》，《新文学史料》1987年第2期。

请邵力子帮助。

鲁迅作《〈毁灭〉后记》，末另发表，署名译者，收入所译法捷耶夫长篇小说《毁灭》。鲁迅认为："要用三百页上下的书，来描写一百五十个真正的大众，本来几乎是不可能的。……本书作者的简炼的方法是从中选出代表来。"根据这个特点，文中扼要地分析了作品所写的农民、矿工、牧民的代表人物，尤其是对作者"解剖得最深刻的"知识分子代表美谛克和书中的主角、游击队长莱奋生的性格进行深入、中肯的分析，他指出："莱奋生以'较强'者和这些大众前行，他就于审慎周详之外，还必须自专谋画，藏匿感情，获得信仰，甚至于当危急之际，还要施行权力了"；然而"莱奋生不但有时动摇，有时失措，部队也终于受日本军和科尔却克军的围击，一百五十人只剩了十九人，可以说，是全部毁灭了。……这和现在世间通行的主角无不超绝，事业无不圆满的小说一比较，实在是一部令人扫兴的书"。鲁迅尖锐地批评当时文艺界存在的脱离现实的创作倾向，同时热情肯定《毁灭》是"文艺上和实践上的宝玉"，"随在皆是，都是得于实际的经验，决非幻想的文人所能着笔的"。

19日，鲁迅作《关于〈唐三藏取经诗话〉》，载同年2月《中学生》杂志第12号，署名鲁迅，收入《二心集》。本文是寄给开明书店《中学生》杂志社的一封信，从该刊发表的郑振铎《宋人话本》一文谈起，指出"考证固不可荒唐，而亦不宜墨守"，批评了在文史研究中"单文孤证"而又不容许不同意见的作风。

徐志摩主编的《诗刊》在上海创刊。该刊为季刊，共出了4期，这也是代表新月派的最后一个刊物，主要撰稿人有徐志摩、饶孟侃、陈梦家、卞之琳、方玮德、邵洵美等，由新月书店发行。徐志摩在《诗刊》创刊号的《序语》中说，《晨报副刊·诗镌》是《诗刊》的前身，表示要发扬在北京主办的《晨报副刊·诗镌》的精神，把刊物办得真而纯粹，实在而不浮夸。他说："我们共信诗是一个时代最不可错误的声音，由此我们可以听出民族精神的充实抑空虚，华贵抑悲琐，旺盛抑消沉"，并想努力实践这一点。"现在我们这少数朋友，隔了这五六年，重复感到'以诗会友'的兴趣，想再来一次集合的研求。因为我们有共同的信念。"又说："因此我们这少数天生爱好，与希望认识诗的朋友，想斗胆在功利气息最浓重的和时日，结起一个小小的诗坛，谦卑地邀请国内的志同者的参加，希冀早晚可以放露一点小小的光。小，但一直地向上；小，但不是狂暴的风所能吹熄。"第1、

2期由徐志摩编辑,第3期由徐志摩、邵洵美合编。本年11月,徐志摩因飞机失事遇难后,本刊由邵洵美、陈梦家编辑出了一期《志摩纪念号》后停刊。在《诗刊》上发表的作品有:徐志摩的《爱的灵感》、《山中》、《两个月亮》、《你去》,闻一多的《奇迹》,饶孟侃的《弃儿》,孙大雨的《决绝》、《回答》,林徽因的《情愿》、《深夜里听到的乐声》,陈梦家的《燕子》、《太湖之夜》,以及方令孺、卞之琳、方玮德、沈从文、梁镇、俞大纲、沈祖牟、杨子惠等人的诗作。

闻一多的诗歌《奇迹》发表于《诗刊》创刊号。这是闻一多的一首集外长诗,他后来把它录入自己编选的《现代诗钞》,在一副"情诗"的面孔下,寄寓着闻一多对于中国文化传统精髓的真切理解与执着追求。全诗一气呵成,辞藻典雅,声情并茂,实为闻一多新诗艺术的压卷之作。该诗初收于1931年9月新月书店出版《新月诗选》,后收于《全集》辛集《现代诗钞》,又收于1951年开明版《闻一多选集》及1956年香港文学研究社版《闻一多选集》。

饶孟侃的诗歌《弃儿》发表于《诗刊》创刊号。该诗是一首十四行诗。

巴金的书评《批评与介绍——〈法国革命史〉》发表于《时代前》第1卷第1号,署名"李一切"。作者认为克鲁泡特金著、杨人楩译的《法国革命史》,"不宣传安那其主义","公平地记述着民众活动的历史",在法国大革命史领域中,它是"公认的权威的作品"。

巴金的书评《蒲鲁东与〈何谓财产〉》发表于《时代前》第1卷第1号,署名"李芾甘"。作者回顾了1925年读该书的激动和钦佩心情,认为蒲氏的书"可比一座金矿,里面有无穷尽的宝藏";但现在"虽然爱读这本书",却"并不完全赞同书中的议论","蒲氏虽然天分极高",但"不善作文","甚至自相矛盾"。

巴金的论文《虚无主义论·上》发表于《时代前》第1卷第1号,署名"金"。作者认为虚无主义分新、旧两种,前者是"恐怖主义",后者才是"真正的虚无主义";认为旧虚无主义是"哲学的和文学的运动","创始者"是车尔尼雪夫斯基,代表人物是毕沙列夫。

27日,张恨水的散文《我的小说过程》在《上海画报》连载,至2月12日载毕。

28日,闻一多在《诗刊》上发表长诗《奇迹》,宣告要抛弃虚幻的理想即奇迹的追求,切实地从事学术研究。

30 日，钟天心的诗歌《归途吟》发表于《文艺月刊》第 2 卷第 1 期。

沈从文的理论批评《论朱湘的诗》发表于《文艺月刊》第 2 卷第 1 号。沈从文认为，朱湘"生活一方面所显出的焦躁，是中国诗人中所没有的焦躁"，诗"却平静到使人吃惊"；"生活使作者性情乖僻，却并不使作者在作品上显示纷乱"，他诉之于"平静调子"。

李青崖翻译的法国作家贝尔纳尔著的小说《一个十八岁的儿子》发表于《文艺月刊》第 2 卷第 1 号。

本月

中国左翼戏剧家联盟在上海成立。该团体系由中国左翼剧团联盟改组而成，在北平、天津、武汉、广州、南京成立联盟，在南通、杭州等地建立小组。同年 9 月，联盟通过了"最近行动纲领"，确定以独立演出、辅导群众演出或与群众联合演出等方式，在工厂、学校和市民中展开无产阶级戏剧活动。该联盟之下有大道剧社（田汉领导，主要成员有刘保罗、鲁史、郑雄等）、曙星剧社（适夷、袁殊主持）、三三剧社（杜宣负责）、光光剧社（金山负责）及春秋剧社、骆驼演出队等。曾出版《戏剧新闻》《艺术信号》等刊物。在加强戏剧与实际革命运动和工农群众的密切联系的要求下，这一时期左翼剧作家创作的作品大都以工人、农民为主人公，着重表现他们的革命斗争，及时、直接地反映现实生活中重大政治事件。例如，反映人民困苦生活的田汉的《洪水》、尤兢的《江南三唱》、袁殊的《工场夜景》、冯乃超的《阿珍》、欧阳予倩的《同住的三家人》，表现人民抗日反帝斗争的楼适夷的《S.O.S》《活路》等。这些剧作都以其强烈的现实性与及时性，发挥了巨大的宣传作用，并初步突破了话剧只能在都市剧院演出的狭小圈子，开始走向工厂、农村。1936 年初，为建立抗日民族统一战线，该联盟自行解散。

张士曼、叶紫、王尘无、苏华主持的"青年文学研究会"在上海成立，曾创办《红叶》文艺月刊，次年秋冬间解散。

郑振铎参与商务印书馆职工反对王云五推行所谓"科学管理法"的活动。

巴金从晋江来的友人处听到丽尼与一吴姓姑娘的爱情悲剧，此事后把它作为中篇小说《春天里的秋天》的素材。

趁寒假，沈从文由武汉回上海。胡也频被捕次日，沈从文遵胡嘱，找胡适，并与李达夫妇、施蛰存、朱谦之等商量营救办法。他们议定由胡适、徐志摩致信蔡元培；由沈从文出面陈请蔡元培、邵力子、陈立夫等要求放人。

胡愈之由法国留学回国，途经莫斯科，进行 7 天访问。

新月书店改组，由潘孟翅继肖克木任经理。4 月，经理又改由邵洵美担任。编辑部由梁实秋、潘光旦负责。

本月出版的小说作品有：《死去的太阳》(巴金著，上海开明书店出版)。作品写知识青年王学礼在"五卅"运动中多少有些盲目地参加运动，以及由活动而幻灭，由幻灭而幻灭。最后他的牺牲"恰像死去的太阳"，"仍会和第二天的黎明同升起来，以它的新生的光辉普照人间"。小说《饿莩》(程碧冰著，由上海金马书堂出版)。作者在《弁言》中写道："全书是——颓废悲观的人和流浪青年的冲突——思想上无穷期的争斗。由第一人称的人物衬托出第二人称的人物。由第二人称的人物反映出第一人称的人物。"小说《明珠与黑炭》(张资平著，上海光明书店出版)。贺玉波在 1936 年上海大光书局出版的《现代中国作家论》中的评论《张资平的新近作品》中认为："《明珠与黑炭》是最糟糕的一本创作。无论在形式与内容两方面，都没有一点能够使我们满意。它简直不能算作一本完美的小说，只是作者的伙食账，随感录，或杂记。在这本作品里，他已经显示他自己创作力的衰弱。在这本作品里，他已经告诉我们他自己的思想的贫乏，以及创作技巧的破产。在这本作品里，他已经证明他所标榜的创作态度——骗取稿费——的实现。在这本作品里，他已经把他自己的丑恶的真面目揭穿，使我们对于他的信仰渐渐消失而无余。在这本作品里，他已经告诉我们他自己走到了另一时期，在这时期里他再也不能写出什么较好的作品来，甚至于再也不能写出任何的作品来。这是无可讳言的事实，并非恶意的攻击。"小说集《灵海潮汐》(庐隐著，上海开明书店出版)，收《父亲》、《幽弦》、《寄天涯一孤鸿》、《兰田忏悔录》、《何处是归程》等 12 则短篇小说；小说集《从空虚到充实》(张天翼著，上海联合书店出版)；小说集《丽莎集》(蒋光慈著，上海北新书局出版)；小说集《石子船》(沈从文著，上海中华书局出版)，收《石子船》、《夜》、《还乡》等 6 则短篇小说，表现的是作者对湘西下层人民坚强生活能力的赞美，和人的命运不可知的哀叹，如《石子船》里那个偶然被河石"啃"住手的年轻人，生死只在一发之间。这里没有尖锐的阶级斗争，只用看似轻淡的笔墨，点出令人心灵颤抖的故事，专注于那些历经磨难而又能倔强地生存下去的底层人民的本性；小说集《暗云》(王独清著，上海光明书店出版)，收《信仰》、《三年之后》、《子畏于匡》3则短篇小说。戏剧《觉悟》(邓右治著，杭州浙江省识字运动宣传委员会发表)。

本月出版了诗集《梦家诗集》(陈梦家著，由上海新月书店出版)。

本月出版的散文作品有：《黑猫与羔羊》(郭沫若著，上海国光书局出版)；散文集《散文甲集》(曹聚仁著，上海群众图书公司出版)；散文集《缘缘堂随笔》(丰子恺著，上海开明书店出版)，后辑入"开明文学书刊"。该书收作者写于1925年至1930年的散文20篇，是丰子恺整个散文创作最有影响的代表作。集中的《剪网》、《渐》、《从孩子得到的启示》、《艺术之味》、《儿女》、《闲话》、《忆儿时》、《华瞻的日记》等，都是丰子恺散文的名篇佳作。《从孩子得到的启示(一)》透过孩子在逃难时节的纯真情态，从反面来逼视现实的严酷。在孩子眼里，不仅"逃难"是最有趣的事，"我们所打算、计较、争夺的洋钱，在他们看来个个是白银的浮雕的胸章；仆仆奔走的行人，扰扰攘攘的社会，在他们看来都是无目的地在游戏，在演剧；一切建设，一切现象，在他们看来都是大自然的点缀，装饰"。因此，作者终于得到了孩子的启示："他能撤去世间事物的因果关系的网，看见事物的本身的真相。"《渐》这篇短文与朱自清的名篇《匆匆》颇有相似之处，都是感叹时光飞逝，一去不返的。然而丰子恺写出了自己的情趣和特点，他不仅细腻地抓住了时光潜移默化、无影无踪的作用，表露出对此无从把握的妙玄虚幻的忧愁，而且也表明了对一种理想境界的赞叹和追求："能不为'渐'所迷，不为造物所欺，而收缩无限的时间并空间于方寸的心中。"这样，文章就不仅充满神韵，而且还具有一种辩证的哲理色彩。文章虽短，但层次分明、错落有致，比喻、说理、叙事、抒情浑然一体。此外，丰子恺在许多文章中表明了自己对生活、对艺术审美的真知灼见："要统一，又要多样；要规则，又不要规则；要不规则的规则，规则的不规则；要一中有多，多中有一。这是艺术的三味境！"(《艺术三味》)"艺术家要在自然中看出生命，要在一草一木中发现自己，故必推广其同情心，普及于一切自然，有情化一切自然。"(《颜面》)丰子恺不仅发掘了这些生活和艺术的真谛，而且也是按照这些法则做人的。

丰子恺的散文在思想倾向上，一方面表现出较为鲜明的民主意识，具有对底层民众和弱者的普遍的同情心,憎恨黑暗腐朽的社会制度;另一方面他又深受佛家思想的影响,对社会黑暗和不平露出无可奈何的心态,故时而采取超脱物外、静观人生的态度。这两种思想往往交织在丰子恺的散文作品中,这就决定了其散文对现实生活有所反映、有所揭露,但明显缺乏批判的力度。此外,对宗教和艺术的理解和推崇,也是丰子恺许多散文的重要思想内涵。在取材方面,丰子恺的散文在直接选取现实人生题材之外,大量的是对儿童生活和情态的描写,儿童题材的作品在丰子恺的创作中占有相当突出的比重,而且,不灭的童心也一直是贯穿在丰子恺艺术创作中的一个重要内核。

丰子恺的散文也形成了自己独特的艺术风格。他特别善于采用设喻式的结构来阐述文章的题旨和内涵。如《剪网》等篇在表层的叙事结构里都包含着更深一层的思想意蕴,透过一个清新浅显的故事往往能让人悟出另一番深刻、复杂的人生道理,这一点也明显露出佛家思想和佛教文学对作者的影响。他善于以敏感细致的笔触来捕捉生活中的细枝末节,显示出一种以小见大、举重若轻的本领。尤其在描写儿童题材的作品方面,这一点显得更为出色。它不仅写出了孩子们的行动和情态,更能写出孩子的心理活动,逼真传神地把儿童纯真的内心世界展露出来,并以此来映照和针砭浑浊的人世。就这一点说,丰子恺使用自己的童心去写儿童,以儿童的眼光去看人生和世界,善于把诗、画、文三者的意境完美地糅合在一起,具有一种清幽玄妙、灵达通脱的独特意味。

丰子恺的特殊之处是以某种源自佛理的眼光观察生活,于俗相中发现真理,能将琐细的事物叙说得娓娓动听,落笔平易朴实,有赤子之心,如他的画一般,透露着心地光明、一尘不染的品格风貌。作者在看见人世间的昏暗后,企图逃入儿童的世界,加入佛理,文章萧疏淡远,带着哲理意味,染有清淡的悲悯之色。

本月出版的戏剧作品有:戏剧《欺骗》(萧晴之著,杭州浙江省识字运动宣传委员会发表);戏剧集《两个角色的戏》(袁牧之著,上海新月书店)。

袁牧之(1909—1978),戏剧、电影演员,原名家莱,浙江宁波人。早年参加洪深组织的戏剧协社。1930年投身左翼戏剧运动。1934年加入电通影片公司,拍摄并主演了他的第一部电影《桃李劫》。后又主演《风云儿女》,自编自导《都市风光》。1935年进入明星影片公司二厂。1936年主演《生死同心》,次年编导了堪称中国电影经典之作的《马路天使》。抗日战争爆发后,他积极从事抗日宣传活动,担任《保卫卢沟桥》导演委员会委员。后到汉口,参加中国电影制片厂的工作。1938年前往延安,组建"延安电影团"。1940年加入中国共产党。曾到苏联考察、学习,1946年回国后,对"满映"执行接管。同年东北电影制片厂成立,任厂长。1949年回到北平,组建全国电影领导机构——中央电影事业管理局,并被任命为局长。新中国成立后,任文化部电影局局长。曾当选全国第一届人大代表,第一届中国影协副主席等。

本月出版的理论著作有《小说原理》(陈穆如著,上海中华书局);《现代小说研究》(李菊休著,上海亚细亚书局);《中国文学略论》(陈彬龢著,上海商务印书馆);《乐府文学史》(罗根泽著,北平文化学社);《中国诗史》(上卷)(陆侃如、冯沅君著,上海大江书铺),7月出中卷,12月出下卷,下卷附论"现代的中国诗"。

本月出版的翻译作品有:小说《四十年代》([苏]高尔基著,麦耶夫译,上海联合书店);小说《她的肖像》([日]加藤武雄著,叶作舟译,上海中华书局);小说《傀儡师保尔》([德]施笃谟著,罗念生、陈林率译,上海中华书局),戏剧《天外》([美]奥尔尼著,古有成译,上海商务印书馆),剧本写罗伯特成天捧着书本,耽于天外充满未知的美和神秘的欢乐,然而生活粉碎了他的梦幻,但他临死前却还执着于天外那个旧日的声音;理论著作《欧美文学评论》([日]厨川白村著,夏绿蕉译,上海大东书局)。

本月出版的其他作品有《沫若文集》,分别由文艺书局、新文化出版社出版。《沫若文集》收录了包括《王阳明礼赞》、《文学的本质》、《论节奏》等多篇文章。郭沫若在《沫若文集》10卷前记中说:"这样把这些论文集子编在一道,不仅可以看出我个人在三四十年前的思想历程,同时也提供出创造社同人的思想历程的一个侧面。"①

二月

2日,鲁迅以三闲书屋名义,自费影印《梅菲尔德木刻士敏土之图》,并作

---

① 郭沫若:《沫若文集》第10卷,人民文学出版社1959年版,第30页。

《序言》一篇。

3 日，小莹翻译的苏联作家卡泰耶夫著的小说《盗用公款的人们》由上海南强书局出版。

7 日，李伟森、柔石、胡也频、冯铿、殷夫被国民党政府秘密杀害于龙华警备司令部。除英文《密勒氏评论报》最早透露消息外，本月 12 日中共中央机关报《红旗日报》、次月 12 日《群众日报》也发表有关消息或社论。史称"左联五烈士"。

10 日，蹇先艾的小说《到溪镇去》发表于《东方杂志》第 28 卷第 3 号。作品通过一条穿梭在崇岭湍流间的白木船中充满浓重乡音的对话，勾出了孙大哥的痛苦和渺小的希望：他奔波劳碌几十载，依旧孑然一身，他喜欢年轻守寡的客栈老板娘，心中跃动着懊丧和幻想，失望和期待。

李同愈的小说《异国里的悲哀》发表于《小说月报》第 22 卷第 2 号。

黄震遐的小说《陇海线上》发表于《前锋月刊》第 1 卷第 5 期。作品写 1930 年蒋介石、冯玉祥、阎锡山在陇海线上交战。蒋的轻甲车投入总攻，冯、阎终因冻饿而败北。陇海线上的百姓对蒋军十分仇恨，常常进行袭击，蒋在最后打败冯、阎之后，就开始武装镇压百姓。

黄震遐（1907—1974），广东南海人。笔名东方赫。小说家，新闻工作者。学生时代开始文艺创作活动。20 世纪 30 年代在《大晚报》任记者。曾与傅彦长、朱应鹏、王平陵等提倡民族主义文学。发表《陇海线上》、《黄人之血》之后，受到鲁迅、瞿秋白的批评。1932 年"一·二八"事变时曾报道战地见闻，并创作中篇小说《大上海的毁灭》。后去杭州笕桥空军军校任职。抗日战争爆发后，曾任《新疆日报》社长。1949 年去香港，任《香港时报》主笔、《中国评论》副社长。1973 年任美国兰德公司顾问。1974 年年初病逝于香港九龙。

老舍的散文《一些印象（续二）》发表在《齐大月刊》第 1 卷第 4 期，署名"舍予"。作品写山东大葱，初收于《老舍幽默诗文集》，标题为《到了济南（三）》。

张恨水的理论批评《小说考微》由北平《界报益画》连载至 8 月 25 日，共 30 篇，论述小说这种文体的历史起源和沿革。

老舍的论文《论文学的形式》发表在《齐大月刊》第 1 卷第 4 期，署名"舍予"。该文详细论述了什么是文学的形式和"文调",以及散文与韵文两种形式的区别。文中说:文调就是每个作家"独有的那点作风。内容是他自己的,情调也是他自己的;于是'怎样想'与别人不同,跟着'怎样写'也便与众有异,这点内容与风趣特异之点,便是文调"。"文调是人格的表现";"有好的律动的便是好诗,反之便不是诗;为诗与否根本不在形式,而在这神秘的律动"。

汪倜然翻译的英国作家雪帕德著的小说《老鼓手》发表于《前锋月刊》第1卷第5期。

老舍翻译的F.D.Beresford的奇幻故事《隐者》发表在《齐大月刊》第1卷策4期,署名"舍予"。

12日,国民党上海特别市党部召集"新生命"、"群众"、"现代"、"光华"、"开明"、"北新"、"商务"、"大江"等书店代表30余人开会,命令各书店出版书籍,需事先送"审核",并规定所有查禁书籍需立即烧毁。

国民党上海市党部宣传部召集各书店经理,勒令烧毁一切进步刊物,未出版者预先审查,进一步加强对革命书刊出版发行的控制。

日本京华堂小原荣次郎将东归,鲁迅赋"椒焚桂折佳人老"绝句,并书以赐之。

15日,巴金的诗作《失去的星——代AA献给"上海先生"》发表于上海《马来亚》半月刊第1期,署名"B.B.",抒发在"黑暗"中的痛苦和对"光明"的期待。他说"曾堕入……黑暗",在"荒原""彷徨",这时"天畔的明星","照彻了我的灵魂的黑暗";虽然如今失去了明星,又在黑暗和荒原中"彷徨",却仍"期待着那失去的星","重回来照彻我的灵魂的黑暗"。

任钧的散文《春宵》发表于《当代文艺》第1卷第2期,署名"森堡"。

韩侍桁的理论著作《托尔斯泰论莎士比亚》在《文艺月刊》第2卷第2、3号连载,署名"东声"。

章克标翻译的日本作家冈田三郎著的小说《赌》发表于《当代文艺》第1卷第2期。

18日,鲁迅作《中国无产阶级革命文学和前驱的血》,愤怒谴责反动派的血腥屠杀。

20日,巴金发表《十二月党人的故事》(历史故事),署名"一切",载《时代前》第 1 卷第 2 号。作品叙述十二月党人秘密结社、组织暴动、壮烈牺牲的过程，赞美被判死刑或流放罪的英雄"在法庭、监狱中、沙皇面前……冰天雪地中、矿坑里的坚忍精神"和"牺牲精神"；认为十二月暴动已与新虚无主义的暗杀不同，它是"对专制政治的公然反抗"，为后代"灌溉了自由之种子"。

巴金翻译的罗马尼亚作家勃拉特斯古－伏奈斯悌的散文《加斯多尔之死》发表于《时代前》第 1 卷第 2 号，初收于 1948 年 6 月文化生活出版社出版的《笑》。作品中的加斯多尔是一条因老主人逝世而整日"哀嚎"的狗。尽管它曾经给全家带来过欢乐，然而，年轻的新主人怀着矛盾、痛苦的心情，枪杀了它。

25 日，林辰的小说《期待》发表于《开展》第 6、7 期合刊。

卜少夫的小说《两种典型下的青年》由《开展》第 6—9 期连载。

汤增歊的诗歌《响彻神州的笳音》发表于《开展》第 6、7 期合刊。

28 日，鲁迅从离家暂居的黄陆路花园庄旅馆回寓。

方玮德的诗歌《诉》、陈梦家的诗歌《城上的星》发表于《文艺月刊》第 2 卷第 2 号。

沈从文的理论批评《论刘半农〈扬鞭集〉》发表于《文艺月刊》第 2 卷第 2 期。

本月

徐志摩北上任北京大学英文系教授，并在北平女子大学兼课。

胡也频遇难后，丁玲由沈从文陪同，将幼子祖麟送回湖南托母亲抚养。返沪后奉命编《北斗》，其间认识鲁迅、史沫特莱。

老舍寒假回北平，经友人介绍初识北京师范大学国文系女生胡絜青；暑期他们在北平举行婚礼，婚后共往济南。

本月出版的小说作品有：小说《脚印》（张少峰著，北平震东印书馆）；小说《紫云》（张资平著，上海文艺书局）；小说《无办法的恋爱》（马宁著，上海联合书店）；小说集《爱神的玩偶》（孙孟涛著，上海中华书局）；小说集《小朋友小说》（陈伯吹著，上海北新书局）。

本月出版的散文集有《艺术与生活》（周作人著，上海群益书社）；《云鸥情书集》（庐隐、李唯建著，上海神州国光社）；《倚枕日记》（章衣萍著，上海北新书局）；《给女人们》（马国亮著，上海良友图书印刷公司）。

本月出版的学术著作有《词史》（刘毓盘著，上海群众图书公司）；《三百篇演论》（蒋善周著，上海商务印书馆）；《词曲通义》（任中敏著，上海商务印书馆）；《安特列夫评传》（钱杏邨著，上海文艺书局）。

本月出版的翻译作品有：戏剧《玩具骚动》（[苏]巴尔道夫斯基著，欧阳予倩译，《戏剧》第2卷第3、4期合刊）；小说《少女的梦》（[法]崎德著，王了一译，上海开明书店）；小说集《诚实的贼》（[俄]陀思妥耶夫斯基著，张友松译，上海北新书局）；小说集《过岭记》（[保加利亚]伐佐夫著，孙用译，上海中华书局）；《中国文学》（[日]岛献吉郎著，隋树森译，上海世界书局）。

三月

1日，姚蓬子主编的《文学生活》月刊于上海创刊，由联合书店发行，仅出1期。

张天翼的小说《二十一个》发表于《文学生活》创刊号。作品反映了军阀混战中官兵冲突的现实。兵士们不堪非人的待遇，终在战场上团结举义，哗变的兵士互相支持，血肉相连。作者以此篇作品崭露头角。

谢冰莹的小说《理智的胜利》发表于《读书月刊》第1卷第6期。

王先献的理论批评《批评与人格》、王启怀的《日本本间久雄著〈文学概论〉》发表于《开明》第2卷第19号。

蓬子翻译的《黑人诗抄》发表于《文化生活》创刊号。

冯厚生翻译的日本作家志贺直哉著的小说《老人》发表于《小说月报》第22卷第3号。

3日，鲁迅午后校阅山上正义所译《阿Q正传》，校完即寄还译者，并附一信，说："译文已拜读。我认为译错之处，或可供参考之处，大体上均已记于另纸，并分别标出号码，今随译文一并寄上。"鲁迅在收到山上正义的函件后，在四五天的时间内，就细致地校完了译稿，并用日文写了85条注释，指出译错的地方或提供参考的意见。信中还说："关于序文——恕不能如命，请你自行撰写。"

山上正义因此在译文前，写了一篇《关于鲁迅和他的作品》的文章，给予鲁迅及《阿Q正传》以高度的评价。鲁迅的这封信和85条注释的原件，自山上正义于1938年病逝后，一直由其夫人山上俊子珍藏，于1975年6月22日献出。这份珍贵的文物已由我国文物出版社于同年9月影印出版（并附译文）。山上正义的这个译本于本年10月5日由日本四六书院出版，署"鲁迅著·林守仁译"（林守仁为山上正义的笔名）。封面的左下角画着两个用黑红色套印的工人形象，其中一个工人右手拿着铁锤，高举左臂作召唤状。书脊顶端用小字印着"国际无产阶级文学选集"。正文前印有李伟森等人的遗像和悼念他们的献词。在《阿Q正传》文后，还译载了胡也频、柔石、冯铿等人的作品。译者还为这些作品分别写了作者小传及作品评价。山上正义在《关于鲁迅和他的作品》中，称鲁迅"一直是中国现代文学主流的唯一代表者"。日本革命作家尾崎秀实还在同年5月23日为此书写了《谈中国左翼文艺战线的现状》的长篇序文，抗议国民党政府杀害革命文艺家的血腥罪行。所以这又是日本革命文艺界为纪念"左联五烈士"、支援中国无产阶级文学运动而编印的重要文集。

4日，"北新"、"群众"、"江南"、"乐群"等书店被江苏省高等法院第二分院查封，理由是"出售反动书籍"。

5日，《文学导报》第1卷第2期发表茅盾以"丙申"为笔名的《"五四"运动的检讨——马克思主义文艺理论研究会报告》。文章认为，"五四"是封建思想成为中国资产阶级发展中的障碍时所必要爆发的斗争。它的阶段性是：白话文学运动——攻击封建思想——实际的政治斗争。它的结果是：无产阶级运动崛起，时代有了新的机遇。

10日，国民党对江西苏区第二次军事围剿开始。

由李小峰、赵景深等编辑的《青年界》在上海创刊，由北新书局出版发行。这是以发表文艺作品为主的综合刊物，辟有"小说"、"译文"、"诗选"、"小品"、"作家介绍"、"现代文学讲话"、"书评"、"民间文学"、"社会科学讲话"及"医学讲话"等多种栏目。撰稿人除编者赵景深、石民、李小峰、袁嘉华外，还有楼适夷、钱歌川、穆时英、汪静之、郁达夫、朱湘、倪贻德、何家槐、冰心、戴望舒、老舍、刘大杰、周作人、陈子展等。姜亮夫、石民、袁嘉华、杨晋豪、厉广樵曾先后参与编辑工作。本刊出至第12卷第1期因抗日战争爆发停刊。后又于1946

年1月复刊，出至新第6卷第5期终刊，共出版86期。

陈白尘的小说《重逢之夜》发表于《小说月报》第22卷第3号。

许钦文的小说《新同学》、光明的散文《金鱼》发表于《青年界》创刊号。

程鹤西的诗歌《在黄昏里》发表于《小说月报》第22卷第2号，署名"鹤西"。

郁达夫的散文《屐楼》在《青年界》第1至3期连载。

老舍的散文《一些印象（续三）》发表在《齐大月刊》第1卷第5期，署名"舍予"。文章描绘济南诗境般的秋天。初收于《老舍散文选》（百花文艺出版社1984年版）。

刘大白为陈望道所编《因明学》作序，题名《因明学纲要》。

15日，王坟翻译的美国作家辛克莱著的小说《晨》在《当代文艺》第1卷第3—6期连载。

16日，《文艺新闻》在上海创刊，为综合性的文艺周刊，初由袁殊主编，后楼适夷、冯雪峰、林焕平参加编务。该刊宗旨是"以绝对的新闻立场，与新闻之本身的功用，致力于文化之报告与批判"，也报道进步文艺运动的消息。"左联五烈士"被害即由该刊首次披露。同年5月接受"左联"领导，成为"左联"的外围刊物。鲁迅、冯雪峰、瞿秋白、周扬等都曾为该刊撰稿。1932年"一·二八"事变后，从2月3日起，按日发行战时特刊《烽火》，同年6月被国民党政府查禁，共出60期。

楼适夷在《记"左联"的两个刊物》一文中说："《文艺新闻》大量地报导了在群众中的革命文学运动的情况，并对当时反动的欺骗性的文艺现象与文艺言论展开了批判和斗争。……这种批判斗争主要是通过客观报导的形式来表现的，使刊物能够在反动势力十分猖狂的环境中争取了公开的地位，成为当时唯一能够公开出版的进步文学刊物。"

20日，闻一多署名"一多"所写的书信《致曹葆华书》被载入《清华大学校刊》第278号。

30日，《文艺新闻》第3号以读者来信形式首次披露"左联五烈士"被杀害的消息，题目是《在地狱或人世的作家》。

凌叔华的小说《倪云林》发表于《文艺月刊》第2卷第3号。同期还发表了李青崖翻译的法国作家佛朗士著的小说《一个学习检察官》。

钱歌川翻译的美国作家刘易士创作的诗歌《马车夫》发表于《青年界》创刊号。

钱歌川（1903—1990），原名慕祖，笔名歌川、味橄等。湖南湘潭人。散文家、翻译家。1920年赴日留学。主要著作有《地狱》、《安娜哀史》、《娱妻记》等译作及《翻译漫谈》、《翻译的技巧》、《英文疑难详解》等翻译学著作。

本月

因柔石等被杀，郁达夫离开上海，在杭州、富阳等地避难。

王统照应宋介之邀请到东北旅行，夏初返青岛。东北之行使王统照对民族命运和劳动人民疾苦有了更多感受，对日后爱国诗篇及小说《山雨》创作颇多受益。

叶圣陶出任《中学生》、《中学生文艺》编辑，擢拔青年作家。徐盈、彭子冈夫妇、胡绳、吴金衡夫妇，都是在给《中学生》投稿时被叶圣陶发现加以培养的。

胡风入日本庆应大学英文系，由同班泉充介绍，化名"中川"，加入普罗科学研究所艺术学研究会。

孙俍工赴日本深造，下半年回国。

台湾留日学生成立台湾艺术研究会，成员有王白渊、林新丰、林兑、叶秋木、吴坤煌、张丽旭等。次年3月出版《台湾文艺》，提出"以文化形体，使民众理解民族革命"的口号。

国际笔会中国分会在上海成立，蔡元培、胡适、徐志摩、徐訏等7人任理事，蔡元培任理事长。

中国托派杂志《读书杂志》在上海创刊。

由于叛徒出卖，中国共产党中央机关刊物《红旗日报》在上海被破坏。

本月出版的小说有：短篇小说《亚里安娜》(巴金著，载《妇女杂志》第17卷第3号）；小说《美满的微笑》(陈一夫著，上海新智书局）；小说集《青年男女》(梅子著，上海马来亚书店）；小说集《友人之妻》(金满成著，上海光华书局）。

本月出版的散文集《未完集》(梁得所著，上海良友图书印刷公司）。

本月出版的理论著作有：《转变后的鲁迅》(钱谦吾（阿英）编著，上海东华图书公司)；论文《赫尔岑论》(巴金著，署名"一切"，载《时代前》第1卷第3号)；理论著作《批评态度的精神改造活动》(胡稷咸著，《学街》第75期)。

本月出版的翻译作品有：小说《旧恨》([日]永井荷风著，方光焘译，《东方杂志》第28卷第6号)；小说《死人之屋》([俄]陀思妥耶夫斯基著，刘尊祺译，平代合作社)；小说《都会的忧郁》)([日]佐藤春夫著，查士元译，上海华通书局)；小说集《幸福的船》([俄]爱罗先珂著，巴金等译，上海开明书店)。

四月

1日，叶灵凤主编的《现代文艺》在上海创刊。该刊为月刊，创作、翻译并重，共出两期。

巴金的短篇小说《赖威格先生》刊登在《中学生》第14号，后改题为《老年》。小说叙述了历史教员赖威格先生不许儿子自由恋爱，儿子出走，并写出了儿子出走后赖威格的忏悔与寂寞的心情。

鲁迅校阅完孙用译的匈牙利诗人裴多菲的童话长诗《勇敢的约翰》，并作《校后记》，载于十月湖风书局出版的《勇敢的约翰》，署名"唐丰瑜"。

曾广渊翻译的美国作家辛克莱的小说《追求者》由上海联合书店出版。

6日，《文艺新闻》第4号发表毛一波的《〈啼笑因缘〉的解剖》。文章总结了《啼笑因缘》的四个"缺点"，进而分析了其受大众欢迎的三条原因。

7日，鲁迅托史沫特莱购买德国凯绥·珂勒惠支的版画，以给艺术青年提供艺术创作的借鉴。

10日，《现代文学评论》月刊在上海创刊。该刊由李赞华编辑、现代书局发行，出至第3卷第1期终刊，共出版7期。《现代文学评论》由"民族主义文艺运动"的相关成员创办，为其服务。

王鲁彦的小说《小小的心》发表在《小说月报》第22卷第4号。小说写"我"到厦门认识了一个四五岁的小孩子阿品，他天真可爱，有着"洁白的纸一样的心","我"与他相互学习语言,建立了非常亲密的关系。后来打听得知他是被人骗到厦门的,当"我"再次到厦门的时候他已经跟着他的"父亲"往南洋去了。鲁彦曾说"我是一个最喜欢小孩的人",希望写一个关于小孩天真可爱的生活故事。

张资平的长篇小说《脱了轨道的星球》由《现代文学评论》创刊号开始连载,至10月《现代文学评论》第2卷第3期、第3卷第1期合刊刊登完毕。

老舍的散文《一些印象》,在《齐大月刊》第1卷第6期续载,署名"舍予",初收于《老舍散文选》,现收于《老舍文集》第14卷。文章写济南冬天的可爱。文章写道:"济南的冬天是没有风声的。""济南的冬天是响晴的。""济南的人们在冬天是面上含笑的。""在北中国的冬天,而能有温情的天气,济南真得算个宝地。"散文把济南冬天的可爱可谓是写尽了。

黄震遐的戏剧《黄人之血》发表在《前锋月刊》第1卷第7期。该剧写成吉思汗的孙子拔都和军师速不台率50万蒙古骑兵西征欧罗巴的战争故事。经过奋斗,他们打败了斡罗斯人,成功攻下计掖甫城,并夺走郡主华兰地娜。但故事并没有结束。三年后,华兰地娜设计与混入蒙古军中的居普罗司岛王子相呼应,促使蒙古军中的汉人与鞑靼人互相残杀,终致全军覆没。作品充满悲壮色彩。

陈白尘的戏剧《汾河湾》刊登在《小说月报》第22卷第4号。这是作者发表的第一部戏剧作品。作者说这部作品"受了欧阳予倩先生《潘金莲》的影响"。

林疑今的文章《现代美国文学评论》刊登在《现代文学评论》创刊号。

许德佑翻译的俄国作家陀思妥耶夫斯基的小说《彼得堡之梦》发表在《小说月报》第22卷第4号。

孙俍工翻译的日本荻原朔太郎的文章《诗与小说》(《诗之原理》的一章)刊登在《现代文学评论》创刊号。

13日,《文艺新闻》第5号以《呜呼,死者已矣!》为总标题,发表了编者的《李伟森亦长辞人世》、曙霞的《作家在地狱》、海辰的《青年作家的死》以及编者《按语》。

15日,罗红女士(罗洪女士)的小说《生命的泡沫》发表在《当代文艺》第1卷第4期。小说写天真的年轻女教员林女士看不惯学校的体罚式旧教育方法而自己又无力改变,生活中充满的无奈使自己走向失望。"她本来以为努力两个字是并不附带有条件的，然而自己目下的环境就不容许努力，纵然努力也丝毫没有效果。"小说写出了个人在变换的时空中的渺小无力，正如泡沫。

斯永的小说《变》、孙俍工的诗歌《晚祷》发表在《当代文艺》第1卷第4期。

梅痕女士的诗歌《生命之花》发表在《当代文艺》第1卷第4期。这是一首哀婉的抒情诗，"我这消失了生命底天涯流浪的幽魂"回忆了过去在"多情园丁"的爱护下"生命之花"的甜美，之后却写了"园丁"弃我而去后的"凋亡"。

邹枋的散文《唇红》发表在《当代文艺》第1卷第4期。文章用委婉优美的文笔写了主人公"我"与"她"的美妙爱情。"不管宇宙赠给我的全是悲哀或是凄苦，只要有她表示整个的爱我，啊，失却一切有什么呢。"文章多次写到唇红以表现"我"与"她"的暧昧关系，"……接着又是接吻，很久很久地，于是遗留着忘不却底唇红。"

王坟翻译的法国作家莫泊桑的小说《父亲》发表在《当代文艺》第1卷第4期。

17日，鲁迅在日本友人增田涉等陪同下前往同文书院讲演，题为《流氓与文学》，讲稿佚。

18日，巴金的长篇小说《家》(原题为《激流》)开始在上海《时报》连载(4月18日至5月22日)，1933年由上海开明书店出单行本，并将书名改为《家》。1938年和1940年，巴金顺着《家》的情节发展线索，过了七八年，陆续写成了《春》《秋》，并将这三部长篇小说合称为"激流三部曲"。《家》成就最高、影响最大，受到了广大读者尤其是青年读者的欢迎。作品写大哥高觉新与表妹梅芬相爱，但受到家庭强制阻挠，并迫使其与瑞珏结了婚。梅芬郁郁而死，瑞珏后也被封建迷信所害致死。二弟觉民、三弟觉慧因自由恋爱和参加民主运动，受到家庭和社会的压制。觉慧的恋人鸣凤不甘被孔教会头目冯乐山霸占为妻投湖身亡，他看到了家庭的阴暗腐败与专制压迫，后愤而离家出走。高老太爷终因儿辈的腐化堕落、相互倾轧和孙辈的反叛而愤懑死去。

关于《家》的写作动机，巴金在1937年2月写的10版代序《关于〈家〉》中描述道："……这样的受摧残的尽是些可爱的、有为的、年轻的生命。我爱惜他们，为了他们，我也应当反抗这个不公平的命运！""我所憎恨的，不是个人，而是制度。""我要向一个垂死的制度叫出我的 I accuse（我控诉）。我不能忘记甚至在崩溃底途中它还会捕获更多的牺牲品的。所以我要写一部《家》来作为一代青年的呼吁。我要为那过去无数无名的牺牲者'喊冤'！我要从恶魔的爪牙下救出那些失掉了青春的青年。这个工作虽是我所不能胜任的，但是我不愿意逃避我的责任。"

19 日，"左联"将《为国民党屠杀同志致各国革命文学和文化团体及一切为人类进步而工作的著作家、思想家》的英文译本易题为《为纪念被中国当权的政党——国民党屠杀的大批中国作家而发出的呼吁书和宣言》，并将其寄给了高尔基等人，祈求声援。

20 日，"左联"执委会决议开除周全平会籍，主要原因是其参加国民党政府策划的民族主义文艺运动。

孙大雨的诗歌《自己的写照》发表在《诗刊》第 2、3 期，由天津《大公报·文艺》39 期连载。

《沫若译诗集》由上海文艺书局出版。该诗集有诗篇 30 余首，选译自如歌德、席勒、海涅、屠格涅夫、施笃谟等各国著名诗人的优秀诗作。

巴金的《车尔尼雪夫斯基论》刊载在《时代前》第 1 卷第 4 期，署名"一切"。文章叙述了车尔尼雪夫斯基被流放及其艰苦的著述生涯，认为其小说《何为》是"俄国青年的纲领"，他"憎恨专制"、"反对国家"。

《文艺新闻》第 6 号发表巴尔的《〈啼笑因缘〉的魅力——对于毛一波君的解剖的商榷》。文章反驳了毛一波认为的《啼笑因缘》描写公子小姐故事的封建意识形态，而认为它是调和了封建意识形态与资产阶级意识形态的产物。

24 日，徐志摩母亲逝世，徐志摩受到沉痛的创伤，离开北京南归奔丧，何家槐曾说："他最爱的是娘，她的死给他很大的痛苦。"

25 日，《前哨》半月刊在上海秘密创刊（实际延期至 7 月中旬才出版）。该刊编委会成员有鲁迅、茅盾、夏衍、阳翰笙等，创刊号为"纪念战死者专号"，纪念被国民党杀害的五位左翼作家和左翼戏剧家宗晖。因政治迫害等原因，自第 2 期易名为《文学导报》，这是"左联"的一份重要机关刊物。该刊物成为"左联"作家同国民党反动派斗争的重要阵地。"左联"作家同国民党反动派屠杀左翼作家、摧残左翼文艺和进步文艺进行了针锋相对的斗争，揭发了国民党反动派的滔天罪行，在国内外产生了强烈反响。从第 2 期起，本刊陆续刊载了世界无产阶级革命作家及国际革命作家联盟对国民党反动派屠杀左翼作家的抗议和决议案，发表了揭露"民族主义文学"的反动实质的文章，以及讨论"大众化"的有关文字等。

《前哨》"纪念战死者专号"发表了鲁迅的《中国无产阶级革命文学和前驱的血》和《柔石小传》。前文是鲁迅面对国民党的残酷屠杀，为纪念自己的战友所写，笔名为 L.S，文章指出："中国的无产阶级革命文学在今天和明天之交发生，在诬蔑和压迫之中滋长，终于在最黑暗里，用我们的同志的鲜血写了第一篇文章。"但是鲁迅乐观地指明，面对着"最黑暗的动物"的"最末的手段"，"无产阶级革命文学却仍然滋长，因为这是属于革命的广大劳苦群众的，大众存在一日，壮大一日，无产阶级革命文学也就滋长一日"。"我们现在以十分的哀悼和铭记，纪念我们的战死者，也就是要牢记中国无产阶级革命文学的历史的第一页，是同志的鲜血所记录，永远在显示敌人的卑劣的凶暴和启示我们的不断的斗争。"后文介绍了柔石 1925 年在浙江镇海中学"抵抗北洋军阀的压迫"，1928 年参加浙江农村暴动，后又到上海参加革命文艺运动等经历，赞扬了他不畏困难、艰苦奋斗的精神。

《前哨》"纪念战死者专号"还发表了《中国左翼作家联盟为国民党屠杀大批革命作家宣言》。本文表达了革命文艺工作者对于国民党反动派的惨无人道的大屠杀的极大愤慨，揭露了国民党反动派以屠杀的残酷方式镇压革命文艺的滔天罪行。该专号还发表了《为国民党屠杀同志致各国革命文学和文化团体及一切为人类进步而工作的著作家思想家书》，向全世界革命文学团体，向为真理和光明奋斗的文学家、科学家、哲学家等革命工作者和文化人士，揭露国民党的滔天罪行，呼吁他们的声援。

《前哨》"纪念战死者专号"还发表了梅孙的《血的教训》，文英（冯雪峰）的《我们同志的死和走狗的卑劣》、《无产阶级革命作家国际协会主席团来信》、《美国"新群众"社来信》及《被难同志传略》、《被难同志遗嘱》等。

《无产阶级革命作家国际协会主席团来信》刊登在《前哨》创刊号，信中说："对于中国的事情我们感到巨大的兴趣。我们很高兴听到工人运动发展，工农红军的成功，中国苏维埃政权的日超生长的力的扩大。""……我们要集中全力来引起一场反对你们最近告诉我们的严重的虐杀和白色恐怖的斗争。"

胡也频的小说《同居》刊登在《前哨》创刊号。同期还发表了冯铿的小说《红的日记》（又名《女同志马英的日记》、《跃动的生活片段》）。《红的日记》塑造的红军女政工队员马英成为现代文学作品中第一个女红军形象。她勇敢、乐观、忠诚，她把枪作为"铁情人"，而笔记本是她的"小宝宝"。小说由马英6天的日记构成，这6篇日记记载了中国工农红军火热的战斗生活和革命乐观主义精神，是一曲曲革命的赞歌。

此外，殷夫的诗歌《五一歌》、柔石的诗歌《血在沸》刊登在《前哨》创刊号。

28日，"左联"执委会开除叶灵凤、周毓英的会籍，因他们皆参加国民党政府策划的民族主义文艺运动。

30日，巴金的短篇小说《生与死》刊发在《文艺月刊》第2卷第4号。小说讲述了小学教员陈子渊在恋人被捕后的愁绪、悲痛与绝望以致病故的故事。

罗黑芷的小说《书记》、卞之琳的诗歌《垂死》与《傍晚》发表在《文艺月刊》第2卷第4号。

谷剑尘的戏剧《狂风暴雨》刊登在《前锋周报》43期。

沈从文的《论中国创作小说》在《文艺月刊》第2卷第4号，第5、6号合刊连载。该文以"五四"高潮、落潮和第一次国内革命战争的失败为分界，论述中涉及小说家46人。该文将创作小说作了历史回顾，并在此基础上强调创造者的思想情感与读者的审美趣味相一致、小说在内容与形式上的和谐，并且表达了读者对游戏文学的深恶痛绝。

本月

艾芜到上海，从事创作。叶紫以"共党嫌疑犯"罪名被捕，关押在上海龙华警备司令部监狱，同牢难友有彭家煌、贺永年。于年底获得释放。

《文艺杂志》季刊创刊，在纽约编辑、上海出版，署名"柳亚子主编"，实际上是留美学人罗念生、陈林率、罗皑岚、柳无忌合编，前3期由上海文艺杂志社出版发行，第4期由中华书局出版，出至第1卷第4期终刊。

《读书杂志》月刊在上海创刊，由上海神州国光社出版发行，王礼锡主编，特约周作人、巴金、胡秋原等撰稿。本刊为综合性刊物，所载文章内容上多偏重于思想理论与文化政治，也刊登文艺方面的文章。田汉的剧本《梅雨》、庐隐的小说《搁浅的人们》、王礼锡的《思想方法论》等均发表于该刊。该刊至1933年11月停刊，共出3卷。

上海文艺书局出版《青年作家ABC丛书》，至次年11月，共出10种。

本月出版的小说有《欢喜陀与马桶》(张资平著，上海唯一书店)；《恋爱花》(张资平著，上海爱丽书店)；《三对爱人儿》(邹枋著，上海联合书店)；《春城》(孙福熙著，上海开明书店)；《痴情》(计全著，上海正午书局)；《心恋》(马宁著，上海知新书店)；《少年先锋》(高沐鸿著，北平震东印书馆)；《诗人的情书》(曹雪松著，上海现代书局)。

《二马》(老舍著，长沙商务印书馆)，写马则仁为继承哥哥的遗产——一家小古玩铺子，带着儿子小马，漂洋过海到了伦敦。小马和青年伙计李子荣在时代的感染中，显示了不同程度的思想开放和观念更新，而老马在帝国主义傲慢与偏见的冲击下，依旧麻木不仁，信奉面子主义，受侮辱，闹笑话。文章成功塑造了一个中庸、迷信、马虎、慵懒的奴才式的人物。

本月出版的小说集有《少女之春》(郭箴一著，上海联合书局)；《前奔》(汪锡鹏著，上海良友图书印刷公司)；《病院中》(程碧冰著，上海神州国光社)；《法公园之夜》(曾今可著，上海新时代书局)。

本月出版的散文集有《鸟与文学》(贾祖璋著，上海开明书店)。

本月出版的小说、散文合集有《卖淫妇》(徐锥著，上海现代书局)；《今津纪游》(郭沫若著，上海爱丽书局)。

本月出版的文论集、文学史有《文体论》(薛凤昌著，上海商务印书馆)；《新文艺辞典》(顾凤城等编，上海光华书局)；《李清照》(评传，傅东华著，上海商务印书馆)；《欧洲近代文艺思潮》(吕天石著，上海商务印书馆)；《欧美近代小说史》(郑次川著，上海商务印书馆)。

本月出版的翻译作品有：文论《艺术科学论》([法]伊科维支著，沈起予译，上海现代书局)。诗集《新月集》([印]泰戈尔著，郑振铎译，上海商务印书馆)；《译莎士比亚诗歌》(无忌译，《文艺杂志》创刊号)。小说《爱丽儿》([法]莫洛怀著，李唯建译，上海中华书局)；《被侮辱与损害者》([俄]陀思妥耶夫斯基著，李霁野译，上海商务印书馆）。小说集《草原故事》（［俄］高尔基著，巴金译，上海马来亚书店），收"译者小引"及3篇短篇小说：《马加尔·周达》、《因了单调的缘故》、《不能死的人》。戏剧《巡按》（［俄］歌郭里著，贺启明译，上海商务印书馆）；戏剧集《易卜生集》（潘家洵译，上海商务印书馆）。文学史《比较文学史》（［法］洛里哀著，傅东华译，上海商务印书馆）。

五月

1日，《创作》月刊于南京创刊，由汪漫铎主编，南京提拔书店出版发行。在《创作》创刊号的卷首诗《无语》和《编后》里，表明了该刊物编者对文学运动和文学创作的主张：反对所谓"口号文学"，主张文学家要"忠实地生活，忠实地观察，忠实地反映，忠实地描绘"社会人生。该刊出至第1卷第4期终刊。

鲁迅致信韦丛芜，声明退出未名社，但是考虑到韦丛芜之兄韦素园病重，并没有通知其他成员。鲁迅退出未名社是由于韦丛芜用钱无度，多从未名社支取，使未名社无法应付；在政治上，他又与同人逐渐产生分歧，最终分裂。

巴金的短篇小说《管墓园的老人》刊登在《中学生》第15号，后改题为《墓园》。小说整体氛围凄冷悲凉，以沉郁的笔调描写了管墓园老人的悲愤积郁的心理，表现了战争给人们带来死亡和不可弥合的心灵创伤。

漫铎的小说《风烛》、沉樱的小说《歧指》、卞之琳的诗歌《晚报》、叶鼎洛的散文《北京随笔》发表在《创作》创刊号。

茅盾的《致文学青年》发表在《中学生》第15号，署名"止敬"。文章认为："不应该笼统地反对青年们之爱好文学，我们应该反对的，是青年们中间尚犹不免的对于文学的病态——没有严肃的态度和批评的精神。"

稚吾翻译的俄国作家勃留骚夫的诗歌《石像——一个漂泊者的故事》刊登在《创作》创刊号。

10日，庐隐的小说《苹果烂了》刊登在《小说月报》第22卷第5号。小说用倒叙的方式描写男主人公青君与秦玄音女士的一段情感故事。后来，两人离别的时候，青君收到了秦女士的一个苹果作离别的礼物。两个月后，听说秦女士在国内结了婚，而那个苹果也烂了。同期还发表了蓬子的小说《一个人底死》、李金发的小说《当男女懊悔的时候》。

穆时英的小说《手指》、罗念生的诗歌《异国的中秋》刊登在《青年界》第1卷第3期。

张稚庐的小说《夜雨》刊登在、李赞华的小说《魔》发表在、邵冠华的诗歌《吊青春》与《沉闷》刊登在《现代文学评论》第1卷第2期。

沈善坚的《施蛰存和他的〈上元镫〉》、马彦祥的《洪深论》发表在《读书月刊》第2卷第2期。

张彝的《文艺创作论》发表在《读书月刊》第2卷第2、3期。

邵冠华的《论闻一多的〈死水〉》发表在《现代文学评论》第1卷第2期。文章认为，《死水》比他的《红烛》"进步得多"，最后概括："闻一多的《死水》的长处是'深刻'和'沉静'，短处是'太整齐'和'太呆板'。"

侯佩尹翻译的法国作家兰波的诗歌《韵母五字》刊登在《青年界》第1卷第3期。

高滔翻译的俄国作家卜里西文的小说《草原的狼人》刊登在《小说月报》第22卷第5号。

菉漪女士翻译的俄国作家屠格涅夫的小说《吻》刊登在《读书月刊》2卷3期。

11日，《文艺新闻》第9期发表赵景深的《没有文学概论》。他认为："文学也可以说是方的，也可以说是圆的，尖的。只要你言之成理，就会有某一部分人承认你的话对。天下本没有绝对的真理，因之也就没有万事一尊的文学概论！"

15日，陈穆如的小说《母亲》发表于《当代文艺》第1卷第5期。小说写了男主人公李根源到南京游玩的时候碰到了离别3年的女友刘桂芬，两人回忆了过去的恋爱，诉说了分别后的思念和痛苦，不禁重新燃起了爱情之火。但是刘桂芬迫于生计不得不很快地离开南京，经过悲伤的离别后，李根源无时不在思念着心爱的桂芬妹，但是在收到她的一封信之后，便再也没有了她的消息。为了消减这思恋的苦，李根源过起了堕落的"浪漫"生活，但终究只是肉体的满足，他的内心依旧爱着刘桂芬。一天，他终于收到刘桂芬的一封信，得知她到南洋结了婚，并且做了"人的第六母亲了"。李根源却依然过着从前的生活，内心对她的爱未曾变过。"他想到了这样，热泪一滴一滴地从眼眶中流了出来，禁不住地倒在床上晕了过去……"

丁丁的诗歌《昨夜梦见你》与《禁不住笑了》发表于《当代文艺》第 1 卷第 5 期。两首都是抒发对于心爱姑娘的思念与爱恋的情诗，情感真挚，形式工整。

俍工的诗歌《失眠之夜》发表于《当代文艺》第 1 卷第 5 期。诗歌简短却表现出了"失眠之夜"的悲伤复杂的情绪。

邹枋的散文集《青春散记》由上海联合书店出版。

汤增敫的散文《歌》与《幻》发表于《当代文艺》第 1 卷第 5 期。前文写"我"受尽了风雨的摧残和漂泊的苦楚，祈求着有一位"难寻的知音"、"同病的歌人"给我力量，为我歌唱，"挽回我死去了的心"。后文与前文风格相仿，亦是抒发对理想的"你"无限渴望的情思，表现得神秘虚幻，唯美动人。

邹枋的散文《配角》发表于《当代文艺》第 1 卷第 5 期。文章写了"我"在初春的雨天给一对新人作傧相，而一直梦幻着与心爱的"柔"的爱情，而做女傧相的恰好是柔，柔其实也爱着他。文章微妙的心理描写与精细的动作描写及出色的语言描写，把二人相互之间的爱意写得异常生动。

张资平翻译的日本作家竹友藻风的文章《文学的意义之新解释》刊登在《当代文艺》第 1 卷第 5 期。

席涤尘翻译的德国作家苏德曼的小说《欢快的人》、祝秀侠翻译的法国作家巴比赛的小说《归家》刊登在《当代文艺》第 1 卷第 5 期。

16 日，苏区军民在中国共产党的领导下，成功粉碎国民党反动派的第二次军事围剿。

22 日，鲁迅作《一八艺社习作展览会小引》，后刊载于 6 月 15 日的《文艺新闻》14 期，署名"鲁迅"。"一八艺社"成立于 1929 年，由杭州艺专的一些学生组成。后经改组，主张艺术为大众服务，脱离形式主义。该社受到鲁迅文艺思想的影响，在技术上借鉴于鲁迅手编的《艺苑朝华》等画集。1931 年春夏之交，"一八艺社"将较好的习作在上海举行展览，并成立分社。鲁迅亲往参加展览，并为展览会作小引，指出："现在的艺术总要一面得到蔑视，冷遇，迫害，而一面得到同情、拥护，支持"，"一八艺社也逃不出这例子"。鲁迅热情赞扬这次展览的作品"以清醒的意识和坚强的努力，在榛莽中露出了日见生长的健壮的新芽"。"自然，这，是很幼小的。但是，惟其幼小，所以希望就正在这一面。"

25日，叶得贞的诗歌《寄给母亲》发表于《开展》第9期。

28日，柯灵的散文《望春花的故事》发表于《民国日报》。

30日，瞿秋白作《鬼门关以外的战争》，论述中国文学革命与白话文的关系，倡导大众化语言。瞿秋白认为，要实行文学革命，必须实行所谓"文腔革命"，那就是"用现代人说话的腔调，来推翻古代鬼'说话'的腔调，不用文言做文章，专用白话做文章"。他指出，现代普通话的新中国文的建立，是"文学革命运动继续发展的先决条件"。只有这样，才能产生所谓"文学的国语"和"国语的文学"。瞿秋白进而概括而明确地指出，现代普通话的新中国文应当有一个总的原则："适应从象形文字转变到拼音文字的过程，简单些说，就是只能够看得懂还不算，一定要听得懂。"文章在最后要求现代普通话的新中国文，"必须是真正现代化的"，"应当用正确的方法实行欧化"、"罗马化或者拉丁化"。

本月

茅盾应冯雪峰邀请担任"左联"行政书记。不久，瞿秋白与"左联"发生联系，并参加"左联"的领导工作。瞿秋白与茅盾晤谈，提出改进"左联"工作的一些意见，包括继续办好《前哨》，以作为"左联"的理论指导刊物。另外，提议再办一个文学刊物，专登创作；要对"五四"以来的普罗文学运动进行研究和总结，并建议茅盾作为"左联"行政书记带头写一两篇文章。茅盾据此与鲁迅、冯雪峰协商，决定把已遭禁的《前哨》改名为《文学导报》继续发行出版，专门登载理论文章；又决定再办一个以刊载文学作品为主的大型文学刊物，这就是本年9月丁玲主编的《北斗》。

郑振铎应中国公学之聘，在文史系兼课。不久即辞去。

叶灵凤被"左联"执委会秘书处通报除名。

应史沫特莱之约，鲁迅为美国《新群众》杂志撰写《黑暗中国的文艺界的现状》。当时未发表，后以《中国新文学运动》为题刊于1934年4月6日在北平出版的《理论与创作》创刊号，署名"隋洛文"。

本月出版的小说作品有《爱与憎》(李鹤群著，上海乐华图书公司)；《漩涡中的人物》(王坟著，上海芳草书店)；《桃李花剑》(席灵凤著，女子青年书店)；《热情的书》(邱韵铎著,上海光明书局)。

本月出版的小说集有《一个人的诞生》(丁玲著,上海新月书店),收《一九三零年春上海》(之一、之二)、《一个人的诞生》、《牺牲》等4则短篇;《沈从文子集》(沈从文著,上海新月书店),收《龙珠》、《丈夫》、《灯》、《建设》、《春天》、《绅士的太太》6则短篇;《失恋后》(徐锥著,上海光华书局)。

本月出版了散文集《菩提珠》(柳无垢、柳无忌、柳无非著,上海北新书局)。

本月出版的小说、散文合集有茅盾的《宿莽》(所用笔名"M·D",上海大江书铺),收《陀螺》、《色盲》、《泥泞》、《大泽乡》、《石碣》、《豹子头林冲》6则小说,《红叶》、《叩门》、《卖豆腐的哨子》、《雾》、《速写一》和《速写二》等7则散文。这些作品均系1929年至1930年所作,书前附有作者的《弁言》。

本月出版的戏剧集有《刘三爷》(顾仲彝著,上海开明书店),收《刘三爷》、《皆大胜利》等5个剧本;《界》(何础、何厌著,广州万人出版社)。

本月出版的文论集、文学史等有《予倩论剧》(广州广东戏剧研究所);《子君走后的日记》(李素刺著,《现代学生》第1卷第7期);《戏剧ABC》(陈大悲著,世界书局);《词调溯源》(夏敬观著,上海商务印书馆);《欧洲文学史纲》(金石声著,上海神州国光社)。

本月,郭沫若的《甲骨文字研究》凡两册由上海大东书局出版。《甲骨文字研究》是郭沫若研究甲骨文的第一本论文集。本书的基本内容是对商代甲骨文做文字的考释,也对甲骨材料本身的其他方面做了一些探索。郭沫若是为研究中国古代社会史而从事甲骨文的研究,通过对已识、未识的甲骨文字的阐述,来了解殷代的生产方式、生产关系和意识形态,开创了为探讨古代社会的实际而研究古文字的道路,对后世甲骨文和古文字的研究产生深远的影响。

本月出版的翻译作品有《文学研究法》([英]韩德生著,宋桂煌译,上海光华书局);《俄罗斯儿童故事》([日]赖尔路顿著,宋易译,上海儿童书局)。

六月

1日,北平英文版《中国简报》创刊,发行人为美国人安澜,文艺栏目主编为萧乾。《中国简报》每期均介绍一位中国当代作家,"述其身世、性格、作风,选择其代表作（短篇）"。

茅盾的小说《三人行》由《中学生》第 16 至 20 期连载，同年 12 月由上海开明书店出版。小说写 20 世纪 30 年代初 3 个对社会不满的青年学生不同的人生选择：许的个人侠义，惠的虚无态度，以及云的自由幻想到参与实际的革命运动。茅盾在《〈茅盾选集〉自序》中谈到了这部小说的创作动机，指出："《三人行》（也是一个中篇）就在认识了这样的错误，而且打算补救这过去的错误这样的动机之下，有意地写作的。"他还做了自我批评，认为这部小说由于缺乏生活基础而造成人物概念化，总结了经验教训："徒有革命的立场而缺乏斗争的生活，不能有成功的作品。"

漫铎的小说《结婚》、马彦祥的戏剧《戏剧家之妻》刊登在《创作》第 1 卷第 2 期。

剑矛的《〈西部战线平安无事〉与〈从军日记〉》刊登在《开明》第 2 卷第 22、23 号。

余冠英的散文《清华不是读书的好地方》发表在《清华周刊》第 35 卷第 11、12 期合刊，署名"灌婴"。余冠英（1906—1995），古典文学专家，常用笔名"灌婴"，生于江苏扬州。1926 年考入清华大学历史系，后转入中国文学系。他主修中国古典诗歌，同时开始文学创作。这些文章被人民文学出版社编的《当代散文精华》、朱自清编的《中国新文学大系》等书收入。1931 年毕业于清华大学，后在清华大学、西南联大等校任教。在抗日战争的艰苦岁月中，冠英编辑影响很大的《国文月刊》到第 40 期。1952 年任中国科学院文学研究所研究员，后任文学所副所长、学术委员会主任、《文学遗产》杂志主编。由他主持编写的《中国文学史》是古典文学研究领域中的重要成果，经他主持编选的《唐诗选》为公认的唐诗最佳选本之一。其主要著作有《汉魏六朝诗论丛》、《乐府诗选》、《祖国十二诗人》、《诗经选》、《三曹诗选》、《诗经选译》、《古代文学研究集》、《古代文学杂论》、《唐宋八大家全集》等。

10 日，庐隐的小说《象牙戒指》在《小说月报》第 22 卷第 6 至 12 号（除 10 号）连载，1934 年 2 月上海商务印书馆出版。小说写的是女大学生张沁珠爱上了伍念秋，后知道他已结婚，并且有了小孩。沁珠伤透了心，于是和伍念秋断绝了关系。之后沁珠遇到了一个革命者曹子卿先生，他爱沁珠爱得很深。可是沁珠的心已全部给了伍念秋,她没有办法抚慰自己那颗失却常态的心。可是曹先生就那么坚持着,并且他在第一次向沁珠表白而不成功的时候突然吐血。曹先生已经受家里的安排结了婚,并有了一个他还没见过面的女儿。但是他为了沁珠而回老家离婚。沁珠看着他的病情加重了,只好答应了他。可是这个时候伍念秋在报上发表了沁珠和伍念秋之前的通信。沁珠和她的朋友去质问伍念秋时,那个可恶的伍念秋竟然假惺惺地再向沁珠表白,沁珠心又乱了。曹先生病死后,沁珠只有对他的歉疚了。她终将自己的爱心献给了已死的曹子卿,珍重地收藏着他所遗赠的象牙戒指,度完她幽怨的一生。

落花生的小说《归途》发表在《小说月报》第22卷第6号。小说描写了一个发生在大年三十的极其凄惨的故事。主人公"她"多年未曾回家,但是一个人在外面又贫困到无法生存。"她"想到回家把大妞儿嫁出去得一笔钱。在回家的路上遇到穿着漂亮衣服的女子,于是心生邪念,把她的衣服、装饰品都抢了,后来还枪杀了一位追来的"骑驴的人",之后"剃头匠"又前去追"强盗",却被警察以杀人犯抓起。"她"看抢来的首饰时,发现了一件自己以前的银镯,意识到抢的可能是自己的女儿,返回去时发现女儿已经自杀,她自己悲痛至极,也自杀而死。

许钦文的小说《一把紧捏》发表在《现代文学评论》第1卷第3期。

王家棫的小说《夫妇》发表在《青年界》第1卷第4期。

艾芜的小说《香港之一夜》发表在《读书月刊》第2卷第3期。艾芜(1904—1992),作家,原名汤道耕,笔名刘明、吴岩、汤爱吾等,四川省新都人。艾芜是他的笔名,他开始写作时,因受胡适"人要爱大我(社会)也要爱小我(自己)"的主张影响,遂取名"爱吾",后慢慢衍变为"艾芜"。1925年因不满学校守旧的教育和反抗旧式婚姻而出走,漂流于云南边疆、缅甸和马来亚等地,当过小学教师、杂役和报纸编辑,并两次病得差点死去。因为同情缅甸的农民暴动,1931年被英国殖民当局驱逐回国到上海。1932年加入中国左翼作家联盟,开始发表小说。在上海期间,出版有短篇小说集《南国之夜》、《南行记》、《山中牧歌》、《夜景》和中篇小说《春天》、《芭蕉谷》以及散文集《漂泊杂记》等。1944年由桂林逃难到重庆,写完著名长篇小说《故乡》,编辑抗敌协会重庆分会会刊《半月文艺》。1946年到陶行知担任校长的社会大学任教。1947年夏,国民党在重庆大捕民主人士,他逃到上海。这个时期作品有长篇小说《山野》,解放战争时期主要作品有长篇小说《丰饶的原野》。1949年后，艾芜任重庆市文化局长、中国作家协会理事、全国文联委员、四川省文联名誉主席等职。1957年有长篇小说《百炼成钢》等。同年加入中国共产党。

何家槐的散文《牧舍漫笔》发表在《青年界》第1卷第4期。何家槐（1911—1969），笔名永修、先河等，浙江义乌人。1931年开始发表作品。1932年加入中国左翼作家联盟。1934年加入中国共产党。1948年冬，经香港和武汉入解放区。1949年到北京。1952年加入中国作家协会。1964年8月前一直在马克思列宁学院（即中央高级党校）任教。一度曾调任社科院文研所现代文学组副组长、当代文学组组长，主要从事文学研究工作。1958年赴波兰、苏联等国讲学。1964年调任广州暨南大学中文系主任、党委委员。"文革"中遭受迫害。1932—1937年，先后出版了短篇小说集《恶行》、《暧昧》、《竹布衫》、《寒夜集》及散文集《怀旧集》、《稻粱集》。20世纪40年代出版了杂文集《冒烟集》。中华人民共和国成立后出版有散文集《旅欧随笔》、杂文集《寸心集》和文学评论集《一年集》、《海淀集》、《鲁迅作品讲话》等；译著有《小说与人民》、《建设斯大林格勒的人们》、《论俄国作家》等。

罗念生的散文《飘叶子》发表在《青年界》第1卷第4期。

瞿秋白作《学阀万岁》，重点论述了新文学作品的思想内容问题。文章称，自"五四"以来的中国文学革命产生的为"不战不和，不人不鬼，不今不古——非驴非马"的骡子文学。瞿秋白解释说，它既不敢对旧文学宣战，又没有对旧文学讲和；既不完全讲"人话"，又不真正讲"鬼话"；既创造不出现代普通话的"新中国文"，又不能运用汉字的"旧中国文"。他进而分析和批判了新文学阵营里的所谓"绅商文学"、"市侩式的请客文学"、"无赖文学"，揭露其阶级本质及反动作用。文章还颂扬了萌芽中的新兴的无产阶级文学，即"所谓普罗文学"，指出无产阶级文学的任务是为无产阶级政治服务，帮助无产阶级政党，"组织工人"和"领导农民"进行"阶级斗争"，组织红军"准备以至于实行暴动"，以"大贫"推翻"小贫"，推翻西洋文明民族对于中国的"治理"。

张平的《评几篇历史小说》发表在《现代文学评论》第1卷第3期。文章主要分析评论了蒲牢的《石碣》、《大泽乡》、《豹子头林冲》与施蛰存的《将军的头》和《石秀》。他认为蒲牢的作品"都充溢着反抗的意识，同时，在另一面，是还是有讽刺的意味"；而施蛰存这两篇作品"是揭发旧时代的恋爱心理"。

赵景深的《英美小说之现在及未来》发表在《现代文学评论》第1卷第3期，分析了"文学和科学的势力对于小说技巧的影响"。同期还发表了李则纲的《新世纪欧洲文坛的转动》。

紫薇翻译的俄国作家契列珂夫的小说《小偷》刊登在《小说月报》第22卷第6号。岗警安东抓了一个小偷，本打算带他去见乡村巡查，可小偷在路上跟他讲，假若没了小偷，警察的职位便会没有了意义，警察便会失业。在交谈中，小偷还使得安东明白自己实际也在受着剥削。最终两人仿佛成了朋友，并把小偷放掉。

夏莱蒂翻译的美国作家杰克·伦敦的小说《夜生者》刊登在《青年界》第1卷第4期。

孙俍工翻译的日本诗人荻原朔太郎的《叙事诗与抒情诗》刊登在《现代文学评论》第1卷第3期。

13日，鲁迅得到曹靖华《铁流》译稿一本，并给予复信说："现在正在排印《毁灭》，七月底可成，成后拟即排印此书，其成当在九月中旬。"信中还表示了对于当时出版界的看法："这里对于左翼文艺，是压迫无所不至，然而别的文艺，却全然空洞无物，所以出版界非常寂寥。"

14日，美国纽约工人文化同盟大会召开。大会口号是："文化是武器。"鲁迅被推举为大会名誉主席之一。

鲁迅作旧体诗《无题二首》。其一书赠日本人宫崎龙介："大江日夜向东流，聚义群雄又远游。六代绮罗成旧梦，石头城上月如钩。"其二书赠宫崎龙介的夫人白莲女士："雨花台边埋断戟，莫愁湖里余微波。所思美人不可见，归忆江天发浩歌。"前一首诗揭露国民党背叛孙中山的革命事业，后一首追念孙中山和辛亥革命烈士的功绩，抒发对这次革命失败的感慨。

15日，巴黎世界反帝大同盟中国部在该日出版的机关刊物《反帝》上发表宣言，抗议国民党政府屠杀革命作家。

《文艺新闻》第14期以"中国文艺在国际上的荣誉"为题，转载《纽约时报》消息："鲁迅的《阿Q正传》最近被日规出版部选入《中国新作家集》，获得美国批评界空前的赞美。此外还有郁达夫，郭沫若等人的作品。"

陈穆如的中篇小说《画眉的女人》、罗洪女士的诗歌《梦影》发表在《当代文艺》第 1 卷第 6 期。

邹枋的散文《心》发表在《当代文艺》第 1 卷第 6 期。文章写了漂亮的"瑛"跟"萍"晚上看完电影后,因为天气冷,便住进了宾馆,但被几个好事的同学看到,并给其写去了纸条,误会了两人的行为。瑛觉得冤枉委屈,萍安慰着她,两人终于不怕别人的留言,"这是,瑛,萍,什么人都料不到的,而萍便在那晚获得瑛整个的心"。

毛秋白的文论《自然主义的文艺批评》发表在《当代文艺》第 1 卷第 6 期。文章论述的核心观点是 Taine(泰纳)的"研究艺术的方法的出发点便是承认艺术品不是孤立的东西,所以要研究这作品所根据的,可用以解释它的'全体'"。文章认为他的"科学的文艺批评是一种解释的批评,归纳的批评,客观的批评"。

29 日,《文艺新闻》16 号发表克达的《论时代的意志》。认为"正因为我们这个时代是一个伟大的时代,所以必然的要产生出伟大的巨匠,它的创造者来的。""顽强、坚绝、彻底,是时代的意志,也正是它的巨匠的意志。"

30 日,陈梦家的小说《七重封印的梦》、何家槐的小说《梨》、高植的小说《酒后》发表在《文艺月刊》第 2 卷第 5、6 期合刊。

马彦祥翻译的《小泉八云论莎士比亚》刊登在《文学月刊》第 2 卷第 5、6 号合刊。

本月

蒋光慈因病重,住进虹口同仁医院三等病房,化名"陈资川"。8 月诊断为肠结核、肺病二期。蒋光慈几度要求允许服用安眠药自杀,均为医生拒绝。他委托亚东书局经理汪孟邹等代拟"遗嘱",并在遗嘱上签字。

巴金与当时复旦大学国际贸易系学生章靳以初次见面。同月去南京,在成贤街结识了《文艺月刊》的编辑、散文家缪崇群。

瞿秋白参加"左联"的领导活动。冯雪峰安排瞿秋白住到上海南市紫霞路 68 号谢澹如宅。瞿秋白化名"林复",与杨之华皆为农民装扮。他们假称刚从乡下来,房东谢澹如是冯雪峰的朋友,在钱庄做事,爱好文学,同情革命,亲戚和社会关系都在商界。他十分谨慎地掩护着瞿秋白的革命活动,保证了瞿秋白夫妇的安全。瞿秋白夫妇在这里居住将近两年。其间，因"一·二八"事变发生，瞿秋白夫妇同谢家曾一度临时搬到法租界毕勋路毕兴坊10号，住到5月，又一同迁回紫霞路。在这期间，瞿秋白深居简出，过着严格的秘密生活。冯雪峰每隔几天就到瞿秋白住处去一次，和他探讨"左联"和革命文学运动的情况、取稿件、沟通瞿秋白和鲁迅的关系。鲁迅为瞿秋白提供了俄文材料。瞿秋白一边养病，一边坚持翻译、著述。后来，由鲁迅为瞿秋白收编为两卷装的《海上述林》，其中大部分都是在这一时期完成的。

《为国民党屠杀同志致各国革命文学和文化团体及一切为人类进步而工作的著作家思想家书》（原载本年4月《前哨》创刊号）在美国《新群众》杂志第7卷第1期发表，改题为《中国作家致全世界的呼吁书》。呼吁书的上方还刊登了6位被害者（包括宗晖）的照片和传略。

本月出版的小说作品有《落花曲》（鹏芳草著，上海神州国光社）；《麻姑》（陈凤山著，上海光华书局）；《大人物的把戏》（张了且著，南京拔提书店）；《时代的影子》（计全著，上海正午书局）。

本月出版的小说集有《童年的悲哀》（鲁彦著，上海亚东图书馆），收《童年的悲哀》、《幸福的哀歌》、《祝福》、《宴会》4则短篇。

本月出版的散文集有《看月楼书信》（吴曙天、章衣萍著，上海开明书店）；《当代文萃》（上海世界书局）；《桌子跳舞》（郭沫若著，上海仙岛书店）。

本月出版了戏剧集《夸父之家》（漫铎著，南京拔提书店）。

本月出版的文论集等有《新文学批评》（郭沫若著，上海光华书局）；《文艺创作讲座》（第一卷）（赵景深等著，光华书局）；《一九三零年的世界文学》（赵景深著，上海神州国光社）。

本月刊发、出版的翻译作品有：小说《强国尔河畔》（［苏］高尔基著，适夷译，发在《东方杂志》第28卷第12号）；《维里尼亚》（［苏］赛甫琳娜著，穆木天译，上海现代书局）；《半上流社会》（［法］嚣俄著，曾朴译，上海真善美书店）；《忏悔》（［南斯拉夫］波嘉奇次著，鲁彦译，上海亚东图书馆）；《妇人三部曲》（［奥］显尼志勒著，施蛰存译，上海神州国光社）。小说集《淑女》（［俄］陀思妥耶夫斯基著，何道生译，上海商务印书馆）；《最后的光芒》（［俄］科罗连科著，韦漱园译，上海商务印书馆）。戏剧《灰姑娘》（［英］波理格斯著，适夷译，上海开明书店）。

七月

1日，巴金的短篇小说《光明》发表在《创作》第1卷第3期。小说写青年作家张望想通过作品"给人们指出一条到光明去的路"，结果给自己也给别人带来苦恼，四周"依旧是黑暗与隔膜"。作品表现了作家欲以文字匡时救世而又无济于事的矛盾、痛苦心情。

沈樱的小说《李二和兵》、沈从文的散文《甲辰闲话》、方令孺的诗歌《石工》发表在《创作》第1卷第3期。

方令孺（1897—1976），女，散文作家和诗人，安徽桐城人，方苞后代。1923年留学美国，在华盛顿州立大学和威斯康星大学读书。1929年回国后，先后任青岛大学讲师和重庆国立剧专教授。1939年至1942年任重庆北碚"国立"编译馆编审。1943年后在上海复旦大学中文系任教授。1949年后被选为上海市妇联副主席。1958年至"文革"前，任浙江省文联主席。主要作品有《信》(散文集)、《方令孺散文选集》及译著文集《钟》等。

素衣翻译的美国诗人惠忒曼的诗歌《看到荣誉获得时及其他》刊登在《创作》第1卷第3期。

10日，丁玲的小说《田家冲》发表在《小说月报》第22卷第7号。小说写三小姐冲出反动家庭的藩篱，走向农村并组织发动农民群众的抗争，以致不惜牺牲生命。在她的影响启发下，以赵金龙、赵得胜父子为代表的普通农民继承先烈遗志，在田家冲掀起了激烈的反抗斗争。小说最后表现出了作者乐观的姿态和坚定的信念："这家是比从前更热闹，更有生气的存在了。在这美丽的冲里，这属于别人的肥美的土地，不过，他们相信，这不会再长久的，因为新的局面马上就要展开在他们眼前了，这些属于他们自己创造出来的新局面。"同期还发表了施蛰存的小说《莼羹》、黎烈文的《倍尔纳与沉默派戏剧》、叶启芳翻译的英国费尔坡兹的小说《新娘之梦》。

张天翼的小说《皮带》、周起应翻译的俄国作家陀思妥耶夫斯基的小说《大宗教裁判官》发表在《青年界》第1卷第5期。

11 日，梁实秋主编的《北平晨报》文艺周刊创刊。

巴金的杂感《作家素描回音》发表在上海《草野》周刊第 5 卷第 11 号。

13 日，袁殊的《报告文学论》发表在《文艺新闻》第 18 号。文章分析说明了这一文体的特色，还认为"报告文学者是必须要由社会主义的修养而取得明确的社会主义的眼光；而报告文学则必须根据于新兴的'写实主义'"。这是一篇较早向中国文坛介绍报告文学文体的论文，对日后报告文学的理论探讨和创作发展都有积极影响。

《文艺新闻》第 18 号刊载《国际革命文学家联盟为中国宣言的签署者》，提出"国际革命文学家联盟，近为反对中国文化之被摧残，特联名签署发表宣言"，法捷耶夫、巴比塞、辛克莱等 28 人签名，抗议国民党政府制造的文化恐怖。

15 日，袁牧之的小说《奶妈》在《文艺月刊》第 2 卷第 7 期与第 8 期连载。

陈穆如的中篇小说《迷途》，发表在《当代文艺》第 2 卷第 1 期。

卞之琳的《诗五首》、沈从文的散文《街》发表在《文艺月刊》第 2 卷第 7 期。

邹枋的散文《胜利者》发表在《当代文艺》第 2 卷第 1 期。文章写"我"对心爱的姑娘"蕊"讲述了"我"去妓院与一女子的风情，最后因想到蕊的爱而摆脱掉，蕊既嫉妒又感激，流下了泪水。"我"认为"用故事引出一个姑娘的泪珠是成功了"。

沈从文的《〈山花集〉介绍》发表在《文艺月刊》第 2 卷第 7 号。文章用诗意的语言表达了对刘廷蔚诗集《山花集》的赞赏。"能以明慧的心，在自然里凝眸，轻轻的歌唱爱和美……使诗的文字非常丰富，使无韵的体裁，不至因失去脚韵，同时便失去诗的精神……"

陈穆如的文论《中国长篇小说的特色》发表在《当代文艺》第 2 卷第 1 期。文章列举了从秦汉至清代的主要小说作品，之后论述了中国长篇小说的"（一）代表作品及代表作家"，"（二）描写人物的特色"，"（三）结构上的特色"，"（四）操纵社会的特色"，"（五）续作繁多的特色"。作者最后在结论中指出了中国长篇小说少佳作的原因："（一）保持迂腐的观念；（二）当作消遣的观念。"

李青崖翻译的法国作家郭季叶的小说《近水楼台》刊登在《文艺月刊》第 2 卷第 7 号。

萧燕翻译的法国作家莫泊桑的小说《农夫》刊登在《当代文艺》第2卷第1期。

20日，鲁迅在上海社会科学研究会发表演说《上海文艺之一瞥》。该演讲由《文艺新闻》7月27日第20号和8月3日第21号连载，后来经修改，收入《二心集》。在演讲中鲁迅较为全面地分析了中国现代文艺的发展状况，深入论述了"鸳鸯蝴蝶派"、"创造社"、"革命文学"、"左联"等文学流派的弊病、意义和地位，总结了很多经验教训，对左翼文艺运动具有十分重要的指导意义。

鲁迅在演讲中首先分析了鸳鸯蝴蝶派的"才子佳人小说"，并给予强烈的讽刺和批判。"才子原是多愁多病，要闻鸡生气，见月伤心的。一到上海又遇见了婊子。去嫖的时候，可以叫十个二十个的年轻姑娘聚集在一处，样子很有些像《红楼梦》，于是他就觉得自己好像贾宝玉；自己是才子，那么婊子当然是佳人，于是才子佳人的书就产生了。内容多半是，惟才子能怜这些风尘沦落的佳人，惟佳人能识坎坷不遇的才子，受尽千辛万苦之后，终于成了佳偶，或者都成了神仙。""佳人才子的书盛行的好几年，后一辈的才子的心思就渐渐改变了。他们发现了佳人并非因为'爱才若渴'而做婊子的，佳人只为的是钱。然而佳人要才子的钱，是不应该的，才子于是想了种种制伏婊子的妙法，不但不上当，还占了她们的便宜。叙述这各种手段的小说就出现了，社会上也很风行，因为可以做嫖学教科书去读。这些书里面的主人公，不再是才子＋呆子，而是在婊子那里得了胜利的英雄豪杰，是才子＋流氓。"

"才子＋流氓的小说，但也渐渐地衰退了。那原因，我想，一则因为总是这一套老调子——妓女要钱，嫖客用手段，原不会写不完的；二则因为所用的是苏白，如什么倪＝我，耐＝你，阿是＝是否之类，除了老上海和江浙的人们之外，谁也看不懂。"但是"又出了一本当时震动一时的小说"《迦茵小传》，之后"新的才子＋佳人小说便又流行了起来，但佳人已是良家女子了，和才子相悦相恋，分拆不开，柳荫花下，像一对蝴蝶，一双鸳鸯一样，但有时因为严亲，或者因为薄命，也竟至于偶见悲剧的结局，不再都成神仙了，——这实在不能不说是一个大进步。到了近来是在制造兼可擦脸的牙粉了的天虚我生先生所编的月刊杂志《眉语》出现的时候，是这鸳鸯蝴蝶式文学的极盛时期。后来《眉语》虽遭禁止，势力却并不消退，直待《新青年》盛行起来，这才受了打击。这时有伊孛生的剧本的介绍和胡适之先生的《终身大事》的别一形式的出现，虽然并不是故意的，然而鸳鸯蝴蝶派作为命根的那婚姻问题，却也因此而诺拉（Nora）似的跑掉了。"

鲁迅进而对"新才子派"的创造社进行了批判。他说："创造社是尊贵天才的，为艺术而艺术的，专重自我的，崇创作，恶翻译，尤其憎恶重译的，与同时上海的文学研究会相对立。那出马的第一个广告上，说有人'垄断'着文坛，就是指着文学研究会。文学研究会却也正相反，是主张为人生的艺术的，是一面创作，一面也看重翻译的，是注意于绍介被压迫民族文学的，这些都是小国度，没有人懂得他们的文字，因此也几乎全都是重译的。并且因为曾经声援过《新青年》，新仇夹旧仇，所以文学研究会这时就受了三方面的攻击。一方面就是创造社，既然是天才的艺术，那么看那为人生的艺术的文学研究会自然就是多管闲事，不免有些'俗'气，而且还以为无能，所以倘被发现一处误译，有时竟至于特做一篇长长的专论。一方面是留学过美国的绅士派，他们以为文艺是专给老爷太太们看的，所以主角除老爷太太之外，只配有文人，学士，艺术家，教授，小姐等等，要会说 Yes，No，这才是绅士的庄严，那时吴宓先生就曾经发表过文章，说是真不懂为什么有些人竟喜欢描写下流社会。第三方面，则就是以前说过的鸳鸯蝴蝶派，我不知道他们用的是什么方法，到底使书店老板将编辑《小说月报》的一个文学研究会会员撤换，还出了《小说世界》，来流布他们的文章。这一种刊物，是到了去年才停刊的。"

"创造社的这一战，从表面看来，是胜利的。许多作品，既和当时的自命才子们的心情相合，加以出版者的帮助，势力雄厚起来了。势力一雄厚，就看见大商店如商务印书馆，也有创造社员的译著的出版——这是说，郭沫若和张资平两位先生的稿件。这以来，据我所记得，是创造社也不再审查商务印书馆出版物的误译之处，来作专论了。这些地方，我想，是也有些才子+流氓式的。然而，'新上海'是究竟敌不过'老上海'的，创造社员在凯歌声中，终于觉到了自己就在做自己的出版者的商品，种种努力，在老板看来，就等于眼镜铺大玻璃窗里纸人的目夹眼，不过是'以广招徕'。待到希图独立出版的时候，老板就给吃了一场官司，虽然也终于独立，说是一切书籍，大加改订，另行印刷，从新开张了，然而旧老板却还是永远用了旧版子，只是印，卖，而且年年是什么纪念的大廉价。"

"商品固然是做不下去的，独立也活不下去。创造社的人们的去路，自然是在较有希望的'革命策源地'的广东。在广东,于是也有'革命文学'这名词的出现,然而并无什么作品,在上海,则并且还没有这名词。"

鲁迅还对"革命文学"进行了全面详细的论述。他首先分析了革命文学兴盛起来的原因:"革命文学之所以旺盛起来,自然是因为由于社会的背景,一般群众,青年有了这样的要求。当从广东开始北伐的时候,一般积极的青年都跑到实际工作去了,那时还没有什么显著的革命文学运动,到了政治环境突然改变,革命遭了挫折,阶级的分化非常显明,国民党以'清党'之名,大戮共产党及革命群众,而死剩的青年们再入于被迫压的境遇,于是革命文学在上海这才有了强烈的活动。所以这革命文学的旺盛起来,在表面上和别国不同,并非由于革命的高扬,而是因为革命的挫折;虽然其中也有些是旧文人解下指挥刀来重理笔墨的旧业,有些是几个青年被从实际工作排出,只好借此谋生,但因为实在具有社会的基础,所以在新份子里,是很有极坚实正确的人存在的。"

鲁迅进而分析"那时的革命文学运动"的"错误之处":"例如,第一,他们对于中国社会,未曾加以细密的分析,便将在苏维埃政权之下才能运用的方法,来机械地运用了。再则他们,尤其是成仿吾先生,将革命使一般人理解为非常可怕的事,摆着一种极左倾的凶恶的面貌,好似革命一到,一切非革命者就都得死,令人对革命只抱着恐怖。其实革命是并非教人死而是教人活的。这种令人'知道点革命的厉害',只图自己说得畅快的态度,也还是中了才子+流氓的毒。"之后鲁迅以叶灵凤、向培良为例分析了当时革命文学的弊病:"激烈得快的,也平和得快,甚至于也颓废得快。"并指出"这样的翻着筋斗的小资产阶级,即使是在做革命文学家,写着革命文学的时候,也最容易将革命写歪;写歪了,反于革命有害,所以他们的转变,是毫不足惜的",不过是"忽然一天晚上自称突变过来的小资产阶级革命文学家"又"突变回去了"。

鲁迅重点分析了左翼作家的文学创作:"现存的左翼作家,能写出好的无产阶级文学来么?我想,也很难。这是因为现在的左翼作家还都是读书人——智识阶级,他们要写出革命的实际来,是很不容易的缘故。日本的厨川白村(H. Kuriyagawa)曾经提出过一个问题,说:作家之所以描写,必得是自己经验过的么?他自答道,不必,因为他能够体察。所以要写偷,他不必亲自去做贼,要写通奸,他不必亲自去私通。但我以为这是因为作家生长在旧社会里,熟悉了旧社会的情形,看惯了旧社会的人物的缘故,所以他能够体察;对于和他向来没有关系的无产阶级的情形和人物,他就会无能,或者弄成错误的描写了。所以革命文学家,至少是必须和革命共同着生命,或深切地感受着革命的脉搏的。"

"在现在中国这样的社会中,最容易希望出现的,是反叛的小资产阶级的反抗的,或暴露的作品。因为他生长在这正在灭亡着的阶级中,所以他有甚深的了解,甚大的憎恶,而向这刺下去的刀也最为致命与有力。固然,有些貌似革命的作品,也并非要将本阶级或资产阶级推翻,倒在憎恨或失望于他们的不能改良,不能较长久的保持地位,所以从无产阶级的见地看来,不过是'兄弟阋于墙',两方一样是敌对。但是,那结果,却也能在革命的潮流中,成为一粒泡沫的。对于这些的作品,我以为实在无须称之为无产阶级文学,作者也无须为了将来的名誉起见,自称为无产阶级的作家的。"

鲁迅还指出,那些"攻击旧社会的作品,倘若知不清缺点,看不透病根,也就于革命有害,但可惜的是现在的作家,连革命的作家和批评家,也往往不能,或不敢正视现社会,知道它的底细,尤其是认为敌人的底细。随手举一个例罢,先前的《列宁青年》上,有一篇评论中国文学界的文章,将这分为三派,首先是创造社,作为无产阶级文学派,讲得很长,其次是语丝社,作为小资产阶级文学派,可就说得短了,第三是新月社,作为资产阶级文学派,却说得更短,到不了一页。这就在表明:这位青年批评家对于愈认为敌人的,就愈是无话可说,也就是愈没有细看。自然,我们看书,倘看反对的东西,总不如看同派的东西的舒服,爽快,有益;但倘是一个战斗者,我以为,在了解革命和敌人上,倒是必须更多去解剖当面的敌人的。要写文学作品也一样,不但应该知道革命的实际,也必须深知敌人的情形,现在的各方面的状况,再去断定革命的前途。惟有明白旧的,看到新的,了解过去,推断将来,我们的文学的发展才有希望。我想,这是在现在环境下的作家,只要努力,还可以做得到的"。

茅盾的《战争小说论》发表在《文艺新闻》第19号,署名"朱仲璟",文后有《附注》一则。文章根据产生时间将战争文学分为"产生于大战期间"、"产生于大战既终以后四五年间"和"产生于距大战既已十年且又酝酿着第二次世界大战的现今"。之后,以此为类分析当时的战争文学,文中对所谓的"和平主义"的战争小说做了剖析,认为"立在空空洞洞的和平主义的立场上的战争小说实在是准备被欺骗的民众的战争意识的最巧妙的宣传！"在《附注》中作者指出："本文主要目的亦在指出屠伯们提倡'和平主义'的或民族主义的战争文学所以然的原因罢了。"

25日，潘子农编的《开展》文艺月刊第10、11期合刊"民俗学专号"出版。

26日，巴金的散文《最后的审判》发表于1931年8月15日南京《文艺月刊》第2卷第8期，初收于1932年5月上海新中国书局初版《光明》，题为《〈最后的审判〉代跋》。文章中的"我"在梦中死去又复活，并接受死亡法庭上威严的裁判官的审判，写出了"我"因为写作而"误了人，误了自己"的痛苦心情。"我""日也写，夜也写"，"结果我所恨的依然高踞在那些巍峨的宫殿里"，"我所爱的……只得到更多的不幸"。当审判官问道："你还想回去写作吗？""我""狂热地叫道："写作，我是决不再写作了。……我要忠实地去生活，去爱人，去帮助人，我要与我所爱的人共同受苦，共同挣扎。我要把自己底命连系在他们底命运上面……"

28日，老舍在北平与胡絜青结婚。据老舍《婚书》云："舒舍予、胡絜青，于二十年七月二十八日未时在北平报子街聚贤堂举行结婚礼，请由宝乐山证婚，此证。订婚人舒舍予、胡絜青，证婚人宝月山，介绍人罗莘田、白涤洲，主婚人舒子祥、胡竹轩。"不久，老舍夫妇一起返回济南居住。据胡絜青说："婚后，我们一起回到济南，在南新街租了一所小房子，当时的门牌是54号（现为58号）。在这里，我们住了三年，生下了舒济。"

30日，冯雪峰和丁玲拜访鲁迅。当时"左联"决定创刊的《北斗》由丁玲负责，她希望《北斗》能登载插图，冯雪峰告诉她可以请鲁迅帮忙，于是两人便一道来访。鲁迅拿出许多版画，并且逐幅做说明。丁玲因第一次看到珂勒惠支的版画，对这种风格不大理解。鲁迅着重介绍了几张，特别拿出《牺牲》来，此画后来印入《北斗》创刊号，鲁迅答应为这张画写说明。

本月

鲁迅被《世界革命文学》杂志聘为顾问。该刊系国际革命作家联盟书记处所编。

成仿吾由日本回国,由鲁迅帮助接上党的组织关系,并迅速转赴苏区投入工作当中。

本月发表、出版的小说作品有《白金龙》(罗皑岚著,《文艺杂志》第 1 卷第 2 期);《女鬼》(朱湘著,《文艺杂志》第 1 卷第 2 期);《脱了轨道的星球》(张资平著,上海现代书局);《群星乱飞》(张资平著,上海光华书局);《最后的牺牲》(张镜寰著,北平震东印书馆);《一个妇人的供状》(周乐山著,上海神州国光社);《竹尺和铁锤》(罗西著,上海正午书局)。

《鬼土日记》(张天翼著,上海正午书局)是作者出版的第一部小说,是一部具有幽默讽刺色彩的寓言小说。作品写主人公韩士谦施用"行阴术"入鬼土,以韩士谦的视角描摹了那里的情状。作品写的虽然是神鬼世界,但其寓意和象征是指向现实社会的。由韩士谦记叙"鬼土"的见闻,以鬼土映射现世,作品中写的两党争权以及竞选中的阔佬们生活的穷奢极欲、御用文人的荒唐无稽、金钱拜物教的大行其时,都是当时中国社会层出不穷的现实,其讽刺温婉含蓄而又具有极强的现实意义。

《上帝的儿女们》(张资平著,上海光明书局)塑造的人物全都是上帝的信徒,而兴趣却全在母女争风吃醋、主任偷情、子弟乱伦,事实上,他们笃信有了钱就可以当上帝。当他们被裹挟进孙中山的反清运动后,却信仰唯有上帝才能解决社会上的一切疑难问题。《上帝的儿女们》在情爱和革命的描写中洋溢较浓厚的宗教意识,广泛地、多侧面地描写了教会生活。作为"五四"以后在新小说中进行性心理描写的最初尝试者,张资平大大拓展了新小说心理描写的领域,增强了现代小说的表现力。

本月出版的小说集有《灵凤小说集》(叶灵凤著,上海现代书局,收《浪淘沙》、《落雁》、《处女的梦》、《肺病初期患者》、《鸠绿媚》、《女娲氏之遗孽》等 23 则短篇);《避难者》(贺玉波著,上海文学社出版部);《呆鹅》(洪为法著,上海文华美术图书印刷公司)。

本月刊发的诗歌作品有《你叫我》(曹葆华著,《文艺杂志》第 1 卷第 2 期)。曹葆华(1906—1978),中国共产党党员。四川乐山人。1935 年清华大学研究院毕业后,开始从事新诗写作,出版了《寄诗魂》、《落日颂》等诗集,翻译了梵乐希的《现代诗论》、瑞恰慈的《科学与诗》等。1939 年赴延安,任鲁迅艺术文学院文学系教员。1940年加入中国共产党，后任中共中央宣传部俄文翻译室主任，从事马列著作的翻译工作。新中国成立后，继续从事马列著作的翻译工作。1953年加入中国作家协会。后任中国社科院外国文学研究所研究员。译有专著《马恩列斯论文艺》、《苏联的文学》、《苏联文学问题》、《列宁》、《斯大林论文化》、《历史唯物主义与辩证唯物主义》、《自然辩证法》、《莎士比亚论》（莫罗佐夫著）等。

本月出版了诗集《游子的哀歌》（黄曙霞著，上海草野社）。

本月出版的散文集有《所思》（张申府著，上海神州国光社）；《青年集》（章衣萍著，上海光华书局）。

本月出版了小说、散文合集《樱花时代》（毛一波著，新时代书局）。

本月出版的翻译作品有：小说《波斯顿》（[美]辛克莱著，余慕陶译，上海光华书局）；《荡妇自传》（[英]迪福著，梁遇春译，上海北新书局）。小说集《蔷薇集》（[法]莫泊桑著，李青崖译，上海北新书局）。

本月出版的丛书有：《世界文学名著丛书》（上海北新书局，至1934年8月，共出2种）；《电影小说丛书》（上海正午书局，至1948年4月，共出译作6种）。

八月

1日，《新时代》月刊创刊于上海，由曾今可主编、新时代书局出版发行，出至第6卷第2期停刊，后于1937年元旦复刊，于同年4月1日出至第7卷第4期终刊，共出版36期。

巴金小说《爱的十字架》发表在《创作》第1卷第4期。小说揭露和控诉了社会的混乱与黑暗。小说采用第一人称书信体形式，叙述了一个青年失业后，无力面对生活困境，与相爱的妻子被逼先后自杀。同期还发表了培良的小说《老渔夫》、陈梦家的诗歌《二十生辰》、方玮德散文《四个春天》。

曾今可小说《两封快信》、曾今可译的英国R.Browning著《最后的偕游》（散文）、毛一波译的日本藏原惟人著《浪漫主义以后的俄国文学》发表在《新时代》创刊号。

袁牧之小说《三个大学生》由《新时代》第1卷第1—6期连载。

5日，《前哨》易名为《文学导报》，出版第1卷第2期。该期发表鲁迅等译的

《世界无产阶级革命作家对于中国白色恐怖及帝国主义干涉的抗议》。其中包括的无产阶级革命作家有德国路特威锡·棱、美国密凯尔果儿德、奥地利翰斯·迈伊儿、英国哈罗·海斯洛普、日本永田宽。同期发表了鲁迅译的奥地利翰斯·迈伊尔的诗《中国起了火》。

茅盾的《"五四"运动的检讨——马克思主义文艺理论研究会报告》发表在《文学导报》第 1 卷第 2 期，署名"丙申"。文章分为四部分：一、"'五四'发生之社会的基础"；二、"'五四'及其文学运动"；三、"'五四'到'五卅'"；四、"'五四'运动之历史的意义"。

戴叔清编的《文学术语词典》由上海文艺书局出版。

9 日，世界艺术社在上海成立，由左明、陈万里、谢兴等发起组织。该社曾组织多次文艺演出。

鲁迅译苏联 L. 绥甫林娜的短篇小说《肥料》，后由 9 月、10 月《北斗》杂志创刊号和第 1 卷第 2 期连载。

10 日，周越然的《莎士比亚》由上海商务印书馆出版。

沈从文的小说《医生》发表在《小说月报》第 22 卷第 8 号。现收入《沈从文全集》第 7 卷。同期还发表了鲁彦的小说《他们恋爱了》。小说中的夏老师反对师生恋爱，但是已有太太的他却与一位姓潘的女同学恋爱了；章克标的小说《小小的生命的始终》；施蛰存的小说《在巴黎大戏院》。小说运用意识流手法描绘了一个有妇之夫在女友面前的种种庸俗、猥琐的意识流动，展示了主人公的心理纠葛，刻画了人物的变态心理。

许钦文的小说《亚民》、周乐山的小说《旅居幽事》、邵冠华的诗歌《雨前》、顾诗灵的诗歌《山行》发表在《现代文学评论》第 2 卷第 1、2 期合刊。

胡行之的散文《湖居杂记》刊登在《读书月刊》第 2 卷第 4、5 期合刊。

瞿秋白作《画狗吧》，署名"董龙"，后发表于 9 月 20 日《北斗》创刊号，对 7 月刚出版的张天翼小说《鬼土日记》进行了评论。文章说："张天翼的《鬼土日记》，替我们描画了一顿鬼神世界。天翼的小说，例如《二十一个》之类，的确有他自己的作风，它能够在短篇的创作里面，很紧张地表现人生，能够抓住'斗争'的焦点。"但文章着重批评了《鬼土日记》的不足，指出它令人失望。认为小说的题材"未免太大"，内容"不真切"、"图示化"。文章进而指出，鬼不是不可以画的，但最好去画现实生活中的鬼，"画禽兽世界"。他说："袁世凯的鬼……的鬼，一切种种的鬼，都统治着中国。……我们要画鬼，为什么不画这些鬼呢？"

陈文钊的《达夫代表作》发表在《现代文学评论》第2卷第1、2期合刊。文章认为"达夫是一个十足的时代病的表现者"，并分析了其原因主要是"主观心理的不健全"，而"养成不健全的心理，还由于不健康的生活"。分析了郁达夫的主要思想，"爱情，名誉，黄金三者的获得"，"现实社会，正也使这种思想成为青年苦闷的问题"。最后文章还指出了郁达夫作品的缺点，如"在结构上并不是精密的"等。

范争波的《叶绍钧的〈未厌集〉》发表在《现代文学评论》第2卷第1、2期合刊。文章总结："在这'未厌集'里，作者所表现的人物，大都是小资产者，都是不健全的。……作者是不满意于这种人的。""在时代描写一方面，作者的态度固然很朦胧，但对于时代的意义，是有相当的了解的。"

邵冠华的《冯乃超的〈红纱灯〉》发表在《现代文学评论》第2卷第1、2期合刊。文章认为："冯乃超是善写伤感的情绪的……'青春'的诅咒和'命运'的呻吟都是这本诗集的具体表现的对象。""风格上，冯乃超的诗颇新颖，并不受历来呆板的诗的规律所束缚，这是很可喜的。"最后指出了其不足："假使冯先生能在文字上结构上加以训练，成熟的希望是容易达到的。"

阿英的《丁玲论》由《文艺新闻》第22、24、25期连载，署名"方英"。

赵景深的《论何家槐的小说》、寡南的《新俄文学概况》发表在《读书月刊》第2卷第4、5期合刊（"文学研究专号"）。

张一凡的《未来派文学之鸟瞰》、周起应的《巴西文学概观》刊登在《现代文学评论》第2卷第1、2期合刊。

杨昌溪的《黑人文学中民族意识之表现》刊登在《橄榄》第16期。

许念曾、徐位翻译的波兰作家谢洛随斯基的散文《中国的苦力》刊登在《小说月报》第22卷第8号。

朱湘翻译的英国作家莎士比亚的诗《十四行诗二首》、郑震翻译的日本作家小野玄川的《中国历代佛教文学概观》刊登在《现代文学评论》第2卷第1、2期合刊。

凌坚翻译的日本作家昇曙梦的《高尔基论》刊登在《读书月报》第2卷第4、

5 期合刊。

11 日，国民党特务冒用"左联"之名给《小说月报》、《文艺新闻》编辑部写恐吓信。同年 9 月 1 日，"左联"发表《左联启事》，予以公开揭露，指出这是"民族主义文艺派的诡计"。

国民党文化特务冒名给开明书店《中学生》和商务印书馆《东方杂志》写恐吓信。信中声称若不以刊物"三分之一的篇幅登载苏俄的论文及文艺作品"，"即以手榴弹投入，我们已经到了使用武力的时候了"，企图破坏"左翼"文艺运动。

14 日，茅盾作《关于"创作"》，9 月刊于《北斗》创刊号。这篇文章与发表在《文学导报》第 1 卷第 2 期的《"五四"运动的检讨——马克思主义文艺理论研究会报告》是根据当时担任左联领导工作的瞿秋白的建议写的。本文主要分析了"五卅"以后至 1928 年普罗文学提倡这一时期的文学。两篇文章总结了"五四"以来新文学的发展情况和主要问题，指出了"为艺术的艺术"和"为人生的艺术"的局限性，也指出了某些普罗文学创作者的"左"倾幼稚病和文学创作上的概念化，内容与形式相脱离的倾向。

15 日，《涛声》周刊于上海创刊，由听涛社编，曹聚仁为主编，由群众图书公司发行，每周六出版，出至第 1 卷第 25 期，因"一·二八"战事暂时停刊。同年 10 月 15 日复刊，卷期号续前。1933 年 11 月 25 日出版第 2 卷第 46 期后被迫终刊。

火雪明的小说《太保阿书》发表在《当代文艺》第 2 卷第 2 期。小说塑造了太保阿书等强盗形象，他们也有自己所谓的"正义"，也曾有自己的理想，但是迫于生活他们占山为王、打家劫舍，最后全被逮捕砍头。同期还发表了邵冠华的诗歌《良夜幽情曲》、王坟的诗歌《求爱四部曲》。这是一首长诗，分"引曲"、春、夏、秋、冬四部和"尾曲"。

谢冰季的小说《友情》、沈从文的散文《窄而霉斋闲话》发表在《文学月刊》第 2 卷第 8 号。

曹聚仁的散文《苦雨》发表在《涛声》第 1 卷第 1 期，署名"挺岫"。

曹聚仁的散文《孔门》由《涛声》第 1 卷第 1 至 2 期连载，署名"沉思"。

郑镛的散文《归国的友人》发表在《当代文艺》第 2 卷第 2 期。

侯朴翻译的美国作家霍桑的《赖伯克西尼的女孩》由《文艺月刊》第 2 卷第

8—9号连载。

东声翻译的日本作家杉·捷夫的《关于斯台尔夫人的〈文学论〉》由《文艺月刊》第2卷第8—9号连载。

卢嘉文翻译的苏联作家罗曼诺夫的小说《为了爱》刊登在《当代文艺》第2卷第2期，署名"森堡"。

陈穆如翻译的瑞典作家斯特林堡的小说《秋》刊登在《当代文艺》第2卷第2期。

17日，鲁迅请内山嘉吉给青年艺徒讲授木刻技术，鲁迅自当翻译。内山嘉吉是日本成城学校手工教师，当时来上海度暑假，住在他哥哥内山完造家里。

曦晨的诗歌《旧的梦》发表在《华日日报》副刊。

20日，《革命作家国际联盟为国民党屠杀中国革命作家宣言》刊登在《文学导报》第1卷第3期。

瞿秋白的散文《屠夫文学》发表在《文学导报》第1卷第3期，署名"史铁儿"。文章一针见血地揭露"民族主义文学"的实质，指出所谓"民族主义文学"，即中国绅商买办资产阶级所鼓吹的"战争的小说"，"杀人放火的文学"。瞿秋白通过对两篇典型作品，即黄震遐的小说《陇海线上》和万国安的小说《国门之战》的具体分析，对"民族主义文学"做了有力批判。他指出：《陇海线上》描写蒋、阎、冯中原大战，战争的双方都标榜是"为民族而战"，但他们并不把人民视为自己的民族，而当作"奴隶"、"牛马"，混战中被杀戮者多为平民大众。瞿秋白认为："民族主义的文学，不过在那些四六电报宣传布告之外，替军阀添一种欧化文艺的宣传品，去歌颂这种中世纪式的战争。"《国门之战》是描写"剿杀'苏联红匪'的小说"，鼓吹屠杀民众的所谓"剿匪"战争。瞿秋白揭露了"民族主义文学"对共产党和苏联的刻骨仇恨。

22日，仲崖的散文《蝉》发表在《涛声》第1卷第2期。

24日，鲁迅为"一八艺社"讲演一小时。晚上与许广平并来寓的王蕴如，往邀周建人，共4人，至山西大剧院观《哥萨克》。

31日，蒋光慈在上海同仁医院病逝。即日葬于上海公墓，送葬者有阿英、杨邨人、楼适夷、吴似鸿、汪孟邹等。墓穴号易名为"蒋资川"。

《文艺新闻》第25号发表《本报紧急声明》，针对国民党特务的谣言——《文艺新闻》"将于最近停刊，原因是左联没有津贴，以致经费支拙"——予以公开批驳，并指明了这一行径的卑鄙造谣、恶意中伤本质。

徐志摩诗集《猛虎集》由上海新月书店初版，收入包括《献诗》在内的诗作41首，另有《序文》一篇。其中，《再别康桥》、《山中》等作品均系名篇。

本月

周作人辞去燕京大学、女子学院等校教职，专任北京大学研究教授。

王统照到上海，在江湾与叶圣陶晤谈，讨论到《山雨》的写作目的，极得叶圣陶赞同。次月返回青岛。

成仿吾奉命从德国回上海，帮助中国社会科学家联盟工作，并继续从事革命文艺活动。

冯宪章病逝于上海漕河泾狱中。

《中国新书月报》第1卷第9期发表郦崇业的《巴金与其〈死去的太阳〉及其他》，对巴金的小说创作做了较为全面的论述。文章认为，"郭沫若渐渐消沉"，"代之而起的乃是巴金"，他"把握着了一个时代的一般青年的心"。在创作的技巧方面"，"巴金是比郭沫若高明得多"，但"缺乏了如郭沫若，蒋光慈等那种气魄"。《死去的太阳》比第一部《灭亡》"于意识方面，作者有了进展；而于技术方面却失败了"。巴金的短篇小说"有其独特的风度"。

本月出版的小说有《满江红》（张恨水著，上海世界书局）；《落霞孤鹜》（张恨水著，上海世界书局）；《最近百年上海历史演义》（又名《神秘的上海》，张恂九著，上海南星书店）；《华山女侠》（王尘影著，上海中原书局）。

本月出版的小说集有《龙珠》（沈从文著，上海寻乐轩，收《龙珠》、《参军》等5则短篇）；《虹》（胡山源著，上海中华书局，收《虹》、《手套》、《过路君子》、《黄大利》、《几个忘不了的面孔》等11则短篇）；《七封书信的自传》（魏金枝，上海湖风书局）。

本月出版的诗集有《猛虎集》（徐志摩著，上海新月书店）；《放浪》（薛何为著，上海文学出版部）。

本月出版了胡愈之的散文集《莫斯科印象记》，上海新生命书局。

本月出版了戏剧集《西林独幕剧》(丁西林著，上海新月书店)，收独幕剧6个。

本月出版的翻译作品有：小说《战争与和平》([俄]托尔斯泰著，郭沫若译，上海文艺书局)，共三册，初版至1933年3月出齐。1947年上海骆驼书店出版郭沫若和高植合作的重译本，共四册。作品以1812年拿破仑入侵俄国为题材，描写了贵族青年在战争年代的生活遭遇和思想感情。在揭露贵族社会腐朽无能的同时，作品广泛反映了俄国人民奋起抗击法军的斗争。《西伯利亚的囚徒》([俄]陀思妥耶夫斯基著，刘曼译，上海现代书局)；戏剧《四人及其他》([日]武者小路实笃著，王古鲁、徐祖正译，南京书店)；童话《水孩》([英]金斯莱著，王清溪译，上海儿童书局)。

本月出版的丛书有上海湖风书局出版的《文艺创作丛书》，至1933年3月，共出17种；上海启明书局出版的《世界文学名著丛书》，至1949年5月，共出78种。

九月

1日，张恨水的小说《太平花》，在上海《新闻报·快活林》连载至1933年3月26日。1933年6月上海三友书社出版单行本。

汤增敫的小说《翔殷路上的柳色》发表在《新时代月刊》第1卷第2期。

效勾的《论〈死去的太阳〉》、寒烟的书评《坛子》、莫芷康的《读叶绍钧的〈倪焕之〉》刊登在《开明》第2卷第23号。

巴金的译诗《凡尔加的岩石上》发表在《新时代月刊》第1卷第2期。这是一首俄国民歌，以神圣的岩石象征俄国革命者司特潘，诗歌赞美他在反抗暴君、拯救祖国的战斗中，不幸成了暴君的"囚徒"，但"他爱自由，有若爱他的母亲，他以她的名义，向着生命之路迈进"。

7日，郑振铎应郭绍虞邀请，向商务印书馆请假半年，携夫人及幼女北上，任燕京大学和清华大学合聘教授。

10日，巴金的短篇小说《狗》发表在《小说月报》第22卷第9号。这是作者作品中最早被译成外文的一篇短篇小说。小说将"我"异化为"狗"，构思新颖，技巧荒诞。作者在《读我的短篇小说》中称，这篇小说表现的是"普通中国人的悲惨生活"，揭露了当时中国殖民地和半殖民地社会的黑暗，这是他受"被压迫民族"文学的影响而创作的小说。

鲁彦的小说《一篇抄袭的恋爱故事》发表在《小说月报》第22卷第9号。小说中的"我"是一位国文老师，无意中发现了一篇学生写的恋爱文章。一开始觉得不过是抄袭杜撰，但当发现作者是一位16岁的孩子时，突然觉得故事中有"一种意义和真实"，于是把那个故事抄了下来，故名。

丁玲的小说《一天》、施蛰存的小说《魔道》发表在《小说月报》第22卷第9号。

潘家洵翻译的挪威作家易卜生的戏剧《博克门》由《小说月报》第22卷第9—12号连载。

孙用翻译的匈牙利作家裴多菲的诗《裴多菲诗七篇》刊登在《小说月报》第22卷第9号。

12日，鲁迅开始校阅《朝花夕拾》第3版。《朝花夕拾》于1928年9月由未名社在北京出版，1931年未名社停办后，移至上海北新书局出版。第3版《朝花夕拾》后因故延至1932年8月出版。

13日，《文学导报》第1卷第4期发表史铁儿（瞿秋白）的《青年的九月》，批判"民族主义文艺"。文章着重揭穿"民族主义文学利用民族意识"否定阶级斗争、反对人民革命战争的反动实质。他指出："文艺上的所谓民族主义，只是马鹿爱国主义，只是法西斯主义的表现，企图制造捍卫帝国主义统治的所谓'民族'的'无上命令'，企图制造服从绅商的奴才性的'潜意识'，企图制造甘心替阶级仇敌当炮灰的'情绪'——劳动者安心自相残杀的杀气腾腾的'情绪'。"

《文学导报》第1卷第4期发表石萌（茅盾）的《"民族主义文艺"的现形》，与瞿秋白上文共同批判"民族主义文艺"。文章以中外文艺史的事实，逐一批驳《民族主义文艺运动宣言》中的观点，以马克思主义文艺理论阐明了文学的阶级性。文章分三部分：第一部分阐述民族主义文艺出现的背景；第二部分指出其"露出狐狸尾巴来了"；第三部分指出其为"统治阶级欺骗农工的手段"。文章指出了其必会灭亡的命运。

思明的《德国无产阶级革命文学运动的概况》刊登在《文学导报》第1卷第

4期。

15日，查理斯的散文《纪念》、火雪明的小说《初恋》、古有成的小说《盒子》发表在《当代文艺》第2卷第3期。《盒子》叙写了主人公梅生与夫人为了一件小事——梅生早上只为自己打针而没有为夫人打针，妻子误以为丈夫自私，而故意骗丈夫说找别人为自己打了——而发生的误会，以及两人由于过于敏感而导致争吵，但是最后误会消除，两人都明白双方是彼此相爱的。

卢嘉文翻译的俄国作家叶赛宁的诗《叶赛宁诗三首》刊登在《当代文艺》第2卷第3期，署名"森堡"。

18日，日本关东军在沈阳将南满铁路柳条湖段路轨炸毁，称是中国军队破坏铁路。日军独立守备队第二大队即向中国东北军驻地北大营发动进攻，制造了"九一八"事变。不到半年，东北三省全部落入日军之手。

张东荪的《我也谈辩证法的唯物论》发表在《大公报·现代思潮》第3期。文章批判马克思主义哲学，由此引发了"唯物辩证法论战"。张东荪于1934年编成《唯物辩证法论战》文集出版。

20日，中国共产党和日本共产党联合发表宣言，反对日本帝国主义侵略中国的行径。

"左联"机关刊物《北斗》月刊在上海创刊。1932年7月20日出至第2卷第3、4期合刊后被查禁，共出8期7册。该刊由丁玲主编，姚蓬子、沈起予协助，湖风书局发行，16开。在第1、2期上发表文章和作品的除左翼作家外，还有冰心、叶圣陶、戴望舒、徐志摩等。从第3期起，该刊的政治倾向有所强化，自由主义作家不再投稿。该刊刊载的作品有丁玲的小说《水》、张天翼的小说《面包线》、鲁迅的杂文《我们不再受骗了》等。

《北斗》创刊号发表了丁玲的中篇小说《水》，由《北斗》第1卷第1至3期连载。小说真实地摄取了发生在1930年和1931年的特大洪水，以及受灾农民集体逃荒的凄惨之状。然而在小说中灾民不再是乌合之众，他们在生活的逼迫下终于走向自发反抗的悲壮斗争当中，试图靠自己的斗争改变命运。

冯雪峰在《关于新的小说的诞生——评丁玲的〈水〉》（《北斗》第2卷第1期，1932年1月20日）中认为："《水》所以引起读者的赞成，无异议的是在：第一，作者取用了重要的巨大的现实的题材……但是最主要的还在。第二，在现象的分析上,显示了作者对于阶级斗争的正确的坚定理解。第三,作者有了新的描写方法:在《水》里面,不是一个或两个的主人公,而是一大群的大众,不是个人的心理的分析,而是集体的行动的开展(这二点,当然和题材有关系的),它的人物不是孤立的,固定的,而是全体中相互影响的,发展的。"文章认为《水》的最高的价值,在于"首先着眼到大众自己的力量,其次相信大众是会转变的地方"。冯雪峰进而认为:"新的小说家,是一个能够正确地理解阶级斗争,站在工农大众的利益上,特别是看到工农劳苦大众的力量及其出路,具有唯物辩证法的方法的作家!这样的作家所写的小说,才算是新的小说。"文章分析了小说的意义:"对于我们就还有另外重要的意义。首先,它将要证明一个进步的知识分子的作家,可能成为我们所需要的新的作家,只要他理解了新的艺术的主要条件,不厉行自己的清算。证明这意义现在是很重要的,而丁玲便是一个适当的例子。"

冯雪峰在文中还回顾了丁玲过去的创作,他认为丁玲在写《梦珂》与《莎菲女士的日记》及《阿毛姑娘》的时期,她是"在思想上领有着坏的倾向的作家。那倾向的本质,可以说是个人主义的无政府性加流浪汉(Lumken)的智识阶级性加资产阶级颓废的和享乐而成的混合物"。冯雪峰认为,丁玲原来的创作"反映了作者自己离社会的、绝望的、个人主义的无政府的倾向"。而到了《一九三零年春上海》及《田家冲》等作品里面,丁玲"已不再回顾那些厌倦的,紊乱的个性和生活,而是在反帝反封建的革命高潮之下,首先在自己所接近的阶层——青年知识分子中看取动摇分化及转变的现象。如在《田家冲》里,则描写农村的残酷的阶级斗争,甚至使一个地主的女儿也变成布尔塞维克。""这样,从《梦珂》到《田家冲》的中间,已不仅只被动地反映着社会思潮的变动,并且明显地反映着自己的觉悟,悲哀,努力,新生的了。"

冯雪峰也批评了《水》存在的缺点。他说:《水》的缺点在于:"第一,像这次这样巨大的水灾的题材,作者只造成了近于速写的二三万字的短篇,是分明没有完成这题材所给予的任务的。实际上,《水》是应该写下去的。第二,《水》里面的灾民的斗争没有充分地反映着土地革命的影响,也没有很好地写出他们的组织者和领导者,这是一个巨大的缺点……第三,作者曾有意无意地将灾民群众中的一二雇农(长工),写得特别明确和有强力,这是对的;但后来就没有发展了,这也是缺点。"

《北斗》创刊号在"批判与介绍"专栏发表李易水（冯乃超）的《新人张天翼的创作》，论述文坛新生力量张天翼短篇小说创作的成就与特点。文章说，张天翼的"小说《二十一个》使我们注意到张天翼的存在。在某种意义上，他是新人——在创造新的形式上，他是新的作家"。

鲁迅为《北斗》创刊号提供了凯绥·珂勒惠支的木刻连续画（共7幅）中的一幅《牺牲》，这是介绍到中国来的第一幅珂勒惠支版画。鲁迅为该画写了"说明"，未署名，后来收入《集外集拾遗》。"说明"介绍了珂勒惠支生平和作品，指出她的"画材"，"多为贫病与辛苦"，"到晚年时，已从悲剧的、英雄的、暗淡的形式化蜕了"。柔石曾和鲁迅一起介绍过外国文艺，柔石尤喜木刻。柔石死后，鲁迅曾请珂勒惠支画一幅受害的图画作为纪念，但是她来信说因为她没有见过真实的情形，而且对于中国的文物又生疏，没有答应。《北斗》创刊时，鲁迅想写一点关于柔石的文章，然而不能够，于是就选了这幅木刻，画的"是一个母亲悲哀的闭了的眼睛，交出她的孩子去"①。鲁迅说，这"算是我无言的纪念，然而后来知道，很有一些人是觉得所含的意义的，不过他们大抵以为纪念的是被害的全群"②。

丁玲的诗歌《给我爱的》，发表在《北斗》创刊号，署名"T·L"。

叶圣陶的散文《牵牛花》发表在《北斗》创刊号。

鲁迅翻译的苏联作家绥甫林娜的小说《肥料》，于《北斗》第1卷第1—2期连载，署名"隋洛文"。译文是从日本富士辰马的日译本重译的。作品描写在十月革命初期的一个乡村中，布尔什维克发动贫农同富农做斗争，遭到国民党军队的袭击而失败的故事。

21日，鲁迅作《答文艺新闻社问》，揭露了日寇侵华反苏的反动面目。鲁迅在文中指出："这在一方面，是日本帝国主义在'膺惩'中国民众，因为中国民众又是军阀的奴隶；在另一方面，是进攻苏联的开头，是要使世界的劳苦群众，永受奴隶的苦楚的方针的第一步。"

22日，中共中央发表通电，号召"发动群众斗争，反抗日本帝国主义"。

24日，上海爆发反日大罢工，3.5万名码头工人联合起来，拒绝为日本船只装

---

① 鲁迅：《为了忘却的纪念》，载《鲁迅全集》第4卷，人民文学出版社1981年版，第487页。
② 鲁迅：《写于深夜里》，载《鲁迅全集》第6卷，人民文学出版社1981年版，第499—500页。

卸搬运。在上海的日本纱厂、日本商号的中国雇员和工人也相继起来罢工。

28日，京沪学生集会，赴南京向国民政府请愿，要求抗日。

"左联"在《文学导报》第1卷第5期发表《告国际无产阶级及劳动民众的文化组织书》，抗议日本帝国主义侵略我国东北。文章要求大家联合起来，"反对对于中国民众的屠杀和对于中国红军的进攻！反对进攻中国的革命！反对帝国主义瓜分中国的战争，反对帝国主义进攻苏联的战争"！"全世界无产阶级联合起来万岁！"

《文艺新闻》第29号第2版在《日本占领东三省屠杀中国民众！！！》的通栏标题下，发表鲁迅、陈望道、胡愈之、郁达夫、王独清、郑伯奇、叶绍钧等人抗议日军侵略的文章，总题为《文化界的观察与意见》。

瞿秋白的《大众文艺和反对帝国主义的斗争》，载于《文学导报》第1卷第5期，署名"史铁儿"。文章说："九一八"事变激起全国民众的热血。"这种沸腾的情绪需要文艺上的组织。但是新文艺和民众是向来绝缘的。"因此"革命的文艺，必须'向着大众'去"！"向大众说人话，写出来的东西也要念出来像人话——中国人的话"，这样才能为大众接受。文章强调，当前大众文艺的主要使命，就是"宣传反对日本帝国主义，反对一切帝国主义瓜分中国的阴谋，反对帝国主义进攻中国革命，反对中国豪绅资产阶级及其政党的卖国镇静，投降和平，对于帝国主义无抵抗，而对于中国民众的屠杀"。文章要求作家"写的时候，说的时候，把你们的心，把你们真挚的热情多放点出来，不要矫揉造作"。文章最后呼吁："革命文艺必须向着大众！""现在反帝国主义的斗争，和反对中国一切反革命派奉送中国给帝国主义的阴谋——这些斗争正在一天天的高涨起来，破破烂烂龌里龌龊的贫民区域沸腾得，等着自己的诗人！"

茅盾的《〈黄人之血〉及其他》刊于《文学导报》第1卷第5期，署名"石崩"。

29日，巴金作散文《我们》和诗歌《我说这是最后一次的眼泪了》载于11月10日《小说月报》第22卷第11号。

30日，陈梦家编的《新月诗选》由新月书店出版，书前有陈梦家《序言》。《序言》中说："主张本质的纯正，技巧的周密和格律的严谨，差不多是我们一致的方向。"《新月诗选》共选18家诗81首，作者有徐志摩、闻一多、饶孟侃、孙大雨、卞之琳、沈从文、朱湘等。

沈从文的小说《三三》、巴金的小说《未寄的信》、李青崖的小说《新家具》发表在《文艺月刊》第 2 卷第 9 号。

鲁迅翻译的苏联作家法捷耶夫的长篇小说《毁灭》由上海大江书铺出版。出版时用了"隋洛文"的笔名，但由于国民党的压迫，仍不能公开销售，只能在内山书店以及一些小书店半公开出售，但这依然引起了国民党的注意和仇视，国民党曾密令上海市党部将《毁灭》"严行查禁，并勒令缴毁"。后来，鲁迅以三闲书屋的名义，用大江版的纸型，自费印行了第二版，于本年 11 月 26 日印成。鲁迅在 10 月 27 日致曹靖华信中谈到，此次印刷，应承印书局要求，删去序跋，"他们怕用我的名字，换了一个"，"但我自印了五百部，有序跋"，而且署名"鲁迅"二字，这是向国民党反动派的挑战。

石民翻译的英国作家高尔斯华绥的小说《妒》刊登在《文艺月刊》第 2 卷第 9 号。

本月

"剧联"通过《中国左翼戏剧家联盟最近行动纲领——在现阶段对白色区域戏剧运动的领导纲领》。《纲领》总结了"剧联"成立一年来实际工作的经验，并指出了今后的行动方针，共有六款，要点在强调各剧团必须深入工厂、农村、学校，加强对戏剧理论的研究。"剧联"在本月举行联合公演，支持并声援东北义勇军的抗日斗争。

国民政府以"宣传共产主义"、"言论反动"等为理由，查禁进步书刊 228 种。被禁书目刊于同年国民党长沙市党务整理委员会编印的《工作报告》。其中有《马克思主义之基本问题》、列宁的《一九一七年文选》、《中国苏维埃周报》、《湘鄂西苏维埃三日报》和左翼作家的文艺作品，还包括国民党内讧时期的"反蒋"书刊。

中国新文字第一次代表大会在海参崴召开。大会以瞿秋白在莫斯科写的《中国拉丁化字母》为基础进行讨论，正式做出了中国新文字的新方案《中国汉字拉丁化的原则和规则》。

陆蠡在上海国立劳动大学机械系毕业，到福建泉州平民中学任教，并与友人吴朗西、陈瑜清、伍禅等创办泉州语文学社。

因日寇攻占沈阳，张恨水在长篇小说《太平花》中增加了抗战内容，表达了其反对日本侵略的爱国思想。

本月出版的小说作品有《银汉双星》(张恨水著，汉口大众书局)；《脱了牢狱的新囚》(白鸥著，上海湖风书局)。

本月出版的小说集有《霜痕》(王统照著，上海新中国书局)，收《青松之下》、《霜痕》、《冲突》、《旅社夜话》、《河沿的秋夜》等8则短篇，1947年12月上海博文书店将其改名为《青松之下》出版；《少女的追求》(杨晋豪著，上海北新书局)；《爱的逃避》(曾今可著，上海新时代书局)。

本月出版的散文集有《南归》(冰心著，上海北新书局)；《从文学到恋爱》(王坟、罗洪著，上海文华美术图书印刷公司)。

本月出版了小说散文合集《脚步集》(叶绍钧著，上海新中国书局)。

本月出版的文论有《〈新月诗选〉序言》(陈梦家著，载《新月诗选》，上海新月书局)，主张诗的醇正、技巧的周密和格律的严谨，差不多是"新月"诗人一致的方向，也是这里新入选的80首诗"相似的气息"。这里所选的多是抒情诗，"那样单纯的感情，单纯的想象，却给人无穷的回味"；《关于文艺的不朽性》(郭沫若著，载《文艺论集续集》，上海光华书局)，作者认为"艺术'在某种关系之内'有其不朽性"，同时也不便承认"他是超阶级的"。无产大众的当务之急是"夺回自由的生命，夺回一切社会的成果——艺术品也包含在内"，用艺术手段反映这种斗争的，"便是无产阶级的艺术"。

本月出版的文论集有《佛西论集》(上海新月书)；《文学方法总论》(上、下册)(戴叔清著，上海文艺书局)；《民间文艺漫画》(钱畊莘著，浙江省立民众教育馆)；《唐代文学》(胡朴安、胡怀琛著，上海商务印书馆)；《文艺论集续集》(郭沫若著，上海光华书局)，收1923年至1930年所写文艺论文11篇。

本月出版的翻译作品有：小说《恶觉》([俄]柯罗连科著，适夷译，上海湖风书局)；《爱的学校》([意]亚米契斯著，柯蓬洲译，上海世界书局)；《我的大学》([俄]高尔基著，杜畏之、萼心译，上海湖风书局)。小说集《饥饿的光芒》([俄]梭罗古勃等著，蓬子译，上海春光书店)；《蝇子姑娘》([法]莫泊桑著，李青崖译，上海北新书局)。散文诗集《先知》([黎]凯罗·纪伯伦著，冰心译，上海新月书店）。

本月出版的丛书有《世界文学名著译丛》（上海湖风书局，至1936年4月，出齐12种）；《中学生创作丛书》（许寿民主编，上海中学生书局，至1933年5月，共出20种）；《新中国文艺丛书》（上海新中国书局，至1936年9月，共出19种）；《一角丛书》（赵家璧主编，上海良友图书印刷公司，至1933年12月，共出78种）。

十月

1日，叶圣陶的散文《闻警！》发表在《中学生》第18号。

工道平的书评《骷髅的跳舞》、何根通的书评《缘缘堂随笔》、何家骏的《介绍三本书》发表在《开明》第2卷第24号。《介绍三本书》介绍的三本书是指《漪溟湖》、《劫后》、《自首集》。

巴金翻译的俄国作家赫尔岑的散文《母亲之死》刊登在《新时代》第1卷第3期。

2日，穆时英的小说《被当作消遣品的男子》由上海良友图书印刷公司出版。作品写男主人公"我"热恋着蓉子姑娘，梦想着蓉子给他真正的爱情。而蓉子是一个"在刺激和速度上生存着的姑娘"，不停地追逐着与不同男子的交往来获得刺激，但仅把这些男子当作"傻子"。蓉子信奉的是："一个可爱的恋人，一个丑丈夫和不讨厌的消遣品——这么安排着生活是不会感到寂寞的。""我"尽管付出真心，也只不过是被蓉子当作消遣品的男子。当三番两次得知蓉子与别的男子的暧昧关系后，男主人公终于连最后一层自欺欺人的面具也摘下了："究竟是消遣品吧！"言辞中充满了强烈的悲痛与失意感。

5日，"剧联"发表《对日本出兵东三省宣言》，号召全国民众武装起来，积极参加到抗日斗争中。

戴叔清编的《文学家人名辞典》由上海文艺书局出版。

孙大雨翻译的英国作家莎士比亚的戏剧《汉姆莱德》第三幕第四景刊登在《诗刊》第3期。

6日，上海文艺救国会在上海成立，该文艺团体由国民党所扶持的"民族主义文学派"组织成立，主要成员有朱应鹏、谢六逸、邵洵美、徐蔚南、傅彦长等，也有少数中间派人士参加。该会设有文学、图书、戏剧、电影等部。

7日，国民政府颁布《出版法实施细则》，加紧文化围剿，迫害左翼文化运动。

10日，鲁迅作《〈铁流〉编校后记》，载本年12月三闲书屋出版、曹靖华翻译的《铁流》，署名"鲁迅"。《后记》详述了这本书所遭遇的一段"艰难历史"，说明国民党反动派对左翼文艺的严重压迫。文中说，这本书是在"岩石似的重压之下"，"宛委曲折"，"在读者眼前开出了鲜艳而铁一般的鲜花"。为了译印这本书，鲁迅与译者曹靖华"信札往来至少也有二十次"，《后记》抄录译者的一些来信，说明"在现状之下，很不容易出一本较好的书"。鲁迅是把这件工作当作集体的成果看待的。这书是尽三人之力而成的，"译的译，补的补，校的校，而又没有一个是存在着借此来自己的消闲，或乘机哄骗读者的意思的"。

沈从文的小说《虎雏》发表在《小说月报》第22卷第10号，现收入《沈从文全集》第7卷。小说写"我"试图驯化一个少年勤务兵，但并未成功，最终勤务兵杀人潜逃。这篇小说用"我"与军官六弟等人的对话贯穿，始终在论辩湘西人的野性能否改、要不要改的问题，表现出男性军人往往具有勇武、不驯服、有血性的特点。

张天翼的小说《小彼得》发表在《小说月报》第22卷第10号。同年12月上海春光书店出作者同名小说集。小说讲了一个叫小彼得的小狗被虐待致死的故事。小彼得是总经理花大价钱买来的宠物，对其备加珍爱，可是遂生、老八等人看不惯这狗的神气，最后把它活活打死。

巴金的短篇小说《好人》发表在《小说月报》第22卷第10号。文章初收于《光明》，现收于《巴金文集》第7卷。小说用第一人称叙述巴黎某书店老板穆东先生与其养女玛尔德恋爱，并幸福地生活在一起的故事。

黑炎（任敬和）的小说《战线》在《小说月报》第22卷第10至12号连载。单行本1933年6月由上海现代书局出版，副题为"呈给还活在髑髅塔下的跳跃的人们"。

戴望舒的《诗六篇》发表在《小说月报》第22卷第10号，包括《村里的姑娘》、《三顶礼》、《二月》、《我的恋人》、《款步》、《小病》。

曹聚仁的散文《论复仇》，发表在《涛声》第1卷第9期，署名"憨生"。同期还发表了李愻的散文《死所》。

老舍的论文《小说里的景物》在《齐大月刊》第 2 卷第 1 期发表，署名"舍予"。文中说："背景在近代小说中占极重要的地位。它的重要不只是写一些风景东西，使故事更鲜明一些，而是和人物故事分不开的。背景的范围很广：社会，家庭，村市，时间……都可以算在里边。社会，家庭等等都可放在一个题目之下，形成个地方的色彩。有这个色彩才足以使故事有骨有肉，才足以使时代与社会有显明的表现，才足以使故事成为写实的。高果儿之所以为俄国小说的初祖便因为他开始把社会的元素引入俄国文学中。《儒林外史》之所以高于一切旧小说，正因为它有这个鲜明的彩色。"同日，其短篇小说《五九》在该刊同期发表，署名"鸿来"，初收于《赶集》，现收于《老舍文集》第 8 卷。小说描写了一个对洋人奴颜婢膝、对中国人却大打出手的中国男子的丑态。而据老舍在《我怎样写短篇小说》中自述："《五九》最早，是为《齐大月刊》凑字数的。"

俄国作家伊凡诺夫的小说《当我是一个托钵僧时》、孙用翻译的罗马尼亚作家勃拉太斯古的小说《雏》刊登在《小说月报》第 22 卷第 10 号。

15 日，"左联"执委会通过《告无产阶级作家革命作家及一切爱好文艺的青年书》，抗议日本侵略，揭露国民党政府的不抵抗政策，并抨击"民族主义文学"。

茅盾的短篇小说《喜剧》刊登在《北斗》第 1 卷第 2 期。

王坟的小说《奔》、森堡的文论《美国文学概观》发表在《当代文艺》第 2 卷第 4 期。

17 日，"左联"召开执委会，通过四点决议：开展中国无产阶级的"自我批评"；开展大众文艺运动；贯彻"正当之组织路线"；"各同志对于机关报充分发表意见"。会议发出各盟员分组讨论的通告。在"左联"号召下，文艺大众化问题的第二次大讨论在左翼文艺报刊上展开，历时近一年。

19 日，瞿秋白的《猫样的温文》发表在《文艺新闻》第 32 号。后作者编入《乱弹》时，改题为《猫样的诗人》。文章批判了徐志摩在新月派创办的《声色》创刊号上发表的《一个诗人》，称他是"猫样的诗人"，像一只"不撒野的温文尔雅的猫"，捉老鼠时，是"很凶狠的"，见着主人时，则是"很顺服的"。他指出，徐志摩的作品不过是"一个清客"，对其主子"吃租阶级"奉献的"歌声"和"色情"。

20日,周乐山的小说《他人妇》发表在《现代文学评论》第2卷第3期、第3卷第1期合刊。

鲁迅的杂文《以脚报国》发表在《北斗》第1卷第2期,署名"冬华",后收入《二心集》。文章针对8月31日《申报·自由谈》发表寄萍的《杨缦华女士游欧杂感》而发,以留欧女生的天足来否认中国女人缠过足。鲁迅驳斥道:"我们的杨女士虽然用她的尊脚征服了比利时女人,为国增光,但也有两点'错念'。其一,是我们中国人的确有过尾巴(即辫发)的,缠过小脚的,讨过姨太太的,虽现在也在讨。其二,是杨女士的脚不能代表一切中国女人的脚……"文章还指出:"虽在现在,其实是缠着小脚,'跑起路来一摇一摆的'女人还不少。"鲁迅列举大量事实,讽刺这种瞒和骗的"自欺欺人的不治之症",暴露了社会黑暗的真相。

鲁迅的杂文《唐朝的钉梢》发表在《北斗》第1卷第2期,署名"长庚",收入《二心集》。文章鞭挞了洋场恶少"钉梢"的坏习气,"上海的摩登少爷要勾搭摩登小姐,首先第一步,是追随不舍,术语谓之'钉梢'"。文中引用唐朝《花间集》中张泌的词句,说明"钉梢"古已有之,并戏仿流氓才子口吻将其译为白话诗,嘲讽了"才子+流氓"式的庸俗作品。

鲁迅的杂文《理惠拉壁画〈贫人之夜〉说明》发表在《北斗》第1卷第2期《贫人之夜》之前,未署名,后收入《集外集拾遗》。《说明》介绍了作者的生平和创作。

瞿秋白的散文《一种云》、《吉诃德的时代》、《乱弹》、《苦力的翻译》、《世纪末的悲哀》、《非洲鬼话》6篇合为一组,总题为《笑峰乱弹》,以《乱弹》篇作为代序,发表在《北斗》第1卷第2期,署名"笑峰"。在《一种云》中,作者用丰富的象征,勾画出旧中国的黑暗。文章最后写道,天边出现了虹,响起了"小小的雷电,打开了层层的乌云,让太阳重新照到紫铜色的脸",预示中国人民革命必将胜利,旧中国必将灭亡。

开时的散文《社会现象一瞥》发表在《北斗》第1卷第2期。

马彦祥的《现代中国戏剧》发表在《现代文学评论》第2卷第3期、第3卷第1期合刊。文章主要分析了陈大悲、熊佛西、欧阳予倩、田汉、洪深等剧作家的剧作,同时举出"值得提出的两位作家":胡春冰与袁牧之。文章最后总结了中国戏坛贫乏的原因:"(一)时代的苦闷;(二)物质的限制。"

赵景深的《现代中国诗歌》发表在《现代文学评论》第2卷第3期、第3卷第1期合刊。文章简短地分析了戴望舒、冯至、汪静之、胡也频、邵冠华等诗人的个别诗作。

贺玉波的《现代中国女作家》发表在《现代文学评论》第2卷第3期、第3卷第1期合刊。文章包括三部分："歌颂母爱的冰心女士"；"庐隐女士及其作品"；"丁玲女士论评"。

知诸的《巴金的著译考察》发表在《现代文学评论》第2卷第3期、第3卷第1期合刊。文章认为："《灭亡》的确是一部近几年来不可多见的长篇，在作者的笔下都给他们一个细致的描写，对于每个人物都与之以生命的力，因而便能博得不少的感动，而能打动你的心。"

郁达夫的《歌德以后的德国文学举目》、芳草翻译的美国作家科恩的《大战以后的美国文学》、汪倜然翻译的英国作家办奈德的《艺术家与世人》发表在《现代文学评论》第2卷第3期、第3卷第1期合刊。

穆木天翻译的法国作家巴比赛的《左拉的作品及其遗范》刊登在《北斗》第1卷第2期。

鲁迅等翻译的小说集《果树园》由上海现代书局出版，收翻译小说6篇。1938年10月上海励进社出版修订本，分上、下两编，收小说21篇。

21日，鲁迅译完苏联戈庚的《〈士敏土〉代序》。该文原为《伟大的十年的文学》的第三章第十五及十六节，鲁迅据日本黑田辰男的日译本重译，载1932年7月新生命书局再版的插图本《士敏土》，署名"隋洛文"，后来收入《译丛补》。

瞿秋白的《陈独秀的〈康庄大道〉》发表于10月30日《红旗周报》第22期，署名"史铁儿"。

22日，鲁迅就去年9月27日写的《士敏土之图》的序言，补写最后一段，改题为《图序》。文章发表于1932年7月新生命书店再版的插图本《士敏土》，署名"鲁迅"，后收入《集外集拾遗》。

23日，"左联"执委会通过《告无产阶级作家革命作家及一切爱好文艺的青年书》，载《文学导报》第1卷第6、7期合刊。文章抗议日本帝国主义的侵略，同时揭露"党国要人的无抵抗镇静忍耐"的卖国政策，并剖析"民族主义文艺"和"人性主义文艺"的反动实质，提醒人们不但要反对帝国主义侵略和地主资产阶级的压迫和剥削,还要反对他们对于民众的"思想影响"。文章最后号召:"无产阶级作家和革命作家,一切爱好文艺的青年,你们的笔锋,应当同着工人的盒子炮和红军的梭标枪炮,奋勇的前进!"

鲁迅以"晏敖"为名在《文学导报》第1卷第6、7期合刊发表《"民族主义文学"的任务和命运》,后收入《二心集》。鲁迅在文章中对"民族主义文学运动"及其作品进行了犀利的批判。他首先指出:"殖民政策是一定保护,养育流氓的。""从帝国主义的眼睛来看,惟有他们是最要紧的奴才,有用的鹰犬,能尽殖民地人民非尽不可的任务"。他们"原是上海滩上久已沉沉浮浮的流尸,本来散见于各处的,但经风浪一吹,就漂集一处,形成一个堆积,又因为各个本身的腐烂,就发出浓厚的恶臭来了"。"这'叫'和'恶臭'有能够较为远闻的特色,于帝国主义是有益的,这叫做'为王前驱',所以流尸文学仍将与流氓政治同在。""虽然是杂碎的流尸,那目标却是同一的:和主人一样,用一切手段,来压迫无产阶级,以苟延残喘。"鲁迅具体分析了黄震遐的《陇海线上》、《黄人之血》以及苏凤、邵冠华、徐之津等人的作品,揭露他们"根本上只同外国主子休戚相关"。他们歌颂蒙古人拔都元帅的西征,目的就是对着现在的"无产者专政的第一个国度",所以"现在日本兵'东征'了东三省,正是'民族主义文学家'理想中的'西征'第一步,'亚细亚勇士们张大吃人的血口'的开场,不过先得在中国咬一口"。这正好"实现了他们的理想"。鲁迅彻底揭露了他们反动卖国的丑恶面目,文章最后预见性地宣判了他们的历史命运:"他们将只尽些送丧的任务,永含着恋主的哀愁,须到无产阶级革命的风涛怒吼起来,刷洗山河的时候,这才能脱出这沉滞猥劣和腐烂的命运。"

茅盾的《评所谓"文艺救国"的新现象》发表在《文学导报》第1卷第6、7期合刊,署名"石萌"。

夏衍的散文《劳勃生路》发表在《文学导报》第6、7期合刊,署名"突如"。

25日,瞿秋白作《普洛大众文艺的现实问题》,发表于1932年4月25日《文学》半月刊第1卷第1期,署名"史铁儿"。后作者做了一些修改,辑入《乱弹》。文章认为,中国文艺大众化,不能再停留在"空谈"上,而"应当立刻实行,应当认真解决一些现实问题"。文章第一次比较全面地论述了大众文艺有关问题,对1930年文艺大众化问题的讨论做了系统的总结,较详细地阐明了大众文艺的语言、形式、内容及创作方法。对如何进一步推进文艺大众化运动的发展，提出了具体意见，诸如大众文艺"用什么话写"、"写什么东西"、"为着什么写"、"怎么样去写"、"要干些什么"，等等。文章特别强调，要实现文艺大众化，"革命作家要向群众去学习"，"给群众服务"，"在思想上，意识上，情绪上，一般文化问题上，去武装无产阶级和劳动民众"。文章论及文艺题材时，强调指出，普罗大众文艺应当"首先描写工人阶级的生活，描写贫民，农民，兵士的生活，描写他们的斗争。生活和斗争，罢工，游击战争，土地革命，当然是主要的题材"。文章还具体指明大众文艺既要写阶级斗争，也要写劳动群众的私人生活。同时又强调指出，大众文艺对于绅士地主阶级、资产阶级的"一切丑态，一切残酷狡猾的剥削和压迫的方法，一切没有出路的状态，一切崩溃腐化的现象"，则应无情地"揭发"和"暴露"。这篇文章在第二次文艺大众化问题的讨论中发生了重要的影响，有力地推动了文学革命运动的发展。但是文章对五四新文化运动的伟大意义以及"五四"以后新文学在语言上的成就评价不足。

26日，鲁迅在《文艺新闻》第33号发表《启示》，揭露现代书局利用广告编造的谎言，以鲁迅名义选辑"世界名作"的行骗行径，申明"我与现代书局毫无关系，更未曾为之选辑小说"。

楼适夷的《施蛰存的新感觉主义》发表在《文艺新闻》第33号。文章认为新感觉主义文学便是"金融资本主义底下吃利息生活者的文学"，作家们"深深感到旧社会的崩溃，但他们并不因这崩坏感到切身的危惧，他们只是张着有闲的眼，从这溃坏中发现新奇的美，用这新奇的美，填补自己的空虚"。

28日，陈梦韶的戏剧《阿Q剧本》由上海华通书局出版。

29日，鲁迅作《沉滓的泛起》，后载于12月11日出版的《十字街头》第1期，署名"它音"。

30日，巴金的短篇小说《我的眼泪》发表在《文艺月刊》第2卷第10期，初收于《光明》，现收于《巴金文集》第7卷。小说深情地叙述接到四年前在美国监狱被害的两个革命者萨珂和凡宰（一个鞋匠，一个鱼贩子）的书信集后的激动、思念、痛苦、愤怒、崇敬和振奋等感情；"我"在异国感到寂寞、绝望的时候，萨珂、凡宰的著作和他们为人类事业的献身精神，使"我""不再徘徊"，有了生活的"目标"和"向导"，称颂萨珂、凡宰是比卢梭"还要伟大的巨人"，代表着"全世界中最优美的精神"。

施蛰存的小说《孔雀胆》发表在《文艺月刊》第 2 卷第 10 期。

马彦祥翻译的比利时作家梅特林克的戏剧《订婚》，由《文艺月刊》第 2 卷第 10—12 号连载。

本月

"左联"文艺报刊开展"文艺大众化问题"的第二次讨论。讨论主要涉及文学形式、作品内容、作家向群众学习等问题，历时达一年之久。在 20 世纪 30 年代历次有关文艺大众化问题的讨论中，这是规模最大、时间最长、涉及问题最多的一次。

端木蕻良在南开中学读书，组织"刻苦团"（抗日救国团），开展学生运动，被开除。端木蕻良（1912—1996），原名曹汉文、曹京平，辽宁省昌图县人。1928 年入天津南开中学读书。1932 年考入清华大学历史系，同年加入"左联"，发表小说处女作《母亲》。1933 年开始创作长篇小说《科尔沁旗草原》，1935 年完成，成为 30 年代东北作家群产生重要影响的力作之一。1949 年回到北京。1980 年当选为北京市作家协会副主席，1984 年当选为中国作家协会理事。1985 年，《曹雪芹》中卷（与夫人钟耀群合著）出版。《鴜鹭湖的忧郁》是其成名作，其作品还有《遥远的风沙》、《浑河的激流》、《大地的海》等。

中国文学青年联盟在上海成立，由顾诗灵主持，发表题为《为日本暴行告中国民众书》的宣言书。

"左联"与美术研究会联合编辑的连环画《东洋人出兵》出版，文字说明系瞿秋白所作。

王西彦、夏英喆、余修等创办的文艺团体绿洲社在北平成立。该社常以座谈会形式活动。

"左联"东京分盟因盟友回国，暂停活动。

本月出版的小说有《莎菲的爱》（孙孟涛著，上海文艺书局）；《风雨的春光》（计全著，上海正午书局）；《爱欲》（金满成著，上海光华书局）；《死》（曾今可著，上海新时代书局）。

本月出版的小说集有《干柴与烈火》（潘子农著，南京矛盾出版社）；《枣》（冯文炳著，上海开明书店），收《枣》、《小五放牛》、《李教授》、《卜居》、《墓》等8则短篇，集前有周作人于本年7月5日作的序《枣和桥的序》。

本月发表了诗歌《笑》（林徽因著，《诗刊》第3期）。

本月出版了诗文集《素描》（钱君匋著，上海春雨书店）。

本月出版的散文集有《巴黎游记》（徐霞村著，上海光华书局）；《茶话集》（谢六逸著，上海新中国书局）；《小言论》（邹韬奋著，上海生活书店，1933年1月出第2集；1933年2月出第3集）。

本月出版的文论及文论集有《文艺方法论》（陈彝荪著，上海光华书局）；《文学常识》（上）（周毓英著，上海神州国光社，12月出下册）；《印度文学》（许地山著，上海商务印书馆）；《莫里哀》（杨润年著，上海商务印书馆）。

本月出版的翻译作品有：小说《静静的顿河》（[苏] M.唆罗诃夫著，贺非译，上海神州国光社），非全译本，鲁迅作"后记"，援引德国华斯科普的话评论这部小说；《夏娃日记》（[美] 马克·吐温著，李兰译，上海湖风书局），译者受鲁迅委托而译，作品取材《圣经》传说，对美国文明有所讽刺；《浮华世界》（[英] 萨克莱著，伍光建译，上海商务印书馆）；《小公子》（[美] 柏纳特夫人著，孙立源译，上海开明书店）。诗歌《勇敢的约翰》（[匈] 裴多菲著，孙用译，上海湖风书局）。作品写贫苦的牧羊人约翰为幸福和爱情，经历了穷苦的折磨、黑暗的长夜、大海狂涛的卷扑，最后战胜黑暗国和巨人国的威胁，通过渺茫的寓言洋，终于到达仙人国，找到幸福的牧歌、生命的清泉、忠实的姑娘。

本月出版的丛书有《世界少年文库》（上海世界书局，至1937年3月，共出译作47种）；《文艺丛书》（上海文艺书局，至1933年7月，共出3种）。

十一月

1日，巴金的短篇小说《苏堤》发表在《中学生》第19号，初收于《光明》，现收于《巴金文集》第7卷。小说描写游西湖和苏堤的喜悦心情，带有强烈的抒情色彩，小说还表现了"我"对贫困、纯朴的船夫的同情。

张天翼的小说《找寻刺激的人》发表在《流火》第1卷第1—2期连载。

王坟的小说《古塔内外》、云裳的诗歌《心的寄语》、崔万秋翻译的日本作家林芙美子的小说《八山旅馆》发表在《新时代》第1卷第4期。

汤匡瀛的《读〈古代英雄的石像〉》发表在《开明》第2卷第25号。

4日，鲁迅夜译苏联E.左祝黎的小说《亚克与人性》，未在报刊发表，收入《竖琴》。本文充分表现了左祝黎的写作特色，是一篇"简短的，奇特的散文作品"。

5日，鲁迅应译者冯余声的要求，作《〈野草〉英文译本序》，未另发表，收入《二心集》。序文说，这些小品"大抵仅仅是随时的小感想。因为那时难于直说，所以有时措词就很含糊了"。"可以说，大半是废驰的地狱边沿的惨白色小花，当然不会美丽。但这地狱也必须失掉。"同时说明《我的失恋》、《复仇》、《这样的战士》、《希望》、《一觉》等篇的成因和含意，说明"后来，我不再作这样的东西了"，因为"日在变化的时代，已不许这样的文章，甚而至于这样的感想存在"。

9日，曙星剧社在上海成立，主要组成人员有楼适夷、毅夫、罗叔子、祖芸、严僧、涯平、王平等。该剧社注重剧本创作、戏剧理论的研究及演出，曾多次演出一些左翼作家的作品。

10日，老舍的短篇小说《讨论》在《齐大月刊》第2卷第2期发表，署名"舍予"，初收于《老舍幽默诗文集》(时代版)，现收于《老舍文集》第14卷。小说讽刺了官僚们表面上道貌岸然、奢谈爱国，实际上却时刻准备投降卖国的丑态。

李青崖的小说《也许是这样的》、冰莹的小说《清算》发表在《小说月报》第22卷第11号。

巴金的诗歌《我说这是最后一次的眼泪了》刊登在《小说月报》第22卷第11号。诗歌控诉日本军人在中国土地上烧杀抢的滔天罪行，呼吁民众用勇敢的反抗代替"羞耻的"流泪。"我说，这是最后一次的眼泪了"，"哭泣是一件很可羞耻的事"，"我们要自己来决定我们的命运"。

蓬子的诗歌《血腥的风》发表在《小说月报》第22卷第11号。诗歌描绘了广大穷苦民众在日本侵略者"血腥的风"中所受的灾难，并讽刺了蒋介石政府的对日不抵抗政策，最后号召民众不"落泪"、不"歇息"，要靠自己的反抗来"冲散这血腥的风"。

巴金的散文《我们》刊登在《小说月报》第22卷第11号。文章写了战火中的兄弟二人的对话，病中 12 岁的弟弟怀着悲哀与愤怒问他的哥哥："为什么我们就该被别人屠杀，像一口猪那样呢？""为什么……我就应该给别人做枪靶子呢？"怀着这种恐惧，他要求哥哥把他杀死。文章控诉了日本侵略者的滔天罪行，痛斥日军的侵略行为。

瞿秋白的论文《中国人权派的真面目》在《布尔塞维克》第 4 卷第 6 期发表。文章写道："中国的人权派表面上反对摧残人权，要求保障自由，实际上却不是反对什么国民党，并不是反对什么压迫和剥削，而是反对共产党，反对国民党压迫剥削的不得法！""人权派绝对不反对国民党的屠杀政策，绝对赞成国民党的枪炮，飞机，炸弹，瓦斯等……的一切杀人方法，认为这些不但不违背'自由'和'民治'，而且还有所不及。"

李青崖翻译的法国作家左拉的小说《安琪玲》刊登在《小说月报》第 22 卷第 11 号。

11 日，巴金作短篇小说《马赛的夜》，后刊登在 1932 年 6 月 10 日《文学月报》第 1 卷第 1 号，现收于《巴金文集》第 7 卷。小说旨在揭露西方文明的虚伪和阶级压迫的罪行。文章写了"两个马赛"：一个是活动着"绅士和夫人"的"近代化的大都市"；一个是"臭街"和妓院一群群"肥胖的裸体女人"、街头一个个"做生意"的"买春夫"。文章以此讽刺西方文明的丑陋和资产阶级的罪恶。

15 日，"左联"执委会的决议《中国无产阶级革命文学的新任务》在《文学导报》第 1 卷第 8 期发表。该决议共分七部分：第一，"向新的时期进展"，提出面对新的革命形势，"今后必须不断地努力加紧"。第二，认真分析了"新时期的客观的特质"。第三，提出六项"新的任务"，要求加强文学领域反帝、反封建、反国民党的斗争，扩大无产阶级文学在工农中的影响。第四，分析了"大众化问题的意义"，再次强调文学大众化的现实意义。第五，"创作问题——题材、方法及形式"，要求作家注重中国现实社会生活中的广大题材，抛开描写"身边琐事"的题材。第六，开展"理论斗争和批评"。第七，整饬"左联的组织及纪律"，强调参加左翼组织是"中国无产阶级革命文学运动的干部，是有一定而且一致的政治观点的行动斗争的团体，而不是作家的自由组合"。要加强"左联"的领导，同时又必须整饬纪律，严密组织。在"左联"内，"不许有反纲领的行动，不许有不执行决议的行动，不许有小集团意识或倾向的存在，不许有超组织或怠工的行动"。

强调配合政治斗争，搞飞行集会，散发传单等活动。

国际革命作家联盟书记局在乌克兰哈尔科夫开会，纪念"左联五烈士"，报告中、日、德等国作家在压迫和囚禁下从事拥护革命活动的情况。决议号召以文字为武器，为解放全世界被压迫阶级而斗争。

《文学导报》第 1 卷第 8 期发表了 1930 年 10 月哈尔柯夫会议的《国际革命作家联盟对于中国无产文学的决议案》，通过十一条决议。决议要求发展工农通讯员，普及大众文艺，努力发展创作，加强同文艺上的各种反动派进行斗争。

茅盾的《中国苏维埃革命与普罗文学之建设》发表在《文学导报》第 1 卷第 8 期，署名"施华洛"。文章概述了工农革命在苏区与在城市的蓬勃发展，而作家却没有及时地、正确地反映这种革命的发展。文章总结道，这是因为"我们没有在革命斗争的剧烈的波浪中滚过来，我们不曾锻炼出一双正确而健全的普罗列塔利亚意识的眼睛"。文章号召："让我们一脚踏开从前那些幼稚的，没有正确的普罗列塔利亚意识而只是小资产阶级浪漫的革命情绪的作品。我们也要一脚踏开那些浅薄疏陋的分析，单调薄弱的题材，闭门造车的描写。""我们必须以辩证的武器，走到群众中去，从血淋淋的斗争中充实我们的生活，燃旺我们的情感，从活的动的实生活中抽出我们创作的新技术！""创作新时代的文学！"

黄达的《最近的苏联文学》发表在《文学导报》第 1 卷第 8 期。文章分三部分展开论述："文学的突击队"、"与同路人作家的斗争"、"自我批判"。

"左联"的《为苏联革命第十四周年纪念及中国苏维埃临时中央政府成立纪念宣言》刊登在《文学导报》第 1 卷第 8 期。

张若谷的小说《一个女教徒的忏悔》、黄虬的戏剧《奸细》发表在《当代文艺》第 2 卷第 5 期。

19 日，徐志摩由南京飞往北平，途中所乘飞机失事，在济南附近遇难。

20 日，张天翼的小说《面包钱》，发表在《北斗》第 1 卷第 3 期。同期还发表了甘永柏的诗歌《扬子江》。甘永柏（1914—1982），重庆万县人。民革成员。1935 年毕业于上海商学院。历任上海商学院助教、讲师，民生实业公司经济研究室研究员、副主任及供应部主任，重庆大学等学校讲师及副教授、教授，监察部部长助理，全国第五届政协常委、副秘书长，民革中央负责人，全国第五届人大常委。1930 年开始发表作品。1958 年加入中国作家协会。

鲁迅的《新的"女将"》发表于《北斗》第 1 卷第 3 期，署名"冬华"，收入《二心集》。本文针对当时画报出现的"白长衫的看护服，或托枪的戎装"的女士像，揭露"雄兵解甲而密斯托枪"这类怪现象。"我并不是说，'女士'们都得在绣房里关起来；我不过说，雄兵解甲而密斯托枪，是富于戏剧性的而已。"

在《北斗》的同期，鲁迅发表《宣传与做戏》，署名"冬华"，收入《二心集》。文章说："日本人，他们做文章论及中国的国民性的时候，内中往往有一条叫作'善于宣传'。……是'对外说谎'的意思。""这宗话，影子是有一点的。""说是'说谎'是不对的。这就是我之所谓'做戏'。"鲁迅揭露国民党及其文化走狗的"宣传"都是"做戏"。"但这普遍的做戏，却比真的做戏还要坏。"因为"普遍的做戏者，就很难有下台的时候"。他同时明确指出"不久天也就要亮了"，喻明做戏是终将被识破的。

鲁迅翻译的苏联作家卢那查尔斯基的小说《被解放的堂·吉诃德》刊登在《北斗》第 1 卷第 3 期，署名"隋洛文"。译者据德、日两种剧本转译第一幕。1934 年 4 月上海联华书局出版瞿秋白的全译本。作品写解放后的堂·吉诃德站在平民政权方面，却崇尚抽象的"爱和仁慈"，竟然放走专制魔王谟尔却伯爵。革命政权遂遭反扑、威胁，堂·吉诃德终被平民放逐。

冯雪峰翻译的苏联作家法捷耶夫的演说《创作方法论》刊登在《北斗》第 1 卷第 3 期，署名"何丹仁"。

21 日，周木斋、曹聚仁的散文《论焚书坑儒》发表在《涛声》第 1 卷第 15 期。

23 日，美国 104 名著名作家联名抗议国民党捕杀中国革命作家的罪行。

鲁迅的《〈毁灭〉和〈铁流〉的出版预告》发表于《文艺新闻》第 37 号，文末署"上海三闲书屋谨启"，连登 6 期，至第 42 号止，后来收入《集外集拾遗》。鲁迅曾在《关于翻译的通讯》中指出：《毁灭》是"一部纪念碑的小说"，"译的时候和印的时候，颇经过了不少艰难……（我）就像亲生的儿子一般爱他，并且由他想到儿子的儿子。还有《铁流》，我也很喜欢。这两部小说，虽然粗制，却并非滥造，铁的人物和血的战斗，实在够使描写多愁善病的才子和千娇百媚的佳人的所谓'美文'，在这方面谈到毫无踪影"。三闲书屋版的《铁流》末页上，还载有《三闲书屋校印书籍》的广告。

关于《铁流》的出版，译者曹靖华在其《花·不尽铁流滚滚来》中写道：书一出，"就遭到国民党反动派的严禁"。鲁迅"通过日本人在上海的内山书店，一点一滴地将初版一千部""渗透到读者中间去"，稍后北平书商盗印《铁流》，上海光华书局骗去纸型印了一版，也均遭严禁。当时，北起伯力，南至香港，都有这译本的重版。抗日战争时期，"延安有一个很大的印刷厂，把《铁流》不知翻了多少版，印了多少份。参加长征的老干部，很少没有看过这书的。"

24日，瞿秋白作《巴黎会议和瓜分中国的阴谋——进攻苏联的积极步骤》发表于12月4日《红旗周报》第25期，署名"范亢"。"九一八"事变发生之后，国际联盟在日内瓦召开两次会议，事实上这些会议对日本竭力偏袒。文章充分暴露所谓"国际正义公道"的破产。文章说："英法等国还装腔作势地要求日本撤兵，这其实已经是用国际公道的迷魂汤，来欺骗世界的劳动群众，替日本做个缓兵之计，替自己留个从容布置的地步。"文章指出："最近，国联的巴黎会议更彻底地显露帝国主义瓜分中国的阴谋，而且是联合进攻苏联的积极步骤。"

27日，鲁迅作《答中学生杂志社问》，后发表于1932年1月1日《中学生》新年号，收入《二心集》。本文回答《中学生》杂志社的问题："假如先生面前站着一个中学生，处此内忧外患交迫的非常时代，将对他讲怎样的话，作努力的方针？"文章针对国民党反动当局统治下言论不自由的现实，号召学生们"第一步要争取言论的自由"。

28日，陈思的散文《徐志摩之死》发表在《涛声》第1卷第16期。

29日，《时报》因为刊载抗战消息而暂停刊登巴金的《激流》，巴金仍继续写高家的故事。

30日，鲁迅的《"日本研究"之外》发表于《文艺新闻》第38号，署名"乐贲"，未收集。文中批评当时的书刊大谈"日本研究"之类，其实都是大偷日本人研究日本的文章，指出："我们当然要研究日本，但也要研究别国，免得西藏失掉了再来研究英吉利，云南危机了再来研究法兰西……尤其是应该研究自己。"文中还呼吁："我们也无须再看什么亡国史了……我们应该看现在的兴国史，现代的新国的历史……不是亡国奴的悲叹和号啕。"

本月

上海青年文学研究会成立。该社是"左联"外围组织，由上海部分大学的学生组成，主要成员有王学文、彭柏山等。该社注重"左联"群众文化运动。

上海成立女青年文艺社，由净子、祖芸、瑞燕等一些爱好文艺的女青年组成。该社的宗旨是"把文艺当作武器，唤起落后的中国妇女"。

中共中央派成仿吾进入鄂豫皖苏区，担任中共鄂豫皖省委宣传部长、省苏维埃政府文化委员会主席，兼红安中心县县委书记。

中央苏区革命根据地戏剧团体"八一"剧团在瑞金成立，黄火青、李伯钊、伍修权、霍步青、赵品山等为委员，次年扩建为"工农剧社"。

师陀从北平寄稿《请愿正篇》和《请愿外篇》给《北斗》主编丁玲，首用"芦焚"笔名（"芦焚"是英文"暴徒"音译）。

红色中华通讯社在瑞金成立，由红军无线电大队负责人王诤、刘寅主持。

本月发表、出版的小说有《牙痛》（何家槐著，刊登在《新月》第3卷第11期）；《珰女士》（徐志摩著，刊登在《新月》第3卷第11期），小说以丁玲为模特儿，未完稿，为纪念徐志摩逝世而发；《分》（冰心著，刊登在《新月》第3卷第11期），作品写医院中有两个婴儿同时落地，一个是大学教授的儿子，另一个是屠夫的儿子，此时都穿着医院一色的衣服，难分贵贱，但后来因生活环境不同，所受的教育不同而把他们区分开了；《雾》（巴金著，上海新中国书局，系《爱情三部曲》之一）。该小说写大革命失败后，青年作家周如水和陈真等人在上海从事自发的革命斗争。陈真意志坚定，不惜牺牲自己的青春、爱情、健康，勤奋工作着。周如水虽有抱负，但不敢付诸行动，反而陷入爱情纠葛中，彷徨、苦闷，终因感到个人幸福无望和看不到革命前途而自杀。巴金在序言中郑重声明："我写《雾》，和写以前的几部长篇一样，我用来作为主人公的'模特儿'的不止是一个人，却是许多人。"

本月出版的短篇小说集有《李师师》（施蛰存著，上海良友图书印刷公司），收《李师师》、《旅社》、《夜行》3则短篇，列为赵家璧主编的《一角丛书》第二十种；《舞》（林徽因著，上海新月书局），收《乐园中的两朵蔷薇》、《人工的吻》、《春似的秋》、《舞》等13则短篇。

本月出版了散文集《秋》(徐志摩著,上海良友图书印刷公司)。

本月出版了戏剧集《工厂夜景》(袁殊、适夷著,上海曙星剧社),收《工厂夜景》《活路》2则剧作,为曙星剧社脚本丛书第一种。

本月出版了文论作品《法国战争文学》(卢剑波著,《橄榄》第19期)。

本月出版的翻译作品有:小说《地下室手记》([俄]陀思妥耶夫斯基著,洪灵菲译,上海湖风书局);《铁流》([苏]绥拉菲摩维支著,曹靖华译,三闲书屋),原序由瞿秋白(署名"史铁儿")翻译,鲁迅写《编校后记》,出版后即遭国民党政府查禁。作品写"一群乌合之众,在白党凶残屠杀下,带着女人、孩子,一个人只有三颗子弹,大半只有一支空枪"。在无可言状的艰苦中,他们"粉碎了敌人铁的重围,扫荡了现代化的劲敌,打下了全副武装的城池,击退了哥萨克骑兵的夜袭",终于与红军的主力汇合。小说集《战中人》([匈]拉茨科著,屠介如译,北平北新书局)。日记《托尔斯泰妇人日记》(李金发译,上海华通书局)。

十二月

1日,彭成慧的小说《春风沉醉的晚上》、孙佳讯的诗歌《林中》、卢剑波的诗歌《消失》发表在《新时代》第1卷第5期。

梁竹三的《批评的态度》发表在《开明》第2卷第26号。

巴金的序跋《〈光明集〉序》刊登在《新时代》第1卷第5期,题为《〈奴隶的心〉序》,初收于《光明》,现收于《巴金文集》第7卷。文章中写母亲教育"我""爱人"、"关心人",而"我"长大后"却要来诅咒人了","差不多全人类都要借我的笔来倾诉他们的痛苦"。然而,"我的诅咒中同时也闪耀着爱的火花。这爱与憎的矛盾将永远是我的矛盾"。

3日,《世界日报》文学副刊在北平创刊,萧宗让、刘半农为主编,后由张友鸾任主编。

6日,瞿秋白作《斯大林和文学》,此文未曾在报刊上发表过,后收入8卷本《瞿秋白文集》第3卷和6卷本《瞿秋白文集》(文学编)第2卷。文章详细介绍苏联普罗作家联盟(简称"普联")在社会主义建设新阶段对于文学提出的新要求,"……正在转变自己的工作到思想的创作的方面来","注意纠正那种忽视文艺组织的特殊任务的倾向，纠正那种抄袭非文艺组织的工作方法"，"注意普联是思想教育的组织的特性，而加紧注意自己工作的特殊形式和方法"。文章进而联系中国文学界的实际，认为中国普罗文学运动有"许多弱点和错误正需要坚决的斗争和勇敢的自我批评来纠正"。文章呼吁，中国文学要以苏联无产阶级的文学斗争为模范，"应当会应用他们所研究出来的原则到中国的普罗文学方面来"。本文对当时中国左翼文艺运动的策略转变具有指导作用。

7日，鲁迅的《介绍德国作家版画展》刊登在《文艺新闻》第39号，署名"乐贲"，后收入《集外集拾遗》。文中介绍了版画在中国和欧洲的历史及其作用，特别推荐珂勒惠支、梅斐尔德、格罗斯的作品，热情提倡新兴的版画艺术。同期还载有关于这次画展的相关消息。这次画展由侨居上海的爱好美术的德国人主办，鲁迅珍藏的版画也被借去展览。

10日，巴金的小说《奴隶底心》发表在《小说月报》终刊号，初收于《光明》，现收于《巴金文集》第7卷。小说通过"我"的朋友彭自叙其祖孙三代奴隶的悲惨命运，控诉地主阶级的滔天罪行。后来，"我"有了更多的奴隶，彭成为革命党而牺牲。小说赞美了"甘愿把自己的性命牺牲"的金子般闪光的奴隶的心。

沈樱的小说《时间与空间》、冰莹的小说《一封最初亦即最后的信》发表在《小说月报》终刊号。

老舍的诗歌《日本撤兵了》在《齐大月刊》第2卷第3期发表，署名"舍予"，初收于《老舍新诗选》，现收于《老舍文集》第13卷。诗中描写了日本军队仅仅撤退了几里地，某些人竟然欣喜若狂的情景：女人换上了新鞋新袄，男人脱下了军装。操场上停止了习练刀枪，墙上擦去了抗日标语。连日本货物也全摆上了市场，把一切和平的希望寄托在"国联"和美国身上。

瞿秋白的《国民党的两个四全大会——反革命的大竞赛》发表在《红旗周报》第26期，署名"范亢"。

熊式式翻译的英国作家巴蕾的戏剧《遗嘱》刊登在《小说月报》终刊号。

老舍翻译的《但丁》在《齐大月刊》第2卷第3期开始连载，至1932年3月10日第2卷第6期续完，署名"R.M.Church著，舍予译"。但丁是老舍非常喜爱的作家，他在齐鲁大学文学院开设"世界文艺名著"课时曾选讲过但丁的作品。据老舍在《写与读》中自述："使我受益最大的是但丁的《神曲》。我把所能找到的几种英译本，韵文的与散文的，都读了一过儿，并且搜集了许多但丁的论著。有一个不短的时期，我成了但丁迷，读了《神曲》，我明白了何为伟大的文艺。论时间，它讲的是永生。论空间，它上了天堂，入了地狱。论人物，它从上帝，圣者，魔王，贤人，英雄，一直讲到当时的'军民人等'。它的哲理是一贯的，而它的景物则包罗万象。它的每一景物都是那么生动逼真，使我明白何谓文艺的方法是从图像到图像。天才与努力的极峰便是这部《神曲》，它使我明白了肉体与灵魂的关系，也使我明白了文艺的真正的深度。"

11日，《红色中华》于瑞金创刊。该刊初为中央民主政府机关刊物，后成为中国共产党、中央工农民主政府、中华全国总工会和中国共产主义青年团的联合机关刊物。1934年10月3日因红军长征，该刊被迫出版"告别号"，共出240期。中央工农民主政府发表《为国民党反动政府出卖中华民族利益告全国民众书》，号召"反侵略，反投降"。

《十字街头》在上海创刊，为"左联"机关刊物。该刊为4开4版，由鲁迅主编，冯雪峰协编。第1、2期为半月刊。1932年1月5日出第3期署"十日刊"，很快遭到查禁。主要撰稿人有鲁迅、瞿秋白、李太、何明、林瑞精等，多发表通俗短文和歌谣，重视文艺的大众化。刊载有鲁迅的《好东西歌》、《公民科歌》等歌谣和《"友邦惊诧"论》、《知难行难》等杂文，以及瞿秋白的《论翻译》等。

鲁迅在《十字街头》创刊号发表《沉滓的泛起》，强烈抨击了社会上种种假借"救国"名义出现的腐败现象。文中指出，"在这'国难声中'，恰如用棍子搅了一下停滞多年的池塘，各种古的沉滓，新的沉滓，就都翻着筋斗漂上来，在水面上转一个身，来趁势显示自己的存在了"。被鲁迅举例揭露的"沉滓"，有国民党右派胡汉民的谬论、"民族主义文学家"的叫嚣，还有贴上抗日商标的药品和警犬等。文章最后一语破的地指出："因为泛起来的是沉滓，沉滓又究竟不过是沉滓，所以因此一泛，他们的本相倒愈加分明，而最后的命运，也还是仍旧沉下去。"

鲁迅的《好东西歌》刊登在《十字街头》创刊号，署名"阿二"，后收入《集外集拾遗》。文章揭露了国民党的派系倾轧争夺的丑态和卖国殃民的本质。同期还发表了《公民科歌》，讽刺、批判反动军阀何健在湖南"捏刀管教育"，设立"公民科"，实行法西斯奴化教育的行径。

鲁迅的《知难行难》刊登在《十字街头》创刊号，署名"佩韦"，收入《二心集》。本文用胡适先后被"宣统皇帝"和蒋介石召见的事实，指出"中国向来的老例，做皇帝做牢靠和做倒霉的时候，总要和文人学士扳一下相好。做牢靠的时候是'偃武修文'，粉饰粉饰；做倒霉的时候是又以为他们真有'治国平天下'的大道……就是见于《红楼梦》上的所谓'病笃乱投医'了"。

12日，瞿秋白在《中国与世界》周刊第2期发表《恭请列国联军》，署名"樊梓生"。文章号召青年丢掉幻想，依靠人民的团结和力量，驱逐"列国联军和中国军阀"。

13日，上海抗日救国各团体举行反日联合大公演。暨南剧社、大道剧社、大夏剧社等演出《血衣》、《决心》、《乱钟》、《活路》、《工厂夜景》、《暴风雨中的七个女性》等剧。

14日，鲁迅的《德国作家版画展延期举行真像》刊登在《文艺新闻》第40号，未署名，后来收入《集外集拾遗》。文中说明画展延期举行的原因。

15日，《文化评论》旬刊创刊于上海，由胡秋原主编、文化评论社出版、神州国光社代售。第2、3期合刊号出版后，延至1932年4月20日出版第4期，后终刊。胡秋原在创刊号上发表的社评《真理之檄》中说："我们是自由的知识阶级，完全站在客观的立场上，说明一切、批评一切。我们没有一定的党见，如果有，那便是爱护真理的信心。"

胡秋原还在《文化评论》创刊号上发表《文艺非至下》等，挑起"文艺自由论战"。作者自称"自由人"，称"文学与艺术，至死也是自由的，民主的"，"将艺术堕落到一种政治的留声机，那是艺术的叛徒……以不三不四的理论，来强奸文学，是对于艺术尊严不可恕的冒渎"。

胡秋原（1910—2004），湖北省黄陂人，原名胡业崇，又名曾佑。1932年8月发表《为反帝国主义文化而斗争》，载《文化杂志》创刊号。著名史学家、政论家和文学家，《中华杂志》发行人，中国统一联盟名誉主席，2004年荣获"中华文艺终身成就奖"。

胡秋原在《文化评论》创刊号发表《阿狗文艺论——民族文艺理论之谬误》，将批判矛头指向国民党倡导的"民族主义文学"。他指出民族主义文学是"新的法西斯主义文学，是比所谓颓废派下流万倍的东西"，"是特权者文化上的'前锋'，是最丑陋的警犬，他巡逻思想上的异端，摧残思想的自由，阻碍文艺之自由的创造",是"中国文艺界上一个最可耻的现象"。文章批驳《民族主义文艺运动宣言》理论之"谬误"、"堕落",是一种"最简单,最幼稚,最拙劣之唯心论"。

接着,胡秋原又发表了《勿侵略文艺》、《钱杏邨理论之清算与民族文学理论之批评——马克思文艺理论之拥护》等文继续阐述他的艺术自由等观点。前文称自己是一个自由人,无论中国新文学运动以来的自然主义文学、趣味主义文学、浪漫主义文学、革命文学、普罗文学、小资产阶级文学、民族文学以及最近民主文学,都应当存在,他不主张只准某一种文学把持文坛。后文则既批判普罗文学理论批评家钱杏邨理论批评之错误,又批判了民族主义文艺理论与创作是反民族的文艺。

"左联"作家很快对胡秋原这些言论给予大力批判,之后打着"第三种人"旗号的苏汶接连发表《关于"文新"与胡秋原的论辩》、《第三种人的出路》、《论文学上的干涉主义》等文,攻击"左联"文坛是"目前主义的功利论"。他还对文艺大众化讨论中提出的要为文艺大众创造通俗读物极为不满,说"文学不再是文学了,变为连环图画之类,而作者也不再是作者了,变为煽动家之类"。他批评文学从属于政治,其实就是把文学变成了"卖淫妇"。

对此,鲁迅作《论"第三种人"》、《又论"第三种人"》、《中国文坛上的鬼魅》,瞿秋白作《"自由人"的文化运动》、《文艺的自由和文学家的不自由》,周扬作《到底是谁不要真理,不要文艺》等批评文章,与其展开关于所谓"第三种人"和"自由人"的论战。

郑振铎的散文《纪念几位今年逝去的友人》刊登在清华大学《文学旬刊》第2卷第1、2期。

17日,北平、天津、上海、广州、武汉、济南、苏州等地学生代表集中到南京,与当地学生联合示威游行,要求国民党政府出兵抗日。游行队伍在珍珠桥附近遭到国民党军警暴力镇压,30余名学生当场惨遭杀害,另有100多名学生受伤,称为"珍珠桥惨案"。该惨案发生后,上海学生、工人等举行了有10万人参加的"抬棺大游行",并捣毁了国民党地方党部。

19日,由周建人、胡愈之、夏丏尊、傅东华、郁达夫、丁玲等30余人发起的上海文化界反帝抗日同盟成立。周建人、夏丏尊、丁玲、胡愈之等7人被选为执行委员;通过7条纲领,决定联盟任务。同月28日,执委会举行首次会议,决议8条，选举傅东华等3人为常委，决议出版机关杂志《文化通讯》，推举楼适夷、郁达夫、丁玲、夏丏尊、叶绍钧等5人筹备。

20日，张天翼的小说《猪肠子的悲哀》、蓬子的小说《白旗交响曲》、穆木天的诗歌《别乡曲》发表在《北斗》第1卷第4期。

耶林的小说《村中》发表在《北斗》第1卷第4期。小说是对政府军的黑暗与欺骗行径的揭露与批判，写政府军用飞机追击村中无辜农民，村中一片苦痛的深沉叹息，无可奈何的哭声。然而第二天日报上却登载："我军掷弹数枚，幸能命中，毙匪无数……"

郁达夫的散文《忏余独白》发表在《北斗》第1卷第4期。文中写道："因为对现实感到不满，才想逃回到大自然的怀中，在大自然的广漠里徘徊着，又只想飞翔开去；可是到了处固定的地方之后，心理的变化又是同样地要起来，所以转转不已，一生就只能为Wanderlust的奴隶，而变作一个永远的旅人。"作者写出了自己对现实总是处于失望、悲观之中，还写出了这种情绪产生的原因："碰壁，碰壁，再碰壁，刚从流放地点遇赦回来的一位旅客，却永远地踏入了一个并无铁窗的故国的囚牢……到此我才领悟到了彻底。愁来无路，拿起笔来写写，只好写些愤世疾邪，怨天骂地的牢骚，放几句破坏一切，打倒一切的狂呓。越是这样，越是找不到出路。越找不到出路，越想破坏，越想反抗。这一期中间的作品，大半都是在这一种心情之下写成。"

鲁迅的《几条"顺"的翻译》发表在《北斗》第1卷第4期，署名"长庚"，后收入《二心集》。本文针对赵景深有关翻译的"顺"译观点而发。赵景深在本年3月《读书月刊》第1卷第6期发表《论翻译》一文，主张"与其信而不顺，不如顺而不信"。他在《文艺新闻》第17号、第23号又先后发表《与摩顿谈翻译》、《翻译论之再零碎》，继续为自己辩解，并附和梁实秋攻击鲁迅"硬译"的论调。鲁迅在文中批评了赵景深师承梁实秋，攻击"硬译"的主张，通过对几则"顺而不信"的译文的分析，说明"译得'信而不顺'的至多不过看不懂，想一想也许能懂，译得'顺而不信'的却令人迷误，怎样想也不会懂，如果好像已经懂得，那么你正是入了迷途了"。

鲁迅的《风牛马》发表于《北斗》第1卷第4期，署名"长庚"，后收入《二心集》。赵景深在《翻译论之再零碎》中曾说，别人的批评，"对于我的论点就成为风马牛了"。鲁迅在文中列举了他在《小说月报》上不知是"打听来，研究来的"还是"译来的""国外文坛消息"的几处"疑难之处"，讽刺他"遇马发昏，爱牛成性，有些'牛头不对马嘴'"，是合乎他的"与其信而不顺，不如顺而不信"的格言的。"这叫作'乱译万岁'！"

叶沈的戏剧《租界风景》发表在《北斗》第1卷第4期。

白薇的戏剧集《打出幽灵塔》由上海春光书店出版，收《打出幽灵塔》、《姨娘》、《假洋人》、《乐土》4部剧作。

丰瑜（鲁迅）翻译的德国作家巴林（Barin）的《梅令格的"关于文学史"》刊登在《北斗》第1卷第4期。

25日，国际作家联盟机关刊物《世界革命文学》改名为《国际文学》，邀请鲁迅、郭沫若、茅盾等为特约撰稿人。

鲁迅在《十字街头》第2期发表《"友邦惊诧"论》，以"明瑟"为笔名，收入《二心集》。文章揭露国民党政府对外投降，对内镇压的反动政策。文章针对"九一八"事变后国民党当局对外投降卖国，对内残酷镇压学生爱国运动的罪行，驳斥了他们给南京请愿学生横加的罪名，怒斥所谓"友邦人士，莫名惊诧，长此以往，国将不国"的谬论。文中以充实的事实和雄辩的逻辑，揭露"党国"与"友邦"的实质。所谓"友邦"，"要我们人民身受宰割，寂然无声，略有'越轨'，便加屠戮"的本质；所谓"党国"，不过是"要我们遵从这'友邦人士'的希望，否则，他就要'通电各地军政当局'，'即予紧急处置……'"的奴才政府。文章有力地抨击了帝国主义的侵略阴谋和蒋介石的倒行逆施，有力地声援了青年学生的反帝爱国运动。

鲁迅的《南京民谣》发表于《十字街头》第2期，未署名。民谣内容："大家去谒灵，强盗装正经。静默十分钟，各自想拳经。"这首民谣讽刺当时国民党表面上"宁粤合流"，召开所谓"全国代表大会"和四届一中全会，但实际上却是一出各怀鬼胎、钩心斗角丑剧。

瞿秋白的散文《〈铁流〉在巴黎》发表在《十字街头》第2期，署名Smakin。文章指出："绥拉菲摩维支的《铁流》也没有宣传，没有标语口号。"作者认为"事实的本身就是最有力量的宣传。任何故意宣传鼓动的小说诗歌，都没有这种真实的平心静气的纪事本末来得响亮，来得雄壮——这是革命的凯旋歌"。文章赞赏苏联绥拉菲摩维支的小说《铁流》的寓思想教育于真实描写之中的作文风格。

26日，瞿秋白在《中国与世界》周刊第4期发表《流氓政策与立宪政策》，署名"樊梓"。文章痛斥镇压民众"最卑鄙、最龌龊、最懦怯、最无耻的手段"——流氓政策；以及一套"更新鲜更巧妙的把戏"——"就是立宪政策"。文章指出，"九一八"事变后，全国人民抗日的呼声日益高涨，"请愿的恭顺游行，变成了全国的示威的风潮"，而国民党政府的屠杀政策"一时竟有点儿难于奏效"，于是采用"新鲜花样——流氓政策"，指使流氓来"硬打、硬捉"，"殴打、绑票"。文章揭露其卑鄙的用心："事后可以推诿，说是出于'误会'，'私人冲突'，'激于义愤'，而实际上达到杀人捉人的目的。"当流氓政策被民众识破以后，国民党当局又要实行所谓"立宪政策"。文章一针见血地揭露，所谓"训政快要结束，宪政就要实现"，南京政府的所谓"国难会议"的筹备，汪精卫的所谓"国民救国会议"的号召等，其实都是"欺骗手段"，用以"维持地主资本家的卖国统治"。文章号召民众，"要团结，要斗争，要达到建立真正自己的政府的目的"。

27日，鲁迅作《答〈北斗〉杂志社问》，后载于1932年1月20日《北斗》第2卷第1期的征文"创作不振之原因及其出路"栏，署名"鲁迅"，收入《二心集》。鲁迅以"创作要怎样才会好？"为副标题，总结了自己的创作经验，谈了8点意见。"一，留心各样的事情，多看看，不看到一点就写。二，写不出的时候不硬写。三，模特儿不用一个一定的人，看得多了，凑合起来的。四，写完后至少看两遍，竭力将可有可无的字、句、段删去，毫不可惜。五，看外国的短篇小说，几乎全是东欧及北欧作品，也看日本作品。六，不生造除自己之外，谁也不懂的形容词之类。七，不相信'小说作法'之类的话。八，不相信中国的所谓'批评家'之类的话，而看看可靠的外国批评家的评论。"

28日，鲁迅作《关于翻译的通信》，后载于1932年6月10日《文学月报》创刊号，题为《论翻译》，署名"鲁迅"，收入《二心集》。本文是对瞿秋白发表于本月《十字街头》第1、2期的《论翻译》做的答复。鲁迅坚持辩证唯物主义的观点，总结翻译马列文艺理论和革命文艺作品的经验，进一步批评赵景深等人的观点，同时也不同意瞿秋白提出的翻译要"绝对的正确和绝对的中国白话文"的主张。鲁迅认为，"现在必须区别了种种的读者层，有种种的译作"。在翻译中，"一面尽量地输入，一面尽量地消化，吸收，可用的传下去了，渣滓就听他剩落在过去里"。对于"五四"以来中国语文改革的成绩，鲁迅发表了与瞿秋白不同的看法。鲁迅坚持从实际出发，认为当时的翻译"还不能和口语——各处各种的土话——合一，只能成为一种特别的白话"，翻译时"只好采说书而去其油滑，听闲谈而去其散漫，博取民众的口语而存其比较的大家能懂的字句，成为四不像的白话。这白话应是活的……是从活的民众的口头取来，有些是要从此注入活的民众里面去"。在文中，鲁迅表示虚心接受瞿秋白所指出的《毁灭》译文中的个别错误。

29日，陈望道的散文《长寿运动》发表在《申报·自由谈》。

31日，巴金作《〈秋天里的春天〉译者序》，署名"译者"，后载于1932年10月上海开明书店出版的《秋天里的春天》，现收于《巴金文集》第10卷。序文认为，这篇小说是"灌溉心灵的春天的微雨"，"在这个温和地悒郁的故事里，我也感到了一种反抗的心情"，指出作品悲剧的根源"是不合理的社会制度"，表示坚信"春天是不会灭亡的"。

巴金的小说《堕落的路》发表在《文艺月刊》第2卷第11、12期合刊。同期还发表了靳以的小说《卖笑》、何家槐的小说《山谷之夜》、石民的诗歌《短歌》与《共工之怒》、戴望舒翻译的意大利作家赛拉娜女士的小说《老处女》。

本月

絜茜社成立于上海，主要成员有张资平、曹雪松、丁丁等。次年1月创办《絜西》月刊。

本月出版的小说有《杨嫂》(巴金作，载1932年1月1日《东方杂志》第29卷第1号)；《女贼》(梁得所著，上海良友图书印刷公司)；《北极圈里的王国》(张资平著，上海现代书局)；《露露》(马国亮著，上海良友图书印刷公司)。

马国亮，广东顺德人，民盟成员，历任上海良友图书公司编辑，《今代妇女》主编，香港《大地画报》总编辑，《广西日报》副刊编辑，新大地出版社总编辑，上海《前线日报》副刊编辑，香港《新生晚报》编辑，香港长城电影公司编导室主任、总管理处秘书长，上海美术电影制片厂编剧。1929年开始发表文学作品。著有中篇小说《露露》，电影文学剧本《绮罗春梦》《南来雁》《神·鬼·人》，散文《昨夜之歌》、《给女人们》及回忆录《良友忆旧》。

本月出版的散文集有《黑猫》(郭沫若著,上海现代书局);《涛语》(石评梅著,上海神州国光社);《生活之味精》(马国亮著,上海良友图书印刷公司)。

本月出版了文论集《文艺批评论》(思明著,上海神州国光社)。

本月出版的翻译作品有:小说《鲁滨孙漂流记》([英]笛福著,彭兆亮译,上海世界书局),作品以第一人称叙述鲁滨孙漂流荒岛、独居28年之后,历经艰险,终成巨富,返归故土。戏剧《一场热闹》([英]高尔斯华绥著,方光焘译,上海开明书店)。文论《文学十讲》([日]小泉八云著,杨开梁译,上海现代书局);《欧洲最近文艺思潮》([日]宫岛新三郎著,高明译,上海现代书局)。

另外,郭沫若译的马克思的《政治经济学批判》由上海神州国光社出版。鲁迅作《再来一条"顺"的翻译》,后载于《北斗》第2卷第1期,署名"长庚"。本月鲁迅还作《中华民国的新"堂·吉诃德"们》,后载于《北斗》第2卷第1期,署名"不堂";《"智识劳动者"万岁》,后载于《十字街头》第3期,署名"佩韦"。

本年

中国文艺研究总会于上海成立,并发表《宣言》。《宣言》声明:反抗国民党反动统治,反对新月派、平民文学派、托陈取消派及卑污的民族主义文艺派,要担当起阶级斗争的任务。

青春文艺社在南京成立,主要成员有宋亦非、白嘉、温流等,同年出版诗刊《榴花》3期,次年解散。

金丁、美行、卢农等发起的"尖锐社"在北平成立。该社致力于组织大众、动员大众的文学活动。

齐如山、梅兰芳、余叔岩、张伯驹等组成北平国剧学会,以改进旧剧为宗旨,编辑出版《戏剧丛刊》、《国剧画报》,搜集展出戏曲资料,并设立国剧传习所。

无名作家组合在上海成立,主要成员有曾粲、施春瘦、周启等。次年创办《无名作家》周刊。1933年停止活动。

胡风在日本参加"左联"东京支部,加入日本反战同盟,与方翰、王达夫成立中国人小组，组织"新兴文化研究会"，并负责下属的文学研究会，出版油印刊物《新兴文化》两期。陆续结识郭沫若、聂绀弩、周颖、刑桐华等。

李劼人开始转型实业，支持创办嘉乐纸厂，并出任民生机器修理厂厂长。

张恨水和周淑云（周南）结婚。

白薇继续任中国公学大学部教授，先后参加"左联"和"剧联"。

孙伏园、孙福熙从法国留学回国。孙伏园出任中华平民教育促进会文学部主任，与瞿菊农筹建《民间》杂志。孙福熙任杭州国立艺专教授，编辑《艺风》。

周木斋毕业于无锡国学专科学校，应聘任上海大东书局编辑，并从事文学创作。

吴伯箫由北京师范大学英语系毕业，任教于山东青岛大学。

缪崇群由日本留学回国，任南京《文艺月刊》编辑。

焦菊隐创办北平中华戏曲专科学校，任校长。

顾一樵由浙江大学转任中央大学工学院院长，次年改任清华大学电机工程系主任。

方光焘在"九一八"事变后，中缀法国留学归国，任教于中国公学。

朱自清留学英国伦敦。次年回国后，继任清华大学教授并兼中文系主任。

傅雷由法国留学归国，任教于上海美专。

胡秋原由日本早稻田大学留学返国抵上海，开始文艺活动。

徐訏由北京大学哲学系毕业，继续攻读心理学系研究生。

上海新时代书局出版《新时代文艺丛书》，至1934年7月，共出18种。

冯友兰的《中国哲学史》上册出版，至1935年出齐全本。1936年复出《中国哲学史补》。

梁漱溟的《乡村建设理论》由邹平乡村书店出版，主张通过乡村建设"拯救中国，恢复伦理本位社会"。

本年出版的散文集有《最后的血泪及其他》（蒋光慈著，上海美丽书店）；《成功之路》（梁得所著，上海良友图书印刷公司）；《予且随笔》（予且著，上海良友图书印刷公司）。

本年出版的戏剧有《梅雨》（田汉著，《读书杂志》第2卷第1期），戏剧写潘顺华一家受失业和高利贷的压迫，阿毛采用报复法，自然也如潘顺华一样无可奈何，但阿巧却说出了"大家得紧紧地团结起来才有活路"；《洪水》(田汉著，收入《回春之曲》集)，剧本写了面临着洪涝之灾，官绅对农民表现的是冷漠态度，而俞工程师对农民却给予一腔同情。他解释了洪水泛滥的原因，同时还说："我们一面得防水，一面得团结起来防帝国主义。一定要中国独立，自由了，黄河才真有办法。"

本年出版的文论及文论集有《从嚣俄到鲁迅》(张若谷著，上海新时代书局)；马彦祥的《现代中国戏剧》刊发在《戏剧讲座》，由上海现代书局出版。文章对陈大悲、熊佛西、欧阳予倩、田汉、洪深、袁牧之等7人的戏剧进行评论。

1932年

一月

1日，台北和台中部分文人组织南音社，创办《南音》半月刊，由郭秋生任主编，编委有黄树城、赖和、郭秋生、叶荣钟、张焕珪、许文逵、周定三、张聘三、庄垂胜、洪樵、陈逢源、吴春霖12人。

郑振铎在《中学生》月刊第21期"贡献给今日的青年"栏与鲁迅等人分别发表文章。郑振铎号召青年："我们不应枉自悲愤，我们不该以为游行，讲演，抵货，便尽了我们的责任。我们该唤起一般民众，和我们一同工作。民众的工作的力量，我们将会见到，那是几十年来把持着'统治大权'的军阀与官僚所绝未梦见的。"

曾今可的诗《沪宁道上》发表于《新时代》第1卷第6期。曾今可（1901—1971），国民革命军成都中央军校上校政治教官，后任台湾中国文艺界联谊会副会长。名国珍，笔名君荷、金凯荷。江西泰和县人。1919年夏任赣南学生联合会总干事，因参加"五四"运动而被开除学籍。后留学日本，入早稻田大学政治经济系。归国后参加北伐，在京、沪、杭、鄂等地做记者。1928年，往上海从事文学活动，参加力社。1931年，在上海创办新时代书局，主编《新时代》月刊。1933年在《新时代》月刊提倡"解放词"，第4卷第1期刊出"词的解放运动专号"，宣扬莫谈国事观点，在文坛引起较大反响，鲁迅撰文进行批评。抗日战争后以上海《申报》特派员身份往台北，兼任台湾行政干部训练团讲师、正气学社及正气出版社总干事，主编《正气月刊》、《正气画报》、《正气丛书》。1947年主编《建国月刊》并创办《诗坛》。1948年夏,任台湾省通志馆主任秘书、《台湾诗选》主编、台湾文献委员会主任秘书及委员等职。主要作品有短篇小说集《爱的逃避》、《诀绝之书》、《法公园之夜》,长篇小说《死》,散文集《小鸟集》,诗集《爱的三部曲》、《两颗星》。

2日,胡适作诗《鸽子》,后收入《尝试集》。

陈子展的散文《还我头来》发表于《涛声》第1卷第21期,署名"楚狂"。

郑振铎的《贵族与狐》发表于《儿童世界》周刊第29卷第1期,这是他为纪念该刊创刊十周年特地写的童话。

瞿秋白的《三民主义的清算》发表于《中国与世界》周刊第5期,署名"樊梓生"。

茅盾的《贡献给今日的青年》发表于《中学生》第21期。

5日,鲁迅致信增田涉,说道:"敝国即中国今年又将展开混战新局面……丑剧是一时演不完的。政府似有允许言论自由之类的话,但这是新的圈套,不可不更加小心。"

鲁迅在《十字街头》第3期发表答沙汀、艾芜问的《关于小说题材问题的通信》,阐述作家创作与世界观的关系。在此之前,沙汀和艾芜曾向鲁迅请教有关小说创作的题材问题,并提出疑问:"我们曾写了好几篇短篇小说,所写的题材:一个是专就自己熟悉的小资产阶级的青年,把那些在现时代所显现和潜伏的一般的弱点,用讽刺的艺术手腕表现出来;一个是专就其熟悉的下层人物——在时代大潮流冲击圈外的下层人物,把那些在生活重压下强烈要求生的欲望的朦胧反抗的冲动,刻画在创作里面——不知这样内容的作品,究竟对现时代,有没有配说得上有贡献的意义?我们初则迟疑,继则提起笔又犹豫起来了。这须请先生给我们一个指示,因为我们不愿意在文艺上的努力,对于目前的时代,成为白费气力,毫无意义的。"鲁迅在回信中指出:"如果是战斗的无产者,只要所写的是可以成为艺术品的东西,那就无论他所描写的是什么事情,所使用的是什么材料,对于现在以及将来一定是有贡献意义的。为什么呢?因为作者本身就是一个战斗者。但两位都并非那一阶级,所以当动笔之先,就发生了来信所说似的疑问。我想,这对于目前的时代,还是有意义的,然而假使永是这样的脾气,却是不妥当的。""别阶级的文艺作品,大抵和正在战斗的无产者不相干。小资产阶级如果其实并非与无产阶级一气,则其憎恶或讽刺同阶级,从无产阶级看来,恰如较有聪明才力的公子憎恨家里的没出息子弟一样,是一家子里面的事,无须管得,更说不到损益。例如法国的戈兼,痛恨资产阶级,而他本身还是一个道道地地资产阶级的作家。倘写下层人物(我以为他们是不会'在现时代大潮流冲击圈外'的)罢,所谓客观其实是楼上的冷眼,所谓同情也不过空虚的布施,于无产者并无补助。而且后来也很难言。例如也是法国人的波特莱尔,当巴黎公社初起时,他还很感激赞助,待到势力一大,觉得于自己的生活将要有害,就变成反动了,但就目前的中国而论,我以为所举的两种题材,却还有存在的意义。如第一种,非同阶级是不能深知的,加以袭击,撕其面具,当比不熟悉此中情形者更加有力。如第二种,则生活状态,当随时代而变更,后来的作者,也许不及看见,随时记载下来,至少也可以作这一时代的记录。所以对于现在以及将来,还是都有意义的。不过即使'熟悉',却未必是'正确'。取其有意义之点,指示出来,使那意义格外分明,扩大,那是正确的批评家的任务。"总之,鲁迅的意见是:"现在能写什么,就写什么,不必趋时,自然更不必硬造一个突变式的革命英雄,自称是'革命文学';但也不可苟安于这一点,没有改革,以致沉没了自己——也就是消灭了对于时代的助力和贡献。"

鲁迅在《十字街头》第3期(延期出版)发表《"言词争执"歌》,署名"阿二",后来收入《集外集拾遗》。该文主要针对国民党宁粤对峙的派系斗争,辛辣地讽刺了国民党四届一中全会期间,广东集团的胡汉民、汪精卫称病不赴会,南京集团的吴稚晖与胡、汪的同伙彼此谩骂,互相推诿卖国责任等狗咬狗的丑剧。

鲁迅的《水灾即"建国"》发表于《十字街头》第3期,署名"遐观",未收集。该文以《建国月刊》上刊登的有关水灾的摄影与该刊所标榜的"光辉灿烂"的"宗旨"相对照,揭露了国民党的"建国"本色。

7日,郁达夫前往暨南大学发表题为《文学漫谈》的讲演。他从"文学是宣传"、"文学是革命的先驱"、"文学是进化的"三个方面阐述了文学的本质和作用,号召青年学生"要用文学来作宣传,唤醒我们本国的群众,叫他们大家起来反抗帝国主义"。

8日,鲁迅收到河南罗山县尚佩秋(曹靖华的夫人)家寄给曹靖华的信,即为其转寄,并附一信给曹靖华。当时曹靖华旅居苏联,鲁迅不怕麻烦,为他们转递信件，并经常将曹靖华在国内所得的稿酬转寄给他在河南的亲友。

胡适到上海出席中华教育文化基金董事会第六次常会，讨论通过与北京大学合作的"研究特款办法"的变通措施。

鲁迅的《"非所计也"》发表于《十字街头》第3期，署名"白舌"，后收入《南腔北调集》。文中利用报载的三条新闻，批判国民党当局对日寇的不抵抗主义，嘲笑了它的所谓通过"私人感情"进行"交涉"的荒谬说法，并启示人们：国民党反动派对侵略者会讲"友情"，而对爱国人民群众是不讲"友谊"的，决不可对其抱有幻想，再做"上京请愿"那样的事情。

9日，瞿秋白作《论弗里契》，署名"宋阳"，发表于9月15日的《文学月刊》第3期。文章论述了苏联文艺理论家、文学史家弗里契的艺术理论及普列汉诺夫对其的影响。文章称弗里契是"专门研究文艺科学的第一人"，在马列主义的文艺科学上有"很大进步"，赞扬他在文艺方面的功绩是"非常之伟大的"，"留下了真正有专门科学价值的著作"。但文章着重分析了弗里契受普列汉诺夫的影响。

10日，老舍的新诗《音乐的生活》发表于《齐大月刊》第2卷第4期，署名"舍予"。该诗初收于《老舍新诗选》，现收于《老舍文集》第13卷。

老舍的译诗《我发明的死》《爱》也在《齐大月刊》同期发表，署名"Humbert Wolfe 著、挈青译"。

周起应（周扬）、周立波翻译的苏联顾未列夫斯基的小说《大学生私生活》由上海现代书局出版。周立波（1908—1979），共产党优秀党员、作家、编译家。原名周绍仪，字凤翔，又名周奉悟。湖南省益阳人。1928年随周扬来到上海参加革命互济会活动，1930年从事创作与翻译，后参加中国左翼作家联盟。1935年加入中国共产党。中华人民共和国成立后，历任沈阳鲁迅艺术学院研究室主任、政务院文化部编审处负责人、湖南省文联主席兼中共党组书记等职，被选为第一、二、三届全国人大代表，第五届全国政协委员会委员，连续被选为全国文联委员和中国作家协会理事，并兼任《人民文学》编委和《湖南文学》主编。周立波还曾获得过"斯大林文学奖"。主要作品有长篇小说《暴风骤雨》《山乡巨变》，短篇小说《湘江之夜》。

11日，《文艺新闻》第44号、45号以题为"从清晨到夜半"开始发表文章，批评胡秋原，展开有关"自由人"的辩论。

15 日，郑振铎在清华大学《文学月刊》第 2 卷第 2 期发表《纪念今年逝去的几位友人（续）》，悼念共产党人杨贤江，热烈赞扬他"坚贞纯一的崇高的精神"。

瞿秋白于《中国与世界》周刊第 6 期发表《有国大家卖》，署名"樊梓"。

16 日，鲁迅致信增田涉说："我想你还是到东京去写作好，即使是胡乱写写也好，因为不乱写就不能有所成就。等到有所成就以后，再把乱写的东西改正就好了。日本的学者或文学史家，来中国之前大抵抱有成见，来到中国之后，害怕遇到和他的成见相抵触的事实，就回避。这样来等于不来，于是一辈子以乱写告终。"鲁迅主要是希望增田涉正视中国的现实，只有这样才能正确反映它，才会有所成就。

瞿秋白作《苏联文学的新阶段》，迄今未发表，后收入 8 卷本《瞿秋白文集》第 2 卷和《瞿秋白文集》（文学编）第 2 卷。

17 日，陈望道、楼适夷、丁玲、郑伯奇等 35 人组织"中国作家者协会"。初次集会决议协会的纲领是争取自由，反抗压迫，保障生活，反帝反封建反法西斯，以集团的力量促进文化事业的发展。在此之前，陈望道已于本月 11 日在《文艺新闻》第 44 号发表了《关于著作者协会——一个具体而简要的建议》，阐明协会的任务是：争取言论出版者的自由，保护著作者的权益。

18 日，《文艺新闻》第 45 号发表"代表论言"《请脱弃"五四"的衣裳》，批评了《文艺评论》第 1 期社论《真理之檄》，由此展开左翼作家与胡秋原的论争。胡秋原一派独立于当时的左翼文坛和国民党的文艺派别之外，一方面反对国民党的民族主义文艺，另一方面也批评左翼作家钱杏邨等的文学观点。当时的文化阵线正处于"围剿"与反"围剿"的激烈斗争之时，因而他们一出现，左翼理论家就把他们视为一股敌对势力加以批判。先是谭四海在《中国与世界》杂志上痛斥胡秋原"为虎作伥"。瞿秋白也发表《请脱弃"五四"的衣裳》一文，认为胡秋原所说的当时的文化运动仍有反封建的人物，是分散反对日本帝国主义的战斗"火力"。胡秋原也不甘示弱，进行了针锋相对的辩驳，由此掀起了一场持续一年多的论争。

20 日，《北斗》第 2 卷第 1 期"创作不振之原因及出路"专栏，发表了郁达夫、叶圣陶、鲁迅、茅盾、郑伯奇、张天翼、邵洵美、丁玲、方光焘等 21 人的应征文章。其中，郁达夫在《中国近年文艺创作不振的原因》一文中认为，创作不振的原因有三方面：一、"中国社会政治以及其他一切，都在混乱之中，文艺创作者要去做官，当兵，或从事于革命工作，所以没有人能做出好东西来。"二、"军阀擅自杀人，压迫得太厉害，长此下去，非但文艺创作要在中国灭亡，第二步就是新闻纸的灭亡……第三步便是中国文字和人种的灭亡。"三、"'从革命文学到遵命文学'这是鲁迅的话，将来要有新文学起来，怕就是亡命文学。"

张天翼指出，为挽救"创作界的不振"，"必须要一种新修养"。一是"理论上的修养"，"我们定得去正确地紧紧地抓住科学的亚来克谛克（Dialectia）来发展我们的作品，同时更需要下苦工去克服我们自己的残余的旧意识"。二是"要去获得新的生活经验"，"不但在意识上要抓住新的集体的一种，更得去到集体的世界里去生活，去体验"。

茅盾在文章中也指出了现存的问题。他说："一、现时代没有伟大的创作题材么？二、如果伟大的创作题材在现今是多而又多，那么，这些题材是否已经为我们的青年作家所亲身经验过，或已经成他们经验的一部分？三、如果我们的青年作家有了这样题材的人生经验，为什么他们的作品中没有充分的反映？是否因为技术的未臻成熟使他们如此？四、如果问题不在所谓技术成熟不成熟（我绝对不相信问题是在这里！），那么问题就在作家的宇宙观和人生观上了。五、如果一位青年作家尚怀抱着没落的布尔乔亚的宇宙观和人生观，那他就不能认识动乱的现时代的伟大性，那他就不能从周围的动乱人生中抉取伟大的时代意义的题材而加以正确的表现——这结果自然而然会使他们的作品内容空虚，情感脆弱，意识迷乱。六、青年作家当前的主要问题是怎样克服他们旧有的布尔乔亚和小布尔乔亚的意识而去接受那创造新社会的普罗列塔利亚的意识；必由此，他们乃能从周围的人生中抉取伟大的时代意义的题材：无论是农村方面，都市方面，反帝国主义运动，学生运动——青年作家都有若干的亲身体验。附带还有一句话。用旁观者的态度去表现这些经验也还是不行的。"

最后是丁玲的总结文章。在这篇文章中，丁玲首先指出了创作不振的原因："因为有一部分作家为了本身阶级（小资产）暂时苟安，不惜替统治者说话，只描写一切美妙的谐趣的东西或者是杀人喝血的东西，行使其对大众麻痹的作用……又有一部分，大半属于享名很久的作家，已经感到自己写的那些东西，不为大众所需要，而又量力写不出更好的，于是说文学在这时代没有什么了不起的作用，而躲懒,而沉默下去了。第二点,便是那很大的一批青年,已经没有阶级的觉悟,为大众的青年在文化上作斗争的,虽说比较有了正确认识,可是不够得很,理论的理解缺乏,实际的生活更缺乏,所以写出来的东西,不正确,空虚,残余的旧意识的气氛,随处显露着。"接着她提出了几点意见:"一、不要太喜欢写一个动摇中的小资产阶级的知识分子。二、不要凭空想写一个英雄似的工人,或农人。因为不合社会的事实。三、不要把自己脱离大众,不要把自己当一个作家。记着自己就是大众中的一个,是来替大众说话,替自己说话。四、不要发议论,把你的思想,你要说的话,从行动上具体地表现出来。五、不要用已经烂了的一些形容词,不要模仿上海流行的新小说。六、不要好名,虚荣是有损前进的。七、不要自满,应该接受争取的批评。八、写景致要把它活动起来,同全篇的情绪一致。九、对话要合身份。"

鲁迅的《答北斗杂志社问》,发表于《北斗》第2卷第1期。

钱杏邨的《一九三一年文坛之回顾》发表于《北斗》第2卷第1期。该文认为丁玲的《水》、楼适夷的《活路》、瞿秋白的《东洋人出兵》是1931年左翼文坛上的优秀之作;田汉的《乱钟》、《扫射》、《暴风雨中的七个女性》对抗日有一定的反映。同时指出"民主主义文学家"黄震遐的《陇海线上》、《黄人之血》,万国安的《国门之战》的反动性。文章还列述了1931年的新人新作有张天翼的短篇集《从空虚到充实》、《小彼得》和长篇小说《鬼土日记》,同时还有施蛰存的一些小说。

《絮茜》月刊在上海创刊,丁丁主编,上海群众图书公司出版。该刊主张"不空谈什么主义",作品的选择"以艺术价值为前提","文学的内在意识上,以切合时代需要为标准"。撰稿人以该社的成员为主,有张资平、丁丁、曹雪松、曾今可、杨昌溪等,仅出两期。

胡风的诗《仇敌的祭礼》发表于《北斗》第2卷第1期,署名"谷非"。

冯雪峰在《北斗》第2卷第1期发表《关于新的小说的诞生》,署名"丹仁"。冯雪峰认为丁玲的《水》是"新的小说的萌芽",它表现了"重要的巨大的现实的题材",在天灾与人祸的对照中,表现了阶级斗争的事实。它不执着于一两个人物,而是"一大群的大众,不是个人的心理分析,而是集体的行动的展开"。

范廉卿在《北斗》第2卷第1期发表《中国戏剧发展运动的鸟瞰》,署名"千里"。同期还发表了魏金枝的《过去对于(创作)的一些谬见》、穆木天的《法兰西瓦维龙诞生五百年纪念》、叶以群的《一九三一年日本文坛》(署名"华蒂")。

张天翼在《北斗》第 2 卷第 1 期发表小说《大林和小林》，第 3、4 期合刊连载。1939 年上海文化生活出版社易名《好兄弟》出版。这是作者的第一篇童话作品，写失去父母的兄弟俩，外出谋生，忽遇妖怪，便分手逃命。之后二人的遭际有天壤之别，于是演出了一场善与恶、压迫与被压迫的争斗。

芦焚在《北斗》第 2 卷第 1 期发表小说《请愿正篇》。芦焚(1910—1988)，作家，原名师陀，芦焚是他 1946 年以前所用的笔名。河南祝县人。1932 年与汪金丁等创办文学杂志《尖锐》。1941 年至 1947 年任苏联上海广播电台文学编辑。中华人民共和国成立以后，他历任上海出版公司总编辑、上海电影剧本创作所编剧。主要著作有短篇小说集《谷》、《里门拾记》、《落日光》，散文集《江湖集》，中篇小说《无望的馆主》，长篇小说《结婚》、《马兰》等，其中短篇小说集《谷》因风格独特而获《大公报》文艺奖金。辉英在《北斗》第 2 卷第 1 期发表小说《最后一课》。

丁玲在《北斗》第 2 卷第 1 期发表散文《多事之秋》，署名"彬芷"，第 3、4 期合刊连载。

瞿秋白的散文《水陆道场》、《暴风雨之前》、《流氓尼德》发表于《北斗》第 2 卷第 1 期，署名"司马今"。

楼适夷的戏剧《S.O.S》发表于《北斗》第 2 卷第 1 期，表现"九一八"事变以后，敌占区电台人员以民族大义为重，勇敢地发出反抗的呼号"SOS"的英勇事迹。

白薇在《北斗》第 2 卷第 1 期发表戏剧《北宁路某站》。

沈端先在《北斗》第 2 卷第 1 期发表了日本川口浩的《报告文学论》。

袁殊翻译的日本树山知义的戏剧《最初的欧罗巴之旗》由上海湖风书店出版。

23 日，鲁迅作旧体诗《无题》，赠予日本友人高良夫人："血沃中原肥劲草，寒凝大地发春华。英雄多故谋夫病，泪洒崇陵噪暮鸦。"此诗后收入《集外集拾遗》。当时，工农红军在毛泽东等带领下，已经取得三次反"围剿"的胜利，国民党反动派则宁粤对峙，矛盾重重。这首诗高度概括了国内的政治形势，热情歌颂中国共产党领导的革命力量在反动派的屠杀和压迫下蓬勃发展，辛辣地讽刺国民党的"英雄们"托孤称病，明争暗斗，犹如群鸦噪暮。

25日，胡适作诗《水仙》，收入《胡适手稿》第10集下册。

28日，鲁迅下午发现寓所附近颇纷扰。由于日本帝国主义连日派海军到上海增援，又向上海市国民党发出最后通牒，鲁迅所在四川路一带形势紧张，不少人仓皇迁徙。鲁迅本来不打算离家避难，只让许广平多买些食品，准备短时间不出家门。可是晚上他正在写作之时，战争突然爆发，一颗子弹穿堂而入，事后鲁迅描述当时情景："此次事变，殊出意料之外，以致突陷火线中，血刃塞途，飞丸入室，真有命在旦夕之概。"

29日，瞿秋白的《当前的重要问题》发表于《中国与世界》周刊第8期，署名"樊梓"。

30日，鲁迅寓所处于炮火威胁下，全家到内山书店暂避。2月6日又迁往英租界三马路内山书店分店。3月13日再移居大江南饭店。3月19日回旧寓所。

曹聚仁的历史小说《亚父》发表于《文艺月刊》第3卷第1期。该小说讲述亚父范增衰老颓唐，出走项军营帐，因病借住农户家。弥留之际，外面是农人对战争的訾骂，而他则在幻觉中回顾了一生事主的主要业绩及进退维谷的苦痛。

巴金的中篇小说《雨》，自南京《文艺月刊》第3卷第1期开始连载。在《〈爱情的三部曲〉总序》中，巴金曾这样描述这部小说："《雨》是《雾》的续篇……虽然还是以爱情作主题，但比起《雾》来这部小说里的爱情的气氛却淡得多。……我自己更爱《雨》，因为它里面我找到了几个朋友。"

本月

上海各界民众反日救国联合会成立。"左联"派代表参加，并安排作家深入前线，进行抗日宣传。

"左联"在天津、武汉设立联合分会。

商务印书馆编译所、印刷所等处毁于战火，《小说月报》因此停刊，战后也未恢复。文学研究会失此阵地，无形消散。同时老舍的长篇《大明湖》书稿和单行本《小坡的生日》纸型因商务印书馆遭日军的炮火而毁。

由于鲁迅坚决反对国民党反动派的立场，也从未给国民党教育部做过任何工作，由蔡元培推荐担任的大学院特约著作员的职务，从1932年1月起被国民党教育部裁撤。

艾青离法回国，来到上海。

为反对蒋介石卖国投降政策、投入上海人民抗日民主运动，丁玲、张天翼、楼适夷、杨骚等参加了"左联"游行，包围张群住宅。

谢冰莹自日本回上海，参加淞沪战争救护队。是月与顾凤城结婚。

本月出版的小说有《春明外史》（张恨水著，北平远恒书店）；《古城的依恋》（关菁英著，大连关东出版社）；《黑恋》（张资平著，上海现代书局）。

本月出版的小说集有《南北极集》（穆时英著，湖风书局）；《虎雏》（沈从文著，上海新中国书局），收《中年》、《三三》、《虎雏》、《医生》、《黔小景》等8篇小说。

本月出版了诗集《浩然之音》（臧克家著，江苏省会民众反日救国会）。

本月出版了散文《黄海环游记》（黄炎培著，上海生活书店）。

本月出版了文论《小品文研究》（李素伯著，上海新中国书局出版）。这是一部系统研究小品文的领先著作，内容包括小品文界定、现代小品文发达的原因、小品文作法以及对现代小品文作家作品的评论（周作人、鲁迅、朱自清、俞平伯、徐志摩、落华生、冰心、绿漪、陈学昭、叶绍钧、郭沫若、钟敬文、王世颖、徐蔚南、孙福熙、郑振铎、丰子恺、缪崇群18人）。

本月还出版了《财神还是反财神》（瞿秋白著，《北斗》第2卷第3、4期合刊）。文章突出地描绘了帝国主义侵略中国的狰狞面目，指出他们勾结中国地主资本家吮吸着劳动人民的血汗是中国灾难的根源。

二月

1日，"剧联"分盟在北平成立。李树芬、陶也先、陈沂、宋之的和于伶5人当选为第一批执行委员。陶也先为总务部长，陈沂为组织部长，宋之的为宣传部长，于伶为研究部长，李树芬后任党团书记。

田汉在上海《文艺新闻》发表《敬告〈田汉戏曲集〉读者》的声明。田汉表示："为尊重自己艺术的良心及他局的版权起见，对于过去各剧非经仔细改正及一定之排列不愿出版。"而现代书局非但将《田汉戏曲集》第四集"原稿及序"做了修改，而且非经田汉同意，因此敬告读者不要受骗。

梁实秋翻译的英国作家奥里艾特的小说《织工马南传》由上海商务印书馆出版。

穆木天翻译的法国作家纪德的小说《牧歌交响曲》由上海北新书局出版。

穆木天翻译的法国作家斯丹达尔等著的小说《青年烧炭党》由上海湖风书局出版。

李青崖翻译的法国作家都德的小说集《俘虏》由上海开明书店出版。

3日，鲁迅、茅盾、郁达夫、周扬、胡愈之、叶圣陶、丁玲、冯雪峰、田汉、沈端先、华汉等43人在4日刊发的《文艺新闻》周刊战时特刊《烽火》第2号上共同签名发表了《上海文艺界告世界》，抗议日本帝国主义"一·二八"侵华暴行，反对帝国主义瓜分中国的战争，呼吁全世界的无产阶级和革命的文化团体及作家，"援助中国被压迫民众，反对帝国主义瓜分中国的战争，反对日本帝国主义惨无人道的屠杀，转变帝国主义战争为世界革命的战争"，"保护中国革命"！

《文艺新闻》周刊从本日起按日出战时特刊《烽火》，报道沪战时况。

7日，鲁迅、茅盾、周扬等再次联合129名爱国人士，签名发表了《为抗议日军进攻上海屠杀民众宣言》。

8日，"中国作家抗日会"宣告成立。首届执委会由17人组成，戈公振为主席，陈望道任秘书长，监管总务、组织、宣传；叶绍钧、丁玲、冯雪峰、郑伯奇分别负责经济、民众、编辑、国际宣传四个委员会。

13日，刘大白逝世。

21日，鲁迅听说陈子英登报招寻，便前往访问。"一·二八"事变后，鲁迅寓所正在战区之内，引起许寿裳的挂念。他"不得已电讯陈子英，子英登报寻觅"。鲁迅访问陈子英后，即于次日寄信许寿裳，历述事变中的遭遇和行踪，告以大小无恙。

22日，郑振铎在清华大学"总理纪念周"会议上做题为《我所见的上海战争》的演说。他指出："中国自鸦片战争一战后，与外国战争，从未有得胜者。这次军队不多，竟能对峙如此之久，且著著胜利，可算是鸦片战争后第一次真正的有力的战争。"讲演稿后经郑振铎审阅，发表于《国立清华大学校刊》第374期。

23日，文化界抗日反帝同盟举行盟员扩大会议，郑伯奇、丁玲等40余人出席。会议听取了民众反日联合会和新近从前线观察回来的楼适夷的报告；通过了扩大组织、发表宣言、出版刊物等决议。

25日，应沈兼士之约，周作人于是日至4月28日在北京辅仁大学做了8次演讲，总题为《中国新文学的源流》。

26日，瞿秋白在第10期的《中国与世界》发表了《太平洋战争中的上海问题》，署名"樊梓"。文章分析了上海事变后，各帝国主义对华政策、相互间的矛盾和冲突；同时指出，上海事变之中，"已经看见帝国主义列强真正一致的镇压中国的革命民众和反帝国主义运动"。文章动员中国民众"应当赶紧团结起来，和兵士共同组织自己的武装势力，打退日本帝国主义的军队，并且打退美国、英国……的帝国主义军队"。

本月

南京国民政府教育部公布《审查儿童文学读物标准》。

春风文艺社在上海成立，成员有吴强、姚枚紫、刘毅慈、张凌云、徐名正、殷士松等，任务是组织青年作者，开展文学活动。

叶紫进章衣萍所办的"函授学校"，集教务、杂务于一身，期间与函授生陈企霞书信频繁。年底，叶紫即约陈企霞来上海一起办文艺刊物。

周立波参加上海地下党组织领导的神州国光社印刷所工人的年关大罢工，被推选为罢工委员会委员长。6日，在新闸路张贴革命传单时，被人扭送至租界巡捕房。周扬为其聘请辩护律师潘震亚。4月18日，江苏省高院判处周立波有期徒刑两年半，于提篮桥西牢关押，后于5月被减刑12个月。

本月出版了小说《青春的悲哀》(张资平著，上海时中书局)。

本月出版的小说集有《芙小姐》(王家棫著，上海良友图书印刷公司)；《初恋》([苏]高尔基著，穆木天译，上海现代书局)。

本月出版了诗集《新生》(程鲁丁著，上海新时代书局)。

本月出版了文论《文学概论》(赵景深著，上海世界书局)。

三月

2日，鲁迅致信许寿裳，谈到被裁去大学院特约著作员的职务时说："被裁之事，先已得教部通知，蔡先生如是为之设法，实深感激。"信中还谈到商务印书馆被炸后，人员俱被停职，周建人生活困难，让许寿裳请蔡元培代为设法，谋求商务"蝉联"或"续聘"。

7日，鲁迅下午往北新书局，遇到冯雪峰，同往三马路一个茶店谈话。据冯雪峰回忆："这是两人随便谈谈，并非开会，这时他避战火住在内山分店，上海战争后我第一次去北新找到他。"

9日，"左联"秘书处召开扩大会议，通过5项决议，载于该月15日"左联"秘书处出版的《秘书处消息》第1期。5项决议包括：（1）《关于左联改组的决议》：共有8条，指出应努力实行"左联"的转变——"从各方面去进行革命大众文艺的运动"，并设立"大众文艺委员会"。（2）《各委员的工作方针》。（3）《关于新盟员加入的补充决议》：规定坚决要求加入"左联"而尚未具备"左联"盟员资格者，"暂为左联的后备军"；与反动派别有关系或者曾属于反动派别的，要加入"左联"，"必须用他真名在公开刊物上发表反对反动派别的文字"等。（4）《关于左翼理论指导机关杂志（〈文学〉）的决议》凡7条。主要内容是："左联"的运动已经到了一个新的转变阶段，因此"左联"的机关杂志应在理论上领导"左联"进行转变。转变主要包括："文艺大众化运动，它必须尽量地登载关于大众文艺的各方面的研究讨论的文字指示，大众文艺的创作组织及一切实际工作的问题的方向，特别是要在这上面培养工农通信员及工农作家"；"左联"理论杂志，"必须负起建立中国马克思列宁主义的文艺理论的任务"，注重研讨"创作的任务，方法，题材等，以及关于文艺批评的任务和方法等"；时刻注意"检查反动派文艺理论和作品，严格指出那反动的本质"；决不放松"自我批评"，"负起传达文艺斗争的国际路线"和"左联的指导和斗争策略"，"负起帮助左联发展组织的任务"；文字应有针对性，"做到斗争的、简洁而明确的"，并"努力实行大众化"等。（5）《关于左联目前具体工作的决议》凡6条：第一，"它应当赶紧动员自己的力量去履行当前的反帝国主义的战斗任务，履行推翻地主阶级政权而创造无产阶级领导之下的劳动民众政权（苏维埃）的任务"；第二，"左联应当'向着群众'！应当努力地实行转变——实行'文艺大众化',这目前最紧要的任务",实行这一转变,就"显示左联的巨大的发展"!同时还应实行以"智识分子和青年学生为主要读者对象的非大众化的文艺作品","'欧化文艺'的大众化";第三,"青年文艺研究团体是'左联的后备军'",必须加强对它的领导。尤其重要的是:总使这些文艺团体一开始就着重到学习运用中国劳动群众的言语——文艺的基本工具,"学习和研究群众所需要的文艺";第四,对反动文艺思想展开"更有系统更有计划"的斗争,"在反对和肃清一切非无产阶级意识和斗争过程之中,研究普罗文艺的理论和技术,创造劳动群众的文学的言语";第五,除"加紧对于北平和天津的支部的领导"外,在最短的时间内,建立起广州、汉口、青岛、南京、杭州及苏区等地的"左联"分支部;第六,同"'国际革命作家联盟'及各国普罗文学团体建立比现在更好的更密切的联系"。

在瞿秋白的领导下,中国共产党地下组织在上海成立电影小组,由夏衍负责,以加强电影事业中的左翼力量。

郑振铎作诗《我们的伤痕永不在背上——献给抗日烈士之灵》,载于7月20日《中华公论》月刊创刊号。

10日,老舍的新诗《国葬》发表于《齐大月刊》第2卷第6期,署名"舍予",现收于《老舍文集》第13卷。诗中歌颂了一个无名无姓、"生在中华,为中华而亡"的"爱国的男儿"的形象,并要为他举行"国葬"。

11日,瞿秋白的《谈谈工厂小报和群众报纸》发表于《红旗周报》第31期,署名"范亢"。该文强调工厂小报和群众报纸的重要性,并提出了7点改进意见。

瞿秋白在《红旗周报》第31期发表了《从马占山到蔡廷锴》,署名"范亢"。该文对马占山2月曾一度被迫投降日军,参与发起成立所谓"满蒙独立国"的行为进行了无情的揭露和批判。文章因受当时党内"极左"路线的影响,错误地否定了蔡廷锴在"一·二八"事变中率领十九路军英勇抗战等爱国行为。

12日,胡秋原在《读书杂志》第2卷第1期发表《钱杏邨理论之清算》一文。文章主要是借批判、攻击钱杏邨的文学主张来反对、攻击普罗文学。在对钱杏邨的理论从4个方面做了清算后胡秋原说:"总而言之,钱杏邨的批评与理论,是充满理论混乱,观念论的,主观主义的,右倾机会主义与左倾小儿病的空谈的,非真实批评的成分。——凡这些,不仅使中国马克思主义批评走到不正确的路线,而这个痼疾,也传染于二三左翼作家创作之中。"

13日,"左联"秘书处会议通过《关于三一八的决议》,载于3月15日《秘书处消息》第1期。"左联"秘书处以《我们创办了工农小报》为题通告"左联"全体同志:"为着发展大中华工作,已经和'文总''社联'联合创办了一个工农大众的小周刊,希望全体同志们都努力来拥护和发展这个刊物"。并说明这个周刊的思想任务是:"1.改造工农大众的生活意识。2.鼓励和组织群众斗争。3.把文化运动的影响扩大到大众中去。4.培养工农出身的文化人员。"

卜万孙、孙瑜、金焰等9人任执委的中国电影家协会在上海成立。

15日,在"文总"指导下,"左联"、"剧联"和"社联"签订《竞赛工作的合同》,并载于《秘书处消息》第1期。该文规定竞赛时间从本日起至4月底止。竞赛内容包括:创作(篇数和字数)、论文(各种有关文艺论文的篇数)、大众组织、文研、国际宣传及联络、参加一段革命斗争、工作精神等9项。

16日,瞿秋白作《江北人拆姘头》(通俗唱词),与所作的另一篇文章《英雄巧计献上海》,收入1940年1月1日霞社出版社的《街头集》,1986年收入《瞿秋白文集》(文学编)第2卷。

18日,瞿秋白在《红旗周报》第32期发表了《国民党出卖上海的无耻勾当》,署名"范亢"。

19日,郑振铎在北京大学作题为《新文坛的昨日、今日与明日》的讲演,全面回顾了自"五四"以来新文学运动的历史,说明现在和推论将来。这篇演讲是我国新文学史的重要文献。许采章记录稿后载于7月《百科杂志》第1期。

20日,旅日台湾学生组织的台湾艺术研究会在东京成立。这是台湾新文学运动中第一个正式成立的文艺社团。该会曾创办杂志,对团结留日学生、推进台湾的新文学运动起了作用。

中国左翼新闻记者联盟在上海成立。它是中国第二次国内革命战争时期进步新闻记者的组织,简称"记联"。成立大会上,通过了《中国左翼新闻记者联盟斗争纲领》、《开办国际新闻社传播革命消息》和《广泛建立工农通讯员》等决议。提出争取言论自由,反对国民党反动派对新闻的统治及其新闻工具的反动宣传;实行新闻大众化,使新闻成为鼓动中国左翼新闻记者联盟大众、组织大众的武器等主张。

鲁迅致信李秉中，谈及沪战时说："时危人贱，任何人在何地皆可死，我又往往适在险境，致令小友远念感愧实不可言，但实无恙，惟卧地逾月，略觉无聊耳。"鲁迅还关心青年学业，希望李秉中"将所学者学毕，然后再思其他，学固无止境，但亦有段落，因一时之刺激，释武器而奋空拳，于人于己，两无益也"。

陈子展的《沈从文的〈旧梦〉》、姚蓬子的诗歌《怀乡曲》、罗念生的诗歌《殉道》、陈子展的《〈田汉戏曲集〉第四集》、陈子展的《丰子恺的缘元堂随笔》、叶鼎洛翻译的日本作家石川啄木的小说《旷野》、孙俍工翻译的日本作家狄原朔太郎的《近代诗的派别》发表于《青年界》第2卷第1期。

21日，鲁迅致信许寿裳。谈到寓所中损失时说："与闸北诸家比，我寓几可以算作并无损失耳。""今路上虽已见中国行人，而迁去者众，故市廛未开，商贩不至，状颇黄连，得食物亦费事。本拟往北京一行，勾留一二月，怯于旅费之巨，姑且作罢。"

22日，鲁迅因周建人景云里旧寓所被战火炸毁小半，"已不能住，"迁居法租界，因此决定处理景云里旧寓所存的书。本日午后前往处理，只"择存三种，为《唐宋传奇集》、《近代美术史潮论》、《桃色之云》"。

23日，郑振铎作《中国戏曲史料的新损失与新发现》，载于3月20日清华大学《文学月刊》第2卷第4期。文中凭记忆写了"一·二八"战役中被日寇烧毁的部分"不可复赎的戏曲史上的珍奇无比的资料"。文末愤怒指出："十年或数十年的辛勤的收获，即一旦皆化为灰烬，则这种陆续搜求的结果，其运命也未可知，特别是在我们这个没有海岸防御，更没有空中防御的国家里。所谓先民的文化的收获，那一天不在风雨飘摇的境地里冒着险？为了这（不必说是为了自己的自由与生命了），谋国的人们好像也该有些警惕与感发罢！"

田汉致信友人（S兄），谈日本作家谷崎润一郎及其作品，认为：他在日本近代文坛大放光彩，他的艺术评价虽然因为时代的发展而有所变化，但因为捉住了近代日本青年心灵深处的某一点而受着敬仰。田汉认为："恶与善，道德与美在谷崎的作品中是不断地斗争的。但时常是恶与美底胜利。"对于这个问题，必须把它"暴露在史的唯物论底光下去分析它才能了解它的真相，才更加亲切有味。因为善恶美丑一样有它的阶级性的"。近些年来"随着客观形势底发展中国青年的全神经都向中国底社会变革集中，恶魔主义、艺术至上主义的作品许有过时之感。这就是我个人虽然和谷崎氏有相当深厚的交情,却并没有努力介绍他的作品底缘故"。而这两三个月自己专门致力于他的作品翻译,重新认识了作者的心灵,提出"文学运动必然地要成就有生气的发展底中国,和对于别的作家一样,对于谷崎氏在最近的将来,也应当有更亲切的理解"。此信落款具名"漱泉",作《译者序》,载入《人与神之间》一书。

25 日,郑振铎在 4 月 2 日《清华周刊》第 37 卷第 6 期发表评论《我们需要的文学》,号召作家们"在这热烘烘,火辣辣的伟大时代里",创造出"力的文学,争斗的文学,为群众而写的文学,刺激的,呼号的,热烈的文学"。

瞿秋白在第 33 期《红旗周报》发表了《国民党还配谈领导权吗?》,署名"范亢"。

张恨水在上海《晶报》发表小说《锦片前程》,署名"恨水"。该小说一直连载至 1935 年 12 月 1 日。

28 日,鲁迅致信许钦文。许钦文因寄居在他家的刘梦莹、陶思瑾两女青年发生纠纷,造成人命案件而受牵连。刘的姐姐控告陶为主凶,许为帮凶,因此两人均被拘留。许被释后,致书鲁迅。鲁迅针对来信所云,深有感慨地说:"监所生活与火线生活太不同,殊难比较,但由我观之,无刘姊之'声请再议',以火线之生活为爽利,而大炮之来,难以逆料而决其'无妨',则又不及监所生活之稳当也。"

31 日,臧克家的诗歌《夜战场》、《忧患》发表于《文艺月刊》第 3 卷第 3 期。

本月

冯乃超因岳父李书城再度出任湖北省建设厅厅长,携夫人声韵到武昌,供职于民政厅。

田汉、丁玲、叶以群、刘风斯等人在上海大三元饭店秘密宣誓加入中国共产党。

中国妇女文艺研究会在上海成立,成员有丁玲、曼尼等,以推动妇女文艺的运动为主要任务。

老舍应邀赴山东省博文中学讲演。

鲁迅作旧体诗《偶成》,并书赠沈松泉:"文章如土欲何之,翘首东云惹梦思。

所恨芳林寥落甚，春兰秋菊不同时。"此诗未发表，后收入《集外集拾遗》。诗中抒写了对在日本帝国主义和国民党反动派摧残下"文章如土"、"芳林寥落"的现实的愤慨，同时也表达了自己在进退艰难中追怀留日生活的心情。

鲁迅作旧体诗《赠蓬子》，并书赠姚蓬子："蓦地飞仙降碧空，云车双辆擎灵童。可怜蓬子非天子，逃去逃来吸北风。"该诗未发表，后来收入《集外集拾遗》。"一·二八"事变中，穆木天的妻子麦广德携子乘人力车到姚蓬子家去找丈夫，姚陪他们去鲁迅寓所去找。这首诗是鲁迅应姚的请求即兴而作，于诙谐比喻中写出了日本帝国主义侵略上海的战争给中国人所造成的祸害。

本月出版的小说有《空闲少佐》（穆时英著，上海良友图书印刷公司）；《浮世面》（蓬子著，上海良友图书印刷公司）。

本月出版的小说集有《像架之下》（杨镜秋著，汉口中华信义会书报部）；《弯弓集》（张恨水著，北平远恒书社）；《近代中国女士著作家小说文选》（冰心等著，上海文学社）。

四月

1日，瞿秋白的《中国的假革命党和中俄复交问题》发表于《红旗周报》第34期，署名"范亢"。

2日，"美联"恢复活动，并陆续组建"春地美术研究所"、"上海漫画研究会"等，积极开展左翼美术创作活动。

由于战事，内山完造、增田涉等担心鲁迅的安全，劝他赴日小住。13日，鲁迅回函婉谢邀请。

3日，郑振铎为明传奇《博笑记》作跋，载于5月上海传真社影印版《博笑记》卷末。

4日，瞿秋白在《红旗周报》第35期发表《工人阶级和上海和平会议》，署名"范亢"。文章谴责国民党政府在"一·二八"淞沪战争中，妥协退让的卖国勾当，指出：国民党不但"故意不派救兵到上海来，反而用欺骗的和压迫的手段，故意把上海和淞沪让给日本，出卖英勇作战的兵士群众"。

郑振铎为明传奇《修文记》作跋，载于5月上海传真社影印版《修文记》

卷末。

10日，老舍的译文《维廉韦子唯慈》在《齐大月刊》第2卷第7期开始连载，至本年6月第2卷第8期载完。署名"Chuvch 著、舍予译"。

老舍的译文《几封信》在《齐大月刊》同期开始连载，至本年6月第2卷第8期载完，署名"挈青译"。在这几封信中，写信人对战争的态度是互不相同的，其中有三封是出自"恋爱"战争者之手，但就是这种人也觉得战争"有些可怕"。译者在第六封信的附注中说："本来不想译"，"但是想起了十九路军在上海"，于是特地写了这封信。

老舍的译文《文学批评》的第1章以《批评与批评者》为题同期开始连载，本年6月第2卷第8期载完，署名"Elizabeh Nitchie 著、舍予译"。译者在附记中写道："上文系译自 Elizabeh Nitchie 的《文学评论》。这是第1章，希望将全书继续译出。此书没有什么别的好处，只是清楚浅近，适用作教本。"

13日，鲁迅致信内山完造。当时中日双方战火刚熄，正在商讨正式停战，但形势并不稳定，时有重新开战的可能。从上海回日本暂避战祸的内山完造，同增田涉等商议，来信邀请鲁迅赴日小住。鲁迅复信婉言谢绝，并列举理由说："第一，现在离开中国，什么情况都无从了解，结果也就不能写作了。第二，既是为了生活而写作，就必定会变成'新闻记者'那样，无论从哪一些方面看都没有好处。何况佐藤先生和增田兄大概也要为我的稿子多方奔走，这样一个累赘到东京去，确实不好。依我看，日本还不是可以讲真话的地方，一不小心，说不定会连累了你们。"

15日，《新民报》在台北创刊，由林呈禄等主持。该报为台湾人在台湾自办的第一张日报。

16日，鲁迅为工人林克多校阅《苏联闻见录》，到22日校完。本书作者以自己在苏联的所见所闻，热情歌颂了当时的苏联在斯大林领导下所取得的社会主义革命和建设的伟大成就。鲁迅热心帮助作者认真校对，使该书于本年11月由上海光华书局出版。

17日，中国新兴教育社成立，主张铲除没落的旧教育，研究建设新兴教育，主张教育完全基于大众，使教育、劳动、革命完全打成一片。

18日，应马幼渔之约，周作人前往西板桥，与从苏州来北平的章太炎相会，5

月15日设家宴招待章氏。

20日，瞿秋白的《日本对苏联的不断挑衅》发表于中共江苏省委编的《斗争》（油印本）第10期，未完的部分后发表于5月15日第40期《红旗周报》，前者署名"狄康"，后者署名"范亢"。文章指出，日本帝国主义占领中国东北，设立所谓"满洲独立国"，其主要目的还在于"进攻苏联"。

鲁迅作《林克多〈苏联闻见录〉》，载于6月10日《文学月报》创刊号，署名"鲁迅"。文章又刊于《苏联闻见录》卷首，题目均略去林克多的名字，后收入《南腔北调集》。文中抨击了帝国主义对列宁、斯大林领导的社会主义苏联的污蔑和诽谤，戳穿国民党的"宣传"只是"一个为了自利，而满天说谎的雅号"，热情歌颂当时的苏联："一个簇新的，真正空前的社会制度从地狱里涌现出来，几万万的群众自己做了支配自己命运的人。"文中指出：帝国主义之所以要攻击苏联，是"要歼灭了这工农大众的模范"，"他们是在吸中国的膏血，夺中国的土地，杀中国的人民。他们是大骗子，他们说苏联坏，要进攻苏联，就可见苏联是好的了"。鲁迅认为，这一部书"正也转过来是我的意见的实证"。序文表现出鲜明的阶级观点和强烈的爱憎情感。

胡秋原作《勿侵略文艺》，载于《文化评论》第4期，署名"H.C.Y"。文中胡秋原继续表明自己的立场和对文艺的看法："有几个朋友说，我在《阿狗文艺论》中（一九三一年十二月二十五日条目）固然是否定了民族文艺，同时也否定了普罗文艺。但是我的意思并不如此，我并非否定民族文艺，同时，我更没有否定普罗文艺。"不过，"我并不主张只准某种艺术的存在而排斥其他艺术，因为我是一个自由人，""无论中国新文学运动以来的自然主义文学，趣味主义文学，浪漫主义文学，革命文学，普罗文学，小资产阶级文学，民族文学以及最近民义文学，我觉得都不妨让它存在，但也不主张只准一种文学把持文坛"。他又说："有某种政治主张的人，每欢喜他的政见与文艺结婚，于是乎有A主义文艺，X主义文艺，以至Z主义文艺，五光十色，热闹的很。"这样下去，"我想将来也许有大粪文艺的名词了"。把政治加于文艺，其结果就"破坏了艺术之行是；因为艺术不是宣传，描写不是议论。不然都是使人烦厌的"。胡秋原连续发表的三篇文章，不仅攻击了左翼文艺运动，而且在一些文艺的重大原则性问题上也有严重的错误，因此引起了"左联"对"自由人"文艺论的批判。

胡秋原作《文化运动问题——关于"五四"答文艺新闻记者》，载《文化评论》第4期。《文化评论》的创刊社评《真理之檄》曾表示当今的任务是"继续完成五四之遗业"。《文艺新闻》即时发表文章《请脱弃"五四"的衣衫》（本年1月18日条目）。胡秋原因此作文辩驳，认为文艺新闻社误解了他的主张："我们并没有穿上，也没有要穿上五四的衣衫，""继续五四，自然地是说 Aufheben 五四，超越五四，而不是复活五四，抄袭五四。""现阶段的文化运动，我认为还是一个过渡性的革命文化，与现阶段社会运动并行的革命文化：即一面彻底批判旧的，同时学习心得，培养'更新的'文化之基础。更新的文化之确立，自在社会变革完成以后。……将来的文化运动，还是今日的继续与完成。"

《矛盾》月刊于南京创刊，署"矛盾出版社编辑部编辑，矛盾出版社发行部发行"。第一卷由潘子农主编，自第二卷起迁上海编印，由汪锡鹏、徐苏灵、潘子农共同编辑。该刊经常延期或合期出版。出至第3卷第4期终刊，共16期。该刊得到国民党官员的资助，编者在创刊号上发表《我们的话》说："以我们锋利的矛，去刺破一般丑恶者拿来遮隐他们罪孽的盾，更以我们坚定的盾，来抵抗一般强暴者用于欺凌大众的凶器的矛。"

向培良的小说《钓懒人》在《矛盾》创刊号发表。

22日，瞿秋白为华汉的小说集《地泉》作序，题为《革命的浪漫蒂克》，评价了华汉的三部曲《深入》、《转换》、《复兴》。文章批评《地泉》的描写"最肤浅最浮面"，"不但不能够改变这个世界的事业，甚至也不能够解释这个世界"。作者指出，里面的"一切人物都是理想化的，没有真实的生命，""文字是五四式的假白话"。

24日，瞿秋白的《国难会议和民宪协进会的丑态》发表于《红旗周报》第37、38期合刊。该文揭露了国民党召集的"国难会议"和国难会议的部分议员所组织的"民宪协进会"的反动本质，指出这是"地主买办军阀资产阶级进攻工农的两种策略"。

鲁迅编成《三闲集》，并作《序言》。《序言》从杂文这种"纵意而谈"的文体谈起，着重说明自己近几年的经历以及受到围攻的情况："我是在二七年被血吓得目瞪口呆，离开广州的，那些吞吞吐吐，没有胆子直说的话，都载在《而已集》里。但我到了上海，却遭遇文豪们的笔尖的围剿了，创造社，太阳社，

'正人君子'们的新月社中人,都说我不好,连并不标榜文派的现在多升为作家或教授的先生们,那时的文字里,也得时常暗暗地奚落我几句,以表示他们的高明。"所以"这两年正是我极少写稿,没出写稿的时期"。《序言》还就自己思想的变化、进化论的"轰毁"以及科学的艺术论在这种变化中所起的作用,都做了真实的表白:"我一向是相信进化论的,总以为将来必胜于过去,青年必胜于老人……后来我明白我倒是错了。""我在广州,就目睹了同是青年,而分成两大阵营,或则投书告密,或则助官捕人的事实!我的思路因此轰毁。"他又说:"我又一件事要感谢创造社的,是他们'挤'我看了几种科学底艺术论,明白了先前的文学史家说了一堆,还是纠缠不清的疑问。并且因此译了一本蒲力汉诺夫的《艺术论》,以救正我——还因我而及于别人——的只信进化论的偏颇。"

茅盾写成《〈地泉〉读后感》,收入华汉所著的长篇小说《地泉》。文章指出,小说失败的原因有两点:一、缺乏社会现象全部的非片面的认识;二、缺乏感性地去影响读者的艺术手腕。文章并由此而批评了蒋光慈作品中的"脸谱主义"、"公式主义"。文章还认为:"本书在失败方面,就其成为当时文坛的倾向一例而言,不但对于本书作者是一个可宝贵的教训,对于文坛全体的进向,也是一个教训。"

25日,《文学》半月刊在上海创刊,是"左联"的机关刊物,由上海文学社出版,仅出1期,发表了以下3篇文章:

1. 瞿秋白的《上海战争与战争文学》,署名"同人"。

2. 瞿秋白的《普罗大众文艺的现实问题》,署名"史铁儿"。这是一篇讨论普罗大众文艺的长篇论文。文章说:普罗大众文艺要"在思想上意识上情绪上一般文化问题上,去武装无产阶级和民众:手工工人,城市贫民和农民群众"。要完成这项伟大的任务,必须认真解决一些"现实的问题",即:第一,用什么话写?不能用文言或"五四"式的白话和章回体的白话来写。"普罗大众文艺要用现代话来写,要用读出来可以懂的话来写。这是普罗大众文艺的一切问题的先决问题。"第二,写什么东西?"应当是旧式体裁的故事小说,歌曲小调,歌剧和对话剧……以及连环画的形式。""我们要写的是体裁朴素的东西——和口头文学离得很近的作品",但这要预防"盲目地去模仿旧式体裁"。第三,为着什么写?普罗大众文艺是"组织自己的队伍的",所以它"尤其是在情绪上去统一团结阶级斗争的队伍,在意识上思想上,在所谓人生观上去武装群众"。它应该是"鼓动作品","为着组织斗争而写的作品","为着理解阶级制度之下的人生而写的作品"。第四,怎么样去写?"要从无产阶级观点去反映现实的人生,社会斗争",但要防止"资产阶级影响复活起来":(1)"站在统治阶级剥削的地位来可怜洋车夫老妈子,以至于工人,农民"的"感情主义",而这种创作里的"浅薄的人道主义,是普罗文艺所不要的";(2)英雄主义的个人主义从天而下"落到苦恼的人间,于是乎演说,于是乎开会,于是乎革命,于是乎成功"的"个人主义";(3)一切一厢情愿的关于群众斗争的描写……没有失败,只有胜利;没有错误,只有正确的"团圆主义";(4)"把帝国主义者,地主,绅士,资本家,工人,农民……一个个的规定出脸谱来",写反革命的"一定是只野兽",写革命的,一定是"圣贤"的"脸谱主义"。第五,干些什么?"开始俗话文学革命运动"、"街头文学运动"、"农民通信运动"、"自我批评运动"。文章最后希望,我们的革命文艺家,"必须立刻回转脸来向着群众,向群众去学习,同着群众一块儿奋斗",普罗文艺的大众化才能顺利地进行。

3.冯雪峰的《论文学的大众化》,署名"洛阳"。这是中国妇女文学研究会的报告,讨论文艺大众化问题。

26日,阿英编散文集《上海事变与报告文学》由上海南强书店出版。

鲁迅编写《二心集》,并作《序言》。书中收1930年至1931年间的杂文。《序言》未另发表,收入《二心集》。整个编辑工作到本月30日夜才最后完成。《序言》揭露国民党反动派对进步刊物"逐日加紧的压迫",以及资产阶级反动文人的种种造谣诬陷。鲁迅针对反动文人编造的《文坛贰臣传》的攻击,明确地回答:"至于'贰臣'之说,却是很有意思的,我试一反省,觉得对于时事,即使未尝动笔,有时也不免腹诽……腹诽就绝不是忠臣的行径。"又说:"我时时说些自己的事情,怎样地'碰壁',怎样地在做蜗牛,好像全世界的苦恼,萃于一身,在替大众受罪似的:也正是中产的知识分子的坏脾气。只是原先的憎恶这熟识的本阶级,毫不可惜它的溃灭,后来又由于湿湿的教训,以为惟新兴的无产者才有将来,却是的确的。"《二心集》是鲁迅的马克思主义世界观进入成熟期的产物,在鲁迅的杂文中占有很重要的地位。鲁迅后来也说:"《三闲集》之后,还有一本《二心集》……这也许比较好些。""我的文章，也许是《二心集》中比较锋利。"本书共收入 38 篇作品，大多数是篇幅较长的论文，1932 年 8 月，经钱杏邨介绍，由上海合众书店出版。是年 10 月出版，11 月再版，两版都迅速售完。次年出第 3 版，即遭国民党反动政府查禁。以后书店又将被官方审查删剩的 16 篇另编一册，改名《拾零集》，于 1934 年 10 月出版。鲁迅曾愤慨地说："其中已无可看的东西，是一定的。"但在江浙等地，仍遭查禁，可见这些文章多么沉重地击中了敌人的要害。

鲁迅为 1930 年写的《做古文和做好人的秘诀》写附记，未另发表，收入《二心集》。附记追述前年应柔石之约撰写该文的情况。由于当时没有发表，现在拿出来，有"人琴俱亡"之慨，将其附录于《二心集》，"以作柔石的纪念"。

29 日，鲁迅作《鲁迅译著书目》。这是在编辑《三闲集》和《二心集》的过程中，因翻检旧作而写成的，未另发表，收入《三闲集》。这个书目包括从 1921 年到 1931 年的译著 31 种，此外，又有经自己校勘、纂辑、编辑、选定、印行的书刊 30 种。鲁迅在书目后写了说明，其中说："近十年中，费去的力气实在也并不少，即使校对别人的译著，也真是一个字一个字地看下去，决不肯随便放过，敷衍作者和读者的，并且毫不怀着所利用的意思。"针对高长虹等人说鲁迅为青年"绊脚石"的言论，鲁迅批评这种人"言太夸而实难副，志极高而心不专"，便会把别人的成就当作绊脚石。他还说："对于为了远大的目的，并非因个人之利而攻击我者，无论用怎样的办法，我全都没齿无怨言。"鲁迅忠告他们："不断地！努力一些，切勿想以一年半载，几篇文字和几本期刊，便立了空前绝后的大勋业。"他热切地期待青年："世界绝不和我同死，希望是在将来的。"文末署"一九三二年四月二十九日"记，又据 5 月 1 日日记："目录译著书目讫"，可见这一工作并非一天做完。

本月

国际革命作家同盟为抗议日本侵略中国，发表《告全世界革命作家书》。

张天翼在南京与叶淇等人组织"左联"分盟。

刘保罗在杭州组织五月花剧社，并在《浙江日报》上和龙悼合编《五月花周刊》。不久因领导浙江戏剧救亡运动被捕，至 1936 年获释。

本月出版了文学史《中国文学史》(胡云翼著，上海北新书局)，本书含当代文学："最近十余年的中国文坛。"

本月出版的小说有《中学生小说》(谢冰莹著，上海中学生书局)；长篇小说《桥》(废名著，上海开明书店)，收有周作人的《枣和桥的序》(署名"岂明")及作者《自序》；长篇小说《她是一个弱女子》(郁达夫著，上海湖风书局)，此书遭禁，1933年12月改名《饶了她》，由上海现代书局出版。该书主要写三个有着不同社会意识和生活方式的女青年，她们或乱伦通奸，或受尽社会欺凌，或参加工人大罢工。三条线索相互交织，互相映衬。作者在"后续"中说："这篇小说，也将变作我作品中最恶劣的一篇。"

本月出版了小说集《法网》(丁玲著，上海良友图书印刷公司)。

本月出版的翻译作品有《秋天里的春天》([匈]尤利·巴基著，巴金译，《中学生》第23期，10月由上海开明书店出单行本)；《黄金似的童年》([苏]爱伦堡等著，郭沫若译，上海新文艺书店)；《欧洲文学发达史》([俄]弗里契著，沈起予译，上海开明书店)。

本月出版的其他作品有《上海事变与报告文学》(阿英编辑，上海南翔书店)；《语体小品文作法》(钱谦吾著，阿英编，上海南强书局，本书除作法外尚选有范文，收中外名家作品40余篇)。

五月

1日，《现代》月刊在上海创刊。这是20世纪30年代的一本极有影响的大型文学刊物。由施蛰存筹办主编了该刊的第1、2卷，共计12期。从第3卷杜衡也开始参与编辑，两人共同编至第6卷第1期，共计19期。《现代》以发表创作为主，兼登一些理论批评的文章。它辟有小说、诗歌、散文、杂文、评论、剧本等栏目，并在"现代文化报"栏目中，选登中外知名作家、电影、戏剧照片。从第4卷第1期起，增辟了"文艺独白"栏目，发表作家对于文艺问题的看法和意见。《现代》还在第1卷第3期刊发了"歌德逝世百年纪念"画报，第2卷第2期上出"司各特百年祭"画报和"高尔斯华绥特辑"，介绍和纪念这三位外国作家。第5卷第6期为"现代美国文学专号"。鲁迅、茅盾、郭沫若、郁达夫、巴金、老舍、瞿秋白、冯雪峰、郑伯奇、何其芳、周起应、张天翼、臧克家、沈从文、何家槐、黎烈文、靳以、赵家璧、钟敬文、王统照、沙汀、楼适夷、丁玲、艾青、钱杏邨、魏金枝、胡风、李健吾、赵景深、陈伯吹、戴望舒、杜衡、穆木天、李长之、彭家煌、徐钦文、鲁叶、紫彦、徐迟、林徽因、李金发等，大凡活跃于20世纪30年代文坛的知名作家都曾热情地为《现代》写稿，这实现了编者要把《现代》办为"中国现代作家的大集合"的愿望。从第6卷第2期起更名为"革新号"，由汪馥泉代替施蛰存和杜衡主编。革新后的杂志"内容为包括一切部门的'文化随笔'"，有政治、经济、文化、科学情报、随笔等，已经不是原来的《现代》文学月刊了。它仅出3期就于1935年5月1日停刊。

《创作》月刊在上海创办，由中国文化协会编辑。这是一本以文学为主的综合性刊物。巴金的《呈现给一个人》、沈从文的《静》等小说，臧克家的《变》、《别》等诗歌都在该刊上发表。不过，该刊仅出4期就停刊了。

茅盾在《中学生》第24期发表《"五四"谈话》，署名"止敬"。

戴望舒的诗歌《过时》、《印象》在《现代》创刊号发表。

穆时英的小说《公墓》在《现代》创刊号发表。1933年6月上海现代书局出作者同名小说集。小说主要讲述了徐克渊与欧阳玲的爱情故事。公墓是二人相识的地方，因为都怀着对已逝母亲的怀念，他们由友谊而生出恋情。但是徐克渊终因内心的胆怯而将对欧阳玲的爱深埋于心底。最后，徐克渊去了北平，而欧阳玲则因为肺病到香港治疗，徐克渊只能在信中倾诉心肠，不久欧阳玲便去世了。徐克渊重返公墓将一束丁香安放在欧阳玲的墓前。

瞿秋白在《红旗周报》第32期发表了《国民党出卖上海的无耻勾当》，署名"范亢"。

张天翼的小说《宿命论与算命论》、魏金枝的小说《前哨兵》、杜衡的小说《蹉跎》、施蛰存的小说《残秋的下弦月》、施蛰存的散文《画师洪野》、楼适夷的散文《战地的一日》发表于《现代》创刊号。

巴金的书信《献呈给一个人》，在5月1日的《创作》月刊第1卷第1号发表。该文最初收入1933年5月开明书店出版的《家》，题为《代序》，现收入《巴金文集》第四卷。该文系为18日大哥一周年祭写的悼念散文。

白华翻译的美国作家刘易斯的小说《大街》由天津大公报社出版。小说主要讲述了居住在某条大街上的卡罗尔不满于大街上发生的一切，她四处奔走，想方设法地成为大街的改造者，但是并没有成功，因此便将改造大街的希望放在了自己的女儿身上。

2日，《文艺新闻》第53号发表了《榴花的五月》。文章结尾写道："我们要推动与扩大大众革命的民族战争！我们要有推动革命的民族战争的大众文学。"

茅盾在《文艺新闻》第53号发表《"五四"与民族革命文学》。

瞿秋白的《申报的无端宣传》发表于《红旗周报》第39期，署名"范亢"。

鲁迅致信李秉中。这时李秉中刚从日本回到北平。鲁迅在信中说："我之所谓求学，非指学校讲义而言，来书所述留学之弊，便是学问，如此灼见，则于中国将来，大半已可了然。"

4日，鲁迅作《我对于〈文新〉的意见》，载于本月16日《文艺新闻》第5期第15号，署名"鲁迅"，后收入《集外集拾遗》。本文是对于《文艺新闻》征求意见的答复。文中批评了该刊内容"过于杂乱"，常预告"谁在吟长诗，谁在写杰作"，而又至今没有后文，建议多登"僻远之外的文艺事件通信"和"各国文艺消息"。

瞿秋白作《"我们"是谁？》，通过评述郑伯奇以笔名"何大白"发表的《大众化的核心》这篇短论，批评当时一些追求进步的知识分子的"病根"——"脱离群众"、"蔑视群众"的错误态度。瞿秋白严肃地指出："这些革命的知识分子——小资产阶级，还没有决心走进阶级的队伍，还自己以为是大众的教师，而根本不肯'向大众去学习'。"对于大众化的口号，他们是口头上赞成，事实上反对和抵制。瞿秋白要求文学家必须解决"所谓生活大众化的问题，必须走到群众里去，向群众学习"。他还强调，文艺大众化运动，要在无产阶级的领导之下，成为"劳动群众自己的运动"。他要求文学家要组织群众并同群众一起创造出革命的文艺。

田汉在上海《文艺新闻》创刊一周年上发表贺词，赞扬该报一年来"比较能代表勤劳阶级的利益以是获得广大文化青年的拥护"，希望它"随着革命之发展更尖锐而坚强地担负起文化斗争上之阶级的任务"。

田汉译成日本作家谷崎润一郎的独幕剧《御国与五平》，收入《神与人之间》一书。

5日，瞿秋白作《欧化文艺》，迄今未发表，1953年编入8卷本《瞿秋白文集》第 3 卷，1985 年编入《瞿秋白文集》（文学编）第 1 卷。文章认为欧化文艺的特点在于它是资产阶级革命的产物，反映资本主义的社会艺术，表现许多新的现象，提出许多新的问题，进而指出资产阶级民权革命受到挫折。资产阶级公开叛变革命后，中国文艺战线上，特别是欧化文艺之中发生了激烈的阶级分化，因此，无产阶级应当开始系统地斗争，去开辟文艺大中华的道路。只有无产阶级的领导权能够保证新的文艺革命的胜利。

6 日，鲁迅作《我们不再受骗了》，载于 5 月 20 日《北斗》第 2 卷第 2 期，署名"鲁迅"，收入《南腔北调集》。这是鲁迅维护列宁、斯大林领导的社会主义苏联的一篇重要文章。他列举了大量的事实，指出"我们被帝国主义及其侍从们真是骗的长久了"。针对他们非难"苏联的购领物品，必须排成长串"的言论，鲁迅驳斥道："但我们也听到别国的失业者，排着长串向饥寒行进；中国的人民，在内战，在外侮，在水灾，在榨取的大罗网之下，排着长串而进向死亡去。"并深刻地指出："帝国主义和我们，除了他的奴才之外，哪一样利害不和我们相反？"文中还谈到无产阶级专政的历史作用："但无产阶级，不是为了将来的无产阶级社会么？只要你不去谋害它，自然成功就早，阶级的消灭也就早，那时就谁也不会饿死了。"

7 日，郑振铎在《清华周刊》第 37 卷第 9、10 期合刊发表论文《西厢记的本来面目是怎样的？——雍熙乐府本西厢记题记》。

老舍的散文《更大一些想象》（济南通信）在《华年》第 1 卷第 4 期发表，现收于《老舍幽默诗文集》。

9 日，鲁迅致信增田涉，批评日本汉学家节山先生（即盐谷温）宣扬"满洲国"以孔孟之道立国的说法，指出："日本人一成了中国迷，必然如此。但'满洲国'并没有孔孟之道，溥仪也不是行王者仁政。我曾读过他的白话作品，好不感到有什么了不起。"信中还谈到佐藤春夫主编的日本文艺杂志《古东多万》复制鲁迅以"三闲书屋"名义自费出版的《士敏土之图》一事，说："佐藤先生客气，没有全部拿去，其实十副完全复制了也好，因为三闲书屋总是要垮台的。"

10 日，上海《民报》文艺周刊创刊，至 1937 年 7 月 30 日停刊。

13 日，鲁迅致信增田涉，谈到"中国究竟有无'幽默'作品"的问题，鲁迅认为没有，并在后来的多次信件中表达了自己的看法。后来鲁迅还说："20 日我不爱幽默，并且以为这是只有爱开圆桌会议的国民才闹的出来的玩意儿，在中国，却连意译也办不到。"因为"幽默既非国产，中国人也不是长于幽默的人民，而现在又实在是难以幽默的时候"。增田涉后将鲁迅的两篇小说——《阿Q正传》和《幸福的家庭》选入《世界幽默全集·第十卷中国篇》中，1933年由改造社出版。

冯雪峰作《民族革命战争的五月》，刊于《北斗》第2卷第2期。文章认为伟大的民族革命战争已经爆发了，我们革命的文学者"应当携带文学的武器加入民族的革命战争，创造民族的革命战争文学"。这种文学"必须是反对帝国主义，反对地主资产阶级的文学"，它的"创造成为我们今日的任务"。

葛琴在《北斗》第2卷第2期发表短篇小说《总退却》，反映"一·二八"事变中上海军民的抗战热情。作品受到文坛重视。作品写寿长军、贾金魁等下层士兵决心与日寇决战到底，而"党国"要人们不仅荒淫享乐，而且还奉行"不抵抗主义"，硬要寿、贾等人缴械、退却。翌年，鲁迅为葛琴小说集《总退却》作序。在序中，鲁迅说："这一本集子就是这一时代的出产品，显示着分明的蜕变，人物并非英雄，风光也不旖旎，然而将中国的眼睛点出来了。我以为作者写的工厂，不及她写的农村，但也许因为我先前较熟于农村，否则是作者较熟于农村的缘故罢。"

葛琴（1907—1995），女，电影剧作家、作家、编辑。江苏宜兴人。1932年起开始从事文学创作。1926年后任上海中央局宣传部内部交通员，抗战时期历任《青年文艺》、《东南战线》、《力报》、《大刚报》副刊编辑，南方局文委委员，《小说月报》编委。1949年后历任中央电影局编剧，北京电影制片厂副厂长。主要作品有短篇小说《总退却》、《琵琶》、《结亲》，电影《三年》、《结亲》等。

杨之华的小说《豆腐阿姐》发表于《北斗》第2卷第2期，署名"文君"。小说讲述了一个普通青年女工的悲惨命运。22岁的青年女工"豆腐阿姐"在抗日战争前受尽了苦，在战乱中，日寇又使她失去了所有的亲人，而自己则被百般凌辱，终于发疯。

鲁迅的散文《我们不再受骗了》、冯雪峰的《关于〈总退却〉与〈豆腐阿姐〉》也在《北斗》第2卷第2期发表。

郑振铎在《矛盾月刊》第2期发表《民间故事的巧合与转变》。

14日，鲁迅致信许寿裳。许寿裳担心鲁迅因受沪战影响，加之被裁去编译员职位，生活会受影响，曾来信询问。鲁迅复信说："北新书局仍每月以版税少许见付，故生活尚可支持，希释念。"并表示"而今而后，颇欲草中国文学史也"。在4月13日致李小峰信中，鲁迅也曾谈到正在为写文学史收集材料，计划"于秋间开手整理"。他不满当年出版的著作，如批评郑振铎的《中国文学史》"乃文学史资料长编，非'史'也"，因此很想自己写一部。他还有过重返北平，借助北平图书馆资料写作文学史的计划。但是鲁迅这一愿望终未实现。

16日，鲁迅开始翻译苏联D.孚尔玛诺夫的小说《革命的英雄们》，30日译完，未另发表，后收入《一天的工作》。

19日，田汉写成《谷崎润一郎评传》，除评述其生平外，还穿插提及自己同他的一些交往，收入《神与人之间》一书。

20日，瞿秋白以《新英雄》为总题，以《不可多得的将才》、《拉快司令》、《小诸葛》、《老虎皮》、《"匪徒"》为小题，发表于《北斗》第2卷第3期。

瞿秋白的《五四和新的文化革命》发表于《北斗》第2卷第2期，署名"易嘉"。文章肯定五四运动为中国的文化"开辟了一条新的道路"，其"新文艺总算多少克服了所谓林琴南主义，批判了守旧派"。但是文化运动发生了阶级分化，新兴的无产阶级成为"伟大的五四精神的社会力量"，继承了"五四的宝贵遗产"，将文化运动转向社会主义革命。文章在批判了资产阶级的奴性文化后，提出了新的文化革命的主要任务，认为无产阶级的文化领导的文化革命，"应当反对一切封建残余的文化的束缚，肃清封建残余对于群众的意识上的影响，打倒一切帝国主义和买办阶级的奴才思想……彻底地完成五四所开始的伟大的斗争"。文章论及当前文艺创作方针时，特别强调："一定要能够表现革命斗争的英雄；一定要能够揭穿一切种种假面具。"

茅盾在《北斗》第2卷第2期发表《我们所必须创造的文艺作品》。文章针对一些小刊物上出现的一般市民的悲愤交并、且惊且喜以及彷徨苦闷的作品，提出应反映的内容："必须艺术地表现出一般民众反帝国主义斗争的勇猛；必须指出只有民众的加紧反抗斗争，然后沪战中士兵的血不是白流，然后可以打破帝国主义共管中国的迷梦！必须艺术地表现出上海民众抗日作战的奋勇，士兵英勇的牺牲……小市民的又惊又喜"，以及种种国际阴谋的揭露，就是"时代加于我们作家肩上的伟大的任务"。

巴金的《激流》在上海《时报》上连载结束，前后共 264 期，历时 1 年零 1 个月。

郑振铎为其所著的《中国文学史》作《例言》，说明了本书取材范围较他书为广、材料有 1/3 以上为他书所未述，分期为自己所独创，论断亦多有创新，并附有许多珍贵有趣的插图等问题。《例言》后载于该书卷首，并发表于 7 月 12 日的《北平晨报》等处。

巴金的《〈家〉后记》发表于上海的《时报》。最初收于 1933 年开明书店出版的《家》，后收入 1984 年五月文艺出版社《中国新文学大系（1927—1937）·第九卷·小说集七》。在这篇后记中，巴金说《家》这部长篇小说写的是"正在崩坏的资产阶级的家庭底全部悲欢离合的历史"，"高家正是一个这类家庭底典型"，"各地都可以找到和这相似的家庭"；并声明这不是自传，"大部分是虚构"，不过自己是"从和这相似的家庭出来的"，并"借了两三个我认识的人来作模特儿"；因为作品"主人翁是从家庭走近社会里面去了"，所以还将"写一个社会底历史"，第二部"题名便是《群》"。

胡适主编的《独立评论》第 1 号出版。在这一期里，他发表了引言，从引言中可以看出该刊的性质："我们叫这刊物作《独立评论》，因为我们都希望我们永远保持一点独立的精神，不依傍任何党派，不迷信任何成见，用负责任的言论来发表我们个人思考的结果：这是独立的精神。"主要撰稿人有胡适、丁文江、吴宪、姚森、傅斯年、杨振声、陈衡哲、朱经农等。

23 日，瞿秋白作《"自由人"的文化运动——答复胡秋原和〈文化评论〉》，刊于《文艺新闻》周刊第 56 号。这是对胡秋原《文化运动问题》一文的批判。文章从《文艺新闻》和《文化评论》关于"脱衣衫的争论的中心问题"谈起，指出胡秋原和《文化评论》认为自己是所谓"自由人"，"现在要'自由人'的'智识阶级，负起文化运动的特殊使命'，来继续完成五四之遗业"。而《文艺新闻》则认为"'当前的文化运动是大众的——是为大众的解放而斗争，'认为脱离大众而自由的'自由人'已经没有什么'五四未竟之遗业'"。因俄日争论的焦点"或者来为大众服务，或者为大众的仇敌服务；前一条路是'脱下五四的长衫'，后一条路是把'五四'变成自己的连肉带骨的皮"。而胡秋原的"自由人"选择了第二条路。但是，反封建的文化革命并不是由"自由人"或者"资产阶级的智识分子"

所领导的,而是由"胡先生所认为的'不自由的,有党派的'阶级所领导的"。至于胡秋原所宣扬的"艺术至上论",只表明"他对于阶级,对于党派,是十分的恐惧,唯恐惧怕玷污了他的'高尚情思的文艺'",所以叫嚷着"不准侵略文艺"。但是,"你是叫资产阶级,无产阶级……都不准侵略文艺?而事实上,中国的,以及东洋西洋的统治阶级,地主阶级或者资产阶级,都在用文艺作阶级斗争的一种武器。你的叫喊,事实上,说客气些,客观是帮助统治阶级——用'大家不准侵略文艺'的假面具,来实行攻击无产阶级的阶级文艺"。文章揭穿了"自由人"文化运动的阶级实质以及"自由人"的真面目。

《文艺新闻》从56号起,连续4期刊登指导工人通讯员写通讯和指导工人读报的文章,总题是《给在工厂的兄弟》。内容有:一、"关于工厂通讯的任务与内容";二、"关于工厂壁报";三、"如何写报告文学";四、"如何看报"。

老舍应邀讲演,讲题为《中国国民性之几种缺点》。

巴金的中篇小说《春天里的秋天》开始在上海《时报》连载,至8月3日止,10月开明书店出版单行本,现收入《巴金文集》第2卷。小说描写青年男女林和瑢初恋的纯洁热烈和爱情悲剧的忧伤悲痛,揭露了酿成悲剧的封建礼教和包办婚姻的罪恶,赞美了漠视封建礼教、渴求个性自由而又盲目幼稚的男女主人公。

30日,瞿秋白作《唯物辩证法的合法主义化》,未发表,曾被作者收入自编的《战鼓集》,也没有出版过。1991年被编入《瞿秋白文集》(政治理论编)第7卷。该文认为马克思主义的唯物辩证法是"无产阶级斗争的思想上理论上武器",无产阶级运用这种武器,不但要去认识世界,并且要去改造世界。

徐公美的戏剧《男女问题》(又名《美的胜利》)由上海南京书店出版。

本月

美国"约翰·里德俱乐部"举行全国代表大会,聘请高尔基、鲁迅、罗曼·罗兰、古久列等为主席团名誉成员。大会确定俱乐部的活动是发展普罗文化,用普罗文化帮助革命斗争。

《独立评论》创刊,胡适、傅斯年任编辑。1937年抗日战争爆发停刊。

于伶、宋之的在北平法学院发起成立了"苞莉芭剧团"。"苞莉芭"系俄文

"斗争"的译音。次月，于伶介绍宋之的加入"剧联"北平分盟。

刘保罗、田洪等在杭州成立"五月花剧社"。不久，在准备演出《洪水》时，剧社突然遭到国民党特务袭击，刘保罗等被捕，剧社被封。

舒绣文、魏鹤龄等组织的五月花剧社在杭州成立。

本月出版了小说集《光明》（巴金著，上海新中国书局）。

本月出版了小说《路》（茅盾著，上海光华书局）。小说讲述了青年学生火薪传两次参加学生风潮，一次因队伍中出现派系分歧而失败，另一次因他急于求成孤军冒进，酿成大错。最后，他终于明白了"持久战"的必要性，因而去寻找革命者雷。

本月出版了散文集《记胡也频》（沈从文著，光华书局）。在该书《附志》里，沈从文暗示本文是为纪念胡也频被国民党特务杀害而作，并说："这个人假若是死了，他的精神雄强处，比目下许多据说活着的人，还更像一个活人。"

本月出版了理论著作《小说概论》（李何林著，北平文学学社）。该书主要论述小说的发生、意义、结构、人物、中外小说的研究等。

本月出版的其他作品有《创作与生活》（钱杏邨著，上海良友图书印刷公司）；《丁玲女士被捕》（沈从文著）。

六月

1日，茅盾的《高尔基》发表于《中学生》第25期。

茅盾的《故乡杂记》发表于《现代》第1卷第2—4期。

杜衡的小说《怀乡病》、施蛰存的小说《薄暮的舞女》，发表于《现代》第1卷第2期。

巴金在《中学生》第25号发表了传记《克鲁泡特金》，后改题为《克鲁泡特金的少年时代》。作品初收于1935年6月开明书店出版的《伟大人物的少年时代》。

巴金在《创作》月刊第1卷第2号发表了短篇小说《父与子》，副题为"献给一个朋友"，后再载于《中学生》第39号时改题为《父子》。小说初收于1933年2月上海新中国书局版《电椅》，现收入《巴金文集》第7卷（收入时去副题）。小说讲述了年轻的父亲怕孩子夺走妻子对他的爱和精力，因此对孩子产生了憎恨之情的变态心理和行为，描写了母爱的真挚和无私。

施蛰存的诗《桥洞》、茅盾的散文《故乡杂记》发表于《现代》第1卷第2期。

4日，李达、陈望道、丁玲等17位文化界人士发表宣言，营救被国民党当局逮捕的泛太平洋产业同盟秘书牛兰夫妇。

郑振铎为所著《中国文学史》作《自叙》，指出以前的中国文学史"几乎没有几部不是肢体残废，或患者贫血症的"，表示自己十余年来"发愿要写比较的足以表现出中国文学整个真实的面目与进展的历史"的书。《自叙》后载于该书卷首，并载于《东方杂志》复刊号、7月12日《北平晨报》等处。

5日，胡适在《独立评论》第3号发表《废止内战大同盟》。公开表示："我是赞成这个废止内战运动的。我赞成这个运动的第一个理由是因为这个运动的发起可以代表国内财阀上任的一种新觉悟……我相信这个运动可以造成一种道德之财力。"

鲁迅致信李霁野信说："雪峰先前向我要过前几年寄给静农，辞绝取得诺贝尔奖金的信，但我信皆无底稿，固可以问问静农自取。"又说："我信多琐事，实无公开价值，但雪峰如确要，我想即由兄择内容关系较大者数封寄之可也。"

6日，冯雪峰的《"阿狗文艺"论者的丑脸谱》发表于《文艺新闻》第58号，署名"洛扬"。该文是针对胡秋原在《读书杂志》发表的批评钱杏邨的文章所进行的反驳。文章说："首先，钱杏邨的文艺批评，自他的一开始到现在，已成为一个普遍的意见。杏邨自己也早在大家面前承认，要求同志们给他批评。"接着，冯雪峰指出了胡秋原的批评的本质："第二，胡秋原在这里不是为了正确的马克思主义而批评了钱杏邨，却是为了反普罗革命文学而攻击了钱杏邨；他不是攻击钱杏邨个人，而是进攻整个普罗革命文学运动。""第三，胡秋原因此就不愿意而且不能够真正地抓住钱杏邨的错误的根本。"冯雪峰还对胡秋原的批评进行揭示："胡秋原的主义，是文学的自由，是反对文学的阶级性的强调，是文学的阶级的任务之取消。这是一切问题的中心！"文章最后，冯雪峰要求要特别警惕这类的狡猾："最后，编者先生，请你注意胡秋原的狡猾，并且我们要在一切人面前暴露他的狡猾！在现在，反对普罗革命文学，已经比民族主义文学者站在更'前锋'了。对于他及其一派，现在非加紧暴露和斗争不可。"

10日，中国作家、思想家为营救第三国际工作人员牛兰夫妇而斗争。

瞿秋白给鲁迅写了一封近6000字的长信，亲切地称呼鲁迅为同志。瞿秋白在信中首先对鲁迅送他《九品中正与六朝门阀》（杨筠如著）一书表示感谢。这封信的主要内容是关于中国文学史的整理问题，对研究汇总文学史有重要价值。瞿秋白分析等级制度和文学史的关系，认为"中国的等级制度既然有这样长期的历史和转变，有这样复杂的变动过程，它在文学上是不会没有反映的。文言文学和白话文学的划分，显然带有等级的痕迹"。他还分析了国族文学和市民文学之间的影响和渗透关系，以及研究资产阶级文学的"史前时期"的重要性。他说："从元曲时代到五四以前，可以说是现代的（资产阶级式）文学的史前时期。这部分的历史比较更加重要。我想要写文学史必须把这部分特别提出来，加以各方面的研究，像现代各国的文学一样，从这种文学的语言，体裁，技巧的进展，一直到很细腻的内容上的分析。"

《文学月报》在上海创刊，该刊是"左联"继《北斗》之后比较大型的机关刊物，同年12月15日出完第5、6期合刊后被查禁停刊。编者署"文学月报社"，实际上前两期由姚蓬子负责编辑，第3期起改由周扬主编、光华书局发行。该刊以发表文学创作为主，注重创作和评论。鲁迅是主要撰稿人之一。

瞿秋白作《大众文艺的问题》，载于《文学月报》创刊号，署名"宋阳"。他认为现在不是笼统地简单地讨论"文艺大众化的问题，而是要创造革命的大众文艺的问题"，开展一个"新的，新兴阶级领导之下的文艺复兴运动"、"文化革命和文学革命"，去"继续肃清文言的余孽，推翻所谓白话的新文言"，"创造新的丰富的现代中国话"。革命的大众文艺在形式上应该"利用旧的形式的优点"，并且"逐渐地加入新的成分"，在内容上，要去揭穿敌人的"一切种种的假面具"，去"反映现实的革命斗争"，"表现'群众的英雄'"。因此，这种革命的大众文艺，就可以有许多种不同的题材。

茅盾在《文学月报》创刊号发表《火山上》（《子夜》的第二章）、《我的小传》。

蓬子的诗《被蹂躏的大众》、丁玲的小说《某夜》、谢冰莹的小说《抛弃》、巴金的小说《马赛的夜》、芦焚的小说《请愿外篇》发表在《文学月报》创刊号。

田汉的戏剧《暴风雨中的七个女性》发表在《文学月报》创刊号。作者据阿英推荐的《中国女作家评传》(方英著)，写一群女作家对九一八事变的义愤，并组织起来参加群众抗日运动。她们分别代表不同的阶级、阶层，在抗战的态度上也各有不同。代表民族资产阶级的凌云突然"转变"，作者后来认为这是"儿戏"。

茅盾、白薇、洪深在《文学月报》创刊号发表《现代中国作家自传》。

11日，老舍的《济南的药集》在《华年》第1卷第9期发表，现收于《老舍文集》第14卷。文中一方面描绘了济南药集的盛况，另一方面也讽刺了种种愚昧、落后和不卫生的现象。

22日，郑振铎写完长篇论文《宋金元诸宫调考》，后载于7月燕京大学国文学会《文学年报》创刊号。郑振铎在文末附记中说："本文的草成，为力颇劬，文中各表，皆不是几天工夫所能写就的，诸宫调的研究，除王国维氏引其端外，今代尚未有他人着手。本文或足以为后来研究者的一个比较有用的参考物罢。"

24日，鲁迅致信曹靖华，说："上海的小市民真是十之八九是昏聩糊涂，他们好像以为俄国要吃他似的。文人多是狗，一批一批的匿了名向普罗文学进贡。像十月革命以前的Korolenko那样的人物，这里是半个也没有。"

25日，梁遇春在北平逝世。梁遇春是我国著名的散文家，师从叶公超等名师。其散文风格另辟蹊径，兼有中西方文化特色。他在26年人生中撰写多篇著作，被誉为"中国的伊利亚"。

26日，鲁迅同许广平携海婴往青年会参观春地美术研究所展览会。

30日，臧克家的诗《希望》发表在《文艺月刊》第3卷第5、6期合刊。

本月

"左联"深入开展工人通讯运动，提倡街头文艺。

"广州文化界大同盟"成立，主要成员有何干之、谭国标、欧阳山、草明、胡春冰等，创办《广州文艺》月刊，组织公演《我们的故乡》。

曾今可等发起组织的"文友社"在上海成立，该社宗旨是："毫无政治作用，不涉及任何主义的纯文艺团体"，曾出不定期刊《文艺之友》及《文友社丛书》。

本月的创作有小说《三个女性》(沈从文作，以寄托对丁玲"遇害"的悲愤之情)；《〈海底梦〉序言》(巴金作，载《海底梦》，现收入《巴金文集》第1卷)。

序中作者说"梦里已经渗进不少陆地上的血和泪",在这血海和泪海里有"中国人民的"血和泪,也有自己的血和泪,这血海和泪海有一天怒吼起来,将"把那些侵略者和剥削者的欢笑淹没",人民将建立自己的自由国家。

本月出版了小说集《第三时期》(楼适夷著,上海湖风书局),收《盐场》、《狱守老邦》、《第三时期》、《诗人祭》、《泥泞杂记》、《断片》6 则短篇。

本月出版了新诗《微笑》(老舍著,《齐大月刊》第 2 卷第 8 期)。

本月出版了诗集《锻炼》(王独清著,上海光华书局)。

本月出版的其他作品有《中国文学史讲话》(胡行之著,上海光华书局,该书含"民国以来的国语文学"和"最近革命文学之趋势");《丁玲女士失踪》(沈从文著,《大公报》,反击张铁生在《庸报》上发表的谣言和谩骂)。

七月

1 日,邹韬奋等在上海创办生活书店,1937 年由上海迁至武汉,1938 年 10 月又迁往重庆。抗日战争胜利后,与读书出版社、新知出版社合并,成立"生活·读书·新知三联书店"。

《东风月刊》创刊于天津,由《东风月刊》社编辑、发行,刊有小说、诗歌、译作等。

《百科杂志》创刊于北平,由百科杂志社编辑、中华印书局发行,16 开,仅见创刊号 1 期。主要撰稿人有杨彗、王金绂、杨振华、程衡、荪荃、嵇文甫、郭湛波、牟宗三、郑振铎等。

《珊瑚》半月刊创刊于苏州,1934 年 6 月 16 日出至第 4 卷第 12 期停刊,编辑为范烟桥,苏州《珊瑚》半月刊社出版,上海民智书局发行。每卷 12 期,共出 4 卷 48 期,32 开。刊有中长篇小说、散文、诗歌、小品、古典文学作品、考证、名人译诗、日记、剧本等作品。主要撰稿人有金季鹤、范烟桥、陈去病、柳亚子、胡朴安、邵力子、顾明道、程瞻庐、程小青、木石老人、吴双热、包天笑、姚苏凤、范菊高、陈莲痕、顾醉萸、张慧剑、周瘦鹃、何海鸣、徐碧波、吴瘫安、柳村任、吴湖帆、汪仲贤、施冰厚、含凉生、玉峰寄客、叶慎之、郑逸梅、许廑父、王天恨等。

苏汶的《关于〈文新〉与胡秋原的文艺论辩》、江思翻译的法国作家伐扬·古久列夫的小说《下宿处》发表于《现代》第1卷第3期。

林疑今翻译的苏联作家高尔基的小说《故乡》发表于《新时代》第2卷第4、6期合刊。

2日，瞿秋白在《北斗》第2卷第3、4期合刊上以《财神还是反财神（乱弹）》为总题，发表一组文章，其中《狗道主义》、《红萝卜》两文批判了"自由人"。前文批判胡秋原倡导的"人道主义"文学；后文将"自由人"比作"红萝卜"，表面上是你的朋友，实际上是你的敌人。

老舍的散文《非正式的公园》（济南通信）发表于《华年》第1卷第12期。初收于《老舍散文选》，现收于《老舍文集》第14卷。文中说："现在我要写的地方，虽不是公园，可是确比公园强得多"，"这个地方便是齐鲁大学"。"齐大在济南的南关外，空气自然比城里的新鲜，这已得到成个公园的最要条件，花木多，又有了成个公园的资格。确是有许多人到那里玩，意思是拿它当作——非正式的公园。逛这个非正式的公园以夏天为最好。春天花多，秋天树叶美，但是只在夏天才有'景'，冬天没有什么特色。"

3日，鲁迅为一位青年研究者编纂的包括中外古今诗论的书作题记。此文用文言写成，无题目，未收集。原件现存上海鲁迅纪念馆。文中谈及诗歌的起源和流传、诗歌评论的产生和发展，对编纂者的"劬学"表示赞赏。

4日，汪倜然主编的上海《大晚报》"读书界周刊"创刊，至次年1月16日停刊。

5日，鲁迅致信曹靖华，告知已寄上日译本《铁流》一本，请转送作者。

10日，鲁迅与茅盾、陈望道、郁达夫等36人联名致电国民党政府，要求释放牛兰夫妇。本月1日牛兰以所谓"危害民国罪"被审问。牛兰于本月2日起绝食，抗议国民党政府的无理逮捕和审判。国民党政府竟不顾国内外舆论，悍然判处牛兰夫妇无期徒刑。鲁迅后来曾说："牛兰夫妇，作为赤化宣传者而关在南京的监狱里，也绝食了三四回了，可是什么效力也没有。这是因为他不知道中国的监狱的精神的缘故。有一位官员诧异地说过：他自己不吃，和别人有什么关系呢？"这是对国民党暴政的又一揭露。

鲁迅为准备写作关于工农红军的中篇小说，在寓所秘密会见到沪治病的陈赓、冯雪峰、朱镜我。当时，红四方面军从鄂豫皖突围去四川，陈赓来到上海。他曾给中共上海地下党讲了红军反"围剿"时的战斗故事。在党中央宣传部工作的朱镜我把这些故事记录下来，送给鲁迅看。鲁迅非常兴奋，便几次同冯雪峰讲，想邀陈赓到他家去谈谈。党也很希望鲁迅能把苏区的斗争反映出来，所以同意这次会见。当时，陈赓由冯雪峰陪同，到了鲁迅家里。鲁迅的兴致很好，特地请许广平预备许多酒菜。陈赓回忆说："鲁迅先生讲话很少，只是注意地听我谈，不时地提出一些问题，我和他谈到我们反击国民党四次'围剿'的战斗，谈到苏区的人民生活、文化建设。我记得鲁迅先生当时最关心的就是苏区的群众生活，他提了许多问题，例如苏区的土地改革。"这次会见给予陈赓以这样的认识："鲁迅先生对革命的各个方面都是很关心的，他也很关心军事。"陈赓介绍了红军斗争情况时，随手绘制了一张鄂豫皖革命根据地形势图。此图后来为鲁迅所保存。

《X光镜》创刊于广州，由《X光镜》周刊社出版，何侠编，1932年11月27日终刊。主要栏目有"时代文艺"、"挽救人儿篇"、"社会百怪录"、"民众俱乐部"等。

茅盾的短篇小说《林家铺子》在《申报月刊》创刊号发表。作品以"一·二八"事变前后为背景，描写上海附近某城镇一爿老洋广货铺子的倒闭过程。林老板苦心经营的店铺，随着帝国主义经济侵略、农村经济凋敝、农民购买力降低，营业惨淡，难以维持。"一·二八"事变后，他以"一元货"等办法销售存货，渡过难关，却经不住党老爷敲诈勒索，钱庄压逼，同业中伤等重重威胁，终于铺子倒闭。林家铺子倒闭后，使一群索债的贫民受到惨重的损失。小说通过林老板的悲剧命运，揭示了在帝国主义侵略和国民党的反动统治下造成城乡经济破产的罪恶根源，反映了旧社会"大鱼吃小鱼，小鱼吃虾米"的残酷真相，塑造了具有两重性格的小商人形象。作品情节跌宕起伏，在复杂的矛盾冲突中细腻地刻画人物心理，富于立体感。

张天翼的小说《最后列车》发表于《文学月报》第1卷第2期。小说以等待火车退却的爱国士兵与下级军官制伏了执行退却令的长官，勇敢地迎击日本侵略者作为结尾，以此来控诉不抵抗主义。

程小青的小说《霍桑探案外集》由大众书局出版。

徐志摩的诗集《云游》由上海新月书店出版。诗集收诗13首，其中译诗2

首,另有陆小曼序文1篇,主要诗歌作品有《云游》、《在病中》、《雁儿们》、《别拧我,疼》等。

阳翰笙的长篇小说《地泉》由上海湖风书局再版,署名"华汉"。书前有瞿秋白(署名"易嘉")、茅盾、郑伯奇、钱杏邨新写的序言及阳翰笙的《重版自序》,总结"革命文学第一期"创作的经验教训。

瞿秋白的序言名为《革命的浪漫蒂克》。他把作品中表现出的革命的小资产阶级知识分子的狂热情绪和违背生活逻辑的空想,称为"革命的浪漫蒂克"。文章批评《地泉》里面的"正面人物都是理想化的,没有真实的生命",认为"这种浪漫主义是新兴文学的障碍",强调"必须肃清这种障碍,然后新兴文学才能够走上正确的路线"。

郑伯奇在《〈地泉〉序》中肯定了《地泉》的许多长处,如"斗争的实感,伟大的时代相,矫健的文字,强烈的煽动性",等等。但他同时也认为作品有着普罗文学发展初期的"普遍毛病",即"题材的选取,人物的活动,全是概念……在支配着"。

钱杏邨在《〈地泉〉序》中认为,该作存在着"个人主义的英雄主义"、"才子佳人英雄儿女"等错误倾向;但同时又认为,对于《地泉》这样的作品,"我们不应该忘记"。

华汉在自序中进行了自我检讨,他说:"我们那时几乎无例外的大都去走浪漫蒂克的道路。"这些批评和自我批评,目的都在于探讨和总结初期普罗文学创作的经验教训。

《北斗》第2卷第3、4期合刊刊出"文学大众化专辑",发表周扬的《关于文学的大众化》及郑伯奇、阳翰笙、田汉等的论文,同时发表了陈望道、魏金枝、杜衡等10余人的"文学大众化问题征文"。

11日,鲁迅午后为日本友人山本初枝女士书自作旧体诗一首:"战云暂敛残春在,重炮清歌两寂然。我亦无诗送归棹,但从心底祝平安。"该诗后收入《集外集》,题为《一二八战后作》。鲁迅又书去年旧作"惯于长夜过春时"诗一首,均托内山书店寄去。

12日,鲁迅接待来访的外国友人、上海《中国论坛》的编者伊赛克。

15日,《福尔摩沙》创刊于日本东京,由"台湾艺术研究会"创办,为该会会刊，苏维熊、张文环、吴坤煌、王白渊等发起，苏维熊主编，张文环编辑，1933年6月15日出至第3期停刊，共出3期。主要撰稿人有张文环、王白渊、苏维熊、吴坤煌、巫永福、吴希圣、施学习、刘捷、赖庆、张碧华、吴天赏、陈兆梧、杨行东等。

里正翻译的日本作家川口浩的《文学批评上的几个问题》发表于《文艺月刊》第1卷第2期。

20日，《北斗》第2卷第3、4期合刊辟"文学大众化问题征文"栏，陈望道、魏金枝、杜衡、陶晶孙、顾凤城、潘梓年、华蒂、张天翼、叶沉、西谛（郑振铎）、沈起予等应征发表意见。

彭慧的小说《米》发表于《北斗》第2卷第3、4期合刊。小说以反对国民党政府对侵略者妥协，对爱国人民镇压的行径为中心思想，控诉日本侵略者的野蛮罪行，反对不抵抗主义。

周起应的《关于大众化》发表于《北斗》第2卷第3、4期合刊，署名"周扬"。作者认为大众文艺应"尽量采用国际普罗文学的新的大众形式"，如报告文学、群众朗诵剧等；认为报告文学是具有迅速反映现实、富有战斗性、短小精悍等特点。

茅盾在"左联"机关刊物《北斗》第2卷第3、4期合刊"文学大众化问题征文"专栏发表文章，认为大众化的文学应是"为了大众而写，出于大众之手的大众自己的创作"；肯定"自然的口语文学"是向大众化走去的初步；论证大众文学必然比旧文学高明，尽管在过渡时代未免幼稚；指出实现大众化最首要的问题是争取大众受教育的权利。

鲁迅作《〈淑姿的信〉序》，载于1932年新造社出版、断虹书室编辑的《淑姿的信》（金淑姿著）中，署名"鲁迅"，后收入《集外集》。关于这篇序文，鲁迅1934年12月9日致信杨霁云说："报章虽云淑姿是我的小姨，实则和他们夫妇皆素昧平生，无话可说，故以骈文含糊之。"淑姿姓金，是程鼎兴的妻子。程鼎兴托北新书局职员费慎祥送来亡妻的信，请求作序出版。该书出版后，鲁迅于8月26日"得程鼎兴所赠《淑姿的信》一本"。

本月

沈从文辞去青岛大学教职，与张兆和、九妹沈岳萌一起到北平，和杨振声、朱自清等编写华北中小学教材和基本读物。

蒋海澄因参加进步文艺活动被捕，被判有期徒刑6年。他在狱中创作《大堰河——我的保姆》等诗，开始用"艾青"笔名。

张恨水两个女儿死于瘟疫，虽悲恸欲绝，但仍未停笔，完成《金粉世家》的收尾工作。

张天翼以"张焕之"名，供职于南京政府军委会第二厅，并认识任"司书"的蒋牧良。本年冬国民党特务发现张焕之的实际身份，即离职赴沪杭。

暑假老舍与夫人胡絜青回北平省亲，曾与北京师范学校的同学们共游西陵、故宫等名胜古迹，并合影留念。

国际革命作家联盟邀请鲁迅赴苏联疗养、参观并写作，但因故未成行。

《文学年报》创刊于北京，由北平"燕京大学国文学会"（燕京大学国文学会主席王元美、文书邓懿、会计赵曾玖、事务黄如文、游艺朱炳荪、演讲兼研究薛诚之、编辑兼出版周昊）编辑、出版兼发行，1941年6月停刊，共出7卷。该刊为16开。仅见1936年5月第2期、1937年5月第3期、1938年4月第4期、1939年5月第5期。沈心芜、郭德浩编辑，郑振铎、谢冰心担任顾问，刊有中国历代文学作品和作家的研究和介绍文章以及译文、小说、诗词等，主要撰稿人有郭沫若、郭绍虞、钱穆、刘节、刘盼遂、董瑶、李镜池、胡适之、冯沅君、闻一多、王力、顾随、陈梦家等。

《读书集刊》创刊于北平，"北平读书集刊社"主办，1932年10月出至第1卷第10期停刊。

《申报月刊》创刊于上海，1935年12月出至第4卷第12期休刊，1943年1月出版复刊号，1945年6月出版复刊第3卷第6期停刊，由俞颂华、凌其翰等编辑，申报馆月刊社发行。1936年1月改出周刊，改名为《申报周刊》，后改名《申报每周增刊》，1938—1942年停刊，1943年1月复刊后改回本名，卷期另起。主要栏目有"外论摘要"、"文艺"、"时论小言"等，主要撰稿人有非文、史田良、郑定文、王力、林徽因等。

《读书周刊》创刊于杭州，由浙江省立民众教育馆"民众学会"主办，1933年出至第68期停刊。

本月出版的诗歌作品有《生命的叹息》（罗牧著，著者刊）；《在前线》（陈梦家著，北平晨报社）；《东方部的会合》（艾青著，《北斗》第2卷第3、4期合刊）。

艾青（1910—1996），诗人，原名蒋正涵，号海澄，曾用笔名莪加、克阿、林壁等，浙江金华人。1928年中学毕业后考入杭州西湖艺术院。1929年到巴黎勤工俭学。1932年初回国，在上海加入中国左翼美术家联盟，从事革命文艺活动，不久被捕，在狱中第一次用"艾青"的笔名发表长诗《大堰河——我的保姆》，感情诚挚，诗风清新，轰动诗坛。1935年出狱，翌年出版了第一本诗集《大堰河》。从1936年起，艾青出版诗集达20部以上，还著有论文集《诗论》、《新文艺论集》、《艾青谈诗》以及散文集和译诗集各1部。1941年赴延安，任《诗刊》主编。1979年任中国作家协会副主席、国际笔会中心副会长等职。著有诗集《北风》、《大堰河》、《火把》、《旷野》、《黎明的通知》、《向太阳》等20余部。

本月出版了散文作品《海燕》（茅盾著，上海新中国书局）。

本月出版的翻译作品有：小说《苦恋》（［奥］显尼志勒著，刘大杰译，上海中华书局）；小说《孤零少年》（［法］海克督马六著，徐蔚南译，上海世界书局）；小说集《夏目漱石集》（［日］夏目漱石著，章克标译，上海开明书店）；《柴霍甫评传》（［俄］米哈·柴霍甫著，陆立之译，上海神州国光社）。

此外，本月还出版有《插图本中国文学史预约样本》（郑振铎著，北平朴社）；《世界新文艺丛书》（上海新生命书局）。

八月

1日，韦素园在北平病逝。

《现代》月刊第1卷第4期发表《著作家请释牛兰》。

老舍的长篇小说《猫城记》在《现代》第1卷第4期开始连载，至第2卷第6期（1933年4月1日）续完。1933年8月上海现代书局出版单行本，晨光出版公司1947年修订本出版，初收于《老舍文集》第7卷（人民文学出版社1984年版），现收于《老舍小说全集》第3卷。这是一部讽刺小说，写地球上两个中国人到火星上去探险，不幸飞机坠毁，死去一个。剩下的一个得到了猫国人的信任，遍览了猫国各地，了解了猫国的政治、军事、外交、文化和教育诸方面，目睹了猫国人的愚昧、落后、麻木、苟且偷安、互相残杀及最后被"矮人"灭绝的情形。

刘呐鸥翻译的日本诗人天野隆一、乾直惠、大冢敬节、冈村须磨子等著的《日本新诗人诗抄》发表于《现代》第1卷第4期。

周彦翻译的意大利作家彭丹贝里的散文《当我在非洲的时候》发表于《现代》第1卷第4期。

界俗翻译的俄国诗人皮涅克的《人类的风》发表于《新时代》第2卷第6期。

5日，上海《中华日报》文艺月刊创刊，至1934年1月26日停刊。

鲁迅得李霁野、台静农、韦丛芜三人8月2日来信，获悉素园已在8月1日晨5时38分病殁于北平同仁医院。信中还说他们拟收集出版韦素园的书信。鲁迅当即给三人复信说："这使我非常哀痛，我是以为我们还可以见面的，春末曾想一归北平，还想到仍坐汽车到西山去，而现在是完了。说起信来，我非常抱歉。他原有几封信在我这里，很有发表的价值的，但去年春初我离开寓所时，防信为别人所得，使朋友麻烦，所以将一切朋友的信全都烧掉了，至今还是随得随毁，什么也没有存着。"这是对于国民党反动统治的控诉。后来鲁迅在《两地书》的《序言》里还谈到此事，对于自己出于不得已而"将他的来信毁掉了"，深表痛惜、抱憾，因为那是"伏在枕上，一字字写出来的"。

6日，老舍的散文《趵突泉的欣赏》（济南通信）发表于《华年》第1卷第17期，初收于《老舍散文选》，现收于《老舍文集》第14卷。文中一方面表达了对济南自然风景的赞美："千佛山，大明湖和趵突泉，是济南的三大名胜。现在单讲趵突泉。在西门外的桥上，便看见一溪活水，清浅，鲜洁，由南向北地流着。这就是由趵突泉流出来的。设若没有这泉，济南定会丢失了一半的美。""泉太好了。泉池差不多见方，三个泉口偏西，北边便是条小溪流向西门去。看那三个大泉，一年四季，昼夜不停，老那么翻滚。你立定呆呆地看三分钟，你便觉出自然的伟大，使你不敢再正眼去看。永远那么纯洁，永远那么活泼，永远那么鲜明，冒，冒，冒，永不疲乏，永不退缩，只是自然有这样的力量！冬天更好，泉上起了一片热气，白而轻软，在深绿的长的水藻上飘荡着，使你不由得想起一种似乎神秘的境界。"另一方面，作者也表示了对自然风景被破坏的愤激之情："凡是自然的恩赐交到中国人手里就会把它弄得丑陋不堪。这块地方已经成了个市场。南门外是一片喊声，几阵臭气，从卖大碗面条与肉包子的棚子里出来。"

11日，鲁迅同周建人去拜访蔡元培，未见到。这次拜访主要为了面谢蔡元培，因他曾为周建人复得商务印书馆职位出力。自春天周建人失业以来，鲁迅即为他奔走设法，本月致许寿裳的信，均与此有关。

15日，《文艺茶话》月刊创刊于上海，第1卷由章衣萍、徐仲年、华铼编辑，第2卷由徐仲年、孙福熙编辑，先后由文艺茶话月刊社与嘤嘤书屋发行。该刊为16开，1934年5月1日出至第2卷第10期终刊，每卷10期，共出20期。《文艺茶话》是在上海一些文人仿照法国文艺沙龙的形式举行文艺茶话会的基础上产生的。该刊明显带有艺术至上与把文艺作为消遣品的倾向。1934年3月1日第2卷第8期有"国立杭州艺术专科学校展览会"特辑、"欢迎意大利画家查农先生"特辑，1934年4月1日第2卷第9期为"纪念刘大白先生"特刊。主要撰稿人有雷仲鸣、汪亚尘、孙福熙、陈抱一、掌铁民、王扎铸、曙天、伊凡、余摹膏、罗家伦、柳亚子、哑农、江蔗、李宝泉、孙春荐、陈公博等。

《七星灯》半月刊创刊于广东梅县，1932年9月1日出至第1卷第2期停刊，由雪社编辑部编辑，刊有日本文艺家介绍、日记、文学创作、咖啡座谈等。

鲁迅在《致台静农的信》中谈到郑振铎的治学方法，说他的《中国文学史》是资料长编，"非'史'也。但倘有具史识者，资以为史，亦可用耳"。他还谈到自己的《中国小说史略》及其改定本。信中抨击了国民党的统治："文禁如毛，缇骑遍地，则今昔不异，久见而惯，故旅舍或人家被捕去一少年，已不如捕去一鸡之耸人耳目矣。"

17日，鲁迅致信许寿裳，托他转请汤尔和营救以"共产党嫌疑"被当局逮捕的孔若君。10月25日又在致许寿裳信中，谈到"孔若君在津，不问亦不释"，以及李霁野曾去见汤尔和，"五次不得见"等情，希望许寿裳"给霁野一绍介信，或能见面"。据孔若君回忆，这次鲁迅的请托是产生了效力的，"我在被关了百日以后就交保释放了。到上海以后，才知道这次被释放出来是得力于先生的营救的。当时我马上赶到先生的寓所去，打算对他表示衷忱的感谢。先生打开门看见了我，惊讶地说：'想不到你竟出来了！'我一再表示对他的谢意，他却无论如何不承认有他的力量在内。他幽默地说：'没事，当然要放的，他们的口粮也紧得很呀！'"

18日，周作人委托缪光甫以360元购北平西郊区板井村地作坟地。

19日，中国第一部反映全民抗日运动的故事片《共赴国难》开始在上海放映。《周作人散文钞》由上海开明书店出版。卷首有章锡琛、废名（署名"丁武"）分别写的《序》。书后附有章锡琛所作的注释，收散文30篇，系从作者以前的散文集中选辑。废名在《序》中扬岂明而贬鲁迅，称"鲁迅先生有他的明智，但还是感情的成分多，有时还流于意气"，"岂明先生讲欧洲文明必溯到希腊去，对于希伯来、日本、印度、中国的儒家与老庄，都能以艺术的态度去理解它，其融会贯通之处见于文章，明智的读者谅必多所会心"。对于废名的评论，鲁迅感到十分气愤，曾在1932年11月20日写给许广平的信中表示："周岂明颇昏，不知外事，废名是他荐为大学讲师的，所以无怪乎攻击我，狗能不为其主子吠乎……"① 章锡琛在《序》中则说："这部选本用意在给中学生一个榜样，让他们明白怎样才能将文章写得好。"

24日，鲁迅捐赠野风社20元，作为开办费。野风社也称野风画会，是左翼"美联"领导下的艺术团体。本年7月，国民党当局加紧迫害革命美术工作者，春地画会被迫解散。"美联"没有屈服于压力，组织野风社以继之。它吸收上海美专的一些进步学生作为基本研究员，于本年8月成立。他还指示有关人员要做好掩护工作，避免反动派注意；并请蔡元培写了"野风画会"四个字，并署上名字，挂在门口。

27日，鲁迅完成日本上田进的《苏联文学理论及文学批评的现状》的翻译，载于11月15日《文化月报》第1卷第1期，署名"洛文"，后来收入《译丛补》。

30日，鲁迅接待从柏林回国的徐诗荃。徐诗荃赠文艺书4种5本，赠海婴积木一匣。徐诗荃在德国留学时，鲁迅经常和他通信，并托他购买木刻书籍。鲁迅也搜罗了一些中国画本寄去，托他转送德国朋友。"他对鲁迅的信函很重视，据说曾一封封整理好存放在长沙住宅的墙壁内，抗日战争时，日本军队进攻长沙，国民党撤退时，放火烧城，造成'长沙大火'，鲁迅给徐诗荃的书信，也就这样的烧掉了。"徐诗荃在上海跟随鲁迅以写作为生，其杂文犀利练达，颇得鲁迅之风。

---

① 鲁迅：《致许广平》，载《鲁迅全集》第12卷，人民文学出版社1981年版，第122页。

本月

陈荒煤以武汉反帝大同盟代表身份赴上海,并准备赴苏区参加全国反帝大同盟代表大会,因交通被阻,未成行。

萧乾因与辅仁大学英文系主任争吵,而休学一年,到福州英华中学任国语教师。

胡秋原作《为反帝国主义文化而斗争》,载于《文化杂志》创刊号。在谈到普罗文学时,他引用了列宁的话之后说:"一定的文化形态是社会经济形态之产物,只有社会主义革命,才是社会主义文化的前提,在社会革命过程中建设一个普罗文化是不必要和不可能的。"接着他提出当前的文化任务是反帝国主义斗争,反帝国主义文化的斗争。

《雨丝》创刊于湖南湘乡,1932年10月出至第2期停刊,由湖南湘乡雨丝文艺社编辑、发行,刊有小说、散文、诗歌等文艺作品。

《万岁》半月刊创刊于上海,1932年12月16日出至第1卷第9期停刊,由张秋虫主编,尤半狂编辑,万岁出版社编辑,现代书局上海总店发行,方型开本。刊有国外通信、学校生活、珍秘掌故、奇风异俗、小说评论、戏剧研究、影坛假话、游艺丛读、科学游戏、创作或翻译短篇小说、剧本等作品。撰稿人有何海鸣、张春帆、徐卓呆、张秋虫、周瘦鹃、范烟桥、汪仲贤、张恨水、张慧剑、张向子、龙半狂、曹梦鱼、漱六山房、求幸福斋主、百花同日生等。

《新文化》半月刊创刊于北平,北平朝阳大学"东西文化研究会"主办,仅出1期。

"剧联"北平分盟主办的《戏剧新闻》在北平创刊,宋之的主编,共出5期。

《晨星》(新加坡《星洲日报》文艺副刊)日刊创刊。林健鑫、郁达夫、苗秀夫先后任主编。主要撰稿人除主编外还有张天白、李冰人、温梓川、邱士珍、李润湖、姚寄鸣、刘思、白荻等。在郁达夫任主编期间,茅盾、老舍、冯雪峰、艾芜、萧红、欧阳山、楼适夷等作家也在该刊发表作品。该刊除发表各种文学作品外,曾刊登关于"大众语问题"、"救亡剧本问题"、"郁达夫《几个问题》"、"马华文艺与侨民文艺"等论争。1942年2月因新加坡沦陷而被迫停刊,1945年10月复刊,于1956年终刊。它是马华新文学史上影响最大的文艺副刊,对促进马华新文学运动曾起过很大的作用。

本月出版了短篇小说《法律外的航线》（沙汀著，文化生活出版社）。

本月出版了诗集《女朋友们的诗》（云裳编，上海新时代书局）；《血泪》（卢葆华著，杭州苍山书店）；《冰心诗集》（冰心著，上海北新书局）。

本月出版的翻译作品有：小说《铁甲列车》（[苏]伊凡诺夫著，侍桁译，上海神州国光社）；戏剧《被幽囚的普罗密修士》（[希腊]埃期基拉著，杨晦译，北平人文书局）；《伊索寓言》（[希腊]伊索著，孙立源译，上海开明书店）。

九月

1日，鲁迅同许广平携海婴去拜访瞿秋白夫妇，在他家里用午餐。这是鲁迅夫妇与瞿秋白夫妇的又一次见面。谈话的主题是瞿秋白所写的文字改革方案。瞿秋白从桌子里拿出他研究中国语言文字问题的原稿，提出里面有关语文改革和文字发音的问题来同鲁迅讨论，又因许广平是广东人，他特意找出几个字来请许发音以资对证。这些著作，他几经改动后誊正，在离开上海前交给鲁迅一份，鲁迅妥慎保存。

《北国月刊》创刊于北平，"北国月刊社"编辑发行，北平著者书店经售，1933年9月出至第5卷第6期停刊，16开。主要栏目有"开场"、"书评"、"创作小说"、"翻译小说"、"戏剧"、"诗五首"、"文"、"文论"、"诗六首"、"编后"等。主要撰稿人有王树瀑、铁森、仓黄、澎岛、居易、紫扬、病高、关数质、叔寒、慈辉、王集丛等。

老舍的散文《夏之一周间》在《现代》第1卷第5期"夏之一周间"特辑发表，初收于《老舍写作生涯》（胡絜青编，百花文艺出版社1981年版），现收于《老舍文集》第14卷。文中叙述了济南夏天的炎热，以及一周中紧张而繁忙的工作日程。其中说："在济南的初伏以前而打算不出汗，除非离开济南。早晨，晌午，晚间，夜里，毛孔永远川流不息。"

方光焘翻译的日本作家志贺宜哉的小说《学徒的神仙》、戴望舒翻译的法国作家格林的小说《克丽丝汀》、施蛰存翻译的英国作家赫克思莱的《新的浪漫主义》发表于《现代》第1卷第5期。

茅盾翻译的苏联作家聂米洛维奇－丹钦科的小说《文凭》、余文炳翻译的德国作家歌德的小说《迷娘》由上海现代书局出版。

5日，《哈尔滨五日画报》创刊于哈尔滨，1937年8月15日出至第10卷第27期终刊。主要文学撰稿人有陈涓、金人、裴馨园、孔罗荪、吕一驰、林珏、牢罕、亚民、陈峰、黑人、杨孟雄、杨莹权、爵青等。

9日，鲁迅作《〈竖琴〉前记》，载于1933年1月上海良友图书印刷公司出版的《竖琴》，署名"鲁迅"，收入《南腔北调集》。《竖琴》是苏联"同路人"作家的短篇小说译文集，鲁迅翻译其中的7篇，其余3篇是柔石、曹靖华所译。《前记》追溯俄国"为人生"的文学介绍进中国的过程，说明文学研究会介绍"被压迫民族文学"所遭到的三匹"军马""围剿"的情况，并对俄国十月革命后兴起的"同路人"文艺团体的盛衰经过做了分析评价，指出"同路人者，谓因革命中所含有的英雄主义而接受革命，一同前行，但并无彻底为革命而斗争，虽死不惜的信念，仅是一时同道的伴侣罢了"。

10日，鲁迅作《〈竖琴〉后记》，载于《竖琴》，署名"编者"。本文介绍了书中所收作品的作者传略以及这些作品的翻译或重译的来源，指出"同路人"虽然同情革命并描写革命，但"自己究不是战斗到底的一员，所以见于笔墨，便只能偏以洗练的技术制胜了。将这样的'同路人'的最优秀之作，和无产作家的作品对比起来，仔细一看，足令读者得益不少"，因为它们"还是截然不同"。

11日，鲁迅致信曹靖华，在信中主要谈到国民党对革命文化的摧残问题，认为当前的压迫透顶，书店一出左翼作者的东西，便逮捕店主或经理。

13日，鲁迅编阅《新俄小说家二十人集》上册毕，名为《竖琴》。该译文集于1933年1月由上海良友图书印刷公司出版。

16日，《论语》半月刊于上海创刊，上海时代书店出版，先后由中国美术刊行社、时代图书公司与章仲梅、张正宇、邵洵美负责发行，第1至26期由林语堂主编，第27至84期由陶亢德主编，第85至105期由郁达夫、邵洵美主编，从第106期起，由邵洵美、曹涵美负责美术设计。出至第117期后因抗日战争爆发停刊。抗日战争胜利后，1946年12月1日复刊，卷期号续前，出至177期后终刊。创刊初期鲁迅曾在该刊发表《学生和玉佛》、《谁的矛盾》等杂文。该刊以幽默为特色，有时虽能发表一些具有社会讽刺意义的文章，但它提倡写作所谓冷静超远、冲淡闲适、出自性灵的小品，其总的倾向日趋消极。《论语》以提倡幽默文学为主要目标，此刊的小品形成流派，被时人称为"论语派"散文。

由杨骚、蒲风、穆木天、任钧等发起组织的中国诗歌会在上海成立。该会为"左联"领导的诗歌团体，先后在北平、广州、青岛及日本东京设立分会。该会"以推进新诗歌运动，致力中国民族解放，保障诗歌权利为宗旨"，在"左联"理论纲领的指导下，针对新月派、现代派诗歌的倾向，指出要"捉住现实"，提倡"大众格调"，坚持现实主义方向，探索诗歌大众化的主张。1933年2月出版会刊《新诗歌》旬刊（后改为半月刊、月刊），至次年12月停刊。各分会也在当地办有会刊或编辑报纸副刊，如广州、北平分会各有《新诗歌》，青岛分会有《诗歌季刊》。当"国防诗歌"作为"国防文学"的一部分提倡后，该社同人投入了"国防诗歌"的创作，并出版了《国防诗歌丛书》。

郭沫若的《创造十年》由上海现代书局出版。书中详尽介绍了创造社前期的活动。

鲁迅的杂文集《三闲集》由上海北新书局出版。收入1927—1929年在广州和上海所写杂文34篇，书末附《鲁迅著译书目》。这些文章大都是批判"新月派"的文艺观点和关于革命文学的论争，记录了鲁迅在革命转入低潮年代里的愤激心情。在论争中，鲁迅开始有计划地研究马克思主义文艺理论，以其渊博的历史知识，对现实的深刻认识，写下了一系列关于革命文学运动问题的文章，对无产阶级文学的发展具有重要意义。本集反映了鲁迅开始运用马列主义思想武器，思想上有质的飞跃，是研究鲁迅思想转变的重要文献。在论争中，有人认为鲁迅"闲暇，闲暇，第三个闲暇"，故取名为《三闲集》。

18日，《前线文艺半月刊》创刊于杭州，1933年11月1日出至第1卷第3期终刊。该刊由乐倾卿编辑，杭州"前线文艺社"发行，主要栏目有"论文"、"小说"、"散文"、"诗"。主要撰稿人有王汝良、爱而、仰卿、靖雨、史爱趣等。

老舍作新诗《红叶》，载于《微音》第2卷第7、8期合刊，初刊于《老舍新诗选》，现收于《老舍文集》第13卷。诗云："生命最后要不红得像晴霞，／当初为何接受那甘露甘霖，大自然的宝液？／适者生存焉知不是忍辱投降；／努力的，努力的，呼着光荣的毁灭！"

鲁迅作《〈一天的工作〉前记》，载于《一天的工作》，署名"鲁迅"。《前记》

对苏联无产阶级文学队伍的形成做了分析,并指出:"在一九二七年顷,苏联的'同路人'已因受了现实的熏陶,了解了革命,而革命者则由努力和教养,获得了文学。但仅仅这几年的洗练,其实是还不能消泯痕迹的。我们看起作品来,总觉得前者虽写革命或建设,时时总显出旁观的神情,而后者一落笔,就无一不自己就在里边,都是自己们的事。"说明《一天的工作》这 10 篇作品中的前两篇还是"同路人"的,后八篇才是无产者文学。

19 日,鲁迅编《新俄小说家二十人集》下册讫,名为《一天的工作》,并作《后记》,载于《一天的工作》,署名"编者"。这个译文集于 1933 年 3 月由上海良友图书印刷公司出版,《后记》介绍作者小传及译本所据的版本。

25 日,上海文化界人士举行庆祝高尔基创作四十周年纪念活动。进步报刊以专号或专栏的形式,发表纪念文章,表示庆祝。10 月,周扬编辑的《高尔基创作四十年纪念文集》,由上海良友图书公司出版。

鲁迅、茅盾、丁玲、曹靖华、冯雪峰(署名"洛阳")、夏衍(署名"突如")、适夷 7 人联名发表《高尔基的四十年创作生活——我们的庆祝》,载于 11 月 15 日"左翼文化总同盟"机关刊物《文化月报》创刊号上。

27 日,南京国民党政府签发《检获书刊不许翻印令》。

《齐大月刊》改名为《齐大季刊》,编辑委员会也进行了改组,老舍任编辑委员会委员。据《〈齐大季刊〉编辑委员会启事》云:"兹拟将《齐大月刊》改为季刊,形式内容均希有所改善。本校学友投稿(以学术研究或介绍为主,文艺创作副之),如经选登给以每千字一元之酬金。投稿务须抄写清楚,如系翻译须注明原书名称、出版年月及著作者姓名。对一切稿件本会有删改权,未经选用之稿件本会代为保存以便投稿人索取。第 1 期稿件至迟须于本年 10 月 15 日以前送交本会委员(谢凝远博士、陈文彬主任、栾调甫先生、侯宝章大夫、郝昞蘅主任、舒舍予先生),过此期限即留交第 2 期稿件审查会审查。投稿诸君务希注意。"

本月

日寇入侵日甚,华北危机严重,北平文化界刘半农、江翰、马衡、徐炳昶等呈书南京政府,建议将北平作为不设防的文化城。

巴金到青岛，不日转道济南到北平。

陈白尘在淮阴被捕入狱，化名"陈斐"。在镇江狱中，他坚持创作，1935年获释。

罗荪因哈尔滨沦陷抵达上海。

闻一多回母校清华大学任中国文学系教授，朱自清是系主任，两人论学共事开始。

中国政治学会在南京成立。王世杰任理事长，杭立武为总干事，张忠绂、周鲠生、萧公权、陈之迈、蒋廷黻、高一涵等人为理事和监事。

《光明》周刊创刊于广州，1932年10月15日出至第3期停刊，光明剧社编辑，香港光明剧社发行。主要栏目有"时画"、"实话"、"短篇小说"、"语言短剧"、"艺术讲座"、"散文小品"、"名剧翻译"、"文艺情报"等。

《广州杂志》半月刊创刊于广州，1934年10月1日停刊，由杨柳编辑，广州杂志社出版，为通俗文艺刊物。刊有小说、传奇、杂文、诗歌等多种体裁的市井文学，发表国画、漫画等艺术作品。

《艺术旬刊》创刊于上海，1933年1月改为月刊，1933年2月出至第2期终刊，由上海摩社编辑部编辑发行。刊有艺术之评论、译述、随笔、杂感、文学创作、艺术界消息等。

《出版旬刊》创刊于上海，由上海出版旬刊社主办，1933年6月出至第1卷第12期停刊。

《儿童杂志（高级）》1932年9月创刊于上海，1935年2月出至第50期停刊，由儿童杂志社编辑、出版。

《广州文艺（新地）》创刊于广州，1932年10月停刊，由广州文化界大同盟创办，何干之、欧阳山主编。后改名为《新地》、《大家新闻》，1933年8月停刊，共出20期。

《图书评论》月刊创刊于南京，1934年8月1日出至第2卷第12期停刊，由刘英士编辑，南京图书评论社发行。主要栏目有"批评"、"书讯"等，主要撰稿人有千家驹、吴晗等。

《申报月报》在上海创刊，由俞颂华、凌其翰编辑，上海申报馆出版，出至4卷12期休刊。后改名为《申报周刊》(又名《申报每周增刊》)继续出版，出到

1937年12月停刊。1943年1月复刊改为本名，1945年6月终刊。

本月出版的诗歌作品有：诗集《月夜》（许寿民编，上海中学生书局）；诗文合集《文艺园地》（柳亚子编，上海开华书局）。

本月发表的散文有《钓台的春昼》（郁达夫著，载于1932年9月《论语》第1期），作者寄情于大自然的美景之中，但心中却充满忧患意识，抒发了对黑暗时政的愤懑和爱国主义的炽热感情。全篇描绘自然景物富于泼墨山水的气势和神韵，文笔清新，不事雕琢，嵌入不少诗词，诗文并茂，自然得体；散文诗集《回忆》（马国亮著，上海良友图书公司）。

本月出版的翻译作品有《社会落伍者》（[苏]高尔基著，杨昌溪译，《新时代》第3卷第1、4期连载）；小说《爱的雾围》（[法]莫洛怀著，王家译，上海中华书局）。小说集《舅舅昂格尔》（[罗]依斯特拉谛著，贺文林译，上海中华书局）；《快乐的人们》（[德]苏德曼著，周颂棣译，上海中华书局）。

此外，本月还出版有：丛书《中华童话》（杨喆编，上海中华书局）；自传性作品《创造十年》（郭沫若著，上海现代书局）。

十月

1日，上海商务印书馆《东方杂志》杂志社向全国知名人士遍发通启，征询："（一）先生梦想的未来中国是怎样？（请描写一个轮廓或叙述未来中国的一方面）（二）先生个人生活中有什么梦想？（这梦想当然不一定是能实现的）"后在翌年元旦该刊第30卷第1期上依收到回信的先后揭载，郑振铎列第8篇，他只回答了第一个问题（梦想的中国）。

《小说月刊》于杭州创刊，由沈从文、林庚、高植、程一戎编辑，杭州苍山书店发行，出至第1卷第4期终刊。编者在创刊号的编后里说："我们只用一种最最诚实，一点也不花哨的，属于乡下人的质朴心肠来从事这个。我们想拿这诚实去换得大多数读者的信任，我们也想拿一点努力的精神去得到一切爱好文艺者的同情。"

《女声》创刊于上海，由"女声社"编辑，上海中外印刷厂发行，仅出几期便停刊。1945年11月1日复刊。主要撰稿人有庐隐、白薇、赵清阁、林汉达、伊凡、崔万秋等。

瞿秋白作《文艺的自由和文学家的不自由》，载于《现代》第1卷第6号，署名"易嘉"。批判"自由人"和"第三种人"，主要批判的对象为胡秋原和苏汶。

周起应作《到底是谁不要真理，不要文艺？》，载于《现代》第1卷第6号。文章驳斥苏汶所谓左翼文坛不要真理，不要文艺的恶毒污蔑，指出他所鼓吹的文学自由论的实质，"就是要使文学脱离无产阶级而自由，换句话说，就是要在意识形态上解除无产阶级的武装"。

苏汶作《"第三种人"的出路》，载于《现代》第1卷第6号。本文反驳易嘉和周起应文章的基本论点，就易嘉文中所阐述的"关于文学之武器作用的问题"和"关于文学之阶级性的问题"进行辩解。他认为左翼文坛把文学的意义看得过于局限，太热忱于目前某种政治目的，而把文学更永久的任务完全忽略了。他认为文学作为武器的作用是有限的。

舒月作《从第三种人说到左联》，载于《现代》第1卷第6号，指责胡秋原"始终没有剥去五四的衣裳"，认为他的理论主张失去了无产阶级的立场，是为小资产阶级自由人作辩护，是抹杀了文学的阶级性，并且苏汶在本质上是和"自由人"的胡秋原取同一态度的。同时，作者在批判胡秋原和苏汶时，制造了所谓左翼文坛中存在着小资产阶级的黏性说。指责左翼文坛不顾作品内容的贫乏和非普罗性的东西，却用来作为自己的招摇，而这种敷衍和聊以充数的坏现象的存留，就是左翼文坛存留着一种小资产阶级的黏性，这种黏性使左翼文坛不能严厉地批判自己，不能真正深入大众层去。他认为如果不克服这种小资产阶级的黏性，左翼文坛是无法进一步存活的。

高明翻译的十一谷义三郎的小说《变成白桦的人》发表于《现代》第1卷第6期。

5日，郁达夫宴请鲁迅、柳亚子夫妇，鲁迅席间"偷得半联"，后续成七律《自嘲》。

14日，郑振铎在北京大学演讲《从变文到弹词》，由汪伟笔记，后收入《痀偻集》中。

15日，陈独秀被国民党逮捕。

《小说月刊》创刊于杭州，16开，由沈从文、林庚、程一戎编辑，第2期起增加高植，发行人为朱伯耀，杭州苍山书店发行。1933 年 1 月 15 日出至第 1 卷第 4 期终刊，共出 4 期。主要栏目有"诗歌"、"消息"、"作家小传与纪念"、"小说"、"散文"、"翻译"等。主要撰稿人有辛亥、徐天白、张鸣春、杜林村、苏寿鹏、由稚吾、源西、李晴、青冈、高地、林苹、倪大从、岳林、白桦、黑手、段落、高植、程一戎、高云树、孟斯根、沈从文、沈紫曼、佩欣、余世鹏、聂绀弩、曾今可、臧克家、邵冠华、何德明、史卫斯、林庚、李辉英、陆志韦、陈梦家、李鹏年、明若等。

《国难专报》半月刊创刊于北平，由北平"国难专报社"编辑、发行、印刷。社长为郎啸苍，特约编辑有刘梦凡、曾兆泰、卢砌如、陈彦章、刘孤鸿、李健生、汤华民、李浪墨、乔醒民、吴焕章、徐汉文，外勤记者有林伯愚、陈锡鹏、赵春圃、白孟禹、杨焕章、邹汉光、曲振东等。后署总务部主任为刘梦九，副主任傅笑痕，编辑部主任宣大可，副主任傅笑痕，宣传部主任边慕颜、副主任周元文。主要栏目有"论潮"、"论著"、"救济"、"文艺"、"杂俎"、"治蝗"、"防疫"等。

瞿秋白在《文艺月报》第 1 卷第 2 号发表《论弗理契》，署名"宋阳"。他在文章中说，弗理契是将马克思主义唯物辩证法运用于艺术科学的第一人，并认为弗理契是专门研究文艺科学的第一个人。虽然在他之前已经有过普列汉诺夫，然而首先应用互辩法的唯物论来专门研究文艺的，而且留下了真正有专门科学价值的著作的，始终要算弗理契。普列汉诺夫只给了些一般的理论上的，而弗理契方才开始用这种理论研究了具体的文艺现象。瞿秋白认为，（一）弗理契的文艺思想"不免包含机械论的错误"。例如，他接受了"波格达诺夫的文艺组织生活论"，说过"艺术是组织社会生活的特殊的手段"这样的话。（二）弗理契比普列汉诺夫进步的地方在于他"更彻底地了解了文艺和阶级的关系"。他说过，"没有什么'时代艺术'……在没有阶级的社会里，只有社会集体的艺术；在有阶级的社会里，只有阶级的艺术"。弗理契"能够在阶级斗争的过程之中去研究艺术"。

瞿秋白作《再论大众文艺答止敬》，载于《文学月报》第 3 号，署名"宋阳"。文章主要针对茅盾"技术是主，作为表现的媒介文字本身是末"这一观点提出批评，指出这种想法实际上取消了大众文艺的广大运动，而只剩得大众文艺的描写方法问题，而单纯的文艺技术问题，无法代替大众文艺的全部。如果不要新的文学革命，不注意形式之上的形式，而只要把新文言的小说在描写方法上改作动作多而抽象少，就无所谓大众文艺的运动。

阿英作文批判《大上海的毁灭》，载于《文学月报》第3号，署名"方英"。该文指出黄震遐的这篇"民族主义文学"代表作，虽以"一·二八"事变为背景，但却看不到一点反帝国主义的热情，只看到了都会的享乐和模式化的罗曼史，而这不是民族主义文学的真髓。

向茄翻译的苏联诗人德纳衣的《没工夫唾骂》发表于《文学月报》第1卷第3期。

20日，周起应编《高尔基创作四十年纪念论文集》，由上海良友图书公司出版。首编为鲁迅、茅盾、丁玲等7人署名的贺电《高尔基的四十年创作生活——我们的庆祝》。

楼适夷翻译的《叶赛宁诗抄》载于《青年界》第2卷第3期。

李兰翻译的高尔基的小说《胆怯的人》(原名《福玛·哥蒂耶夫》)由上海湖风书局出版。

26日，鲁迅往江湾野风社演讲，题为《美术上的大众化与旧形式利用问题》。听讲者有郑野夫、陈铁耕、胡一川等十多人。讲演内容主要是针对当时青年美术工作者的思想情况，并结合他所带来的画册，讲述有关美术工作者如何提高思想、如何深入生活、如何提高技巧和如何进行革命美术创作等问题。

29日，老舍的散文《耍猴》(济南通信)在《华年》第1卷第29期发表，初收于《老舍幽默诗文集》(海南版)。文中通过张大娘对运动会种种不正确的看法，讽刺了愚昧、落后的国民性。其中说："有小孩决不送进学堂去，连蹦带跳，一口血，得；况且是老大不小的千斤女儿呢？"

31日，鲁迅托许广平到开明书店预定郑振铎《插图本中国文学史》一部。

鲁迅编排《两地书》完毕，共分三集。

本月

老舍向《现代》杂志寄相片一张，载《现代》11月1日第2卷第1期"现代文艺画报"专栏，题为"幽默家老舍近影"。据本期发表的《社中日记》云："老舍先生寄了一枚照片来。这位幽默家的本来面目，想必一定有人愿意一见的吧！"

洪深夫人肺病至晚期，经人介绍，常青真以远亲身份帮助洪照料病人和5岁的女儿。次年洪夫人亡故，洪、常在青岛结婚。

徐迟由北平返家乡吴兴南浔，学习，写诗。次年秋重返东吴大学复学。

《黄钟》周刊在杭州创刊，王平陵为主编。这份杂志主要鼓吹民族主义文学，也正因为这是一份民族主义文学的刊物，才能在国民党当局扼杀、查封各种进步期刊的情况下，得以长期创办下来，直至1936年5月才终刊。

《社会新闻》旬刊创刊于上海，由新光书店经售，初为3日刊，后改为旬刊，又改为半月刊，1935年10月改名《中外问题》，1937年10月停刊。

《民间》原为不定期刊，由陶茂康个人编辑出版，共出12期。1932年10月改由杭州中国民俗学会编辑，杭州民间出版部出版、发行，钟敬文、娄子匡、陶茂康编辑，改为月刊。1934年4月出至第10、11期合刊后终刊。刊有"老虎外婆故事"专号、"月光歌谣"专号等。主要撰稿人有娄子匡、张之金等。

《中国出版月刊》创刊于杭州。1933年5月出版第6期，1933年7月出版第2卷第1期，1936年9月出版第6卷第5、6期合刊后停刊，中国出版月刊社编辑，流通图书馆发行。主要栏目有"论坛"、"书报评介"、"文艺"、"教育消息"等。

《潮汐月刊》创刊于北平，1932年11月出至第3期停刊，由二一文艺研究社编辑，刊有小说、诗歌、译作等。

本月出版的诗集有《狮子吼》(王平陵著，南京书店)，主要作品有《血钟响了》、《力的生命》、《黄浦江边的血潮》、《我怀念着出征的弟兄们》、《赠蔡廷锴将军》、《出征的前夜》、《大屠杀》、《决斗》、《擦亮你们的枪杆》、《放起一把炽烈的火焰》等；《梦幻》(梁格著，梁志平发行出版)，主要作品有《园前》、《飘摇》、《昨日的黄昏》、《慈爱之光》、《昨日的娇娆》、《东风》、《浮幻》、《夜已沉》等；《火花集》(季梅著，北平野潮书店)，主要作品有《也算一粒火星》、《转移》、《梦》、《张大婆婆的死》、《我这颗心》、《夜》、《向苦闷的监牢告别》、《红黑的交流》、《在雨里》、《到十字街头》等。

本月出版的散文作品有杂文集《二心集》(鲁迅著，上海合众书店)，收1930年至1931年所作杂文30篇。其中有《"民族主义文学"的任务和命运》、《中国无产阶级革命文学和前驱的血》、《黑暗中国的文艺界的现状》、《对于左翼作家联盟的意见》、《知难行难》、《非所计也》、《"友邦惊诧"论》、《"硬译"与"文学的阶级性"》、《"丧家的""资本家的乏走狗"》、《上海文艺界之一瞥》、《答北斗杂志社问》等重要文章。文集有的反对国民党文化围剿、鞭挞卖国投降、支持爱国抗日运动；有的对革命文学和自己的创作经验加以总结；有的是对资产阶级人性论的批判等。当时有人攻击鲁迅为"文坛贰臣"，鲁迅承认自己对反动派是存"二心"的，故取书名为《二心集》。

本月出版的翻译作品有：小说《死的胜利》([意]邓南遮著，芳信译，上海大光书局)；《罗马的假日》([美]辛克莱著，王宣化译，上海实现社)；《深渊下的人们》([美]杰克·伦敦著，邱韵铎译，上海光明书局)；《新珠》([日]菊池宽著，周伯棣译，上海大陆书局)；童话《跛老人》([德]格林著，陈骏译，上海开明书店)；《近代西班牙小说选》(徐霞村译，北平立达书局)；《近代意大利小说选》(徐霞村译，北平立达书局)。

此外，本月还出版有诗文合集《弱水》(黄忏华著，南京书店)，内收新诗《浮生》、《燕子》、《小鸟的挽诗》、《幽凉》、《灵隐道上》、《智慧的花》、《月夜》、《忆西湖》、《可怜的弱水》等。

十一月

1日，老舍的杂文《祭子路之岳母文》在《论语》第4期发表，初收于《老舍幽默诗文集》(时代版)，现收于《老舍幽默文集》。文中说："当今之世，向杂志投稿有二道焉：曰党同，曰伐异。"文末附信说："编辑先生：小的胆大包天，要在圣人门前卖几句《三字经》，作了篇《祭子路之岳母文》。如认为不合尊刊性质，祈将原稿退回，奉上邮票五分，专作此用。如蒙抬爱，刊登出来，亦祈将五分邮票不折不扣寄回，以免到法庭起诉。敬祝论祺——小的老舍敬启。"

鲁迅作《论"第三种人"》，载于《现代》第2卷第1期，文章运用马克思主义的阶级论，首先揭露胡秋原同其他御用文人和托派分子一样，"是在指挥刀的保护之下，在马克思主义里发现了文艺自由论"，接着驳斥了苏汶对左翼文坛的攻击。该文以强烈的战斗性和高度的科学性，捍卫了马克思主义的阶级斗争学说，是对"自由人"和"第三种人"的一次总的批判和清算，是左翼文坛一篇光辉的战斗文章。

苏汶作《论文学上的干涉主义》，载于《现代》第 2 卷第 1 期，攻击"左联"干涉文学，将文学当作政治的留声机的主张，使得文学对人生的永久任务不能完成，因而作品只是掩饰现实，粉饰太平，只写理想，不要现实，只要正确，不要真实的东西了。他声明自己反对那种无条件地当政治的留声机的文学理论，反对干涉主义；要求真实的文学，甚于只在目前对某种政治有利的文学，文学应该能够永远保持它对于人生的任务。

陈望道作《关于理论家的任务速写》，载于《现代》第 2 卷第 1 号，署名"陈雪帆"。

张家耀翻译的华兹华斯的小说《我的心跳动》发表于《新时代》第 3 卷第 3 期。

2 日，刘微尘的《"第三种人"与"武器文学"》发表于《文艺自由论辩集》。该文批判苏汶的"第三种人"的立场，指出他把政治问题从文学领域里排挤出去，由各阶级自由地去反映形形色色的生活，实际上却是替普罗文学解除了武装。

3 日，中国共产党中央委员会机关报《斗争》第 30 期发表张闻天的《文艺战线上的关门主义》，署名"哥特"。此文后略经删改，以"科德"的笔名转载于 1933 年 1 月《世界文化》第 2 期。文章指出："在我们同志中所存在着的非常严重的'左'的关门主义。这种关门主义不克服，我们决没有法子使左翼文艺运动变为广大的群众运动。"

鲁迅致信许寿裳，主要谈及北新书局因出版章衣萍的《小八戒》，引起回族同胞请愿一事，批评说："此种无实之言，本不当宣传，既启回民之愤怒，又导汉人之轻薄，彼局有编辑四五人，而悠悠忽忽，漫不经心，视一切事如儿戏，其误一也。及被回人代表诘责，弟以为惟有直捷爽快，自认失察，焚弃存书，登报道歉耳。而彼局又延宕数日……迨遭重创，始于报上登载启事，其误二也。"鲁迅与北新书局的关系很深，熟知他们的作风，在尖锐批评中表现他尊重兄弟民族的正确立场。

7 日，《荒漠》不定期刊创刊于北平，1933 年 2 月 15 日出至第 4、5 期合刊后停刊，由北平荒漠半月刊社编辑、发行。刊有小说、小品、诗歌、随笔、散文、漫画、摄影及科学、宗教、教育等方面的评论。

鲁迅致信增田涉，谈到日本改造社于本月出版的井上红梅编译的《鲁迅全集》时说："井上红梅氏译拙作，我也感到意外，他和我并不同道。但他要译，也是无可如何。近来看到他的大作《酒、鸦片、麻将》，更令人慨叹。然书已译出，只好如此。"

鲁迅致信山本初枝，同样表现出对井上红梅及其译作的不满。同时谈到自己的生活："很想写点东西，可什么也不能写。政府及其鹰犬，把我们封锁起来，几与社会隔绝。"

8日，戴望舒因淞沪战争爆发、书店歇业，乘达特安号邮船自费赴法，入巴黎大学听讲。

9日，茅盾去朱自清处，谈明清二代短剧等。

11日，针对苏汶的《论文学上的干涉主义》和戴望舒的《灯》(《现代》第2卷第1期)，瞿秋白作《"向光明"》。该诗嘲讽了苏汶、戴望舒等人所向往的"神妙的声音"、"真实的人生"；揭露了他们所追求的"光明"和"伟大的艺术之宫"，不过是昏暗的"灯光"，以及那掩饰他们尽情纵欲的"黑暗"。

12日，老舍的散文《国庆与重阳的追记》(济南通信)发表于《华年》第1卷第31期。本文前半部分为散文，后半部分是诗歌。其中诗歌以《国难中的重阳(千佛山)》为题，初收于《老舍幽默诗文集》(时代版)，现收于《老舍新诗选》，全文收于《老舍幽默诗文集》(海南版)。文中说："从一方面想，中国似乎没有希望；再从另一方面想，中国似乎还是没有希望。以国庆与重阳说吧，就能证明这两头无望。今年的国庆不庆，似乎大有作用，其实呢，只是官员与学生少放一天假；有几位国民晓得'双十'是个'节'？"'九一八'的降生地仍在仇人手里，国庆节仍然没有人晓得，我非发表那首诗不可了。诗不像诗，是的；可是国民不像国民呢？有此国民有此诗，至少合乎'中国逻辑'，于是，欲知重阳怎样热闹，有诗为证。"

13日，鲁迅午后抵北京前门站，3时至家，见母病已稍愈。鲁迅的母亲患慢性胃病，因年老力衰，遂现晕眩状态，其实病情并不严重。鲁迅这次返京的消息很快传遍了古城。左翼文化人士和青年学生大受鼓舞，反动派则如临大敌，买办文人借机攻击鲁迅再次卷土重来。

15日，国民党公布宣传品审查标准，规定凡宣传共产主义、国家主义、无政府主义者均为"反动",凡批评国民党政策者均为"危害民国","一律禁止"。

国民党江西省党部出面创办的文艺团体南昌文艺社成立,创办《民锋》半月刊,声称要"复兴江西文艺运动"。

《文化月报(世界文化)》创刊于上海,是中国左翼文化界总同盟的机关刊物,16开,由陈质夫编辑,上海文化月报社出版发行。发表的文章主要有鲁迅的《高尔基的四十年创作生活》(与他人合作)、《论"第三种人"》,陈质夫的《自由市文化城与无军备区域》、《粮食跌价与美麦借款》,敢言的《请看王礼锡的"列宁主义"》,丁休人的《金宝塔银宝塔》以及洛文等3人的译作和文化情报10则。创刊号出版后,就遭到国民党当局查禁。1933年1月15日更名为《世界文化》第2期继续出版,改由徐介石编辑,世界文化社出版发行,也仅出1期。栏目有"文艺"、"时事述评"、"文化情报"、"小说"等。主要撰稿人有王彬、敢言、李耀平、嵩甫、鲁迅、茅盾、丁玲、曹靖华、洛扬、适夷、突如、余菲、林尚达、陈质夫、王彬、亚秀、许逊甫、吴恕、科德、姚金、丹仁等。

《青鹤》半月刊创刊于上海,总编纂为陈灨一,编辑者、总发行所为青鹤杂志社,分发行所为大东书局,中和印刷公司印刷,1937年7月30日出至第5卷第18期终刊,共出114期(仅见前113期),16开,主要发表文言作品。主要栏目有"论评"、"专载"、"中外大事记"、"名著"、"丛录"、"文荟"、"词林"、"考据"、"述记"、"杂纂"、"小说"。主要撰稿人有汤斐予、宏农、陈三立、夏敬观、蒋维乔、陈衍、秦更年、夏映庵、半解居等。

洪深的"农村三部曲"第一部《五奎桥》在《文学月报》第1卷第4期发表。单行本于1933年12月由上海现代书局出版。

鲁迅的《"连环图画"辩护》发表于《文学月报》第4期。关于该文的写作原因,作者在文中表示,苏汶以中立的文艺论者的立场,将连环图画一笔抹杀了,虽然那不是专门讨论绘画的文字,然而在青年艺术学徒的心中,也是一个重要的问题。文章以中外绘画史上大量的事实,证明了连环图画是一门艺术。除此之外,作者很中肯地希望青年的艺术学徒,在学习创作大量的油画或水彩画的同时,还要着重并且努力于连环图画和书报的插图,自然应该研究欧洲名家的作品,但也更注意于中国旧书上的绣像和画本以及新的单张的花纸。这些研究和由此而来的创作,自然没有现在的所谓大作家受人们的赞赏,但是作者坚信这些是大众需要的和感激的。

《文学月报》第 1 卷第 4 期刊载诗歌《汉奸的自供状》，署名"芸生"。芸生本名邱九如，此诗批判矛头直指胡秋原，作者的本意是讽刺自称"自由人"的胡秋原的反动言论，但诗中存在着辱骂和恐吓的严重缺点和错误。在诗中，他把胡秋原看作革命的敌人和"汉奸"加以辱骂："什么？学者——/ 汉奸——/ 帝国主义的牧师＋地主资产阶级的和尚。""啊，你这便衣队，/ 这汉奸！"……"放屁，你的妈，你祖宗托洛茨基的话。/ 当心，你的脑袋一下就会变做剖开的西瓜！"冯雪峰读到此诗后极为不满，立即向《文学月报》的编者周起应（周扬）提出建议，要求他在下一期的《文学月报》上做出纠正，但遭到拒绝。鲁迅得知此事后，很快便写了《辱骂和恐吓决不是战斗》一文，发表在同年 12 月《文学月报》第 1 卷第 5、6 期合刊上。鲁迅在文中直截了当地指出，《汉奸的自供状》一文"有辱骂，有恐吓，还有无聊的攻击"，"尤其不堪的是结末的辱骂"，"接着又是什么'剖西瓜'之类的恐吓，这也是极不对的"。与此同时，他又提出了自己的战斗原则——"战斗的作者应该重于'论争'"。这显然是对当时流行的"左"倾幼稚病的批评。

但是，有些左翼作家却对鲁迅的意见持反对态度。其中，祝秀侠化名"首甲"，与方萌、丘东平等联名，于 1933 年 2 月 2 日《现代文化》第 1 卷第 2 期发表《对鲁迅发表的〈辱骂和恐吓决不是战斗〉有言》。他们对鲁迅所说的"战斗的作者应该重于'论争'"这一观点虽然表示同意，但也认为芸生"辱骂"胡秋原"有什么不可以"，"他的基本立场是正确的"，大可以不必颠覆地批评芸生的诗。

鲁迅的《论"第三种人"》发表于《现代》第 2 卷第 1 期。

嵩甫翻译的苏联作家亚尔夫列德·克列拉的《五年计划中的社会主义的文化革命》开始在《文化月报》创刊号第 1 卷第 2 期连载。

洛文翻译的日本作家上进田的《苏联文学理论及文学批评的现状》发表于《文化月报》创刊号。

19 日，郑振铎在燕京大学天和厂 1 号住所举办《北西厢记》展览会，陈列明清刊本王实甫《西厢记》及有关书籍 27 种（其中有 6 种是借自北平图书馆的），其中有明刊本 17 种、清刊本 9 种、近刊本 1 种，多为坊间不易见之善本。郑振铎还说将于明春再举办《临川四梦》展览会，后因故未举办。

20 日，《珊瑚月刊》创刊于广东汕头，1932 年 12 月 2 日出至第 1 卷第 2 期停刊,由章铁民、汪静之编辑,珊瑚文艺社出版。刊有散文、日记、诗、书信、随笔等作品,主要撰稿人有汪静之等。

章铁民翻译的匈牙利作家育珂摩尔的小说《跳舞会》发表于《青年界》第 2 卷第 4 期。

24 日,鲁迅应范文澜邀请,到他家吃晚饭,同席共 8 人。这是鲁迅第一次跟北平左翼文化团体的人士见面,地点在亮果厂小取灯胡同 7 号,是以洗尘宴会的形式进行的。鲁迅谈了许多上海"左联"的情况,怎样坚持斗争、内部反关门主义的问题,以及"一·二八"后上海工厂文艺活动和"工农兵通讯"活动的情况。鲁迅非常关心北平学生运动和文艺界的情况,饶有兴味地倾听北平同志的介绍。当听到"京派文人"死气沉沉的情形时,他批评了资产阶级艺术的堕落倾向,并且提议在北方应该好好组织力量,办一个刊物。

26 日,鲁迅在北海后门西皇城根 79 号参加中共北平地下党所组织的一次欢迎会。出席的不仅有左翼各文化团体的代表,还包括反帝、互济会的代表共 20 余人。各文化团体先后汇报工作情况,接着鲁迅做了较长的发言。他介绍上海文艺界的斗争,对作家参加政治斗争、接近工农、改造思想等问题发表了意见。他还要求北平"左联"纠正关门主义,团结好要求进步的老作家,注意发现和培养新生力量。鲁迅还谈到他计划写一部反映辛亥革命前后至"五四"前后的中国知识分子思想变化、发展的长篇小说,说:"以后年轻的一代,恐怕就不易熟悉这些了。"最后,他还是强调"要好好办一个刊物"。鲁迅对办刊物有三点重要意见:一、刊物不一定都登名人的文章,因为名人的文章不一定都好;二、要好好把工农兵通讯运动搞起来,从他们中间发现作家;三、要认真对待农民,陈独秀之流是不喜欢的,我们要到中间去。由于鲁迅的热情推动,后来又不断给予支持,北平相继出版了《文学杂志》、《文艺月刊》、《文学通讯》、《北国》、《冰流》、《北方文艺》、《创作与批评》等进步刊物。

30 日,郎鲁逊译述法国作家罗月的作品《艺术箴言》发表于《文艺茶话》第 1 卷第 4 期。

本月

　　本月中旬至 28 日，鲁迅到北平探亲，应邀先后在北京大学、辅仁大学、北平女子文理学院、北京师范大学、中国大学做了五次讲演，后来被称为"北平五讲"。22 日，鲁迅应北京大学马幼渔先生之邀，作题为《帮忙文学与帮闲文学》的演讲，收于《集外集拾遗》。同日，应辅仁大学沈兼士先生请，作题为《今春的两种感想》的演讲，收于《集外集拾遗》。24 日，应北平女子文理学院范仲沄先生邀请，作题为《革命文学与遵命文学》的演讲。27 日，应北京师范大学文艺研究社邀请，作题为《再论"第三种人"》的演讲，未发表和收集。28 日，应中国大学时代读书会请，作题为《文艺与武力》的演讲，讲稿佚。

　　老舍为《齐大年刊》出版而撰写的《发刊词》在《齐大年刊》(1931—1932)发表，初收于《老舍序跋集》。词云："《齐大年刊》不是广告本子，也不是什么学说的宣传；它是把整个的学校：人，物，工作，全清清楚楚地画出来，作一种真实的纪念品。人生最值得纪念的是'大学生活'那一段，它是清醒的，意识的，自动的，努力向上的生活；而且是后半世生活的根基。这一段生活的回忆，最足以令人自尊自爱自励；它的纯洁甜美可以说是生命之河的出山泉水。在这里我们找到年刊的意义。它虽不是艺术的，但不失为生命的。就是当年老退休的时节，拿出这本再掀一掀，仍然足以使我们笑一笑，或落几滴眼泪呀。"同月，老舍的数张工作和生活相片在该刊发表，初收于《老舍（画传）》。

　　《电影与文艺》月刊创刊于天津，由天津电影与文艺社主办，1933 年 4 月出至第 5 期停刊。

　　本月出版的短篇小说有《上海的狐步舞》(穆时英，《现代》第 2 卷第 1 期)；《春蚕》(茅盾，《现代》第 2 卷第 1 期)。

　　本月出版的诗集有《落日颂》(曹葆华著，新月书店)，主要作品有《灯下》、《山居小唱》、《莫笑我》、《我不愿》、《爱》、《想起》、《假如》、《为了美》等；《灵焰》(曹葆华著，新月书店)，主要作品有《生命之歌》、《夜歌》、《恋》、《我忘不了》、《不同》、《有一次》、《她这一点头》、《多谢你》、《我的生命》、《寄诗魂》、《再寄诗魂》等；《漂流》(周民钟著，上海华通书局)，主要作品有《离别之夜》、《在旅途上》、《凝思》、《初秋早上》、《留别》、《送同学归去》、《我当归去》、《你在爱我》《心儿都剪痛了》等。

本月出版的翻译作品有：自传体小说《大地的女儿》（[美] 史沫特莱著，林宜生译，上海湖风书局）。小说集《穷儿苦狗记》（[英] 维代尔著，楼适夷译，上海儿童书局）；《不平常的故事》（[苏] 高尔基著，史铁儿译，上海合众书店）；《劳动的音乐》（[苏] 高尔基著，阿英译，上海合众书店）。小说《璇宫艳史》（[英] 霍尔曼著，姚志伊译，上海良友图书印刷公司）。散文集《飞岛游记》（[英] 斯威佛特著，吴景新译，上海世界书局）。戏剧《瓦轮斯丹》（[英] 席勒著，胡仁源译，上海商务印书馆）。专著《英国文学研究》（[日] 泉八云著，孙席珍译，上海现代书局）。

十二月

1日，《出版消息》半月刊创刊于上海，由上海乐华图书公司主办，1935年3月出至第48期停刊。编辑为顾瑞民，发行人为陈惟清，发行者为乐华图书公司，小32开，仅见1932年第1—10、12—13、15、17、21、24—25、30—31期。1933年1月1日第3期为新年特大号，1933年12月1日第25期为创刊周年纪念特大号。主要栏目有"上海新书业之概况"、"出版界"、"作家的消息"、"作家素描"、"文坛纵横录"、"文坛春秋"、"小消息"、"新出版书目录"、"特别消息"、"文化通信"、"征文发表"、"情报"、"来信"等。主要撰稿人有瑞民、玲玲、森千、美子、之达、国良、柯林、余慕陶、路人、冰莹、莫胜堡、启东、方土人、振之、寿康、万荣、朱宾文、凡凡、陈率真等。

黎烈文接受《申报》总编辑史量才的邀请，接办《申报·自由谈》，革新《自由谈》的内容和形式。直至1934年5月9日，黎烈文在《自由谈》上刊载与该副刊脱离关系的启事为止，历时一年半左右。《申报》提出十二项改革措施，其中第五项是《自由谈》的革新，"务以不违背时代潮流与大众化为原则"；撤去周瘦鹃的主编职务，聘任黎烈文主其事。自此，《自由谈》从鸳鸯蝴蝶派手中转到进步文化界。唐弢和曹聚仁后来都在文章中对《自由谈》对新文学运动做出的贡献给予了肯定。

老舍的新诗《救国难歌》发表于《论语》第6期，初收于《老舍幽默诗文集》

（时代版）。诗前附有致《论语》编辑部的信。信中说："昨夜偶得一梦，梦见自来水笔生花；醒来决定成杰作一篇，而且要是诗；以前对于诗固十分 Outline（译为外行，编撰者注）也。信笔写来，果然不错，虽无一'哟'一'呀'，而实具古典浪漫写实普罗各派各家之美，空前正好绝其后！"诗中讽刺了那些在国难当头之际高喊"救国"空话而没有实际行动的人。诗云："思来想去到底无主张"，"问地地不语，问天天不言"，"怎么救国这么不容易"，"要不然就是老大中华没交好运气"。

胡秋原的《浪费的争论——对于批评者的若干答复》发表于《现代》第 2 卷第 2 期。本文是对易嘉、周起应、舒月 3 人的批评作一总的答复，为自己的观点辩解。文章最后向左翼文坛提出应该清算一下自己的部分错误，继续指责左翼文坛。同期还发表了谢达明翻译的苏联作家伏尔可夫的小说《小雄鸡》、叶灵凤翻译的英国作家高尔斯华绥的小说《品质》、杜衡翻译的英国作家高尔斯华绥的小说《太阳》。

2 日，郑振铎作论文《汤祷篇》，为所撰《古史新辨》之一，后载于 1933 年 1 月 1 日《东方杂志》第 30 卷第 1 期。郑振铎认为，顾颉刚等人的《古史辨》是最后一部表现中国式的怀疑精神与求真理的热忱的书，而"要想走上另一条更近真理的路，那只有别去开辟门户"，像郭沫若先生他们那样，"老在旧书堆里翻筋斗，是绝对跳不出如来佛的手掌以外的"。本篇阐明我国古代君师的关系和人祭的习俗，同时指出当时社会中还有许多"蛮性的遗留"，并点了张宗昌等人的名，希望"打鬼运动的发生"。

5 日，毛腾翻译的俄国作家卢那察尔斯基的《革命与艺术之曲线的联系》发表于《矛盾》第 1 卷第 3、4 期合刊。

13 日，《戏剧新闻（艺术与教育）》周刊创刊于广州，该刊由中国左翼戏剧家联盟广州分盟创办，侯枫主编，仅出 3 期，第 1 期为纪念上海"左联五烈士"专刊，第 2、3 期分别改名为《艺术与教育》、《戏剧集纳》。

15 日，黎烈文接编《申报》副刊《自由谈》，鲁迅、茅盾、郁达夫等为主要撰稿人。黎烈文（1904—1972），幼名六曾，笔名李维克、林取、达六等。湖南湘潭人。1922 年到上海，任商务印书馆编辑。1926 年赴日、法两国留学，获得硕士学位。1932 年回国，在法国哈瓦斯通讯社上海分社任编译。同年 12 月，应史量才邀请，担任《申报》副刊《自由谈》主编。1935 年与鲁迅、茅盾等组织译文社，出版《译文丛书》。1936 年主编《中流》半月刊。抗日战争时期在福建从事教育和出版工作。1946 年任台北《新生报》副社长。1947 年后任台湾大学教授。1972 年 10 月在台北病逝。译著有散文集《崇高的女性》等 21 种。

艾芜的短篇小说《人生哲学第一课》发表于《文学月报》第 1 卷第 5、6 期合刊。这是作者根据自己一段流浪生活而创作的自传体小说。1925 年六七月间，作者由成都出发，开始向南方漂泊。因沿途匪患，在云南昭通滞留月余，走了两个多月，是年秋才到达昆明，流落街头。小说正反映了这段流浪生活。作品饱含作者深切的人生体验，真实地写出流浪者"辛苦的奔波，惨痛的劳碌和伤心的失望"，揭示了旧时代的某些世相，表现了作者对人生的深刻认识和对下层人民的深切同情。作品取材新颖，在平淡的叙述中含有对人生哲理的发现，表现了独特的风格。

废名的中篇小说《莫须有先生传》由上海开明书店出版。

《文学月报》第 1 卷第 3 号刊载瞿秋白译的苏联诗人别德纳衣的长诗《没有工夫唾骂》，署名"向茄"。

《文学月报》第 1 卷第 5、6 期合刊发表柳亚子、鲁迅、茅盾等 58 人署名的《中国著作家为中苏复交致苏联电》。同期还发表了鲁迅的杂文《祝中俄文字之交》。

茅盾的《"连环图画小说"》发表于《文学月报》第 1 卷第 5、6 期合刊。文章指出上海街头巷尾新摆设的无数小书摊上的"小书"，就是所谓"连环图画小说"，虽然它们的内容多是根据旧小说的故事而改制成的节本，但是如果把它的形式巧妙地应用起来，一定能够成为大众文艺的最有力的作品。

周扬的《自由人文学理论检讨》发表于《文学月报》第 1 卷第 5、6 期合刊。文章说：胡秋原在对文学的根本认识上，"是在自由主义这个虚伪的招牌底下，很巧妙地来拒绝蓝宁（即列宁——编者）的原则之在文学上的应用"；在对文学的阶级性认识上，他把普列汉诺夫的文学理论中所包含的抹杀阶级性的成分发展到最高度；在文艺的机能的问题上，他"否定文学的积极的，实践的任务"，持"文艺消极论"；他"口头上承认普罗文学的存在"，但实际上"只是取消普罗文学"，他还企图"破坏'左翼'和同路人的关系"。

胡风的《粉饰，歪曲，铁一般的事实——用〈现代〉第一卷的创作做例子，评第三种人论争中的中心问题之一》发表于《文学月报》第 1 卷第 5、6 期合刊，署名"谷非"。该文就苏汶在《"第三种人"的出路》中提出的"关于'现实'的问题"加以检讨。作者还剖析了《现代》第1卷所载杜衡、巴金等人的作品,指出这些作品所反映的并不是"铁一般的事实"或"唯一的真实",其原因何在呢?作者说:"作者们对于客观现实的认识,被他们本阶级的主观所限制住了",而"越和新兴阶级底主观相接近,就越能把握到客观的现实"。因此,"第三种人"自以为站在"中立的客观立场上","可以把握到客观的真实"的看法,是靠不住的。次年3月,巴金作《我的自辩》(《现代》第2卷第5期)进行声辩。

李长夏的《关于大众文艺问题》、沈端先翻译的苏联作家倍拉·易烈希的散文《在第聂泊洛水电厂》、楼适夷翻译的日本作家上田进的《伟大的第十五周年文学》发表于《文学月报》第1卷第5、6期合刊。

16日,老舍的新诗《恋歌》发表于《论语》第7期,初收于《老舍幽默诗文集》(时代版),现收于《老舍文集》第13卷。诗中讽刺了那些在国难当头胸无大志,整天沉湎于汽车、舞场、电影、戒指和女色的人。诗云:"自从那天我看见您,姑娘,/ 我才开始觉得了生命。""姑娘,你发点慈悲,/ 为您我害着相思与胃病!""钻石戒指,您的,我决定去选挑";"我可以坐着汽车天天把鲜花送"。

同日,老舍的杂文《济南专电(慢电代邮)》在该刊同期发表,署名"舍"。本文系有关《论语》的六则趣闻:(一)"历城有张三(译音)博士者,读《论语》泪下如雨;《论语》济南通信员几自杀!"(二)"老九记冬季大减价,购货一元以上随赠《论语》一册。不确。"(三)"西门大街汽车撞倒乡妇,公安局长以幽默法解决之,未处罚驶车者。闻局长系《论语》派,并主张《论语》公卖。"(四)"某中学化学教员上课时禁读《论语》,被驱失业;拟代募生活维持费。是否可行,待复!"(五)"留德博士某,欲加入'论语社',问问可否仍穿洋服?"(六)"南关王氏夫妇因争读《论语》反目,决定离婚。法官拟咨请'论语社'诸贤来济,切实指导发笑法。"

17日,郑振铎为孙楷第撰《中国通俗小说书目》作序,指出:"鲁迅先生的中国小说史略出,方才廓清了一切谬误的见解,为中国小说的研究打定了最稳固的基础。"

19日,宋庆龄、蔡元培、杨铨、黎照寰、林语堂等发起成立中国民权保障同盟。该会宗旨是反对国民党法西斯统治,争取保障人民权利和营救被捕的革命者。

临时执委会由宋庆龄、蔡元培、杨铨、林语堂 4 人组成，宋庆龄任主席，蔡元培任副主席，杨铨任总干事，林语堂任宣传主任。

20 日，戴望舒翻译的西班牙作家乌纳木诺的诗《沉默的窟》发表于《青年界》第 2 卷第 5 号。

楼适夷翻译的《苏联童话集》由上海良友图书印刷公司出版。

28 日，老舍致信黎烈文，以《老舍来信说》为题，载于 1933 年 1 月 1 日上海《申报·自由谈》，初收于《老舍文集》第 14 卷，现收于《老舍书信集》。信中说："您向我要小品文，老实不客气讲，咱不会。请您往这边来，有句私话：我对大品中品文字都有拿手——底下那句似乎不必说。""不过，您一定非别扭我不可，我自有主意。您看，我只须由大品往下一溜，溜成中品；再由中品往下一溜，溜为小品。""您叫我写小品文，设若我少着一分幽默，非急了不可！""假如您以为这全不对，那么，您说到底什么是小品文！"

31 日，老舍的散文《广智院》（济南通信）发表在《华年》第 1 卷第 38 期。文中介绍了广智院的创办经过和变迁情况。其中说："广智院是英人怀恩光牧师创办的，到现在已有 28 年的历史。它不纯粹是博物院，因为办平民学校、识字班等，也是它的一部分作业。此外，它也作点宗教事业。""山水沟的'集'是每六天一次。山水沟就在广智院的东边，相隔只有几十丈远，所以有集的日子，广智院特别人多。山水沟集上卖的东西，除了破铜烂铁，就是日本磁、日本布、日本胶皮鞋。买了东洋货，贵黄帝子孙乃相率入西洋鬼子办的社会教育机关——广智院。赶集逛院是东西两端，中间的是黄帝子孙！"

本月

胡风回上海向"文总"汇报日本反战同盟拟召开远东反战会议事宜和新兴文化研究会情况。其间首次见到冯雪峰、丁玲、周扬等。

《东方杂志》自第 30 卷起改由胡愈之主编。

叶紫、陈企霞创办的"无名文艺社"在上海成立，成员有黑婴（张又君）、贺宜等。

上海周报社编印的《上海周报》出版，共出 3 卷 26 期。

潮音社在南昌成立，成员有魏希文、李肇龄等，出版《南昌文坛》。

白虹社在南昌成立，成员有朱启英等，在南昌《民国报》创办文艺副刊《白虹》。

文艺茶会在北平成立，主要成员有王西彦、余修、夏英喆等。该会以茶话会形式展开活动。1935年改组为"北平文艺青年抗日救亡协会"。

《骚谭》半月刊出版于南京，由《骚谭》半月刊编辑部编辑，骚谭社发行，为讽刺文学刊物。主要栏目有"闲评"、"述而"、"骚经"、"文艺"、"通讯"等。

《亚洲文化》半月刊创刊于南京，由南京亚洲文化协会主办。1933年2月出至第5期停刊，1935年1月复刊，改为旬刊，期数另起。1935年6月出至第18期又停刊，1935年10月又复刊，改为月刊，期数另起。1937年6月出至复刊第2卷第8期终刊。

本月发表的短篇小说有：郁达夫的《迟桂花》，载1932年12月《现代》第2卷第2期；穆时英的《夜总会里的五个人》，写于1932年12月，作品以病态的都市生活为题材，描写了一个周末晚上在上海夜总会里的"五个从生活里跌下来的人"：其一是投机破产了的"金子大王胡均益"；其二是失恋的大学生郑萍；其三是失去青春的交际花黄黛茜；其四是被市长解职的一等秘书缪宗旦；其五是怀疑主义者季洁。这五个失意者，在夜总会里却变成"五个快乐的人"。他们歇斯底里地狂笑、狂舞。最后，胡均益被人打死，其余4人为他送殡。作品通过他们各自的变态心理和被生活压扁的特殊性格，揭露了半殖民地的城市上层社会的腐败和堕落，具有一定批判性。在艺术手法上，节奏明快，多线索并进，注重主观感觉和语言的色彩，体现了现代派小说的特征。

本月出版的诗集有《桂湖集》(黄岛晴著，黄岛晴发行)，主要作品有《北游的回忆》、《留学的回忆》、《游峨眉的回忆》、《游锦江的回忆》、《游青城山的回忆》、《桂湖上荷姑的一家》、《桂湖之畔午梦》、《筒车姑娘的恋歌》等；《碎鞋诗集》(臧亦蘧著，北平市社会局第一习艺工厂)，主要作品有《我承祖宗之余荫》、《充断了肠》、《烈士盖起屋来》、《月夜》、《哭的胜利》、《树荫之下》、《泯没》、《饭》、《无名的尸骸》、《就近》、《下雪记》、《我的女老伴》等；《现代诗杰作选》(沈仲文选编，上海青年书店)，主要作品有《上山》(沈玄庐)、《梦回》(刘大白)、《遗嘱》(刘复)、《车毡》(沈尹默)、《心悸》(周作人)、《摇篮歌》(康白情)、《女工之歌》

（俞平伯）等。

本月出版的翻译作品有：小说《战争》（[德]路易林著，袁持中译，上海世界书局）；小说集《阳光底下的房子》（[苏]玛兼珂著，适夷译，上海良友图书印刷公司）。

此外，本月还出版了《插图本中国文学史》（郑振铎著，北平朴社出版部）。

本年

宋春舫任上海商业储蓄银行研究部监督。

沙可夫由上海秘密去苏区，任《红色中华》主编、教育人民委员会副部长、工农剧社编审委员会负责人。次年底因病离苏区到上海治疗。

端木蕻良加入北方"左联"，主编机关杂志《科学新闻》，秋后入清华大学历史系。

欧阳予倩加入"剧联"广州分盟。次年10月从欧洲考察戏剧回国，后去香港、日本避难。1934年回上海，在明星影片公司任编导。

郑伯奇任上海良友图书印刷公司编辑，先后主编《世界画报》、《新小说》等刊物。

熊佛西到河北省定县搞农村戏剧大众化实验，任农民剧场主任。

陈子展以"楚狂老人"为笔名在《涛声》上发表新诗，次年任复旦大学教授。

郁达夫自书条幅，书清代龚自珍诗句："避席畏闻文字狱，著书都为稻粱谋。"悬挂在嘉禾里寓所客厅中。他开始在中国公学兼课。

王鲁彦因不满黎明中学当局对学生的压制，同情学生没有自由发展的机会，辞去教职，赴莆田涵江中学。其间有人建议他加入国民党，遭到他的拒绝。11月他离开涵江，乘船至上海。

张光年考入武昌中华大学中文系，开始对《诗经》、《楚辞》和古代文论产生浓厚的兴趣。

徐迟在北平借读于燕京大学，师从冰心，开始了文学生涯。

一般艺术社成立于广州，主要成员有陈黄光、潘皮凡、胡根天、陈洪、林悠如、林寒流、何础、何厌、林筱峰等。6月出《一般艺术》月刊，仅出4期。

陈企霞由浙江到上海，与叶紫一起从事革命文学活动。

田仲济从中国公学毕业后，在济南主办《青年文化》月刊。1937年在西安办《报告》半月刊。

杨绛毕业于苏州东吴大学，进清华大学研究院外语研究所，为研究生。

老舍收到北京师范学校老校长方还为其书写的条幅，云："四世传经是谓通德，一门训善惟以永年。"该条幅与其他书籍、字画在1937年11月逃离济南时暂存在齐鲁大学图书馆，日本侵略军占领齐鲁大学后丢失。据老舍自述："其中最使我念念不忘的是方唯一（即方还——编撰者注）先生给我们写的一副对子。""这一副对子是他临死以前给我写的，用笔运墨之妙，可以算他老人家的杰作。在抗战前，无论我在哪里住家，我总把它悬在最显眼的地方。"

冯玉祥寓居泰山读书，曾经委托余心清代邀老舍赴泰山，但始终未能如愿。据杨伯峻《老舍先生在重庆》云："1932年，冯玉祥将军住在泰山，我在冯处工作，老舍则在济南齐鲁大学教书。冯很喜爱老舍的文笔，当时余心清来往于济南和泰山，冯曾托余心清代邀老舍到泰山。不知是什么原因老舍始终未去。"（1984年3月16日《人民日报》）

庐隐参与中华平民教育促进会编撰通俗平民读物，本年至次年出版《介子推》、《不幸》、《穴中人》、《妇女生活的改善》、《水灾》等数种。

丁玲担任"左联"组织部长和工农文学会负责人，深入工人群众，组织工人读书会，并帮助工人业余作者。

郑振铎为藏书《四大痴传奇》作跋。

萧红受骗返回哈尔滨，绝望中得到萧军帮助，开始与萧军同居，共同自费出版小说散文集《跋涉》。

魏金枝因五月花剧团关系被捕，出狱后回老家小住。次年返回上海麦伦中学任教。

周瘦鹃移居苏州，开始潜心钻研盆景艺术。

冯沅君赴法国巴黎大学学习，后获文学博士学位。

为对付各种盗版书和冒名伪造的作品，冰心开始编辑《冰心全集》，分诗、小说、散文三集，并于清明节写成《我的文学生活》代序。

杨振声任山东青岛大学校长。

孙俍工任商务印书馆编辑。

高云览再度到上海，任教于公时中学，并加入"左联"，其间与叶以群、蒲风等有广泛接触。

钟望阳加入"左联"，开始文学创作活动。

王朝闻由四川到杭州，入杭州艺专学习雕塑。

任钧由日本留学回国。

刘思慕赴德国、奥地利学习经济学，参加留学生反帝同盟组织，次年回国。

柯灵入上海明星影片公司工作。

秦牧离新加坡回国。

舒群参加第三国际工作。

飞流社在天津成立，由孟英华等主持，注重诗歌创作。

白门文会在南京成立，主要成员有黄其起、吴漱予、段可情、项德言等。

上海天马书店约请著名作家编选出版自选集。

陶行知在上海创办山海工学团，提出"生活即教育"，把"工场、学堂、社会打成一片"，又采用"小先生制"、"即知即传"等教学方法，并在上海创设自然科学园，提倡"科学下嫁"。

《微风》创刊于香港，1932年12月25日出至第2期停刊，由李芝清编辑，微风文艺社出版，刊有讽刺杂文等。

《孔德文艺》创刊于北平，由中法大学孔德学院同学会文艺组编辑、出版，1933年出至第6期停刊。

《青锋（白光）》不定期刊创刊于广州，1933年1月1日出至第2期停刊，由陈荣烈编辑，岭南大学青锋文艺社出版，后改名《白光》，刊有学生文学作品及书评等。

《进一集》创刊于广东，1933年2月出至第8期停刊，由进一集社编辑，华侨印务公司出版，主要栏目有"诗歌"、"杂文"、"随笔"、"笔记"、"语录"等。

《读书周刊》创刊于浙江，1933年停刊，由浙江省立民众教育馆民众学会编辑出版。

《寒流》创刊于哈尔滨，由陈凝秋编辑，寒流社出版。

《火炬》创刊，由火炬文艺社主办，1932年出至第12期停刊。

《电影艺术》创刊，周刊，由电影艺术社编辑、出版，仅存第 1、4 期。

《介绍与批判》创刊，半月刊，仅出 1 期。

本年出版的小说作品有：中篇小说《春天里的秋天》(巴金著，开明书店)，作品写一对青年男女乐未极而悲已生的爱情故事。女学生郑佩瑢漠视封建礼教，渴求个性自由，在与中学教员林先生相恋时，陶醉在个人感情的小天地里，渴望自己与整个世界隔绝。不久，家中来逼婚，她默默地承受着痛苦，用自欺欺人来安慰林先生。与他告别回家后，她一切听从家中的安排，最后以自杀来解脱生命的痛苦。林先生也在情网中挣扎、受苦，但他也只是盲目地爱，经过了欢乐之后带来的只是悲凉的绝望。作品从女主人公春天一般的笑容演化为秋天一般的忧郁的描写中，对涉世未深的少女的悲剧寄予深切的同情。全篇以第一人称方式抒情写景，优美恬静，哀婉缠绵，具有诗的韵味。中篇小说《海底梦》(巴金著，《现代》第 1 卷第 1 期至第 3 期载，10 月由上海新中国书局出版单行本)，后改题为《海的梦》，收于《巴金文集》第 1 卷。本文描述了岛国的四种人：酋长、贵族、奴隶和侵入岛国的"外国人"。酋长和贵族屈从于侵略者并相互勾结、压迫、剥削奴隶。作品展示了奴隶惨遭杀害的情景并进而反抗的画面，歌颂了青年英雄杨和里娜"为了正义的事业"忘而献身的精神。长篇小说《桥》(废名著，上海开明书店)，作品写一对青年男女的爱情故事。程小林与史琴子都是孤儿，两小无猜，相互体贴知心。史奶奶便替这对天真无邪的孩子做了"月老"。十年以后，程小林从外地回家，这时史琴子的妹妹细竹也长大了。小林甜蜜地重温与琴子的昔日友情，同时又惊异于细竹的活泼美丽。琴子看到小林对她妹妹的态度不免产生忌妒的心理，而小林则认为喜爱未涉世的天真美丽的女子是自己的本性。作者有意淡化情节，着力描写少年男女的无邪、乡间民情的淳朴、自然风光的迷人，既无全篇的主脑，也无完整的布局，只是表现一种古奥悠远的人生意趣和诗一般的境界。语言简洁奇僻，极富抒情色彩和田园牧歌情调。

本年出版的诗集有《动乱的街头》(白虹著，陇钟编辑社)，主要作品有《我会打碎了这无门的窄笼》、《时代的羊群》、《夜行》、《仲秋之夜》、《路》、《五卅祭》、《光荣的十月十日》《是这样一晚》等；《初期白话诗稿》(刘半农编，北平星云堂书店)，由编者收集 1917 年至 1919 年的诗稿原件编成，共选李大钊的《山中即景》，沈尹默的《公园里的二月兰》、《月》、《雪》、《除夕》、《刘三来言子谷死矣》、《门杨树》、《秋》、《三弦》、《耕牛》，沈兼士的《见闻》、《早秋》、《真》、《邃先入山相访》、《泉》，周作人的《两个扫雪的人》，胡适的《唯心论》、《鸽子》、《十二月五夜月》、《四月二十五夜作》、《除夕歌》，陈衡哲的《人家说我发了疯》，陈独秀的《丁巳除夕歌》，鲁迅的《他们的花园》、《人与时》等白话诗26首。《初期白话诗稿》是研究"五四"新诗发展初期的珍贵史料。《血影》(也夫著，上海艺术研究社)，主要作品有《亡母灵前》、《战曲》、《寄我的二哥》、《也人病了》、《黄昏》、《雨夜》等。

本年创作的散文有：杂文《忆狗肉将军》(林语堂作)，文章开头从狗肉将军张宗昌之死，说"我为他惋惜，为他的母亲而惋惜，我也为他死后留下的十六个和生前离去的六十四个小妾而惋惜"。接着写张宗昌怎样命令一团士兵整队向他心爱的俄国妓女及其小狗致意，怎样同时指派两人担任同一县的县长，当两人上任时发生冲突来找他解决问题时，他反而破口大骂他们混蛋与无能。文章避开山东军阀张宗昌一生的累累罪恶，仅从他霸占几十个妇女和一些生活琐事构成种种笑料，对新旧军阀予以讥刺和鞭挞，但在超然的笑中又冲淡了其揭露与批判的深度，表现出作者特有的幽默风格。散文《威尼斯》(朱自清作)，这篇游记介绍了意大利名城威尼斯的绮丽风光和文化艺术。文章开头说："威尼斯是一个别致的地方。"市内交通全靠船只，这里河多、桥多、船多，又是一座文化艺术名城。在文艺复兴时期，这里创造过灿烂的文化，以后又不断创造，今保留下的有圣马克堂、公爷府、圣罗坷堂、佛拉利堂等大量的著名建筑物和名人的绘画、雕塑。最后还描写了运河里欣赏夜曲的别致情景。文章把威尼斯的自然风光与历史文化融合在一起，突出了这座文化名城的特色，行文有详有略，层次分明，在写景中蕴含情思，语言朴素简洁，功力深厚。

本年出版的翻译作品有：小说《福尔摩斯别传》([法]玛利瑟著，周瘦鹃译，上海中华书局)；戏剧《人之一生》([俄]安特列夫著，耿济之译，上海商务印书馆)。

本年出版的专著和论文有《中国新文学的源流》(周作人著，人文书店)，本书是作者在辅仁大学讲授《什么是新文学》的讲演稿，邓恭三记录。全书共五讲。第一讲为文学诸问题，如什么是文学及其范围、研究对象、起源、作用等。第二讲为中国文学的变迁，追溯了明末的文学运动、公安派、竟陵派等文学主张。第三、四讲为清代文学，介绍了八股文的来源、作法及桐城派与新文学的关系。第五讲为文学革命运动，介绍了清末政治变动后梁启超的文学改革以及《新青年》提倡的文学革命等。著者在追溯文学的渊源中认为，新文学的兴起是被"桐城派中的人物引起来的"，文学的发展总是随着"言志"与"载道"两种思潮的路子起伏发展等。作者探求新文学的源流自持独到的见解，对研究新文学的历史经验与发展规律有一定的参考意义，但其基本观点并未被广大研究者所接受。论文《从上海事变说到报告文学》(阿英著)，是作者为1932年南强书局出版的《上海事变与报告文学》写的代序。作者认为，报告文学"是近代的工业社会的产物"，它的"力点，是在于事实的报告"，而且"具有一定的目的和一定的倾向"。他还根据德国报告文学家基希的理论，指出报告文学家要具有"毫不歪曲报告的意志，强烈的社会的感情，以及企图和被压迫者紧密地联结的努力"这三个条件。文章最后说明编辑《上海事变与报告文学》一书对于青年了解时代和学习报告文学这个文体的意义。本文是我国较早介绍报告文学的理论文章，在奠定我国报告文学理论方面具有历史的意义。

此外，本年还出版有《现代文学丛刊》(上海中华书局，至1949年12月，共出61种)；文论《中国文化的出路》(陈序经著，商务印书馆)；艺术史论著《中国艺术史概论》(李朴园著，上海良友出版社)；《马克思主义文艺论文集：现实》(瞿秋白编译)，比较系统地介绍了马克思主义的经典作家——马克思、恩格斯、普列汉诺夫和拉法格等的文艺理论，共13篇。译者在《后记》中简要指出各篇的意义，并提供了一份"一般马克思主义对于文艺现象的观察方法"，是"很有意义的材料"；英文演讲纪要《唐代的爱情小说》(*T'ang Love Stories*)(老舍著，济南齐鲁大学)，本文系老舍于1931—1932年在华北联合语言学与美国加州学院中国分院联合举办的讲座上的演讲；译文(马小弥译)收于《老舍文集》第15卷。

1933年

一月

1日，杨邨人的《离开政党生活的战壕》在《读书杂志》第3卷第1期发表。在文中，他揭露了同为同志的高语罕、蒋光慈的遭遇及湘鄂西苏区肃反"捕禁了一两千干部"给他的影响，更为重要的是在逃亡途中，同为逃难同志的"刘敬和刘曜"的丑恶行径对他的刺激。此外，还有苏区民众的生活情况，凡此种种，使其在文中称："正当生活，有如蹲在战壕里，你要提防敌人的弹雨，你又得提防同伴的倒戈陷害和徇私排挤，我认为我自己小资产阶级根性为重，能力不配，无从斗争，算了吧，落伍不赶队，离开这一战壕！在文艺上，我愿意作个'第三种人'，而揭起小资产阶级革命文学之旗。"

三三剧社成立于上海，是中国左翼戏剧家联盟（简称"左翼剧联"）领导下的戏剧团体，由周辉、杜宣、许可、叶青、徐文明、朱济忍等组成干事会。同年8月，在纪念"八一"起义的示威大会上，该社主要负责人和大部分社员被捕，剧社停止活动。

何其芳的诗歌《无题》、《休洗红》在《文艺月刊》第3卷第7期发表。写于1931年到1933年的《休洗红》一诗几乎全由古诗词意象暗缀融合而成，这些意象形成诗歌的基本骨架，营造出新诗中最具古典美的意境与画面。同时，它们又被诗人重新激活，以古典内涵为原始依托，在诗人的语言场中生长出新的义项，表达了诗人的现代情感与体验。

何其芳（1912—1977），散文家、诗人、文艺评论家，原名何永芳，四川万县人。1931年考入北京大学哲学系，1935年毕业后先后在天津南开中学和山东莱阳乡村师范学校任教。何其芳大学期间在《现代》等杂志上发表诗歌和散文。1936年与卞之琳、李广田的诗歌合集《汉园集》出版，1937年出版的《画梦录》获《大公报》文艺奖金。抗日战争爆发后，他回到四川万县，1938年8月北上延安，在鲁迅艺术文学院任教，又随贺龙部队经晋西北到冀中根据地。1939年7月回延安，后任鲁迅艺术文学院文学系主任。1942年参加延安文艺座谈会及整风运动。1944年4月至1947年两次赴重庆工作，任《新华日报》社副社长等职，并在《新华日报》、《大公报》等报刊上发表散文、杂文，以更多的精力从事文学批评和理论研究工作。1947年3月回延安，从1948年底起，多年在马列学院任教。中华人民共和国成立后，何其芳主要从事文学研究和评论，并长期参加文艺界的领导工作。主要著作有《关于现实主义》、《西苑集》、《关于写诗和读诗》、《没有批评就不能前进》、《论〈红楼梦〉》、《诗歌欣赏》等文学研究著作和《还乡杂记》、《画梦录》等散文以及《夜歌》、《生活是多么广阔》等诗作。

何其芳的小说《王子猷》、靳以的小说《青的花》、于赓虞的诗歌《地落》发表在《文艺月刊》第3卷第7期。

崔万秋的小说《安琪儿之消失》、温梓川的小说《大宝森节》、邵冠华的诗歌《毁灭》、余慕陶的诗歌《香港行》、徐天白的诗歌《红叶》、张若谷的散文《天堂地狱的界限》、李散碧的散文《秋的葬仪》、黄时雨的散文《燃烧的心情》发表在《新时代》第3卷第5、6期合刊。

叶灵凤的小说《第七号女性》、张天翼的小说《梦》、李金发的诗歌《余剩的人类》、丰子恺的散文《小白之死》、傅东华的散文《山核桃》发表在《现代》第2卷第3期。

欧外鸥的诗歌《夏夜的松岗》发表在《新时代》第3卷。

朱自清的散文《给亡妇》发表在《东方杂志》第30卷第1号。《给亡妇》是一篇悼念亡妻的抒情散文，作者第一个字"谦"是作者对亡妻武钟谦的爱称。作者与武钟谦于1917年结婚，1929年11月她不幸病逝于扬州家中。三年之后，作者怀着悲痛的心情写了这篇文章，尽情地抒发了对亡妻的悼念之情。悼亡之文自古就有，但像这样掣动人心的作品却不多。李广田说朱自清是个"至情的人"，凡和他相处的人，"没有不为他的至情所感的"，"正由于他这样的至情，才产生他的至文",《给亡妇》就是"至情"的表现。他又说,那时每当教师教这篇文章,"总听到学生中间一片欷嘘声,有多少女孩且已暗暗把眼睛揉搓得通红了"(李广田《最完整的人格》),由此可见感人之深。抒情之文最忌浮泛。显然,在《给亡妇》里,作者在表达自己的哀悼之情时,既不是捶胸顿足,也不是抢天呼地,只是深情绵邈地细诉着亡妻生前的一切,回忆着她十二年来对自己和孩子的种种恩情。他忆起她的慈爱,四个孩子她都自己喂奶,一生病就"成天儿忙着,汤呀,药呀,冷呀,暖呀,连觉也没有好好儿睡过"。她对孩子一点也不偏心,不问男的女的,大的小的,都"一般儿爱",也没有"养儿防老"的私念,"只拼命地爱去"。十二年中,她为孩子没有"一分一毫想着自己",始终是"有多少力量用多少",一直到自己毁灭为止,病危时还牵肠挂肚地惦念着他们。

叶圣陶的散文《新年停止办公三天》发表在《申报·自由谈》。

谷剑尘的戏剧《口号》、王绍清的戏剧《再会》发表在《新时代》第3卷第5、6期合刊。

袁牧之的戏剧《一个女人和一条狗》发表在《现代》第2卷第3期。

巴金的《我的写作生涯》发表在《读书》第3卷第1期,回顾了自1927年发表《灭亡》以来的生活、思想及写作经验。本书共分三辑:第一辑"生活与创作",收录了巴金回忆自己生活创作和部分阐述自己思想的文章39篇;第二辑"文坛交游",收录了巴金与其他作家交往的回忆文章14篇;第三辑"文艺杂论",收录了有关作家文艺思想的文章16篇。

冯雪峰的《并非浪费的论争》、《关于"第三种文学"的理论与倾向》在《现代》第2卷第3期发表,署名"何丹仁",与胡秋原、苏汶展开论辩。所谓"第三种人",即标榜自己不站在任何阶级立场上,对各个阶级、各种文艺不加以褒贬。该派出现于20世纪30年代初,代表人物有胡秋原、苏汶。1931年底,胡秋原在《文化评论》上发表《阿狗文艺记》,宣扬艺术至上主义,旨在反对无产阶级对文学艺术的领导,反对文艺为无产阶级革命事业服务。苏汶发表了一系列文章支持胡秋原的主张,并自命为"死抱住文学不放手"的"第三种人",系统地宣扬了超阶级的文艺观。

我们来具体理一理当时关于"第三种人"与"左联"的论争过程:在1931年至1932年之间,"左联"与"自由人"、"第三种人"展开论争。"自由人"主要是《文化评论》的胡秋原,"第三种人"主要指《现代》的苏汶。论争以文艺的阶级性、文艺性与政治的关系为中心。先是胡秋原发表《阿狗文艺论》,批判提示民族主义文学的法西斯主义实质,同时批评左翼文坛"将艺术堕落到一种政治的留声机"。以后,他又发表《勿侵略文艺》等文。"左联"的《文艺新闻》载文批评胡秋原,苏汶即发表文章声援胡秋原。鲁迅、瞿秋白、冯雪峰等分别发表《论第三种人》《文艺的自由与文学家的不自由》《关于"第三种文学"的倾向与理论》等文,与胡秋原、苏汶二人展开论争。他们批评了胡秋原、苏汶二人有着文艺脱离政治、脱离阶级而自由的错误倾向,同时也检讨了"左联"机械论错误和"左"倾宗派主义错误,这是论争的重要收获。

苏芹荪翻译的美国作家海明威的小说《凶手》发表在《文艺月刊》第3卷第7号。

高明翻译的武田麟太郎的小说《浪漫的》发表在《现代》第2卷第3期。

6日,鲁迅邀请周建人出席在中央研究院召开的"民权保障同盟干事会",本月17日在民权同盟上海分会成立大会上被选为执行委员。

8日,郁达夫的散文《山海关》发表在《申江日报·海潮》。

茅盾的散文《紧抓住现在》发表在《申报·自由谈》,署名"玄"。

10日,中华苏维埃共和国临时中央政府和工农红军革命军事委员会发表宣言,阐明中国共产党抗日救国的主张。

钱歌川编《新中华》半月刊,在上海创刊。

周若冰、宗白华的《歌德之认识》由南京中山书局出版。

钱歌川的《大战以来的世界文学》、丰子恺的《最近世界艺术的新趋势》、郁达夫的《瓢儿和尚》发表在《新中华》"创刊号"。

赵孤怀翻译的《屠格涅夫小说集》由上海大江书铺出版。

13日,杨幸之的散文《"不忍池"与"莫愁湖"》发表在《申报·自由谈》。

14日,吴组缃的小说《菉竹山房》发表在《清华周刊》第38卷第12期。

15日,李辉英的小说《生与死》、程一戎的小说《新年中》、华漪的小说《故墟之梦》、陈志韦的诗歌《歌者自嘲》、陈梦家的诗歌《西山野火》、林庚的诗歌《北平初雪》、明若的散文《蒲柳》、林庚的散文《散会了》、史卫新翻译的《海涅诗三首》发表在《小说月刊》第1卷第4期。

蔡仪的散文《是谁》发表在《沉钟》第19期。

祝秀侠的散文《"文化城"有感》发表在《申报·自由谈》。

16日，《大美晚报》在上海创刊，为上海大型晚报之一。创办人为袁伦仁，总编辑为石克雷。该报注重商业新闻，兼及社会新闻，与日报分庭抗礼。该报广设消闲、娱乐性的副刊，各种文艺、电影副刊和专科性周刊，前后达60多种，其中崔万秋主编的《火炬》副刊在当时颇具影响。上海"孤岛"时期，借用美商大美印刷公司名义出版，积极宣传抗战，维护民族独立，坚持到太平洋战争爆发后才停刊。1945年10月1日复刊，改名为《大美夜报》，至10月31日停刊。

张天翼的小说《路》发表在《东方杂志》第30卷第2号。

老舍的散文《昼寝的风潮》发表在《论语》第9期。

17日，民权同盟上海分会成立，宋庆龄、蔡元培、杨铨、林语堂、伊罗生、邹韬奋、陈彬龢、胡愈之、鲁迅等9人任执行委员会委员。中国民权保障同盟是第二次国内革命战争时期的中国爱国民主政治团体，由宋庆龄、蔡元培、杨杏佛等在上海发起组织，1932年12月29日成立，总会设在上海，在北平等地设分会，最高执行机构是临时全国执行委员会，宋庆龄、蔡元培分别任主席和副主席，杨杏佛为总干事，鲁迅为上海分会执行委员。

18日，郑振铎在燕京大学"学生抗日会"会议上做题为《中国的出路》的演说，及时地提到前日发表的《中国红军宣言》，认为这是"中国已奔向某一出路"的一个重要标志。

19日，国民党第四届中央执行委员会第五十四次常务委员会议通过《重要都市新闻检查法》。

21日，国民党江苏省政府主席顾祝同无端枪杀镇江《江声日报》记者刘煜生，引起各界愤怒。

30日，刘大白的《中国文学史》由上海大江书铺出版。

彭家煌的散文《虾和鳝及其他》发表在《申报·自由谈》。

31日，民权同盟北平分会成立，胡适、成舍我、陈博生、徐旭生、许德珩、任叔永、蒋梦麟、李济之、马幼渔9人为执委，胡适任会长。

巴金的小说《雨》在上海良友公司出版。此书被列为赵家璧主编的《良友文学丛书》第三种。

本月

王鲁彦回故乡镇海小住两月，目睹农村败象和农民的情绪，开始酝酿写作反映农民斗争题材的长篇小说，计划写作三部：《野火》、《春草》、《疾风》。

刘半农出任北京大学国民伤兵医院理事会理事。山海关失守后，他慷慨陈词："榆关失守了，国民党不抵抗，再这样下去，我就去投共产党。"

茅盾参加中国民权保障同盟上海分会。

曹禺参加清华毕业生访日旅行团，去日本一月。本年夏大学毕业，考入清华研究院专门研究戏剧，不久为生计所迫，去保定明德中学教英语，次年赴天津河北女子师范学院任教。

张天翼由王志之介绍，自选小说《面包钱》，并作小传一份寄鲁迅。此举因听说鲁迅讲他的小说有时失之油滑，附信请教。

"左联"发表《为反对日本帝国主义屠杀及逮捕革命群众宣言书》。

海燕文艺社在上海成立，主要成员有钟望阳、周钢鸣、韩起等。

《现代文化》创刊号出"批评自由人专号"。

《新文艺评论》在广州创刊，编辑有潘皮凡、陈黄光、林悠如、林寒流、何础、何厌、李筱峰等。

上海中华书局出版《世界童话丛书》，赵家璧任主编，至1946年11月，共出54种。

本月出版的论文集有《当代中国女作家论》（黄人影著，上海光华书局）；《文学概论》（张希之著，北平文化学社）；《文探》（郑振铎著，上海新中国书局）；《唐代文学概论》（上册，朱炳旭著，上海光华书局）；《歌德评传》（张月超著，上海神州国光社）；《爱的奏曲》（丹唇著，荒漠社诗文集）。

本月出版的小说有《父与女》（程小青著，上海文化美术图书公司）；《爱的教训》（杨荫深著，上海文正楷印书局）；《砂丁》（巴金著，开明书店）；《少女日记》（徐学文著，上海北新书局）；《秘密谷》（张恨水著，上海《旅行》杂志第7卷第1期至第8卷第12期连载，1941年6月上海北新书局出版单行本）。《秘密谷》既可以看作一部"旅游小说"，同时更是一部"文化小说"。小说讲的是南京某机关的公务员康百川无法忍受自己的恋人李士贞傍上自己有权有势的上司项司长的痛苦，和另外三名地质学家、生物学家、诗人到天柱山秘密谷探险"野人寨"以寻求精神解脱的经历；《子夜》（茅盾，上海开明书店）。《子夜》第一章曾以《夕阳》为名，初载于《小说月报》第 23 卷新年号。第二、三章分别以《火山上》、《骚动》为题，载《文学月报》创刊号和第 2 期。瞿秋白曾撰文评论说："这是中国第一部写实主义的成功的长篇小说。""一九三三年在将来的文学史上，没有疑问的要记录《子夜》的出版。"（《〈子夜〉和国货年》）历史的发展证实了瞿秋白的预言。半个多世纪以来，《子夜》不仅在中国拥有广泛的读者，且被译成英、德、俄、日等十几种文字，产生了广泛的国际影响。日本著名文学研究家筱田一士在推荐 10 部 20 世纪世界文学巨著时，便选择了《子夜》，认为这是一部可以与普鲁斯特的《追忆似水年华》、加西亚·马尔克斯的《百年孤独》相媲美的杰作。《子夜》的舞台设置于 20 世纪 30 年代初期上海。作家并没有截取某条小巷或某个街角，而是从居高俯视的视角，整体展示这座现代都市的方方面面：资本家的豪奢客厅、夜总会的光怪陆离、工厂里错综复杂的斗争、证券市场上声嘶力竭的火并及诗人、教授们的高谈阔论、太太小姐们的伤心爱情，都被组合到《子夜》的情节里。同时，作家又通过一些细节，侧面点染了农村的情景和正发生的中原战争，更加扩大了作品的生活容量，从而实现了他所设定的意图："大规模地描写中国社会现象"，"使一九三零年动荡的中国得以全面的表现"。当然，茅盾的"大规模""全面"描写，并不是把各个生活片断随意拼接在一起。他精心结构，细密布局，通过主人公吴荪甫的事业兴衰史与性格发展史，牵动其他多重线索，从而使全篇既展示了丰富多彩的场景，又沿着一个意义向纵深推进，最终以吴荪甫的悲剧，象征性地暗示了作家对中国社会性质的理性认识："中国没有走向资本主义发展的道路，中国在帝国主义的压迫下，是更加殖民地化了。"《子夜》在整体布局上史诗般宏阔，但细节描写的笔触又极为委婉细致，剖析人物心理，直至其微妙颤动的波纹。这一特点，早在 20 世纪 30 年代，吴宓先生就曾指出过并大加赞赏，称《子夜》"笔势具如火如荼之美，酣姿喷薄，不可控搏。而其细微处复能婉委多姿，殊为难能可贵"。茅盾认为吴宓的评论真正体会到了"作者的匠心"。

本月出版的小说集有《去国》（冰心著，上海北新书局）；《歧路》（曾宝荪著，中华基督教女青年会全国协会）；《密约》（陈福熙著，上海光华书局）；《一个商人与贼》(曾今可著,上海新时代书局);《暧昧》(何家槐著,上海良友图书印刷公司),收入 8 篇小说,大致分为两类:一类是家庭悲剧,如《猫》所写的是由于"我"怀疑妻子的贞节所造成的知交断绝往来、妻子出走的悲剧。文中的主人公是以诗人徐志摩为原型塑造的,这篇小说是何家槐的成名作。另一类则是青年男女的恋爱故事,如《湖上》、《侏儒》等。《暧昧》出版后,剧作家洪深曾发表《评何家槐〈暧昧〉》一文,认为这些小说"可以知道作者对于人生的解释,正和现代大多数的小布尔乔亚女人一样,只是一种空泛的憎恶,现时代的社会环境,对他只是一个使他寒心的'丑恶的现实'"。作品中流露出来的"绝望的呼声","不是何家槐一个人的,而是和他同时代的每个小布尔乔亚作家的呼声"。之后,赵景深也在《读书月刊》上发表了《论何家槐的小说》一文。

本月出版的散文集有《灰色一家》(徐衍英著,上海良友图书印刷公司);《小鸟集》(曾今可著,由上海新时代书局);《淞沪血战回忆录》(翁照垣著,上海申报月刊社)。

本月出版的戏剧有《火线之内》(又名《老王和他的同志们》,李健吾著,北平青年书店);《火线之外》(李健吾著,北平青年书店)。

本月出版了学术著作《印度的贵族文学及其影响》(孤怀著,《现代文化》创刊号)。

本月出版的翻译作品有:诗歌《儿童的诗园》([英]史蒂文生著,赵景深译,上海北新书局)。小说《几点钟》([英]伊宁著,董纯才译,上海正午书局);《布罗斯基》([苏]·布罗斯基著,林淡秋译,上海正午书局);《重归故乡》([匈]拉兹古著,蒋怀青译,上海湖风书局)。小说集《竖琴》([苏] E. 左祝梨等著,鲁迅等译,上海良友图书印刷公司)。戏曲集《梅脱灵戏曲集》([比]梅脱灵著,唐澄波译,上海商务书馆)。

二月

1 日,杨邨人的《揭起小资产阶级革命文学之旗》在《现代》第 2 卷第 4 期发表。杨邨人(1901—1955),广东潮安人,1925 年加入中国共产党(入党监誓人为董必武),曾是 20 世纪 30 年代第一个由中国共产党直接领导的我国著名文学团体"太阳社"的主要创建人之一。作为我国第一个党领导下的戏剧组织"左翼戏剧家联盟"的首任党团书记,做过"革命文学家",比现在的老革命谢韬等人,还早着一辈。1932 年夏秋之交曾在湘鄂西苏区待过四个多月。同年 11 月 15 日,写成自白《脱离政党生活的战壕》,于次年 1 月在《读书杂志》发表,宣布"揭起小资产阶级革命文学之旗",要做"第三种人"。1933 年 6 月 17 日于《大晚报·火炬》化名"柳丝"写作《新儒林外史》攻击鲁迅。

汪锡鹏的小说《都市人家》、叶鼎洛的小说《收尸》在《文艺月刊》第 3 卷第 8 期发表。

沈从文的小说《月下小景》在《东方杂志》第 30 卷第 3 号发表。书中写道:一个寨主的独生子与一个美丽的少女相恋,但由于山寨里的规矩和习俗,女子同第一个男子相恋,却只许同第二个男子结婚,两人的热恋没有结果。到秋天,在那个美得像画的地方,两人为求来生再聚,躺在山坡的石床上一同咽了毒药,殉情自尽。

郑伯奇的小说《圣处女的出路》在《现代》第 2 卷第 4 期发表。同期还发表了穆时英的小说《夜总会里的五个人》。文章将 5 个人物聚集到周末的夜总会,展示了他们不同的命运:破了产的金子大王胡均益、失去了青春的交际花黄黛茜、研究《哈姆雷特》的怀疑主义者季洁、失了恋的大学生郑萍、失了业的市府秘书缪宗旦,在周末晚上走进夜总会,戴着快乐的面具,寻求疯狂的刺激。他们谁也不理解谁,也没有人怀有被理解的企图。第二天黎明出门时,胡均益开枪自杀。几天后,其余的 4 个人为他送葬。感到"做人做倦了,能像他一样休憩一下是值得羡慕的"。小说富有暗示性地将人生的哀乐和都市的疯狂与人生难以回避的归宿"死亡"联系起来,具有现代主义特征。

张亚珠的诗集《两爪集》由中国影声社出版。

常任侠的诗歌《秋晨》在《文艺月刊》第 3 卷第 8 期发表。

何其芳的诗歌《古意》、天裔的诗歌《狂风之夜》、许虚的散文《纸花缭乱的北平文化》、何心女士的散文《北海秋晚》在《新时代》第 4 卷第 1 期发表。

陈琴的诗歌《黄色的曼陀罗》、伊湄的诗歌《独游》在《现代》第 2 卷第 4 期发表。

徐訏的独幕剧《单调》在《新时代》第 4 卷第 1 期发表。徐訏(1908—

1980），浙江慈溪人，是一位曾被称为"鬼才"的教授作家，以写作传奇小说且高产而著称。1937年以中篇小说《鬼恋》成名。1931年毕业于北京大学哲学系，并继续攻读研究生，1936年赴法国留学，获巴黎大学哲学博士学位。"孤岛时期"滞留上海办报及创作，其间完成《吉布赛的诱惑》、《荒谬的英法海峡》、《精神病口才的悲歌》及《一家》4部长篇小说，成为上海最多产的畅销书作家。1943年他的作品居大后方畅销书榜首，这一年被出版界誉为"徐訏年"。徐訏是一位主观想象型的作家，其早期作品往往以爱情为经，以心理分析为纬，将浪漫传奇的幻境与哲学理念结合起来，构成了先锋与通俗的怪异组合。新中国成立后，徐訏定居香港，60年代先后在新加坡、香港任教，这期间创作了长篇小说《彼岸》与《江湖行》等。后由台湾正中书局将其种类体裁作品计60余种统编为《徐訏全集》17卷。1999年，其长篇小说《风萧萧》入选《亚洲周刊》广邀文化界名人推举的"二十世纪中文小说一百强"排行榜，名列第67位。

高明翻译的《英美新兴诗派》在《现代》第2卷第4期发表。

侍桁翻译的日本文艺批评家冈泽秀虎的《俄罗斯文学上的郭果尔时代》在《文艺月刊》第3卷第8、9号连载。

孙周翻译的罗马尼亚勃拉太斯古的小说《小尼克》在《现代》第2卷第4期发表。

傅雷翻译的英国高斯华绥的小说《银灰色的天使》在《文艺月刊》第3卷第8号发表。

茅盾的《徐志摩论》在《现代》第2卷第4期发表。

3日，茅盾夫妇携孩子拜访鲁迅，并赠《子夜》一本、橙子一筐，鲁迅回赠积木一盒、儿童绘本两册、饼及糖各一包。

5日，《无名文艺》旬刊在上海创刊，由叶紫主编、无名文艺社发行、上海新新印刷公司印刷，仅出两期。叶紫在创刊号代发刊词中说："我们不需要颓废的无病呻吟，更不需要才子佳人的风花雪月。不需要守在象牙之塔里的艺术家，也不想做一个文坛上的英雄豪杰。……新的世界，完全是大众的。大众的内容，大众的情绪，一直到大众的技术。"

陈企霞的小说《梦里的挣扎》在《无名文艺》第1至第2期连载。

盛马良的小说《姊妹》、陈亢摩的诗歌《前夜》在《无名文艺》第1期发表。

一元翻译的法国作家巴比塞的小说《复活》在《无名文艺》创刊号发表。

6日，鲁迅的散文《崇实》在《申报·自由谈》发表，署名"何家干"。

7日到8日，鲁迅创作《为了忘却的纪念》，深切悼念两年前遇难的"左联五烈士"。仔细阅读文章，我们可以发现，文章并没有全面地写五位烈士的事迹，而是着重写了两位，其余的三位只简约地点到而已。作者回忆自己与白莽（殷夫）、柔石在文学事业与生活上的多次交往和感触，特别记叙了他们被捕后的狱中生活及遇害的情景，既深情地颂扬了革命青年的革命精神与人品，有力地控诉了国民党反动派屠杀人民的罪行，同时还抒发了作者怀念烈士、爱憎分明、坚信革命一定胜利的思想感情。此外，散文给我们另一深切的感受是严谨、有序的组织结构，笔法特别洒脱自如，很好地运用记叙、议论、抒情相结合的方法，尤其是恰当地采用了委婉曲折的表情达意方法，鲜明而深沉地抒写了作者丰富的感情内涵。作者当时身处白色恐怖之中，面临"未敢翻身已碰头"的险境，为了让文章得以发表，不得不采用委婉曲折的笔法，来表达复杂深处的思想感情。但它含蓄而不晦涩，委婉而富有情致。鲁迅先生在运用曲笔时，也是不拘一格、异彩纷呈。

茅盾的散文《读〈词的解放运动专号〉后恭感》在《申报·自由谈》发表，署名"阳秋"。

9日，中国电影文化协会在上海成立。夏衍、聂耳、沈西苓被选为中国电影文化协会执行委员，分别担任文学部、组织部、宣传部的具体领导工作。

茅盾的散文《欢迎古物》在《申报·自由谈》发表，署名"玄"。

11日，中国诗歌会会刊《新诗歌》在上海创刊，署"中国诗歌会"编辑、出版，实际负责编辑、出版事宜的主要是穆木天、任钧、杨骚、蒲风、杜谈、柳倩等人。该刊出至第2卷第4期后终刊，共出11期。发刊词是由穆木天执笔、署名"同人"的《〈新诗歌〉发刊诗》。

蒲风的诗歌《一九三二年交响曲》在《新诗歌》创刊号发表。

鲁迅的散文《论"赴难"和"逃难"》在《涛声》第2卷第5期发表，署名"罗忤"。

14日，鲁迅的散文《赌咒》在《申报·自由谈》发表，署名"干"。同期还发表了郁达夫的散文《非法与非非法》。

15日，陈翔鹤的小说《转变》在《沉钟》第21—22期连载。《转变》是陈翔鹤具有代表性的作品，书写他个体的心灵流程，在写法上也比较圆熟。

雪湄的诗歌《蠢真蠢莫过于我》在《无名文艺》第2期发表。

16日，上海大戏院正式公映苏联电影《生路》后，《晨报·每日电影》刊发夏衍、洪深、郑伯奇、叶沉、史东山、陈鲤庭、王尘无、程步高、张石川等人的评论8篇和短文14篇，欢呼苏联影片的成就及其公映。

老舍的散文《当幽默变成油滑》在《论语》第11期发表。

17日，中华苏维埃临时中央政府、工农红军革命军军事委员会发表宣言，向一切进攻革命根据地和红军的国民党军队提议，在停止进攻、给予人民以自由权利和武装人民三项条件下，停战议和，一致抗日，遭到国民政府拒绝。

"民权同盟"上海分会成立，宋庆龄、蔡元培、杨铨、林语堂、伊罗生、邹韬奋、陈彬龢、胡愈之、鲁迅9人任执委。

中国左翼戏剧家联盟机关刊物《艺术新闻》周刊在上海创刊，由上海艺术新闻社编辑出版，编辑人夏芦江，发行人邹敬之，1933年3月11日终刊，共出4期。《艺术新闻》周刊主要报道中外文艺界动态，也发表少量中外文学艺术作品和文艺评论。

萧伯纳抵沪，会见宋庆龄、蔡元培、鲁迅、杨杏佛、林语堂、史沫特莱及其他文艺家、记者、教师等。社会上对萧伯纳有各种反应，后来鲁迅与在他家避难的瞿秋白夫妇将有关文章编辑成《萧伯纳在上海》一书，借以看社会上的种种人物。

鲁迅的小说《颂萧》在《申报·自由谈》发表，署名"何家干"。

18日，洪深、叶沉、柯灵、郑伯奇、张常人、鲁思、尘无、孟令、黑星、夏衍、阿英、朱公吕、舒湮、陈鲤庭、姚苏凤等借《晨报·每日电影》创办一周年，联名发表《我们的陈诉，今后的批判》的声明，提出了今后电影批评工作的方针、任务。

20日，楼建南翻译的苏联理论家弗理契的《二十世纪的欧洲文学》由上海新生命书局出版。

21日，鲁迅和埃德加·斯诺会晤。

日本左翼作家小林多喜二于20日被害。22日，"左联"发表《为小林事件向日本政府抗议》。在揭露日本政府法西斯暴行后表示："小林同志之横死，不但是日本的革命民众永远记得，将以更猛烈的革命来回答，中国的革命民众也永远记得，也将以更顽强的努力来索取小林同志牺牲的代价。"鲁迅亲自给小林家属发出唁电。电文说："中日两国人民亲如兄弟，资产阶级欺骗人民，用血在我们中间制造鸿沟，并且继续制造。但是无产阶级和它的先锋队正在用自己的血来消灭这道鸿沟。"

任钧的诗歌《回忆之塔》在《新诗歌》第1卷第2期发表，署名"森堡"。同期还发表了蒲风的诗歌《外白渡桥》、杨骚翻译的苏联作家白赛勉斯基的诗歌《我》。

26日，上海总工会发表《告全国工友书》，提出要团结抗日，共赴国难，厉行抵货，加紧抗日。

丁玲的短篇小说集《水》由上海新中国书局出版。这是丁玲具有代表性的作品。整个作品给人的印象是单调、模糊的，通篇由一些带有浓厚主观色彩的场面描写外加一些简单的众声喧哗式的对话语言构成，若同当今一些现代派作家相比，艺术技巧上显得粗陋，甚至幼稚。但贯注在作品中的气势是磅礴的，力量是惊人的，场面是壮观的，愤怒、悲哀、绝望、恐怖、压抑直至反抗的情绪也如作品中的水一样是滚滚流淌的。那是"人要活着"的欲望和要求，那是人处于绝望中的悲悯的呼号与生存意志发出的呐喊，那是沉默了太久的火山的爆发，那是血的蒸气，真正的人的声音……那也是一个关注普通劳动者命运的知识分子梦中的理想……这样的作品的产生自然与作家创作时的生活现实境况和个体思想变化有关，但产生于那样的时代，气度还是不凡的。《水》中的苦难与反抗，并不单像是一种农民起义的动因展示。这里群体的民众，首先是意识到要争取生存权的有"问题意识"的民众，而后才是山洪暴发般起来反抗的民众。他们的理想是没有苦难，没有剥削和压迫，获得平等做人的权利。这是作家为他们描绘出的未来中国的图景。

张恨水的小说《金粉世家》由世界书局出版。这是张恨水早期新闻生涯积累的生活素材的一次喷发，以一个豪门弃妇为贯穿线索，极写平民女子冷清秋与北洋军阀统治时期的国务总理金铨的小儿子金燕西从恋爱、结婚到婚变、出走的悲剧过程。

俞平伯的散文集《杂拌儿之二》由上海开明书店出版，收录散文30篇，另有周作人写的序1篇。

郁达夫的小说、散文集《忏余集》由上海天马书店出版,收录作品10部。

本月

费鉴照的《现代英国诗人》由上海新月书店出版。

本月出版的小说有《无灵魂的人们》(张资平著,上海晨报社出版部);《青年王国材》(谢冰莹著,上海开华书局);《啼笑因缘续集》(张恨水著,上海三友书社);《残缺的爱》(贺玉波著,上海乐华图书公司);《接见》(李垦夫著,北平西北书局);《三棱》(曾虚白著,上海世界书局);《新生》(巴金著,《东方杂志》第30卷第3至11号连载),《新生》是《灭亡》的姐妹篇,描写了主人公李冷投身革命前后的重重矛盾心态和艰难历程。作品对"五四"时期青年的苦闷彷徨,对爱情和革命的渴望、追求等心态写得淋漓尽致。作者笔墨酣畅、感情炙热,所有的叙述和描写用的都是抒情诗般的语言,很富感染力。小说集有《最后的挣扎》(唐辞颜著,上海南星书店;《矛盾》(徐茂本著,上海中学生书店);《电椅》(巴金著,上海新中国书局);《上海》(李青崖著,上海新月书店);《脊背和奶子》(张天翼著,上海良友图书印刷公司)。

本月出版了诗集《铁昭的诗》(章铁昭著,南京大漠社)。

本月出版了散文集《晞露集》(缪崇群著,北平星云堂)。

本月出版的翻译作品有:论文《诗的原理》([日]荻原朔太郎,孙俍工译,上海中华书局);《理想主义与艺术》([日]金子马治著,胡雪译,在《新垒》第1卷第2、3期发表)。小说《原来如此》([英]吉卜林诸,杨镇华译,上海世界书局);《玫瑰与指环》([英]赛克莱著,陈徽麟译,上海世界书局);《人与超人》([英]萧伯纳著,罗牧译,上海商务印书馆)。

三月

1日,巴金的《我的自辩》在《现代》第2卷第5号发表。文章中将谷非对他的批评看成"来自一个政党的立场",这是针对谷非的《粉饰、歪曲、铁一般的事实》而发的。

韩侍桁的《迷羊》在《创化季刊》第 1 卷第 1 期发表。文中写道："随着这本书的出版，郁达夫先生作为一个作家的声誉，便从其定点上跌落了下来，它不能给人们的期待以满足；从它之中读者们看出了这作者的努力的最后的挣扎。"

张天翼的小说《秃秃大王》在《现代儿童》第 3 卷第 1 期连载。1937 年 7 月由上海文化生活出版社出版单行本。

金丁的小说《转形期》在《现代》第 2 卷第 5 期发表。

林徽因的诗歌《中夜钟声》、陈梦家的诗歌《鸡鸣寺的野路》、孙毓棠的诗歌《东风》、李广田的诗歌《地之子》在《新月》第 4 卷第 6 期发表。《地之子》是一首自由诗。全诗分两节：第一节直接倾吐诗人对于土地的深情；第二节由"地"而转向"天"。《地之子》的作者正是从"大地"与"天国"的比照中，进一步升华了对大地母亲的爱怜之情，增强了诗作的哲理性与感染力。这一节的前半部分歌唱美丽的"晴空"，与第一节内容相对应，将读者的思绪从地下引到蓝天白云，却不料诗人笔锋一转，又回到地上。这一突然的跌宕，是为了引出后面的结语："因为住在天国时，/ 便失掉了天国，/ 且失掉了我的母亲，这土地。"进一步肯定诗人作为"地之子"对大地的热爱，将感情推到极点。这种反衬的跌宕艺术手法，能加强读者感受，深化诗作的内涵。

臧克家的诗歌《秋雨》、何其芳的诗歌《恋曲》在《文艺月刊》第 3 卷第 9 期发表。

何其芳的诗歌《鸽笛》、臧克家的诗歌《五月的乡村》、张又君的散文《在归国的途中》、徐訏的独幕剧《参加》在《新时代》第 4 卷第 2 期发表。

洛依的诗歌《夏午的大道》在《现代》第 2 卷第 5 期发表。

焕平的诗歌《一二八周年祭曲》、寒雯的诗歌《血色的回忆》在《新诗歌》第 1 卷第 3 期发表。

鲁彦的散文《雪》在《东方杂志》第 30 卷第 5 期发表。

茅盾的散文《"阿Q相"》在《申报·自由谈》发表，署名"玄"。

常风的散文《那朦朦胧胧的一团》在《新月》第 4 卷第 6 期发表。

鲁彦的戏剧《面包与马铃薯》在《创化季刊》第 1 期发表。

鲁迅编译的小说集《一天的工作》由上海良友图书印刷公司出版。集子里收有苏联"同路人"作家小说2篇，无产阶级作家的小说8篇。鲁迅在译本的《前记》中说，"同路人"作家虽写革命和建设，但"总显示旁观的神情"，而无产阶级作家则"一落笔，就无一不自己就在里边，都是自己的了"。

宋春舫翻译的英国作家萧伯纳的《警告中国人民》在《论语》第12期上发表。

黎烈文翻译的法国作家昂·李奈尔的小说《晚风》在《现代》第2卷第5期上发表。

罗大刚翻译的苏联作家高尔基的小说《苦恼》在《文艺月刊》第3卷第9、10、11号连载。

3日，艾芜在培养工人通讯员活动中被捕。"左联"委派任白戈、沙汀等设法营救，9月27日出狱。

5日，《青年届》第3卷第1期刊出"萧伯纳来华纪念"特辑。特辑包括E.Wagenlonecht作、赵景深译的《萧伯纳传》；李建新作的《萧伯纳的癖性》；赵景深作的《英雄与美人》；邹箫作的《萧伯纳著作年表》。

《矛盾》月刊第1卷第5、6期合刊戏剧专号出"萧伯纳在上海"。

鲁迅创作《我怎么做起小说来》，回顾自己的创作经历和经验。鲁迅在文章中说："我深恶先前的称小说为'闲书'，而且将'为艺术的艺术'，看作不过是'消闲'的新式的别号。所以我的取材，多采自病态社会的不幸的人们中，意思是在揭出病苦，引起疗救的注意。所以我力避行文的唠叨，只要觉得够将意思传给别人了，就宁可什么陪衬拖带也没有。"

康嗣群的散文《望春郊》在《青年届》第3卷第1期发表。

夏衍编剧的电影文学剧本《狂流》由上海明星影片公司制映，署名"丁一之"。

6日，瞿秋白的散文《王道诗话》在《申报·自由谈》发表，署名"干"。

7日，鲁迅的散文《从讽刺到幽默》在《申报·自由谈》发表，署名"何家干"。

8日，鲁迅的散文《从幽默到正经》在《申报·自由谈》发表，署名"何家干"。

9日，施蛰存的散文《读报心得》在《申报·自由谈》发表。

11日，王任叔的散文《论亡国奴之类》在《申报·自由谈》发表。

邹韬奋的散文《滑稽剧中的惨痛教训》在《生活》第8卷第10期发表。

12日，瞿秋白的散文《曲的解放》在《申报·自由谈》发表，署名"何家干"。

13日，子展的散文《正面文章反看法》在《申报·自由谈》发表。

14日，"左联"拟定《马克思逝世五十周年纪念宣言》、《我们怎样纪念马克思》两个文件，印成传单在街头散发。

16日，鲁彦的小说《兴化大炮》、傅东华的散文《杭江之秋》在《东方杂志》第30卷第6期发表。同期还发表了何家槐的小说《午夜梦回三千里》，作品描写了一位农民对亡妻的怀念。

鲁迅的散文《由中国女人的脚，推定中国人之非中庸，又由此推定孔夫子有胃病》在《论语》第13期发表，署名"何家干"。

17日，阳秋的散文《关于"救国"》在《申报·自由谈》发表。

18日，胡适声言，要征服中国，必须首先要"征服中国民族的心"。后来，鲁迅曾大力批判此种言论。

19日，鲁迅、瞿秋白的散文《迎头经》在《申报·自由谈》发表，署名"何家干"。

22日，杨幸之的散文《"小白脸"及其"文化"》在《申报·自由谈》发表，署名"幸之"。

25日，施蛰存在上海新中国书局出版短篇小说集《梅雨之夕》，列入《新中国文艺丛书》，共收有10部短篇小说和1篇序言。

沈从文的小说《阿黑小史》由上海新时代书局出版。

张天翼的小说《二十一个》在《文学生活》创刊号开始连载，这是张天翼的成名作。

苏汶的《文艺自由论辩集》由上海现代书局出版，共收录"文艺自由"论争的文章20篇，另附辑8则。

鲁迅和瞿秋白编辑的《萧伯纳在上海》由上海野草书屋出版。此书收录萧伯纳来上海时，鲁迅与在他家避难的瞿秋白辑录当时中外报纸有关记载和评论而成，署名"乐雯编译"。

鲁迅的《鲁迅自选集》由上海天马书店出版。本书包括鲁迅的小说、散文、散文诗共计22篇，是鲁迅于1933年应上海天马书店之约，从《呐喊》《彷徨》《故事新编》《野草》《朝花夕拾》5种文学作品中选编而成，是鲁迅唯一一部"自选集"，堪称鲁迅小说、散文、散文诗的荟萃及鲁迅文学创作精华的浓缩。该书出版后，大受读者欢迎，截至1941年，曾印行7次，其中4次遭到国民党当局的查禁。

周作人在上海天马书店出版散文、诗歌合集《知堂文集》，收入作品34篇。

26日，张天翼的散文《雅人》在《申报·自由谈》发表。同期还发表了瞿秋白作散文《出卖灵魂的秘诀》，署名"何家干"。

27日，为了隐蔽身份，鲁迅将马列著作及部分书籍移到狄思威路，也就是现在的溧阳路。

张恨水的小说《现代青年》在上海《新闻报·快活林》连载，至1934年7月30日连载完毕。1934年9月出版于上海摄影社。本书与张恨水的《过渡时代》《黄金时代》合称"三大时代"，又名《青年时代》。写了从农家子弟到"现代青年"的命运沉浮，为造就儿子，父亲背井离乡、客死异地，爱情与亲情，金钱与美女，堕落与沉沦。张恨水自评此书："予不敢诵佳，则较之《似水流年》有过之而无不及。"

30日，郁达夫的散文《谈健忘》在《申报·自由谈》发表。

31日，徐仲年的散文《痛苦乎，微笑乎》在《文艺茶话》第1卷第8期发表。

本月

飘零社在辽宁抚顺成立，主要成员有王秋莹（即王之平）、佟子松、孟素、曼秋等。该社曾分别在抚顺、沈阳创办《飘零》周刊和《飘零》月刊。

本月出版的小说有《万宝山》（李辉英著，上海湖风书局）；《浮沉》（王余杞著，北平星云堂）；《海上》（陈学昭著，上海中庸书店）；《达夫自选集》（郁达夫著，上海天马书店）；《恋爱行进》（鲁彦著，《良友图书杂志》第75期）。

本月出版的小说集有《阿黑小史》（沈从文著，上海新时代书局）；《玫瑰的刺》（庐隐著，上海中华书局）；《红与黑》（杜衡著，上海良友图书印刷公司）；《小娇娘》（章衣萍著，上海黎明书局）；《梅雨之夕》（施蛰存著，上海新中国书局）。《梅雨之夕》反映的是传统文化与都市文化相撞击所产生的心理旋涡。小说几乎没有什么情节，描写的只是一次没有结果的萍水相逢：在一个凄迷、灰暗的梅雨天里，"我"从公司下班徒步回家，在店铺檐下避雨时邂逅一位没有带雨伞的美丽少女，"我"为她的姿色所动，几番思量，最后鼓起勇气与她结伴同行。在这段行程中，我滋生了种种想象：最初发觉她貌似自己在苏州时初恋的女子，正在犹豫是否要重续前缘时，忽而从路边一个女子忧郁的眼光，联想到等待自己回家的妻子忧郁的眼色；忽而又从这个少女的姓名联想到以前的恋人，继而又联想到日本画家"夜雨宫诣美人图"和古人"担签亲送绮罗人"的诗句，心里充满着初恋的心情。正当情感就要步入微醉状态之时，突然发现眼前的少女嘴唇太厚，不像自己心中的恋人，顿失心逸神驰的梦境，压抑的心境豁然开朗。别了少女，回到家中，"我"听到妻子的声音，仿佛又是那少女的声音，是醒还梦，思绪又飞回到那个就要忘记了的梦里。作者通过层层叠叠、曲折细微、往复回环的心理描写，生动地展现了繁华都市内一个小职员在雨中，在寂寞的都市街头寻找暂时解脱的精神歇憩地时，因两种心理文化邂逅而激起的层层心理微波。

本月出版了自印诗集《这时代》（王统照著）。

本月发表了散文《水明楼日记》（郁达夫著，《现代学生》第2卷第6期）。

本月出版的散文集有《小妹》（赵景深著，上海北新书局）；《古庙敲钟录》（陶行知著，上海儿童书店）；《战争·饮食·男女》（张若谷著，上海良友图书印刷公司）；《知堂文集》（周作人著，上海天马书店），这是一本不到200页的小书，《知堂文集》的序后，第一篇文章是《知堂说》，周作人解释为什么叫"知堂"。在这篇文章100多字的短文中，周作人强调两点：一是我不懂的东西再也不说了；二是我不该说的东西我也不说了。这其实也表明他自己以后做人和写文章的态度；《北国之春》（王统照著，上海神州国光社），王统照于1931年3月应好友宋介之邀到吉林省四平街东北第一交通中学任教。时东北正处于九一八事变前夕，他目睹了日本帝国主义的侵略，决心以战斗的笔唤起民众、拯救国家。他借机实地考察了城乡各阶层的社会状况，写了《北国之春》，描述了东北人民在敌人铁蹄践踏下的痛苦生活。

本月出版了戏剧《佛西戏剧》（熊佛西著，上海商务印书馆）。

本月出版的理论著作与论文有《文学概论》（孙俍工著，上海广益书局）；《文学概论讲话》（赵景深著，上海北新书局）；《文学概论》（胡行之著，上海乐华图书公司）；《元曲概论》（贺昌群著，上海商务印书馆）；《法国文学ABC》（徐仲年著，ABC丛书社）；《近世欧洲文学思潮变迁的概况》（李梦琴著，《中庸》第1卷第2期）；《德国的新现实主义》（周学普著，《文理》第3期）；《现代法国的劳动文学与普罗文学》（壬秋白著，《新中华》第1卷第6期）。

本月出版的翻译作品有：论文《戏剧概论》（[日]岸田国士著，陈瑜翻译，上海北新书局）；《中国近代戏曲史》（[日]青木正儿著，郑振铎译，上海北新书局）。戏剧《奥里昂的女郎》（[德]席勒著，关德懋译，上海商务印书馆）。小说《赌徒》（[俄]陀思妥耶夫斯基著，洪灵菲译，上海湖风书局）；《东风、西风》（[美]赛珍珠著，郭水岩译，南京路线社）；《蒲劳小姐》（[英]奥斯汀著，董枢译，上海世界书局）；《汤模沙亚传》（[美]马克·吐温著，吴景新译，上海世界书局）；《木偶历险记》（[意]科蒋地著，钱公侠、钱天培译，上海世界书局）；《吉诃德先生》（[西]塞万提斯著，蒋瑞青译，上海世界书局）。《吉诃德先生》也就是现在一般称为《堂·吉诃德》的作品，它是文艺复兴时期的现实主义杰作，作者塞万提斯。作品主要描写和讽刺了当时西班牙社会上十分流行的骑士小说，并揭示出教会的专横、社会的黑暗和人民的困苦。《堂·吉诃德》问世以来，经受住了时间的考验，堂·吉诃德的名字在不同历史年代，不同国家都流传着。别林斯基曾说，堂·吉诃德是一个"永远前进的形象"。堂·吉诃德的名字已经变成一个具有特定意义的名词，成了脱离实际、热忱幻想、主观主义、迂腐顽固、落后于历史进程的同义语。马克思、恩格斯、列宁在著作里不止一次地提到堂·吉诃德。堂·吉诃德的形象在今天仍保持它的意义；《小伯爵》（[英]白涅德著，杨镇华译，上海世界书局）。白涅德的《小伯爵》是她的成名作，也是她的三部经典儿童小说之一（另两部是《秘密花园》、《小公主》）；《金银岛》（[美]史蒂芬孙著，丁留余译，上海世界书局）。《金银岛》独树一帜，极富神奇浪漫色彩，其笔下的金银岛就是如今古巴的特别行政区——青年岛。它过去叫金银岛，也叫松树岛。在西班牙漫长的4个世纪的殖民统治岁月里，那里是举世闻名的加勒比海盗呼啸聚众的天堂，那些逃犯和海盗在海上到处流窜，追击西班牙运输金银财宝和商货的船只，把抢来的金银财宝和商货运到这座荒无人烟的小岛上，藏于神秘的山洞里，慢慢享用，金银岛因此得名；散文童话《青鸟》（[法]勒白仑（乔治特·莱勃伦克）著，稚吾译，上海世界书局）。《青鸟》原是比利时作家、象征主义戏剧创始人莫里斯·梅特林克写的一部同名童话剧本。后来他的妻子乔治特·莱勃伦克为少年儿童阅读之便，又加工改写成这部散文童话。这部童话的主题正如书中所说："我们给人以幸福，自己才更接近幸福。"

四月

1日，张天翼的《一年》，由上海良友图书印刷公司出版。作者在小说中极力描写一班小官僚阶层由幻想而趋于没落的过程，作品对人物的心理和动作的刻画都表露尽致。

蹇先艾的小说《迁居》、方玮德的诗歌《紫色的梦》、方令孺的诗歌《全是风的错》在《文艺月刊》第3卷第10期发表。

沙汀的小说《爱》在《东方杂志》第30卷第7号发表。1935年6月上海天马书店出作者同名小说集。

彭家煌的小说《喜讯》在《现代》第2卷第6期发表。1933年12月上海现代书局出作者同名小说集。同期还发表了穆时英的小说、钟敬文的诗歌《送砾子南归》。

何其芳的诗歌《有赠》在《新时代》第4卷第3期发表。

鲁迅的散文《为了忘却的纪念》在《现代》第2卷第6期发表。本文是鲁迅先生为了纪念"左联"五烈士而在1933年写下的，这是一篇著名的杂文。文章先是交代了写文章的缘由，由报章上林莽的文章引出白莽，写了关于白莽的三次见面：第一次印象不深；第二次与他交换书籍；第三次白莽向鲁迅道出自己的真实身份，体现了二人之间的极度信任。又由送书一事引出柔石。随后写了与柔石的初见及和他的交往，"我"体会出他的"迂"和硬气，再由柔石引出冯铿，随后再回归白莽和柔石，以"我"为中心、柔石为线索讲述了他们被害的经过，随后又写了"我"的反应——写诗祭奠和木刻。最后与开头相呼应，再次点明写作的缘由，总结全文。

何容的散文《国畜刍议》、老舍的散文《天下太平》在《论语》第14期发表。

徐訏的戏剧《忐忑》在《新时代》第 4 卷第 3 期发表。

瞿秋白的《马克思、恩格斯和文学上的现实主义》在《现代》第 2 卷第 6 期发表，署名"静华"。这是瞿秋白根据苏联公谟学院出版的《文学遗产》上塞列尔的文章改写的。主要论述马克思、恩格斯论巴尔扎克、现实主义，涉及现实主义方法，"莎士比亚化"与"席勒化"，作家世界观与创作方法的矛盾等。

2 日，瞿秋白的散文《〈子夜〉和国货年》在《申报·自由谈》发表，署名"乐雯"。

5 日，徐转蓬的小说《搭车》、朱湘的诗歌《只是同样的山岭回旋》、朱湘的散文《烟卷》、缪崇群翻译的《德富芦花散文诗抄》在《青年届》第 3 卷第 2 期发表。

森堡的诗歌《谦让的邻人》在《新诗歌》第 1 卷第 4 期发表。

6 日，郑振铎由周建人陪同去鲁迅家访问，而后鲁迅、郁达夫、郑振铎、茅盾、叶圣陶、陈望道、胡愈之、洪深、夏衍、傅东华、谢六逸、徐调孚、周建人、黄源等在会宾楼晚宴，由郑振铎发起。席上，决定创办《文学》月刊。

8 日，邹韬奋的散文《漫笔》在《生活》第 8 卷第 14 期发表。

9 日，郁达夫的散文《政权与民权》在《申报·自由谈》发表。

10 日，曹聚仁的散文《杀错了人》在《申报·自由谈》发表。

13 日，"左联"在《中国论坛》第 2 卷第 4 期发表《小林同志事件抗议书》，抗议日本政府于 2 月 20 日杀害革命作家小林多喜二。另外，鲁迅也在日本《无产阶级文学》本年第 4、5 期合刊上发表《闻小林同志之死》，郁达夫在《现代》第 3 卷第 1 期发表《为小林的被害檄日本警视厅》等文，悼念小林多喜二。

偶然的散文《克欲之道》在《大晚报·火炬》发表。

廖沫沙的散文《闲情救国》在《申报·自由谈》发表，署名"达伍"。

14 日，鲁迅的散文《中国人的生命圈》在《申报·自由谈》发表，署名"何家干"。

15 日，《文学杂志》(月刊)创刊。该刊为北平"左联"机关刊物之一，署"北平文学杂志社"编辑、出版。实由王志之主编，发表小说、剧本、散文、诗歌等，介绍了不少反映日本工人生活的小说。鲁迅、郑振铎、朱自清、曹葆华、陈永翱、王志之、宋之的等都曾为该刊撰稿。同年 8 月出至第 3、4 期合刊后停刊。

喆之的《一九三三年日本普罗文学运动的展望》在《文学杂志》创刊号发表。

孙席珍的诗歌《旧城与新城》在《文艺杂志》创刊号发表。

陈永翱翻译的苏联作家肖洛霍夫的小说《新地》在《文学杂志》创刊号发表。

17日，瞿秋白的散文《内外》在《申报·自由谈》发表，署名"何家干"。

22日，《申报·自由谈》编者黎烈文发表启事："本刊载张资平先生之长篇小说《时代与爱的歧路》业已数月，近来时接读者来信，表示倦意。本刊为尊重读者意见起见，自明日起将《时代与爱的歧路》停止刊载。"此后，上海《微言》、《社会新闻》等报刊攻击黎烈文受鲁迅指使排斥异己，"腰斩张资平"。

23日，北平人民公葬李大钊，群众多人被捕。时值李大钊遇害6周年之际，钱玄同、刘半农等12人不顾白色恐怖，联名发出举行公葬的募捐书，并书写墓志和墓碑。当日，700多人不顾反动军警的镇压，在灵前肃立，高唱国际歌，静默致哀。社会各界代表送挽联20多幅。送葬的队伍从宣武门浙寺出发，沿途路祭，直至香山万安墓地安葬。

《红色中华》的副刊《赤焰》创刊。刊期不定。这是中央苏区唯一的文艺副刊。

25日，郁达夫离开上海，举家移居杭州。鲁迅于1933年12月30日作《阻郁达夫移家杭州》诗一首，对他离开上海提出规劝和忠告。

李脩的散文《"不动姿势"》在《申报·自由谈》发表。

瞿秋白为自己编选的《鲁迅杂感选集》作序，选集于1933年7月由上海青光书局出版。

许地山的小说、戏剧合集《解放者》由北平星云书店出版，共收录作品9篇。

鲁迅、许广平的《两地书》由上海青光书局出版。本书系作者与许广平（署名"景宋"）在1925年3月至1929年6月间的通信结集，共收信135封（其中鲁迅信67封半），由鲁迅编辑修改而成，分为三集，1933年4月由上海青光书局出版。作者生前共印行四版。第一部分说的是女师大的事，没有一点情啊爱啊的；第二部分是厦门与广州间的通信，生活琐事居多，关爱之情溢于言表；第三部分是北京、上海间的通信，也是生活琐事居多，关心之情溢于言表。

26日，瞿秋白的散文《大观园的人才》在《申报·自由谈》发表，署名"干"。

27日,巴金的《苦笑呻吟语呼号——给我哥哥》在《申报·自由谈》27—29日连载。

29日,周作人接待来访的李大钊夫人及李星华,商谈关于《李大钊文存》出版事宜。7月12日,周作人专为此事,致函北新书局李小峰。

30日,侯曜的戏剧《复活的国魂》由天津大公报社出版。

本月

郑振铎在北平东安市场书肆得明刊本孟称舜编《古今名剧合选》,共56种元明戏曲。

吴强开始在报刊上发表作品,参加"左联"。

陈荒煤经吕骥介绍,为汉口《时代日报》编文艺副刊。

徐懋庸到上海,由胡愈之介绍给生活书店,译日本山川均的《社会主义讲话》。

华蒂社在济南成立,李束丝任社长,成员有吴稚声、孙任生等50人。

夏衍根据茅盾的小说《春蚕》改编成同名电影文学剧本,署名"蔡叔声",由上海明星电影公司制映。

本月出版的小说集有《竹布衫》(何家槐著,上海黎明书局);《一只手》(郭沫若著,上海大光书店);《抹布》(巴金著,北平星云堂);《徒然小说集》(陶亢德著,署名"徒然",上海生活书店)。

本月出版的散文作品有《巴比赛传》(沈起予著,上海良友图书印刷公司);《今可随笔》(曾今可著,上海北新书局);《爱的跳舞》(陈穆如著,人生研究社);《不可抗拒的命运》(林辉焜著,台湾);《茅盾自选集》(茅盾著,上海天马书店);《灵凤小品集》(散文集,叶灵凤著,上海现代书局)。

本月出版的文学理论著作有《文艺论集》(赵景深著,上海广益书局);《文学研究入门》(上册)(郁达夫等合著,上海光华书局);《文艺通论》(夏炎德著,上海开明书店);《中国小说研究》(胡怀琛著,上海商务印书馆);《俄罗斯的文学》(平万著,上海亚东图书馆);《哲学与艺术——希腊大哲学家的艺术理论》(宗白华著,《新中华》创刊号发表),全文分为"形式与心灵表现"、"原始美与艺术创造"、"艺术家在社会上的地位"、"中庸与净化"、"艺术与模仿自然"、"艺术与艺术家"几个章节。

本月出版了戏剧集《黑暗与光明》(甄乃力著,奋进社出版)。

本月出版的翻译作品有《希腊英雄传》([英]金斯来著,席涤尘译,上海世界书局),这本书有三部,分别是《珀尔修斯》、《阿尔各号船上的英雄》、《忒修斯》;《印度童话集》([日]半岛二郎著,许达年译,上海中华书局);《苦儿努力记》([法]莫奈德著,章衣萍、林雪清译,上海儿童书局);《求真者》([美]辛克莱著,平万译,上海亚东图书馆);《肖像》([苏]郭果尔著,鲁彦译,上海亚东图书馆);《日本新兴文学选译》([日]前田河广一郎著,张一岩译,北平星云堂书店);《文艺一般论》([日]芥川龙之介著,高明译,上海光华书局);七幕诗剧《沙恭达罗》([印]迦梨陀娑著,王维克译,上海世界书局),诗剧中塑造了一个集自然美、朴质美和青春美于一身的古代理想妇女形象沙恭达罗。

本月出版的其他著作有《中国妇女与文学》(陶秋英著,上海北新书局出版);《儿童文学创作丛书》(上海北新书局出版,至次年 10 月共出 5 种);《光华小文库》(上海光华书局出版,至次年 9 月,共出 13 种)。

五月

1 日,茅盾的《关于文学研究会》在《现代》第 3 卷第 1 期发表。同期还发表了周扬的《文学的真实性》。这是作者与"第三种人"论争的文章,指出文学的真实性"根本上是与作家自身的阶级立场有着重大关系"。认为"文学的真理和政治的真理是一个,其差别,只是前者是通过形象去反映真理的"。并且,"只有站在革命阶级的立场上,把握住唯物辩证法的方法,才是现实的最正确的认识之路,是文学的真实性的最高峰之路"。

钱杏邨的《论中国电影文化运动》在《明星》创刊号发表,署名"凤吾"。作者认为电影文化运动必须顺应时代潮流,强调电影艺术的时代使命。要从具体历史条件出发,提倡健康的趣味,加强针对性,用饱满的热情反映包括小市民生活在内的各阶层生活,完成中国电影文化运动反帝反封建的任务。

尘无的《中国电影之路》在《明星》第 1 卷第 1、2 期连载。作者试图用历史唯物主义的观点和中国社会的具体情况，阐明中国电影的性质、动力、任务，鼓励电影创作者放开眼界，从现实生活中择取题材，并具体提出了六个方面的内容。

王任叔的小说《一夜》在《东方杂志》第30卷第9号发表。

塞先艾的小说《盐巴客》、黎锦明的小说《龙面纱的女人》在《文艺月刊》第3卷第11期发表。

艾芜的小说《小伙计》在《新时代》第4卷第4、5期合刊发表。同期还发表了丁玲的小说《奔》。小说写一群在乡下破了产的农民满怀希望负债去上海……他们却怀着失望的心情从上海徒步回家。等待他们的是高利贷的债务，愤怒的农民坚强起来了，这终成了他们最后的选择。

靳以的小说《在"天堂"的人们》在《现代》第3卷第1期发表。

张天翼的小说《洋泾浜奇侠》在《现代》第3卷第1—6期、第4卷第2—5期连载，1936年4月由上海新钟书局出版单行本。

臧克家的诗歌《农家的夏晚》、何其芳的诗歌《细雨》在《新时代》第4卷第4、5期合刊发表。

艾青的诗歌《芦笛》在《现代》第3卷第1期发表。1933年3月28日，正当明媚的春天，作者在上海监牢的不眠之夜，借铁栅外的灯光，在拍纸簿上写下了这首悲壮的、叛逆的诗篇，他控诉这个没有自由的罪恶世界。这首诗是为了纪念已故法国现代派诗人阿波里内尔（1880—1918）而作。艾青当时在牢里正在看阿波里内尔的《ALCOOL》(法文：酒）诗集，情绪受到感染，他像酒一般被点燃起来。他引了这位他所挚爱的诗人的两行诗当作《芦笛》的题记："当年我有一支芦笛／拿法国大元帅的节杖我也不换。"关于这首诗，艾青做过简要的解释："我把芦笛象征艺术，把元帅节杖象征不正的权力；诗里骂了白里安，骂了德国的俾斯麦；而且说我将像1789年似的向巴斯底狱伸进我的手去，而这个巴斯底不是巴黎的巴斯底狱。"芦笛具有丰富而广阔的象征性。这支芦笛是从欧罗巴带回来的，在诗人的心灵里欧罗巴是彩色的。他被后期印象派大师塞尚、高更、梵·高、莫的里尼亚尼们的个性鲜明、为整个世界增添了光亮和色彩的画和波特莱尔、兰波、凡尔哈仑等的同样新奇的诗，深深地迷醉和浸染，他也有了自己的与生命相连的笔。不论画画，还是写诗，这支智慧的笔使他活得更为清醒与坚强，他充满了自信。但是他在狱中无法画画，而诗也被囚禁。他和他的笔都犯了罪。于是诗人抗议那些不义的权贵们,他不能公开地揭露和咒骂当时压迫、蹂躏中国的帝国主义者和封建统治人物。他轻蔑地唾骂欧洲的白里安和俾斯麦,因为他们屠杀和压迫欧洲的自由民主斗士和正直的艺术家们。这首诗是诗人对中国反动统治者的反叛的誓词,也是诅咒他们灭亡的歌。同期还发表了金克木的诗歌《晚眺》、王莹的散文《春雨》。

朱自清的散文《莱茵河》在《中学生》第 35 号发表。这篇记游,确如作者所说"绝无胜义"。文中对"中莱茵"沿岸的古迹、传说和哥龙城大教堂的描述,是作者目睹过的风景古迹,是他亲临其境之所见,加之他在记述时还在文字上费些心思,不仅中学生看,成年人也看,仿佛是走马观花地游了一次"中莱茵",这算是达到了作者让读者"目游"莱茵河的目的了。作者有意识地避免"我"的出现,这也是他藏拙之所需,文中根本没有抒写作者的真情实感,更缺乏一定的哲理思考。若用现代的审美尺度来衡量,不能不说此文的思想意义大受影响。作者十年后才对此有所认识,他曾说:"记游也许还是让'我'出现,随便些的好;但是我已经来不及了。"

孙福熙的散文《巴黎的春郊》在《文艺月刊》第 3 卷第 11 期发表。

白兮的散文《丽娃栗妲之夜》在《新时代》第 4 卷第 4、5 期合刊发表。

李健吾的戏剧《村长之家》在《现代》第 3 卷第 1 期至第 4 期连载。

戴望舒翻译的法国作家雷蒙·拉第该的《陶尔逸伯爵的舞会》,在《现代》第 3 卷第 1—6 期、第 4 卷 2—4 期连载。

侯佩尹翻译的法国作家雨果的《欧伦比表》在《文艺月刊》第 3 卷第 11 号发表。

徐霞村、施蛰存翻译的《桑德堡诗抄》(9 首)在《现代》第 3 卷第 1 期发表。

3 日,曹聚仁的散文《"自许南阳葛,人怀秦桧之"》在《申报·自由谈》发表。

4 日,郁达夫的散文《移家琐记》在《申报·自由谈》发表。文章写自己由上海移家杭州的经历,但他不局限于一时一事,搬家的过程只是写了寥寥几笔,更多的是写搬家前后的感受。新居的简朴甚至是清贫,加上蒙蒙的春雨,作者的落寞之感随处显现。然而作者并非仅重一己的感觉,而是透过细雨,透过简陋的居室看到了整个社会整个人生。由电灯的昏暗,想到了苛捐杂税的扰民;由店铺的寥落，想到农村的破产和城市的战栗以及社会的症结所在，为国家的前途担忧。作者的心胸何其宽阔，作者的思虑何其深痛。不仅如此，作者还随手之间表达着自己对文学的看法。对于鲁迅《两地书》及鲁迅的为人，作者都表现出了钦佩之情，在文人相轻的传统陋习下，作者的襟怀之广，令人佩服之至。

5日，老舍在《青年届》第3卷第3期发表《马裤先生》。这篇小说的故事主要是集中在描写马裤先生的行动及他和茶房之间的互动。老舍在写这篇小说的时候使用了极为精简的语言，让人读起来有种格外活泼的感觉。《马裤先生》中的每一个字、每一个词都安排巧妙，以幽默诙谐的语言来描述。作者在描写人物——尤其是茶房——的表情时使用了特别的比喻法。如在第30页第7行："茶房来了，眉毛拧得好像要把谁吃了才痛快。"寥寥数字就生动地表现出茶房对马裤先生不曾间断的无理要求的不耐烦。此外，作者用词风趣，有些小地方并不直接写出，而是用一种间接的手法达到幽默的目的。如在第32页第3段中，作者并不直接写出马裤先生吐痰吐到车顶上，而是"照顾了车顶"。另一特点是，作者擅长以夸张的手法贯通全文。如第28页中，茶房正准备离去时："转好了身，腿刚预备好要走，背后打了个霹雳……"这种生动夸张的描述更增加了全文的趣味。全文中作者以这些手法带动读者的想象力，令读者阅读时可以在脑中鲜活地描绘出《马裤先生》中令人发笑的画面。同期还发表了刘大杰的小说《灰色的路程》。

黄源翻译的美国作家哈里逊的小说《将军死在床上》由上海新生命书局出版。

钱歌川翻译的美国作家辛克莱的小说《成名》在《青年届》发表。

6日，周木斋的散文《五月》、郁达夫的散文《声东击西》在《申报·自由谈》发表。

7日，曹聚仁的散文《"南"与"北"》在《申报·自由谈》发表。

10日，许广平在寓所设便宴招待史沫特莱，茅盾应邀作陪。

11日，楼适夷的散文《人造地震》在《申报·自由谈》发表。

12日，廖沫沙的散文《"中国人与狗"》在《申报·自由谈》发表，署名"达伍"。

13日，宋庆龄、蔡元培、鲁迅等代表中国民权保障同盟，亲到德国驻上海领事馆递交抗议书，抗议德国法西斯压迫民权、摧残文化。随后，鲁迅写了《华德保粹优劣论》、《华德焚书异同论》等文。

杨霁云的散文《胡适的法宝》在《涛声》第 2 卷第 18 期发表。

14 日,丁玲和潘梓年在上海昆山花园路丁玲寓所被国民党特务秘密逮捕。丁玲、潘梓年被捕后,中国民权保障同盟及文化界曾展开一系列抗议。6 月 19 日,"左联"在《中国论坛》第 2 卷第 7 期发表《为丁潘被捕反对国民党白色恐怖宣言》。至 1936 年 9 月,二人共被幽囚 3 年。

应修人在丁玲寓所遭特务追捕,在搏斗中坠楼牺牲。

15 日,郁达夫、茅盾、叶绍钧、陈望道、洪深、鲁迅、田汉、丁玲、杜衡共 9 人在《文学杂志》第 1 卷第 2 期发表《为横死之小林遗族募捐启事》。

周扬任"左联"党团书记。

上海天马书店出版《国际文学丛刊》,至 1937 年 5 月,共出 3 种。

上海小朋友书局出版《儿童文学丛书》,共出译作 3 种。

非白的《美国文坛近况》、张天翼的散文《我的幼年生活》、张季纯的戏剧《二伤兵》、陈淑君翻译的苏联理论家伊里支的《托尔斯泰论》在《文学杂志》第 1 卷第 2 号发表。

文侠、文翱翻译的法国作家巴比塞的散文《我控诉——》,在《文学杂志》第 1 卷第 2 号发表。

16 日,沈从文的小说《一个农夫的故事》在《东方杂志》第 30 卷第 10 号发表。同期还发表了何家槐的小说《雨天》。"雨天"是一批教员心境的象征,难挨的日子,灰暗、阴沉、单调、寂寞,他们在生活的甬道中挣扎着,向往着一线天光的出现。

17 日,楼适夷的散文《掘地窟与买飞机》在《申报·自由谈》发表。

20 日,沈端先、杨开渠翻译的苏联作家格拉特考夫的小说《沉醉的太阳》由上海现代书局出版。

25 日,《申报·自由谈》编辑黎烈文在当局的压力下,发表启事:"吁请海内文豪,从兹多谈风月",莫谈国事。

28 日,章克标的散文《谈风月》在《申报·自由谈》发表,署名"凯"。

29 日,叶圣陶参加立达同仁匡互生追悼会。

31 日,茅盾的短篇小说集《春蚕》由上海开明书店出版。《春蚕》是以江南农村为背景的。它通过农民老通宝一家人蚕花丰收而生活却更困苦的事实,无可辩驳地证明了旧中国农民须在年成丰收之外,去另找真正的出路。作品采用虚写的手法把人物放在这样的时代背景上:"一·二八"的上海刚刚过去,由于外货倾销,民族丝织工业陷于破产的境地,因而江南一带农民的主要副产品——蚕丝也就没有了销路;封建地主阶级的高利贷剥削更加残酷;资本家也趁机压低蚕丝的收购价格。正是在这样的情况下,老通宝一村人经过一个月的辛勤紧张的养蚕劳动,虽然取得了多年未有的蚕茧丰收,但是丰收给他们带来的不是富裕和幸福,而是更多的贫困和灾难:"因为春蚕熟,老通宝一村的人都增加了债!老通宝家……白赔上十五担叶的桑地和三十块钱的债!一个月光景的忍饿熬夜还都不算!"老通宝是一个勤劳忠厚而又保守落后的老一代农民。他凭着"活了六十岁,反乱年头也经过好几个"的经验来分析和对待眼前的事物。他隐约地觉察到,世界之所以"越变越坏",都只因为有了"洋鬼子"的缘故,因此他不仅痛恨"洋鬼子",而且仇视一切带有"洋"字的东西。他热爱劳动,相信只有田地熟和蚕花丰收,才可能使他们的日子变好。他也相信命运和鬼神,虔诚地遵守,而且要他的儿子阿多也遵守养蚕时的一切禁忌。时代变了,周围环境变了,而他的思想却一直未变,这是他成为悲剧性人物的一个重要原因。他的儿子阿多,性格与他不同:他不相信田地熟或者蚕花丰收,就可以改变他们穷苦的命运;他没有老通宝的那种忧愁,对世事永远乐观;他开始对社会现象做更深一些的思索,"他觉得人和人中间有什么地方是永远弄不对的",虽然他还"不能明白想出来是什么地方或是为什么"。这样,小说就在如何摆脱自己贫困处境的课题上描写了 20 世纪 30 年代旧中国农村中两代人的冲突。而阿多一代农民的逐渐成长和老通宝一代农民的逐渐觉醒,也就成为旧中国农村向前发展的必然趋势。继《春蚕》之后的《秋收》和《残冬》,所揭示的就正是这种趋势。在《秋收》里,当老通宝的"大熟年"的"肥皂泡整个儿爆破",因而送掉他一条老命的时候,最初的觉醒意识,是在他"明朗朗"的眼睛里透露出来了。《残冬》更进一步地描写了农村灾难的加深和农民反抗斗争的崛起。这三个连续的短篇,当时被称为"农村三部曲";它们真实地反映了广大农民的深重苦难和他们从守旧、迷惘中觉醒,终于起来抗争的历史动向。特别是其中的《春蚕》,整个作品就像是一支交织着农民的希望、忧虑、欢乐和失望的乐章,使读者的心情紧紧地跟随人物命运的发展而起伏变化。后面两篇情节发展得过于急促,人物性格的发展脉络勾勒得不够清晰,因而人物形象不及

《春蚕》中那样丰满鲜明。

王汝龙的小说《死·火·活》、傅尚果的诗歌《梅雨》在《文艺茶话》第 1 卷第 10 期发表。

章克标的杂文集《文坛登龙术》由绿杨社出版。杂文集除了《解题》、《后记》、《绪论》外共分 10 章，用调侃的文字表现了 20 世纪 30 年代上海文坛的某些阴暗面。

本月

鲁迅编辑关于文学和美术翻译作品的小丛书《文艺连丛》，由鲁迅自费在野草书屋及联华书局出版。原计划出 5 种，后仅出 3 种。

萧三将他在苏联出的第一本诗集修订本《血书》交给卢那察尔斯基，请卢氏为这本诗集做一"权威性评论"。因卢氏久病，未果。

张资平、曾今可等创办的《文艺座谈》在上海成立，成员有黎锦明、傅彦长、徐蔚南等。7 月出版《文艺座谈》半月刊，共出 4 期。

沙汀任"左联"常委秘书，鲁迅、茅盾、周扬、彭慧等在沙汀家中举行会议，沙汀第一次同鲁迅、茅盾会面。

郁达夫的《序〈爱情的梦〉》在《现代学生》第 2 卷第 8 期发表。

本月出版的小说集有《剪影集》（蓬子著，上海良友图书印刷公司）；《蜜蜂》（张天翼著，上海现代书局）；《动乱一年》（朱雯著，上海三三书店）；《怀乡集》（杜衡著，上海现代书局）。《怀乡集》收短篇小说 10 篇：《海笑着》、《蹉跎》、《怀乡病》、《王老板底失败》、《墙》、《人与女人》、《重来》、《蓝衫》、《在门槛边》、《叶赛宁之死》。出版这本集子的时候，那场"文学自由论"的辩论已接近尾声。杜衡在本集的自序中说，在写这些作品的时候，经常用一句话提醒自己："不要相信文学作品是纯粹的艺术，它也是科学，也是教育。"然而在写作过程中，"每逢写作，我是往往注力于艺术的完成；在许多应当听从理智的时候，我时常害怕伤于感情底虚伪以及事实底架空"。这个集子是研究"现代派"创作的极重要的作品。

萧红的小说《王阿嫂的死》在哈尔滨《国际协会·副刊》发表。按萧军任编辑顾问的《萧红作品欣赏》中的萧红年表,《王阿嫂的死》发表于1933年元旦;按《萧红全集》所列萧红年谱,《王阿嫂的死》写成于1933年5月21日,发表时间不详,《弃儿》则发表于同年5月6日。较多人认为《弃儿》是萧红的处女作,也有人考证,《春曲》更早于《弃儿》,若按此说,《王阿嫂的死》则晚于此二篇。不过,《弃儿》和《春曲》都是写作者自己的生活经历和心声,而以写下层人民的苦难著称的萧红所写的第一篇这类作品,无疑是《王阿嫂的死》,所以,《萧红全集》将该篇列在卷首,也是富有深意的。

本月出版的诗集有《心跳进行曲》(沙蕾著,上海开明书店);《三秋草》(卞之琳著,上海新月书店),陈梦家君在《新月诗选》序言里说作者的诗"常常在平淡中出奇",这一集里才真是如此。

本月出版的散文集有《绮怀随笔》(绮怀著,上海女子书店);《衣萍文存》(章衣萍著,上海乐华图书公司);《饭后佳话》(予且著,上海良友图书印刷公司);《败絮集》(陈学昭著,上海大东书局)。

本月出版的论文有《创作三步法》(许钦文著,上海开明书店);《法国女作家》(王茗青著,上海女子书店)。

本月的翻译作品有《西洋文学概论》([日]吉江乔松著,高明译,上海现代书局);《萧伯纳》(石苇编译,上海光明书局)。小说《泰赖波尔巴》([俄]果戈理著,顾民之、杨汁译,上海南京书店);《不走正路的安得伦》([苏]亚·涅维洛夫著,靖华译,上海野草书屋);《苏联短篇小说集》(楼适夷编译,上海天马书店)。戏剧《史嘉本的诡计》([法]莫里哀著,唐鸣时译,上海商务印书馆)。

六月

1日,"左联"机关刊物《文艺月报》在北京创刊,由立达书局出版发行。该刊主要探讨文艺理论,坚持文艺为大众服务的方向,并积极开展文艺创作,是研究左翼文艺的重要资料,设有"论文"、"小说"、"诗歌"、"文艺情报"、"介绍"与"批评"等栏目。第1、2期署"北平《文艺月报》社编辑",诗集由张盘石、陈北鸥主编,第3期署"陈北鸥、金谷主编"。出至第3期后被查禁。创刊号发表国际反战作家《给苏联和中国大众的信》(征君译)。1933年11月出第1卷第3期后停刊。

《无名文艺》旬刊与海燕文艺社合并，改出月刊。第1期发表了叶紫短篇小说《丰收》。

《现代》第3卷第2期发表戴望舒从法国寄来的稿件《法国通讯——关于文艺界的反法西斯底运动》。通讯介绍了法国革命文艺家协会3月21日召开大会的情况，表达了抗议德国法西斯主义的鲜明立场。

吴组缃的《评茅盾〈子夜〉》在《文艺月刊》创刊号发表。

叶鼎洛的小说《都会的日子》在《新时代》第4卷第6期发表。

沙汀的小说《土饼》在《现代》第3卷第2期发表。1936年7月上海文化生活出版社出作者同名小说集。小说写一个女人，在丈夫被拉夫之后，留下三个孩子被饥饿折磨着。她指望用旧木材去集上换回些食物，但一无所获。在回来的路上，她不得不用黄泥为孩子搓成饼子。

张又君的小说《没有爸爸》在《无名文艺》第1卷第1期发表，署名"黑婴"。黑婴（1915—1992），原名张炳文，又名张又君，曾用笔名黎明起、李弈、红眉。著作有《帝国的女儿》、《没有爸爸》等。

叶紫的小说《丰收》在《无名文艺》第1卷第1期发表。1935年3月奴隶社出作者同名小说集。这是作者"农村三部曲"之一，写云普叔想尽办法借高利贷，卖女度荒，抗水灾旱灾，终于获得了丰收，但却抗不住租、捐、债、税的盘剥，结果仍颗粒无存。可他还是逆来顺受，期望地主的怜悯。而他的儿子立秋却在残酷的现实生活中懂得了真理，憧憬着光明的远景。

张瓴的小说《骚动》、徐盈的小说《春汛》在《文艺月报》创刊号发表。

林徽因的诗歌《山中一个夏夜》、曦晨的诗歌《天是蓝的》、臧克家的诗歌《难民》在《新月》第4卷第7期发表。难民的命运是悲惨的！他们面临着严重的生存困境：被迫背井离乡，漂泊流浪，过着风餐露宿的日子。他们默默承受着身体上和精神上的无尽伤害。生理上不可抵抗的饥饿，精神上的孤寂无助感、无归宿感，使他们成了异端人群。一群被故乡容纳不下，又被异乡拒绝的人，只能永无停止地流浪。"陌生的道路，无归宿的薄暮"是他们命运的最好写照。他们沉重的脚步只能从这条陌生的道路踱到另一条陌生的道路，世界很大，却永远也没有一寸土地肯收留他们！"人到那里，灾难到那里。"也许就是这个理由，故乡把他们抛弃了，异乡也因此拒绝了他们。

陈梦家的诗歌《塞上杂诗》在《新月》第 4 卷第 7 期发表。

何其芳的诗歌《夏夜》在《文艺月刊》第 3 卷第 12 期发表。《夏夜》撷取了一个极小的场景——小河边、槐树下；选取了一个最热烈的季节——夏夜；截取了恋爱过程中最心旷神怡的阶段——热恋；创造了一种既来自人世又远离尘俗的氛围。没有喧嚣，没有浮华，有的是静谧，有的是纯真。这是诗人理想的寄寓，是对美好生活、美好爱情、美好理想的纯真向往。诗人以隽美的语言，为我们描绘了一组流动的夏夜画面。第一幅为我们展示了一个静谧优雅的恋爱场所。六月的槐花，轻柔的微风、圆圆的绿阴、荧荧的明星，无不是一个令人惬意而神往的地方。此时，恋爱的女主人公，垂着新沐过的凉滑的幽芬的长发，溢着明星般灿烂的微笑走进我们的视线。我们不必拘泥于诗歌简洁的语言，尽可以展开丰富的联想：宁静、优雅、美丽。巧笑倩兮，美目盼兮，一切都是那么自然，又是那么令人心旷神怡。第二幅为我们绘就了一个藕花飘香的怡人世界。诗人以拟人法，将静物动化，把盈盈流动的藕花的清香写得充满了动感：花是女性的象征，花香更为女性的特质。这令人自然联想到朱自清的月下荷塘，"它淡香的呼吸如流萤的金翅，飞在湖畔，飞在迷离的草际，扑到你裙衣轻覆的膝头"，也扑到"我"热情洋溢的热烈的心际……第三幅正面写热烈的恋情。在夏风的吹拂、藕花的催化下，爱情在这个热烈的夏季成熟了。围在颈项的柔柔手臂，令人心跳的喁喁私语，无不是爱情成熟的标志。我的心灵开始震动，"如树根在热的夏夜里震动泥土"。于是，诗人感受到了成熟的爱情即将来临："一株新的奇树生长在我心里了，且快在我的唇上开出红色的花。"此时，爱情已不再是幻想，爱情就在眼前了；当《秋天》来临的时候，爱情也该收获了。《夏夜》的语言甜热而柔和，妩媚而瑰丽，如诗歌采用的奇异比喻，如流滴的幽芬、红熟的甜的私语、繁实的葡萄藤、红色的花，等等。从整体上说，诗歌的语言是近乎透明的淡雅和清妙，尤其是前两个诗节，一词一句无不透露出清雅和轻灵，给人朦胧和迷离的感觉。意象奇异是这首诗歌的又一特点，热的夏夜、六月的槐花、繁实的葡萄藤、新的奇树、红色的花等，新颖别致，无不与诗意吻合，创造出一种奇异的情调。

臧克家的诗歌《死水中的枯树》、王平陵的散文《静静的玄武湖》在《文艺月刊》第 3 卷第 12 期发表。

邵冠华的诗歌《船行》在《新时代》第4卷第6期发表。

侯汝华的诗歌《单峰驼》、赵景深的散文《破马车》、田村的散文《飞檐走壁人才》在《现代》第3卷第2期发表。同期还发表了林庚的诗歌《风沙之日》。作品是出于对现实的一种不满，那里太荒凉、太死寂，实际上完全是个"边城"，让人感到压抑。那个苍白的太阳，是20世纪的眼睛的意象，就是这种现实的感觉与那种脱离现实的现代诗是不一样的。

宋琴心的诗歌《卖唱的》在《无名文艺》第1卷第1期发表。

陈北鸥的诗歌《清道夫》在《文艺月报》创刊号发表。

靳以的散文《灰晕》在《新月》第4卷第7期发表。

穆木天的译诗《吉尔吉兹人的歌》、穆木天的译作《费尔加那的民谣》、张英白翻译的日本作家川口浩的《文学的党派性》、里正翻译的日本作家山田清三郎的《通信员运动与报告文学》在《文艺月报》创刊号发表。

施蛰存翻译的西班牙作家巴罗哈的《深渊》、穆木天翻译的日本作家川口浩的《关于文学史的方法诸问题》在《现代》第3卷第2期发表。

2日，郁达夫在文化界人士《为林惠元惨案呼冤宣言》上签名，抗议国民党十九路军杀害福建龙溪抗日会常委林惠元。

3日，李俯的散文《吸血虫》在《涛声》第2卷第21期发表。

5日，史轮的诗集《白衣血浪》由上海泰东图书局出版。

郁达夫的《批评的态度》、于赓虞的诗歌《夜鸟吟》、沈从文的小说《寻觅》在《青年界》第3卷第4期发表。

10日，上海文化界发表营救丁玲、潘梓年的宣言，开展一系列抗议、营救活动。

钱杏邨的《现代中国文学论》由上海合众书店出版。

杨吻波的《吻波诗集》由中国诗社出版。

陆侃如在《读书杂志》第3卷第6期发表《恩格斯两封未发表的信》。

鲁迅的散文《夜颂》在《申报·自由谈》发表，署名"游光"。《夜颂》是鲁迅先生的一篇精辟绝伦的美文。鲁迅先生喜欢写杂文，刻画着慷慨和斗争的印迹，如披着血染斗篷、挥着寒光利剑、骑着雪青战马的圣斗士，体现了文学大师的坚毅和刚烈。然而《夜颂》则是先生少有的人间烟火弥漫的柔情之作，情欲之火在黑夜里暗暗涌动，宛如一位寂寞深闺中碎步走出来的婉约女子，姣好的面容萌动的心情，望着红墙外自由自在的花花世界而恍惚，一丝疑窦的表情抑制不住暗暗的心喜。《夜颂》虽然没有堆用过多的艳丽之词，也不同于先生擅长的杂文那样的犀利，却婉约而从容，从另一层面也显露了先生内心世界那柔和的、缠绵的，甚至是激情的一面。

周起应翻译的苏联理论家弗理契的《弗洛伊特（德）主义与艺术》在《文学月报》创刊号发表。此文把弗洛伊德的学说定性为一种资产阶级意识形态立论，从性爱主义、唯美主义、个人主义三方面，批判弗洛伊德把性欲与艺术相联系，指责他在说明文艺问题时完全忽略社会历史因素。

12日，茅盾的散文《现代青年的迷惘》在《申报·自由谈》发表，署名"郎损"。

15日，瞿秋白的散文《真假堂·吉诃德》、《关于女人》在《申报月刊》第2卷第6期发表，署名"洛文"。

18日，中国民权保障同盟领导人之一杨铨（杨杏佛）被国民党特务暗杀于上海。22日，宋庆龄、蔡元培、鲁迅不顾反动派恐吓，赴殡仪馆参加悼念活动，宋庆龄、蔡元培、鲁迅均接到暗杀警告。

鲁迅的散文《二丑艺术》在《申报·自由谈》发表，署名"丰之余"。鲁迅的"二丑艺术"，从戏剧行当说，绍剧的生、旦说的是"官话"，丑角说的是方言，当然，扮演平民百姓的有时也说方言。丑角并非都扮坏人，但"花花太岁"总是由小花脸即小丑扮演的，"花花太岁"的保镖和清客，总是由二花脸即二丑扮演的。这种由二丑扮演的，就是鲁迅在《二丑艺术》中说的依仗权门、凌辱百姓，而当主子遭到厄运时，又不免奚落其几句的典型。这是两个使人深恶痛绝的形象，但绍剧中扮演这两个形象的演员诙谐的说白、风趣的表演，给这类人以辛辣的讽刺和无情的鞭挞。他们最后的狼狈下场，总给观众一种胜利的快感，故这种戏也很受观众喜爱，特别是少年儿童的欢迎。鲁迅说："二花脸（二丑）是小百姓看透了的人，提出精华来，制定了的脚色。他不是横行无忌的花花公子，也不是仗势欺人的宰相家丁。他是保护公子的拳师，或是趋奉公子的清客。他有点上等人的模样，也懂些琴棋书画，也来得行令猜谜。但倚靠的是权门，凌蔑的是百姓，有谁被压迫了，他就来冷笑几声，畅快一下，有谁被陷害了，他又去吓唬一下，吆喝几声。不过他的态度又并不常常如此的,大抵一面又回过脸来,向台下的看客指出他公子的缺点,摇着头装起鬼脸道:你看这家伙!这回可要倒楣哩!"简洁而深刻,是鲁迅杂文的难以企及之处。用不多的话语,就把二花脸之为二花脸的特质也"提出精华来了",读者读了便会有"我似乎在哪儿见过他"的感觉。更令人叫绝的是,对二花脸回过脸来,摇着头装起鬼脸向台下看客说"你看……"这穷形尽相的一笔,使人如见其人,如闻如声。

20日,鲁迅和许寿裳同往万国殡仪馆送杨杏佛殓。

王任叔的散文《翁仲》在《申报·自由谈》发表。

21日,孔另境的散文《乡村的夜》在《申报·自由谈》发表。

24日,冯玉祥任命方振武为察哈尔民众抗日同盟军北路前敌总司令,吉鸿昌为北路前敌总指挥,率军北征,先后收复被日军占领的保康、宝昌、沽源、多伦等失地。

上海天马书店编印的《创作的经验》出版,收中国现代作家鲁迅、郁达夫、丁玲等17人谈自己创作经验的文章20篇,大都为作家应该书编者之约而写。

丁玲的小说《母亲》由上海良友图书印刷公司出版。1932年,丁玲以自己的母亲为原型创作长篇小说《母亲》,表现辛亥革命前后,一代女性如何挣扎着从封建思想和封建势力的重围中闯出来,追求新生的道路,从一个家庭的小小侧面表现出整个时代的变迁,同时延续了作家对中国女性命运的关注。母亲"曼贞"寻求自立、追求真理的历程是何其艰难!她曾经是一个寂寞惆怅的少妇,最后成长为一个自主、独立的女性,正是这一形象,展示了女性在生存的关键时刻,如何扼住命运的咽喉,挖掘生命的潜力,带着自己的一双儿女顽强地活下来的事迹,启示女性只有以主体的姿态,自我把握,敢于承担,才能实现人生命运的转换。"母亲"具有的"男女平等"的性别信念及其具体作为,不仅让我们看到了觉醒时期的中国现代女性卓越的性别自觉,更为新时期女性走向自我的全面解放提供了行为借鉴和全新的精神力量。"母亲"对"女儿"成长的巨大影响,也启示女性尤其是母亲,应以自己自强独立开放的人格影响下一代,成为自己儿女最好的榜样。

29日,徐懋庸的散文《〈艺术论〉质疑》由《申报·自由谈》发表。

30日,田汉的戏剧《复活》在上海《晨报》连载。该戏剧是根据列夫·托尔斯泰原著改编,1936年9月由上海杂志公司出版。

本月

潘汉年离开上海去江西苏区工作。

叶紫、陈企霞由谭林通、关露介绍,加入"左联"。

本月出版的小说有《女人的心》(庐隐著,上海四社出版部);《红花瓶》(陈大悲著,上海四社出版部);《儒林新史——婆汉迷》(张若谷著,上海益华书店);小说集《夜会》(丁玲著,上海现代书局);《华家的儿子》(陈伯吹著,上海北新书局)。

本月出版的诗歌有《祈祷》(李唯建著,上海新月书店);《夜》(林庚著,上海开明书店);《影》(李唯建著,上海新时代书局)。

本月出版了散文集《梓川小品》(温梓川著,上海女子书店)。

本月发表了散文《半日的游程》(郁达夫著,《良友图书杂志》第77期)。

本月出版的文论、文学史有《当代中国作家论》(方璧等著,上海乐华图书公司);《中国新文坛秘录》(阮无名著,上海南强书店);《中国文学史表解》(刘宇光著,上海光华书店);《中国词史略》(胡云翼著,上海大陆书局);《战后的挪威文学》(毛如升著,《橄榄》第33期);《上海事变与鸳鸯蝴蝶派文艺》(钱杏邨著,《现代中国文学论》,后出版于上海合众书店)。

本月出版的翻译作品有:童话集《法国童话集》([日]永桥单介编,许达年、许亦非译,上海中华书局)。小说《大地》([美]布克夫人著,张万里、张铁生译,北平志远书店)。戏剧《过客之花》([意]阿美契斯著,巴金译,上海开明书店)。传记《托尔斯泰传》([法]罗曼·罗兰著,徐懋庸译,上海华通公司);《高尔基的生活》([苏]顾路兹台夫著,林克多译,上海现代书局)。

七月

1日,《文学》(月刊)在上海创刊,文学社编委会编辑,由邹韬奋创办的上海生活书店出版。该刊初为16开,后改为32开,每月1日出版,每卷6期,共出52期,1937年11月因上海沦陷出至第9卷第4期终刊。其中第1—4卷由傅东华、郑振铎编,第5—6卷由傅东华编,第7—9卷由王统照编。黄源参加了第

1—5卷的编辑工作。鲁迅、郁达夫、茅盾、胡愈之、洪深、陈望道、傅东华、郑振铎、叶绍钧、徐调孚任编委。创刊号"发刊词"是傅东华执笔的《一张菜单》宣告:"有一个共同的憧憬——到光明之路。凡是足以障碍到这光明之路的一切,无论是个人,是集团,是制度,是主义,我们都要认作我们的仇敌。"后期王统照主持笔政时,更是一针见血地表明:"在这'多难'的国家中,希望借文艺的力量来作解放民族运动的利器,作追随时代潮流的风帆,作暗夜中寻求光明的火炬。"《文学》是在《小说月报》停刊、"左联"机关刊物屡遭查禁的情况下创办的,先后出过"翻译专号"、"创作专号"、"弱小民族文学专号"、"中国文学研究专号"等,是20世纪30年代左翼作家、进步作家发表作品的重要阵地,也是20世纪30年代出版时间最长、影响最大的一部文学期刊。该刊形成了庞大的作家撰稿队伍,鲁迅、巴金、朱自清、丰子恺等50多位作家为其撰稿,青年作家臧克家、刘白羽、陈白尘、艾芜等也在该刊发表过作品。

《文学》内容丰富,有"社谈"、"论文"、"小说"、"散文随笔"、"诗选"、"书报述评"、"补白"等栏目,还刊登文艺理论与批评文章、新书评介、长篇助译连载等。上海《生活》周刊在5月6日登出的《〈文学〉出版预告》中阐明了它的办刊宗旨:"以促进文学建设为主旨","集中全国作家的力量,期以内容充实而代表最新倾向的读物,供给一般文学读者的需要"。

创刊号上发表的诗歌作品有王统照的《她的生命》、何德明的《幸福的哀歌》、朱湘的《何默尔》、臧克家的《捡煤球的姑娘》;散文作品有茅盾的《文学家可为而不可为》、夏丏尊的《命相家》、鲁迅的《谈金圣叹》;杂文作品有鲁迅的《又论"第三种人"》、丰子恺的《作父亲》;小说有茅盾的《残冬》、叶圣陶的《多收了三五斗》、郁达夫的《迟暮》、艾芜的《咆哮的许家屯》。

《又论"第三种人"》是鲁迅对戴望舒在《现代》杂志第2期发表的《法国通信》的反驳。鲁迅认为:在阶级社会中,"不问哪一阶级的作家,都有一个'自己',这'自己',就是他本阶级的一分子,忠实于他自己的艺术的人,也就是忠实于他本阶级的作者,在资产阶级如此,在无产阶级也如此"。现在,对"第三种人"的讨论,"还极有从新提起和展开的必要"。"人体有胖和瘦,在理论上,是该能有不胖不瘦的第三种人的,然而事实上却并没有,一加比较,非近于胖,就近于瘦。文艺上的'第三种人'也一样,即使好像不偏不倚罢,其实是总有些偏向的,平时有意的或无意的掩盖起来,而一遇切要的事故,它便会分明的显现。如纪德,他就显现出左向来了;别的人,也能从几句话里,分明的显出。所以在这混杂的一群中,有的能和革命前进,共鸣;有的也能趁机将革命中伤,软化,曲解。左翼理论家是有着加以分析的任务的。""如果这就等于'军阀'的内战,那么,左翼理论家就必须更加继续着内战,而将营垒分清,拔去从背后射来的毒箭!"

《文艺月刊》于上海创刊,由文艺春秋社发行。前7期由章衣萍主编,从第8期起徐则骧参与编辑工作。刊物出到第1卷第9、10期终刊。刊物主要发表诗歌和小品文,主要撰稿人有柳亚子、林庚白、章衣萍、刘大杰、古梦、卢前等。该刊大量刊登了柳亚子、林庚白等人的旧体诗词及林庚白等人的自由体情诗。

《洪荒月刊》在上海创刊,由冯润璋主编,上海乐华图书公司经售。冯润璋在《关于〈洪荒月刊〉和〈农村月刊〉》中提到刊物的宗旨:"我们把希望主要寄放在中国广大贫苦的农村","它要反映农村的现实惨状,又要反映现在广大的农村中轰轰烈烈的斗争情况,以唤起广大农民的阶级觉悟,起来斗争,解放自己"。创刊号作品大部分是农村生活的写真,尤其是西北灾区农村。该刊只出了两期就被查禁,后改名为《农村月刊》,发行了两期又被查禁。

老舍的小说《大悲寺外》发表在《文艺月刊》第4卷第1期。

同期还发表了王鲁彦的小说《岔路》。鲁迅称王鲁彦为"乡土文学的作家",又批评了其作品中"又向自由冷笑"的虚无倾向。茅盾对他的作品评价是:"我们读这些故事,就好像倾听民间故事,好像她们从老妪嘴里吐泻出的一样自然而朴素,同时又是深深抓住我们的心灵。"

徐天白的小说《影子》、何其芳的诗《冬夜》发表在《新时代》第5卷第1期。

茅盾的小说《当铺前》、黎锦明的小说《银鱼曲》、陈江帆的诗《缄默》发表在《现代》第3卷第3期。

宗白华的诗《生命之窗的内外》发表在《文艺月刊》第4卷第1期,后编入《美学散步》中。刘小枫对他的总结是:"作为美学家,宗白华的基本立场是探寻使人生的生活成为艺术品似的创造……在宗白华那里,艺术问题首先是人生问题,艺术是一种人生观,'艺术式的人生'才是有价值、有意义的人生。"

林庚白的诗《我怀疑》发表在《文艺春秋》创刊号。林庚白（1897—1941），诗人。原名学衡，字浚南，一字众难，自号摩登和尚，后改名庚白。14岁考入京师大学堂，毕业后曾任中国大学法学教授等。民国初年，与陈勒生等创立黄花碧血社。二次革命失败后退居上海，专心创作诗歌。曾办《长风》等杂志。抗日战争爆发后辗转重庆、香港、九龙等地。1941年12月19日晚，为日寇所杀。

彭子蕴的诗集《日出之前》由上海女子书店出版，孙福熙为之作序。诗集总共有3部：第一部是"日出之前"；第二部是"狱中之火"；第三部是"我底残骸"。

杨藻章的散文《关于排斥异端》、芦焚的散文《陀螺随笔》发表在《现代》第3卷第3期。

卞之琳翻译的法国诗人波德莱尔的诗《喷泉》、侯佩尹翻译的法国诗人拉马丁的诗《男儿》发表在《文艺月刊》第4卷第1号。

黄源翻译的日本作家横光利一的小说《拿破仑与轮癣》发表在《文学》第1卷第1号。黄源（1906—2003），作家、文学翻译家，原名河清，浙江海盐人。早年留学日本，1929年回国后专门从事翻译工作。1939年加入中国共产党，主编过《新四军一日》。"皖南事变"后任"鲁艺"华中分院教导主任，华中文化协会主任等。1956年与郑伯奇等改编昆曲《十五贯》，影响较大。1979年后，历任全国文联委员、中国作家协会理事等。编译有《屠格涅夫生平与作品》、《日本现代短篇小说译丛》等。

徐仲年翻译的法国F.Gregh的《浪漫派诗人的爱情色彩》、方令孺翻译的英国作家史梯文生的《诗人魏龙的投宿》发表在《文艺月刊》第4卷第1号。

黎锦明翻译的比利时作家黎芒里儿的小说《玻璃房》发表在《新时代》第5卷第1期。

森堡翻译的日本作家小林多喜二的小说《母亲们》发表在《现代》第3卷第3期。

郁达夫在《申报·自由谈》发表《屠格涅夫的〈罗亭〉》。在文章中，郁达夫说："我的开始读小说，开始想写小说，受的完全是这位相貌柔和、眼睛有点忧郁、绕腮胡长得满满的北国巨人的影响。"

张天翼的书信《作者从半腰里跳了出来》发表在《现代》第3卷第3号。

2日，鲁迅以"孺牛"为笔名，在《申报·自由谈》发表散文《华德保粹优劣论》。1933年6月23日，上海《大晚报》刊登了一篇赞扬希特勒独裁政治的文章《希特勒的大刀阔斧》。鲁迅针对此文撰写了这篇《华德保粹优劣论》。文中讽刺道："希特拉（勒）先生不许德国境内有别的党，连屈服了的国权党也难以幸存，这似乎颇感动了我们的有些英雄，已在称赞其'大刀阔斧'。"

3日，曹聚仁在《申报·自由谈》发表散文《读经请愿记》。《读经请愿记》以"小民"的身份对当时的读经热潮予以反思："西边有一位圣人，通电全国，主张恢复读经以正人心；南边又有一位圣人，提出议案，通令全省读经，每周至少六小时，将以挽颓风；正人心，挽颓风，都是盛世美举；小民恭奉纶音，雀跃三百，赶忙穿起草履，到西方去。"结果，经过"小民"向"西圣"和"南圣"的一番请教与质疑后，"小民一心一意想去读经，谁知圣人也不知读什么才好；只索穿起草鞋，重返故乡"。文章并讽刺了经典选择的莫衷一是："康有为拖我去读《公羊春秋》，章太炎拖我去读《左氏春秋》；黄以周说《周礼》是圣人的宝典，皮鹿门说读《仪礼》才是正路；庄存与说《诗经》要信齐鲁韩三家说……究竟要读哪一种经呢？"

5日，谷春帆在《申报·自由谈》发表散文《谈"文人无形"》。谷春帆（1900—1979），经济学家、文学家。曾名春藩、号德全，江苏吴县人。1918年，他从圣芳济书院毕业后，进入上海邮局做见习邮务员，同时自学经济学。在抗日战争期间，谷春帆留在昆明、重庆等地邮政部门工作。同时，谷春帆开始通过《大公报》这样的主流媒体发表对经济看法，并与胡适、傅斯年等同为当时《大公报》"星期论文"栏目的撰稿人。鲁迅在《伪自由书》中提到这篇文章时说："七月五日的《自由谈》上，竟揭载了这样的一篇文字——谈'文人无行'。谷春帆虽说自己也忝列于所谓'文人'之'林'，但近来对于'文人无行'这句话，却颇表示几分同意，而对于'人心不古'，'世风日下'的感喟，也不完全视为'道学先生'的偏激之言。"

郁达夫的《文艺与道德》发表在《青年界》第3卷第3号。

何家槐在《青年界》第3卷第5期发表小说《送行》。

9日，徐懋庸的散文《苟全性命法》发表在《申报·自由谈》。徐懋庸（1911—1977），原名徐茂荣，浙江上虞人。早年参加大革命运动，1927年考入上海劳动大学中学部，毕业后到浙江临海中学任教。1932年在上海与鲁迅相识。1933年参加中国左翼作家联盟，任常委兼秘书长。1938年3月赴延安，后担任过晋冀鲁豫边区文联主任、《华北文化》主编等。主要著作有《徐懋庸杂文集》、《徐懋庸回忆录》等，译有《列宁家书集》、《斯大林传》、《托尔斯泰传》等。

11日，何凝编选的《鲁迅杂感选集》由北新书局化名青光书局出版。何凝是瞿秋白的化名，在《鲁迅杂感选集》序中，他这样评价鲁迅："鲁迅是莱谟斯，是野兽的奶汁所喂养大的，是封建宗法社会的逆子，是绅士阶级的贰臣，而同时也是一些浪漫谛克的革命家的诤友！他从他自己的道路回到了狼的怀抱。……鲁迅从进化论进到阶级论，从绅士阶级的贰臣进到无产阶级和劳动群众的真正的友人，以至于战士，他是经历了辛亥革命以前直到现在的四分之一世纪的战斗，从痛苦的经验和深刻的观察之中，带着宝贵的革命传统到新的阵营里来的。"鲁迅对瞿秋白的评论是满意的，认为"作这种评价的还只有何凝一个人！同时，看出我攻击章士钊和陈源一类人是将他们作为社会上的一种典型的一点来的，也还只有何凝一个人"！

13日，孔另境的散文《谈狗》发表在《申报·自由谈》。

15日，"剧联"广东分盟在广州创刊《戏剧集纳》。《戏剧集纳》第1号刊载《文化界为营救丁潘宣言》，此宣言于7月31日又载于《文学杂志》第3、4号合刊上面。

张英白的杂文《日本布尔乔亚文学最近倾向》、夏衍的评论《评茅盾〈春蚕〉》、林瓴的评论《评丁岭〈奔〉》发表在《文艺月报》第1卷第2期。

茅盾的散文《香市》，发表在《申报月刊》第2卷第7期。

施畸的文论《中国文体论》由北平立达书局出版。

16日，王莹的小说《衣羽》发表在《东方杂志》第30卷第14号。

20日，胡风在《申报·自由谈》发表散文《"西崽哲学"》，署名"古飞"。

26日，洪灵菲在北平被捕，后遭秘密杀害。青年时代的洪灵菲，积极投身于轰轰烈烈的民众运动与学生运动，"一九二五年广州沙基惨案和省港大罢工发生，他经常出现于各种群众大会，做宣传、组织等工作，发动反帝斗争力量"。1927年4月，国民党相继在上海与广州制造了"四·一二"与"四·一五"反革命政变，大肆屠戮共产党人与革命民众。洪灵菲的战友大多遇难，而他由于群众的掩护得以幸免。不久避难香港，抵港后又遭港英当局的逮捕，被拘于西捕房。后经爱人及亲友多方营救始得获释，旋即被驱出境，只得返回潮汕故乡。到汕头后即见到刊于广州《民国日报》的通缉令，敌人正四面张着罗网。洪灵菲只得化装为贫苦香客，只身南渡，流亡于泰国、新加坡等地。但南洋的白色恐怖也十分严重，洪灵菲过着艰辛屈辱的流亡生活，备尝颠沛流离的辛酸苦楚。这些在长篇《流亡》及短篇《在木筏上》《在俱乐部里》等篇什中均有所反映。刊于《我们月刊》创刊号的《躺在黄浦滩头》一诗就描述了这段苦难的历程。

回到上海之后，洪灵菲仍然继续从事党的地下工作，在中国共产党闸北区委任第三街道支部党小组长，同时还开始了创作活动，成为中国无产阶级革命文学运动的中坚与骨干。他先参加蒋光慈、孟超、杨娜人等组织的太阳社，旋即与林伯修、戴平万等缔结我们社，主编《我们月刊》，并创办晓山书店。

除了致力于革命文学的创作实践外，洪灵菲还从事无产阶级革命文学运动的开创与拓展：1928年初与戴平万等创组我们社，1929年参与筹组中国左翼作家联盟的活动，系"左联"筹备小组的12名基本成员之一，在1930年2月"左联"成立大会上被选为第一届执委，以及7名常委之一。

在工作之余，洪灵菲还进行了长篇小说《童年》的创作，已完成了三章。1933年7月26日因叛徒阮锦云的出卖而被捕，拘捕在皇城根大公主府宪兵三团驻地，虽经严刑拷打而坚贞不屈。洪灵菲在与妻子诀别时说："我被叛徒出卖了，现在只有准备一死，死前别无他言，希望你不要难过，带好孩子，我就满意了。"并自豪地说："我对得起党，对得起任何人！"最后被残暴的敌人秘密杀害，一说被杀害于宪兵三团驻地大公主府的后花园，一说被刽子手用绞架绞杀。

洪灵菲在20世纪20年代末30年代初的中国文坛产生过很大影响，梁新桥在《读〈流亡〉、〈归家〉与〈转变〉》中这样评论他："在新进作家中间，洪灵菲也是被读者大众所热烈欢迎的一人。"同一营垒的战友亦对灵菲评价颇高、期望甚殷，蒋光慈曾称许他是"新兴文学中的特出者"，孟超亦推崇他是初期革命文学社团中"最勤奋最辛劳的一个"。

28日，曹聚仁的散文《心腹之患》发表在《申报·自由谈》。

29日，杨霁云的散文《鸦片救国》发表在《涛声》第2卷第29期。

30日，杨邨人的文论《丁玲的〈夜会〉》发表在《时事新报·星期学灯》第

40 期。

中央苏区工农剧社举行"八一"纪念会，演出沙可夫的多幕剧《谁的罪恶》。此剧引起《红色中华》对剧本和平主义倾向的批评。何为发表《提高戏剧运动到列宁的阶段》，主张以"革命战争消灭帝国主义战争"的列宁思想为指导，把苏区戏剧运动提高到马克思主义的水平。

31 日，艾芜的小说《在茅草地上》、澎岛的小说《水灾》发表在《文学杂志》第 1 卷第 3、4 期合刊。左明、陈凝秋的戏剧《日出》发表在《文学杂志》第 1 卷第 3、4 期合刊。同期还发表了张永年的《父与子》、王迪翻译的日本作家上田进的《社会主义的写实主义与革命的浪漫主义》、陈永翱翻译的苏联作家卢那卡尔斯基的《霍卜特曼的从日出到日落》、露珠翻译的《国际作家总联盟为反战给世界作家的信》。

本月

现代文艺研究社在上海成立，主要成员有何家槐、何谷天、征农、叶紫、欧阳山、艾芜、丘东平等。该研究社创办了《文艺》月刊。次年该社停止了活动。

邹韬奋赴欧美和苏联考察，1935 年 8 月回国。

胡风从日本回到上海，参加"左联"领导工作。

徐懋庸开始给《申报·自由谈》写杂文。

萧乾重返北平，随即转学燕京大学新闻系，选修斯诺开设的"特写—旅行通讯"等课程。

周扬陪鲁迅与刚回国的胡风见面，此后，胡风在鲁迅的帮助和指导下从事工作和研究。

本月出版的小说有《热情交响曲》(沙蕾著，上海现代书局)；《黄钟》(敏思著，上海女子书店)；《时代姑娘》(叶灵凤著，上海四社出版部)。《时代姑娘》讲了一个富家小姐秦丽丽爱上了贫贱的报馆小职员韩剑修。二人因为秦丽丽父亲的反对不能在一起。秦丽丽应允父亲的选择，离开了韩剑修，为了打发无聊的生活，她自称为"时代姑娘"，和一个有妇之夫厮混。韩剑修寻丽丽不得而自杀；《幸福》(陈学昭著，上海生活书店)；《西厢记》(宋佩韦著，上海新生命书局)；《待婚者》

（陈学昭著，上海生活书店）。

本月出版的诗集有《知行诗歌集》（陶行知著，上海儿童书局）；《海》（葛贤宁著，上海北新书局）；《渡河》（陆志韦著，上海东亚图书馆）；《烙印》（臧克家著，王剑三出版，闻一多为之作序）。臧克家在"古典"与"现代"之间走出了一条成功的诗歌写作之路，在"中国新诗史上打上了文体建设的第一个'烙印'"。他"对新诗文体的正面建设的关注，将他和不少同时代诗人区分开来"。"如果说闻一多是中国新诗由爆破转向建设转折点上的开山人，那么将这一转折沿着中国化推向纵深的大诗人之一便是臧克家。"闻一多在诗集《烙印》的序言中说："拿孟郊来比克家，再适当不过了"，因为他们同样写穷愁与悲苦，同样对生活"沉着而有棱角"，更重要的是，他们都真诚地看待底层人民的生活，真诚地以诗为生命。朱自清先生在评论"五四"以来的新诗时说："初期新诗人大约对于劳苦的人实际生活知道得太少，只凭着信仰的理论或主义发挥，所以不免是概念的，空架子，没力量"，而到了臧克家，中国"才有了有血有肉的以农村为题材的诗"。

本月出版的散文集有《茅盾散文集》（上海天马书店）；《猎影记》（梁得所著，上海良友图书印刷公司）；《再给女人们》（马国亮著，上海良友图书印刷公司）；《周作人书信》（上海春光书局）。

本月出版的戏剧有《打回老家去》（易扬著，曙光书店）；《四个乞丐》（陈治策著，中华平民教育促进会）。

本月发表的文论有《评文学革命与文学专刊》（易峻著，《学衡》第79期）；《记丁玲女士》（沈从文著，《国闻周报》第10卷第29—36期，第38—50期连载），在《〈记丁玲女士〉跋》中，沈从文写道："如今重抄下来，作为国内关心她，同情她，来读这本书的年轻朋友一点贻赠。至于这个人，她哭过，笑过，在各种穷困危难生活里将一堆连续而来的日子支持过，终于把自己结束到一个悲剧里死去了。她的作品与她的生活，皆显示天才与忍耐结合而放出异常美丽的光辉。她赠给年轻人的希望和勇气，应当已经够年轻人立起来做个结实硬朗的人的分量了！现在这个人是业已传说被杀了的，这个人倘若当真已经死了，她也并没有死去，因为在你们此后生活里，就可以发现她的精神同力量还依然继续存在。用文字来写出她的生活以及她的理想，已找寻不出什么人，但你们年轻人，尤其是女子，我希望在另一时，却能有用自己的生活，来证明这个作家的理想的。"本月还发表了《郁达夫》(钱杏邨著,载邹啸编的《郁达夫论》,上海北新书局),分为"时代病的表现"、"性的苦闷与故国的哀愁"、"社会苦闷与经济苦闷的交流"等11个章节;《当代中国文艺论集》(乐华编辑部,上海乐华图书公司),此书集郭沫若、郁达夫、成仿吾、王独清、周作人、茅盾、蒋光慈、钱杏邨、许杰等人的文章31篇;《文艺创作概论》(叶以群著,署名"华蒂",上海天马书店)。

本月出版的译作有:诗歌《路,望那边走——只有一条》([苏]卢那卡尔斯基著,楼适夷译,《正路》第1卷第2期);《文学的艺术》([德]叔本华著,陈介白、刘共之译,北平人文书店);小说《恋爱三味》([挪威]哈姆生著,施蛰存译,上海光华书局)。

本月出版了施蛰存编印的专页题为《话题中之丁玲》的图版,写有说明:"女作家丁玲,于五月十四日忽以失踪闻。或谓系政治性的被绑。疑幻疑真,存亡未卜。"该文载《现代》第3卷第3期。

八月

1日,上海左翼文化界举行"八一"反帝大示威,欢迎巴比塞来沪。

沈从文的小说《三个女性》在《新社会》第5卷第3—6期连载。

黎锦明的小说《静的喜剧》在《青年界》第4卷第1期发表。

张羽帆的小说《一个贩卖鸦片的人》、丁丁的小说《阿翠》、徐泉影的小说《被遗弃的消遣品》、黑婴的小说《黑色的命运》在《新时代》第5卷第2期发表。

靳以的小说《圣型》在《现代》第3卷第4期发表。本年10月上海现代书局出版作者同名小说集。《圣型》写的是一个"吃了女人苦"的独身男子和一个来路不明的"上了男人当"的女人的故事。二人同住而不乱。同期发表的小说还有郑伯奇的《垦亲会》和彭家煌的《两个灵魂》。

沙汀的小说《老人》在《文学》第1卷第2期发表。作品讲述了年老的一代体验了种种艰辛和失望后,希望青年一代有反叛的意志。

夏征农的小说《禾场上》发表在《文学》第1卷第2期。佃户面对地主的剥削,终于发出了"我不怕!你这杀人的东西!"的反抗声。同期发表的小说还有何家槐的《出狱》。此外,白薇的小说《长城外》在《文学》第1卷第2、3期连载。

这是一部电影小说，写的是长城外义勇军抵抗日军的故事。

曹葆华的诗《一个乞妇》、卞之琳的诗《露台》、臧克家的诗《歇午工》、朱湘的诗《夜歌》、方玮德的诗《问》发表在《文艺月刊》第 4 卷第 2 期。

钱歌川的诗《我愿》发表在《青年界》第 4 卷第 1 期。

侯如华的诗《嫌恶》发表在《新时代》第 5 卷第 2 期。

李金发的诗《太息》、李心若的诗《堤上》发表在《现代》第 3 卷第 4 期上。

何秋芳的散文《秋海棠》发表在《文艺月刊》第 4 卷第 2 期。

康嗣群的散文《虹》在《青年界》发表。

李建新的散文《溪边夜语》在《新时代》发表。

杨藻章的散文《腌肉与不朽之作》、王莹的散文《剪秋罗》发表在《现代》第 3 卷第 4 期。

彭子蕴的散文《鱼的世界》发表在《文艺茶话》第 2 卷第 1 期。

鲁迅的散文《辩"文人无行"》发表在《文学》第 1 卷第 2 期。文章一语中的地揭露出造谣者的真实本质："他们不过是在'文人'这一面旗子的掩护之下，建立着害人肥己的事实的一群'商人与贼'的混血儿而已。"

巴金的散文《鸟的天堂》《朋友》发表在《文学》第 1 卷第 2 期。1933 年 4 月，时任新会篁竹乡的西江乡村师范学校校长的陈洪有北上考察教育，经过上海时，约同巴金于 5 月底一起到新会。当时巴金还不满 30 岁。1933 年 5 月 31 日，巴金同陈洪有一起到达新会，在西江乡村师范学校住了三天，随后到县郊的天禄乡、天马乡、茶坑乡游览访问三天。巴金在陈洪有、陈毓就、叶渠均、梁朝令等朋友的陪同下，划船游了"雀墩"，看见无数小鸟在一棵榕树上飞舞的奇景，回到上海后写了散文《鸟的天堂》。该文最初在上海的《文学》月刊发表，后收录到巴金的《旅途随笔》中，现在已于 1978 年开始编入我国小学语文课本中。

李长之在《现代》第 3 卷第 4 期发表文艺理论《我对于文艺批评的要求和主张》。他倡导"感情的批评主义"，"在一篇作品中爱憎要各别"，排除自己个性的情感，"跳入作者世界里为作者的苦所浇灌的客观化了的审美能力"；"必须说出具体的好作品的条件"。李长之（1910—1978），原名李长治、李长植，山东利津人，现代作家、文学评论家，文学史家。1929 年入北京大学预科学习，其间发表过《我所认识的孙中山》等。1931 年考入清华大学生物系，两年后转哲学系，同时参加了《文学季刊》的编委会。1934 年后曾主编或创办《清华周刊》文艺栏、《文学评论》双月刊和《益世报》副刊。在出版第一本诗集《夜宴》前,开始理论批评的写作。1936 年出版《鲁迅批判》一书。李长之重要的著作有《道教徒的诗人李白及其痛苦》、《司马迁之人格与风格》、《迎中国的文艺复兴》、《苦雾集》、《梦雨集》等。新中国成立后一直任北京师范大学教授,著有《陶渊明传论》、《中国文学史略稿》、《李白》等。

伍实翻译的美国作家休士的诗《没有鞋子的人们》、谷非翻译的日本作家秋田雨雀的散文《我的五十年》发表在《文学》第 1 卷第 2 号。

王倜然翻译的波兰作家伯鲁士的小说集《心灵电报》由上海现代书局出版。

杜衡的《〈望舒草〉序》发表在《现代》第 3 卷第 4 期。

3 日,曹葆华翻译的英国瑞德的《心理分析语文学批评》在北平《界报》第 3、4、7 日连载。

5 日,周木斋的散文《夹缝评论》发表在《涛声》第 2 卷第 30 期。

陈子展的散文《读书作文安全法》发表在《申报·自由谈》,署名"达一"。

6 日,陈华主编的《夜哨》周刊创刊,同年 12 月停刊,共出 20 期。

10 日,中国文艺年鉴社编的《中国文艺年鉴》(1932 年)由上海现代书局出版。

13 日,施蒂而的《读〈子夜〉》在《中华日报》13、14 日连载。作者认为,"从文学是时代的反映"上看来,《子夜》"确是中国文坛上的新的收获,是值得夸耀的一件事"。"倘拿茅盾来比美国的辛克莱,我们可以看出两个截然不同点来,一个是用排山倒海的宣传家的方法,一个却是用娓娓动人叙述者的态度。"

15 日,国际反帝反战代表大会远东会议会刊《反战新闻》于 29 日出版。

巴比塞调查团一行 5 人抵沪。

戴望舒的诗集《望舒草》由上海现代书局出版。《望舒草》共收诗作 41 首,包括《我的记忆》里的 7 首和新诗 34 首,书末附《诗论札记》17 条。杜衡在《望舒草·序》里说:望舒"从一九二七年到一九三二年去国为止的这整整五年之间"的"奔走、挣扎,当然尽是些徒劳的奔走和挣扎,只替他换来了一颗空洞的心"。《我的记忆》是《望舒草》的第一首诗。诗人艾青对此评论说:"望舒起初写的诗是用韵的,到《我的记忆》时,改用口语写,也不押韵。这是他给诗坛带来的新的突破,这是他在新诗发展上立下的功劳。"杜衡的序里回忆了《我的记忆》产生后戴望舒兴奋的情状以及他本人对这首新诗出现的讶异,他说:"我当下就读了这首诗,读后感到非常新鲜;在那里,字句的节奏已经完全被情绪的节奏所替代,竟使我有点不敢相信是写了《雨巷》之后不久的望舒所作。只在几个月以前,他还在'彷徨'、'惆怅'、'迷茫'那样地凑韵脚,现在他是有勇气写'它的拜访是没有一定的'那样自由的诗句了。"

高明翻译的《佐藤春夫集》由上海现代书局出版发行。

16日,《中国著作家欢迎巴比塞代表团启事》发表在《大美晚报》,鲁迅、胡愈之、李石岭、陈望道、茅盾、陈彬龢、任白涛、田汉、沈端先、华汉、钱杏邨、洪深、穆木天、郑伯齐、章乃器、曹聚仁等105人署名。启事指出:"世界反战会议此次特在上海召集,其意义即在于号召世界民众——尤其是中国民众反对帝国主义大战及瓜分中国的战争;并同时派遣巴比塞代表团调查日本帝国主义暴行。同人等对此伟大的世界反战会议,对此主持正义的巴比塞代表团,极端表示拥护。"

1927年2月,宋庆龄、高尔基、罗曼·罗兰、巴比塞等人在比利时首都布鲁塞尔发起成立反帝国主义同盟,简称为"反帝大同盟"。1932年8月,在荷兰首都阿姆斯特丹召开大会,世界29个国家的2000多名代表出席大会,会上成立了世界反战同盟。1933年8月,由两个同盟合并而成的"国际反战反法西斯同盟"成立。世界反战同盟决定1933年9月在中国举行反战会议,又叫"远东会议",并拟派以法国著名作家、世界反战会议主席巴比塞为团长的代表团来中国参加远东会议,"左联"拟请鲁迅出面接待代表团。这次大会,根据夏衍的回忆,还可以得知以下信息:"远东反战会议是由当时江苏省委冯雪峰同志负责筹备的。本来国际反战大会准备派法国巴比塞、英国威尔斯来参加。由于巴比塞、威尔斯是名作家,'左联'内部酝酿过,如果是巴比塞、威尔斯来,那就请鲁迅出面欢迎。这事冯雪峰同志和周扬同志同鲁迅商量过,鲁迅表示同意。"

亢德翻译的日本鹤见祐辅的《幽默之有无》发表在《论语》第23期。

18日,鲁迅、茅盾、田汉发表《欢迎反战大会国际代表的宣言》(以下简称《宣言》),载《反战新闻》第2期(1933年8月31日出版)和《中国论坛》杂志8月号。《宣言》表示:"我们一定要赞助劳动民众的斗争,一定要联合国际的劳动者，国际的光明的战士——反战大会的国际代表，坚决地进行我们的斗争！"

19日，巴金的散文《一个女佣》发表在《生活》第8期第33期。

20日，沈端先翻译的日本作家平林泰子的小说集《平林泰子集》由上海现代书局出版发行，上海文广书局1938年9月改名《新婚》再版。

24日，章克标的散文《蛀虫与中国》发表在《申报·自由谈》，署名"凯"。

27日，李儇的散文《南口的苹果》发表在《申报·自由谈》。

29日，"左联"发表《致上海反战会议各国代表巴比塞同志等的欢迎词》，载《反战新闻》创刊号。

30日，世界反对帝国主义战争委员会远东反战会议在上海召开。鲁迅被推为会议主席团名誉主席，同时被推选的还有宋庆龄、毛泽东、朱德、片山潜、高尔基、巴比塞、台尔曼等。到会者有上海工人、义勇军和苏区红军代表，英国马莱爵士，法国作家、《人道报》主笔伐扬·古久里和宋庆龄等，由周文等负责宣传保卫工作。鲁迅因故未能出席。

本月

谷万川被捕，后解往南京押入陆军监狱，被判处5年徒刑，在狱中备受折磨而精神失常。1938年出狱后回河北望都故乡，以后一直处于"疯人"状态。

宋之的在上海参加欢迎巴比塞集会时被捕，关押在上海看守所20天，后转苏州文莱法院，次年1月由"剧联"营救获释。在上海看守所与邓中夏同一牢房5天，因邓中夏的教育，宋之的懂得了过去所"未懂得的一切"。

北方"文总"和北方"左联"、"社联"等为欢迎反战大会国际代表到北平召开会议筹备欢迎事宜。由于叛徒告密，与会代表方殷、臧云远等19人全部被捕，前往北平车站欢迎代表团的同志又多人被捕。

杨天南编辑的《十日谈》旬刊由上海美术刊社发行，共出48期。

马国亮继梁得所后出任《良友画报》总编辑，至1938年因良友公司内部纠纷而辞职，即任香港《大地画报》总编辑。

胡风由周扬通知，担任"左翼"宣传部长，为开展工作下设三个研究会：理论（韩起、聂绀弩、任白戈）；诗歌（穆木天、蒲风、卢森堡、柳倩）；小说（周文、欧阳山、草明)。

本月出版的小说有《衔微日记》(蔡文星著,上海生活书店);《迷楼》(周乐山著,上海新民书局);《猫城记》(老舍著,上海现代书局);《离婚》(老舍著,上海良友图书印刷公司);《热情交响曲》(沙蕾著,上海现代书局);《萌芽》(巴金著,上海现代书局)。

本月出版了小说戏剧集《她病了》(刘大杰著,上海青光书局),内收独幕剧《她病了》。

本月出版的小说集有《资平自选集》(张资平著,上海乐华图书公司);《苓英》(尤其彬著,上海开华书局);《慷慨的王子》(沈从文著,上海良友图书印刷公司)。

本月出版的诗集有《凌乱集》(王独清著,上海乐华图书公司);《旷野的人声》(蒋翼振著,上海广学会);《湖上诗集》(谢贻珍著,钟山书局);《霜华诗草》(霜华著,李荣真印书馆);《白莲泾》(郑宏述、张延铮、过立先著,上海中学生书局)。

本月出版了诗文合集《幸福》(汤增扬著,上海广益书局)。

本月出版的散文有《趵突泉》(老舍著,《华年》第1卷第17期);《实用白话书信》(王逸岑著,上海南强书局)。

本月出版的散文集有《昨夜》(白薇、杨骚著,上海南强书局);《庐山避暑》(孙福熙著,上海女子书店);《呢喃集》(许啸天著,学群社)。

本月出版的文论有《艺术上的新人生主义》(须序著,《新垒》第2卷第2、3期);《最近的爱尔兰文坛》(肖洒著,《新中华》第1卷第15期);《中国诗词概论》(刘麟生著,上海世界书局);《先秦文学大纲》(杨荫深著,上海华通书局);《创作经验谈》(上海光华书局),收郁达夫、丁玲、巴金、张资平、冰心、傅东华、茅盾等8家创作经验谈。

本月出版的翻译作品有:理论著作《俄罗斯文学》([苏]贝灵著,梁镇译,上海商务印书馆。小说《阿霞姑娘》([俄]屠格涅夫著,席涤尘、蒯斯曛译,上海黎明书局);《温静的灵魂》([俄]多斯托夫斯基著,邱韵铎译,上海现代书局);《金言集》(罗蒙译,上海良友图书公司);《钟鸣八下》(勒日郎著,周瘦鹃译,上海大东书局)。散文译文集《断残集》(郁达夫译,上海北新书局)。此外,郁达夫在集子中还附加了译稿四篇,"都系我平时爱读的作家的选译。薄命的尼采,在中国虽也传噪过一时,但三十年来,他的作品,却还不见有一部完全的翻译"。"卢骚的《漫步沉思》,是这位叛逆狂人的辞世绝笔。因他晚年的感慨太深,所以笔致就变得分外的阴沉晦涩,译了三章,青年读者,个个都说是高深莫测,觉得这一种译事,终究是劳而无功的浪费,所以搁起。万一闲居多暇,或将续译下去,来作一种聊以自娱的枕中鸿宝,也未可知,现在只能先把这三章断篇付排,以符这断残集子之名。"

九月

1日,鲁彦的小说《伴侣》、塞先艾的小说《逃难》发表在《文艺月刊》第4卷第3期。

周乐山的小说《会场里的风波》、邵冠华的散文《鲁迅的狂吠》发表在《新时代》第5卷第3期上。

叶灵凤的小说《流行性感冒》,发表在《现代》第3卷第5期。

周文的小说《雪地》发表在《文学》第1卷第3期,署名"何谷天"。小说将川康边境大雪山的雄伟风貌、风土人情和国民党兵士的生活带进了文坛。

巴金的小说《月夜》发表在《文学》第1卷第3期。小说在诗情画意之中,比较隐晦地反映了土地革命时期农村革命斗争的生活波澜。

郭源新的小说《取火者的逮捕》发表在《文学》第1卷第3号。1934年9月上海生活书店出作者同名小说集。

戴望舒的诗《不寐》、孙毓棠的诗《海盗船》、曹葆华的诗《酒楼侍女》、臧克家的诗《秋雨》发表在《文艺月刊》第4卷第3期。

鲁彦的诗《生的痕迹》,发表在《东方杂志》第30卷第17期。

马国亮的散文《架上的八个》、陈伯吹的散文《关店大拍卖》发表在《现代》第3卷第5期上。

春苔的散文《酸梅汤以外》发表在《文艺茶话》第2卷第2期。

鲁彦的散文《父亲的玳瑁》、丁玲的散文《不算情书》、郁达夫的散文《暴力与倾向》发表在《文学》第1卷第3期。

老舍的散文《买彩票》发表在《论语》第 24 期。

叶圣陶的散文《读经》、郢生的散文《看月》发表在《中学生》第 37 期。

陈白尘的戏剧《虞姬》发表在《文学》第 1 卷第 3 期。

洪深的《洪深戏曲集》由上海现代书局出版。

黄源翻译的美国作家汉敏威的小说《暗杀者》发表在《文学》第 1 卷第 3 期。

林疑今翻译的爱尔兰作家夏芝的诗《雪莉园旁》发表在《青年界》第 4 卷第 2 期。

鲁迅翻译的比利时作家麦绥莱勒的《一个人的受难》由上海良友图书公司出版。译者在序文中称：这 25 幅作品是"写实之作"，并且简介了连环画的起源、发展及作者的经历，并通过上述介绍进一步抨击"第三种人"认为连环画不是艺术的谬论。

茅盾以"东方未明"为笔名，在《文学》第 1 卷第 3 期发表评论《丁玲的〈母亲〉》。作者认为这是一串辛酸的然而是壮烈的故事的"纪念碑"：《母亲》的独特的异彩表现了"前一代女性"怎样艰苦地在"寂寞中挣扎，怎样憧憬着光明的未来"。

茅盾的评论《几种纯文艺刊物》发表在《文学》第 1 卷第 5 期。

周扬的评论《十五年来的苏联文学》发表在《文学》第 1 卷第 3 号。

王淑明的书评《母亲》发表在《现代》第 3 卷第 5 期。

4 日，彭家煌在上海病逝。

郁达夫的《传记文学》发表在《申报·自由谈》。

5 日，鲁迅会见世界反对帝国主义战争委员会远东会议代表、法国作家瓦扬·古久里。

6 日，蓝以琼主编的政治、文化、文学综合性半月刊《文化界》在上海创刊，共出 3 期。

9 日，沈从文和张兆和在北平中央公园水榭结婚，新居安置在西城达子营 38 号。

12 日，浦江清赴欧洲留学，施蛰存登船送行。

14 日，徐懋庸的散文《徐特拉与雍正帝》发表在《申报·自由谈》。

15 日，《戏》月刊在上海创刊，由袁牧之编辑，上海中外书店发行，1933 年

10月终刊，共出2期。

郢生的散文《中年人》发表在《申报月刊》第2卷第9号。

16日，楼适夷被捕。在狱中他翻译了高尔基的《在人间》等作品，至1937年出狱。

《论语》从第25期起，刘半农以自批自注《桐花芝豆堂诗集》为题，陆续发表8辑打油诗，计63首。这些打油诗大多是一些生活琐事的即兴抒写，或是赠答友人的唱和之作，其中也有一部分颇含愤世嫉俗的感慨。

18日，蒋山青的小说《流不尽的血》由南京明日书店出版发行。

22日，黎锦明的小说《失去的风情》由上海现代书局出版发行。

23日，天津《大公报》的《文艺副刊》创刊，由杨振声、沈从文主编。初为每周2期，1935年改为周刊，出至1935年8月25日第166期止。1935年9月改名为《文艺》，由萧乾任主编，期数另起，每周4期。1937年8月天津沦陷后，《大公报》移至汉口出版。今见该刊天津出版的最后一期为1937年7月25日第366期。该刊是20世纪30年代影响颇大的文艺副刊，拥有较强的作者阵容，尤其重视培育新人。发表各种体裁的文学创作及文艺评论，但拒登杂文。另辟有"书报简评"、"文艺新闻"等栏目，还出过多种专辑。撰稿人除编者外，还有冰心、凌淑华、朱自清、巴金、老舍等一大批知名作家。1936年为纪念《大公报》复刊10周年，从该刊登载的短篇小说中选编出版了《大公报文艺丛刊·小说选》。同时，该刊创设文艺奖金，获奖的作品有芦焚的小说《谷》等。

25日，马国亮的散文《悲哀的贩卖者》发表在《申报·自由谈》。

叶紫以"杨镜英"之名，在《文学新地》创刊号上发表小说《王伯伯》，即《电网外》。小说写老农王伯伯认为造反者不是"真命天子"，死守家园。等到团访兵把他逃难的媳妇和孙子当"匪徒"杀死，他才感到："谷子、房子、畜生、家具、而且还有——人"全没有了。现实的残酷使他猛醒，他背起包袱离家，朝着有太阳的那边走去了。

29日，施蛰存应《大晚报》副刊《火炬》之邀，在寄来的"读书季节"的表格第二栏"欲推荐于青年之书"，填写了《庄子》、《文选》（为青年文学修养之根基）、《论语》、《孟子》、《颜氏家训》。

30日，世界反帝大同盟远东会议在上海沪东秘密召开，这次会议由中共江苏省委宣传部负责筹备，会议的筹备和召开都是秘密进行的。

鲁迅与毛泽东、朱德、苏联作家高尔基等被世界反帝大同盟远东会议推为主席团的名誉主席。会议本日开幕，英国马莱爵士、法国作家和《人道报》主笔古久里、宋庆龄等都出席了这次会议。会议讨论了反对日本帝国主义侵略中国和争取国际和平等问题，发布了《上海反帝国主义战争大会开幕宣言》，成立了世界反战委员会远东分会。鲁迅在1934年12月6日致萧军、萧红的信中说："会是开成的，费了许多力；各种消息，报上都不肯登，所以在中国很少人知道。结果不算坏，各代表回国后都有报告，使世界上更明了中国的实情。"

本月

国民党政府为强化电影检查机构，成立"电影事业指导委员会"及其所属的剧本审查委员会。

戴望舒在法国里昂大学肄业。

沈从文应聘接编天津《大公报·文艺副刊》。

"左联"日本东京分盟恢复工作。

为纪念"九一八"两周年，以戏剧协社为中心举行大规模公演，演出苏联剧作家写的《怒吼吧，中国！》等，不久遭禁演。

上海开华书店出版张立英编的《女作家丛刊》，至1935年6月，出齐8种。

本月发表的小说有《白话玉梨魂》（徐枕亚著，上海明华书局）；《蜜月生活》（张天翼著，《生活周报》第8卷第36、37期连载）；《西泠的黄昏》（林徽因著，上海良友图书印刷公司）；《新生》（巴金著，上海开明书店）；《万里情侠》（何一峰著）；《山雨》（王统照著，上海开明书店），小说写有不足十亩地的自耕农奚大有一家是如何走下坡路的——其父被迫卖地，含恨而死；奚大有率众造反也身负重伤，被抓丁而中途逃回；最后卖掉唯一剩下的一亩地，举家逃到T岛靠拉洋车度日。"山雨欲来风满楼"，他终于觉醒了。

本月出版的小说集有《创作小说选第一集》（茅盾等著，申报月刊社编辑，上海申报月刊社）；《小说文选》（郭沫若著，上海觉人书店）。

本月出版了诗集《春的感伤》（杨骚著，上海开明书店）。

本月出版了诗文合集《独清自选集》(王独清著，上海乐华图书公司)。

本月出版的散文集有《沫若书信集》(郭沫若著，泰东编辑编，上海泰东图书局)；《子恺小品集》(丰子恺著，上海开华书局)；《四十自述》(胡适著，上海亚东图书馆)，作者原计划是将自己的40年人生岁月分为三个阶段来叙述，即留学以前、留学七年(1910—1917)、归国以后(1917—1931)。但仅写成1891年至1910年的第一阶段，即"序幕——我的母亲的订婚"，包括：一，九年的家乡教育；二，从拜神到无神；三，在上海(一)；四，在上海(二)；五，我怎会养到外国去等部分。除了以上作家散文作品，本月还出版了《太太的困难》(许兴凯著，北平读卖社)；《独行集》(陈光尧著，上海启明学社)；《放言集》、《灯蛾集》(陈光尧著，上海启明学社)；《烟与酒》(梁得所著，上海良友图书印刷公司)。

本月发表了散文《纺车的轰声》(楼适夷著，《良友》第80期)。

本月发表了文论《美国戏剧的演变》(钱歌川著，《新中华》第1卷第17期)。

本月出版的翻译作品有《两个小姑娘》([俄]托尔斯泰著，松年等译，中华平民教育促进会)；《不如归》([日]德富庐花著，林雪清译，上海亚东图书馆)；《萨芙》([法]都德著，王实味译，上海商务印书馆)。散文自传《克鲁泡特金全集》(第2卷)([俄]克鲁泡特金著，巴金译，上海新民书局)。小说《富于想像的妇人》([英]哈代著，顾民彝译，上海黎明书店)；《大地》([美]赛珍珠著，胡仲持译，上海开明书店)；《结婚二重奏》([日]菊池宽著，浩然译，长城书局)；《信不信由你(世界奇闻录)》([美]立泼莱著，蔡真选译，上海良友图书印刷公司)。童话集《托尔斯泰童话集》([俄]托尔斯泰著，吴承均译，上海大东书局)；《梅立克小说集》([英]梅立克著，陈西滢译，上海商务印书馆)；《短篇小说(第二集)》(哈特等著，胡适译，上海亚东图书馆)；《卓别林创造的英雄夏洛克外传》([法]苏卜著，傅雷译)。散文集《伊索寓言》([希]伊索著，杨镇华译，上海世界书局)；《夏天》([苏]高尔基著，何素文译，上海商务印书馆)。

十月

1日，秋涛的小说《期待》、徐转蓬的小说《乡下医生》、程鹤西的诗《下雨》、

《向晚》发表在《文艺月刊》第 4 卷第 4 期上。

马仲殊的小说《徐先生的日记》、刘大杰的小说《心》发表在《青年界》第 4 卷第 3 期。

沙汀的小说《有才叔》、许钦文的小说《巷战中》发表在《现代》第 3 卷第 6 期。

王统照的小说《五十元》、丁玲的小说《莎菲女士日记第二部》、李守章的小说《人与人之间》发表在《文学》第 1 卷第 4 期。

鲁彦的小说《屋檐下》发表在《文学》第 1 卷第 4 期。1934 年 3 月上海现代书局出版作者同名小说集。《屋檐下》描写早年丧父的本德婆靠"牙缝里省下的钱"养大了儿子,赎回了屋子,娶了媳妇。媳妇阿芝婶为孝顺婆婆而不时买些好吃的,却遭到婆婆"尖锐得如刺刀一样的责骂"。于是在同一个屋顶下,她们分作了两个家庭。

刘延芳的诗《秋林》发表在《文学》第 1 卷第 4 期。

金克木的诗《黄昏》发表在《现代》第 3 卷第 6 期。

张友松的散文《从济南到青岛》发表在《青年界》第 4 卷第 3 期。

鲁迅的散文《小品文的危机》、翁达藻的散文《呜呼派》发表在《现代》第 3 卷第 6 期。

曹靖华翻译的苏联作家托尔斯泰的《十月革命给了我一切》发表在《文学》第 1 卷第 4 号。

森堡翻译的苏联华希里可夫斯基的《社会主义的现实主义论》、赵家璧的书评《子夜》发表在《现代》第 3 卷第 6 期。

陈梦家和他人合作翻译的《白雷客诗选》发表在《文艺月报》第 4 卷第 4 号。

3 日,徐懋庸的散文《南行》发表在《申报·自由谈》。

鲁迅发表《重三感旧》,载《申报·自由谈》,署名"丰之余"。本年 9 月,施蛰存回答《大晚报》的书面征询"要介绍给青年的书"一项中,希望青年读《庄子》、《文选》,鲁迅认为这是复古逆流,故作此文批判。

6 日,国民党行政院根据蒋介石电定,草定《中央党部宣传委员会新纲领》,加紧对普罗文学和左翼作家的压迫。

8 日,施蛰存作《〈庄子〉与〈文选〉》,载《申报·自由谈》,指责鲁迅先生无须对自刻印版信封的人，"口诛笔伐地去认为'谬种'和'妖孽'了"。

10日，茅盾以"止水"之名，在《申报·自由谈》发表散文《双十闲话》。

庄心在翻译的美国作家布克夫人的小说《洪水》发表在《矛盾》第2卷第2期。

14日，任白戈的散文《谈"秋"的诗人》发表在《涛声》第2卷第40期。

15日，国民党中央执行委员会第91次常务委员会通过《新闻检查标准》，规定新闻稿件扣留或删改范围。

何家槐的小说《再滑进了车轮》、张鹤以"天虚"的笔名发表的小说《血轮》、何谷天的诗《母亲》、拙夫的散文《一群》发表在《文艺》创刊号。

林如稷的散文《狗》发表在《沉钟》第25期。

杨晦的戏剧《楚灵王》在《沉钟》第25期至第30期连载。1935年7月上海商务印书馆出版单行本。该剧为五幕历史剧。剧本展示楚灵王灭蔡国而终因残暴的统治而致亡国的故事。其间有侵略者的横暴及其必然自毙的下场，更赞美了蔡国人民保家卫国、决不投降的浩然正气。

鲁迅作《"感旧"以后（上）》，载《申报·自由谈》，署名"丰子余"。本文是对施蛰存8日文章的答复。"那篇《感旧》，是并非为施先生而作的，然而可以有施先生在里面。""内中所指，是一大队遗少群的风气。"

18日，徐懋庸以"致立"的笔名，在《申报·自由谈》发表散文《忍辱与忍痛》。

沈从文在天津《大公报·文艺副刊》发表《文学者的态度》一文，引起"京派"和"海派"之争。在谈到作家应当采取何种态度、创作伟大作品时，沈从文认为：伟大作品的产生，"不在作家如何聪明，如何骄傲，如何自以为伟大，与如何善于标榜成名，只有一个方法，就是作家诚实的去做。作家的态度，若皆能够同我家大司务态度一样，一切规规矩矩，凡属他应明白的社会上事情，都把它弄清楚，此外'道德'，'社会思想'，'政治倾向'，'恋爱观念'，凡属于这一类名词，在各个阶级，各种时间，各种环境里，它的伸缩性，也必须了解而且承认它。着手写作时，又同我家那大司务一样，不大在乎读者的毁誉，做得好并不自满骄人，做差了又仍然照着本分继续工作下去。必须要有这种精神，就是带他到伟大里去的精神！假若我们对于中国文学还怀了一分希望，我觉得最需要的就是文学家态度的改变,那大司务处世做人的态度,就正是文学家最足学习的态度。"

由于这篇文章对"海派"的批评过于严厉,因而引发了不少反对的声音。如苏汶在看到沈从文的文章后,认为沈从文把上海的作家称为"海派",本身就是一种恶意的嘲笑。上海的文人中,虽然有人由于生活所迫,确实"要钱",从而"多产",但这并不"可耻";有些人是在"生活的压榨下,却还是很郑重地努力写着一些不想骗人的东西",他们更不应遭到嘲笑。苏汶针对沈从文的文章提出了质疑:仅用"海派文人"这一名目"把所有居留在上海的文人一笔抹杀"是欠妥当的,并且,如果把"上海气"等同于"都市气"的话,那么,随着"机械时代的迅速的传布,是不久就会把这种气息带到最讨厌它的人们所居留着的地方去的"。

19日,施蛰存作《推荐者的立场》,载《大晚报·火炬》副刊,对鲁迅《"感旧"以后(上)》进行了反驳。"据我想起来,劝青年看新书自然比劝他们看旧书能够多获得一些群众",因此,他想将在"贵报上发表的推荐给青年的书目改一下:我想把《庄子》与《文选》改为鲁迅先生的《华盖集》正续编及《伪自由书》。我想,鲁迅先生为当代'文坛老将',他的著作里是有着很广大的活字汇的。"在这篇文章里,施蛰存还表示:自己不想参加这场永远也不会得出是非来的争论。

20日,周起应编译的《高尔基创作四十年纪念论文集》由上海良友图书印刷公司出版。

23、24日,鲁迅在《申报·自由谈》发表《扑空》,署名"丰之余"。文中对《推荐者的立场》进行了驳斥。文章批评了施蛰存诬赖的论战手法以及不想继续参加这场论争的行为。鲁迅明确提出:这次的论争,"虽为书目所引起,问题是不专在个人的,这是时代思潮的一部。"鲁迅认为,施蛰存"辩驳的话比我预想的还空虚"。文章在逐段引出施蛰存的文章原文并加以揭露,认为施蛰存"看了我的《"感旧"以后(上)》一文后,'不想再写什么'而终于写出来了的文章,辞退做'拳击手',而先行拳击别人的拳法。但他竟毫不提主张看《庄子》与《文选》的较坚实的理由,毫不指出我那《感旧》与《"感旧"之后(上)》两篇中间的错误,他只有无端的诬赖,自己的猜测,撒娇,装傻。几部古书的名目一撕下,'遗少'的肢节也就跟着渺渺茫茫,到底是现出本相:明明白白的变了'洋场恶少'了。"

25日,鲁迅在《申报·自由谈》发表《〈扑空〉正误》。随后,施蛰存又在

《大晚报·火炬》副刊上发表《突围》一文，再作辩解。施蛰存在《突围》里反击："他竟骂我为'洋场恶少'了，切齿之声俨若可闻，我虽'恶'，却也不敢再恶到以相当的恶声相报了。"

26日，鲁迅在《申报·自由谈》发表《答"兼示"》，署名"丰之余"。此文是针对施蛰存20日发表在《申报·自由谈》的《致黎烈文先生书——兼示丰之余先生》，鲁迅指出："现在的青年，大可以不必舍白话不写，却另去熟读了《庄子》，学了它那样的文法来写文章。"在文中，鲁迅表示：自己同施蛰存论争是"严肃的"，并非"报私怨"。

鲁迅以笔名"苇索"在《申报·自由谈》发表《"滑稽"例解》，文章从林语堂的"幽默"谈起，指出："自语堂大师振兴'幽默'以来，这名词是很通行了"，但"要寻求滑稽，不可看所谓滑稽文，倒要看所谓正经事"。

鲁迅的《小品文的危机》发表在《现代》月刊第3卷第6期。文章批判了当时极为流行的"小品文"。鲁迅认为："对于文学上的'小摆设'——'小品文'的要求，却正是越加旺盛起来，要求者以为可以靠着低诉或微吟，将粗犷的人心，磨得渐渐的平滑。这就是想别人一心看着《六朝文絮》，而忘记了自己是抱在黄河决口之后，淹得仅仅露出水面的树梢头。但这时却只用得着挣扎和战斗。"

鲁迅认为，小品文之所以能生存，离不开这种战斗，他用历史上的小品文发展作比："晋朝的清言。早和它的朝代一同消歇了。唐末诗风衰弱，而小品文放了光辉。但罗隐的《谗书》，几乎全部是抗争和愤激之谈；皮日休和陆龟蒙自以为隐士，别人也称之为隐士，而看他们在《笠泽丛书》中的小品文，并没有忘记天下，正是一塌糊涂的泥塘里的光彩和锋芒。"

鲁迅还分析了小品文的发展，以此来说明小品文的生命力在于战斗力。他说："明末的小品虽然比较的颓放，却并非全是吟风弄月，其中有不平，有讽刺，有攻击，有破坏。这种作风，也触着了满洲君臣的心病，费去了许多助虐的武将的刀锋，帮闲的文臣的笔锋，直到乾隆年间，这才压制下去。以后呢，就来了'小摆设'。'小摆设'当然不会有大发展。到五四运动的时候，才又来了一个展开，散文小品的成功，几乎在小说戏曲和诗歌之上。这之中，自然含着挣扎和战斗，但因为常常取法于英国的随笔，所以也带一点幽默和雍容；写法也有漂亮和缜密的，这是为了对于旧文学的示威，在表示旧文学之自以为特长者，白话文学也并非做不到。以后的路,本来明明是更分明的挣扎和战斗,因为这原是萌芽于'文学革命'以至'思想革命'的。但现在的趋势,却在特别提倡那和旧文章相合之点,雍容,漂亮,缜密,就是要它成为'小摆设',供雅人的摩挲,并且想青年摩挲了这'小摆设',由粗暴而变为风雅了。"鲁迅总结说:"这种小品,上海虽正在盛行,茶话酒谈,遍满小报的摊子上,但其实是正如烟花女子,已经不能在弄堂里拉扯她的生意,只好涂脂抹粉,在夜里蹩到马路上来了。小品文就这样的走到了危机。但我所谓危机,也如医学上的所谓'极期'(krisis)一般,是生死的分歧,能一直得到死亡,也能由此至于恢复。麻醉性的作品,是将与麻醉者和被麻醉者同归于尽的。生存的小品文,必须是匕首,是投枪,能和读者一同杀出一条生存的血路的东西;但自然,它也能给人愉快和休息,然而这并不是'小摆设',更不是抚慰和麻痹,它给人的愉快和休息是休养,是劳作和战斗之前的准备。"

28日,邹韬奋的散文《威尼斯》发表在《生活周刊》第8卷第43期。

30日,陈翔鹤的小说《独身者》发表在《沉钟》第26—29期。书前有作者的《自序》,内收《洛迦法师》、《家庭》、《转变》、《独身者》、《大姐和大姐圣经的故事》和《早秋》6个短篇。作为书名的《独身者》,写的是教育工作者沙宾失恋的经过及他因此而决定要独身的消极态度。

彭慧以"涟清"之名,在《清华周刊》第40卷第3、4期连载小说《我们在地域》。小说记载了军阀的穷兵黩武,把寻常人家的生活一下推进了地狱。杏哥全家对混战充满了恐慌、义愤、悲痛,但他们还有着期待,期待着革命降临将他们从地域中救出。

本月

邓中夏在南京就义,时年39岁。1921年7月,邓中夏参加了中国共产党第一次全国代表大会,1922年5月出席第一次全国劳动大会,后任中国劳动组合书记部总部主任。1925年,他参与领导了省港海员罢工,在党的"八七会议"上当选为临时中央政治局候补委员。1933年5月在上海被国民党当局逮捕。

潘漠华在天津被害。潘漠华出身于没落的书香之家,自幼酷爱读书,13岁小学毕业,1920年考取浙江第一师范,受《新青年》等进步书刊的影响,参加新文化运动。1921年10月，与同学冯雪峰、柔石、魏金枝发起组织杭州第一个新文学团体"晨光社"，开始走上文学创作道路。1922年4月，潘漠华与应修人、汪静之、冯雪峰一起组成"湖畔诗社"。对潘漠华的文学创作，朱自清说："就艺术而论，我觉漠华君最是稳练、缜密"，"潘漠华氏最凄苦，不胜掩抑之致"。1924年潘漠华考入北京大学，1926年参加中国共产党，同年参加北伐军。1927年7月，由于汪精卫背叛革命，潘漠华被迫离开军队到杭州，参加中共浙江省委地下党组织工作。1927年9月，潘漠华被捕入狱，由老师许宝驹、马叙伦营救出狱，随即回武义。1930年3月，潘漠华到上海参加中国左翼作家联盟成立大会，并在会上致祝词。1931年春，与段雪笙等人发起组建中国左翼作家联盟北平分盟，此联盟简称"北方左联"，潘漠华起草《理论纲领》、《行动纲领》和《成立宣言》，并连任三届"北方左联"负责人。1932年秋冬，潘漠华担任天津市委常委、宣传部长。1933年1月，赴张家口参加察哈尔民众抗日同盟军，任军机关报《老百姓报》编辑。同年12月，他在住处河北大旅社被捕。在狱中，他被反动派施以灌辣椒水的酷刑摧残，仍不顾个人安危，联合难友，三次发动绝食斗争。1934年12月24日，潘漠华被敌人灌以滚烫的开水折磨致死。

美国作家赛珍珠和其丈夫月初抵上海。

由郭秋生、廖汉臣发起的台湾文艺协会在台湾省台北市成立，主要成员由陈君玉、林克夫、廖毓文等，郭秋生为干事长。次年7月创办文艺杂志《先发部队》，1935年1月改名为《第一线》。

儿童文学研究会在上海成立，主要成员有姚苏凤、徐绍昌、陆振声、巴林、白兮等。该会活动特点是不开会，专事创作。

"星期三社"、"中国评论周报社"、"笔会"及"现代文学社"联合举办演讲会。

本月出版的小说有《一个母亲》(沈从文著，上海合成书局)；《在潮神庙》(彭家煌著，上海良友图书印刷公司)。

本月出版的小说集有《跋涉》(萧军和萧红合著，哈尔滨五画印刷出版社)，小说集中收萧军的短篇小说6篇，萧红的作品5篇；《去国》(冰心著，上海北新书局)；《白旗手》(魏金枝著，上海现代书局)。

本月出版的散文集有《苦茶庵笑话选》(周作人编，上海合成书局)；《秋风集》(章衣萍著,上海合成书局);《女作家随笔选》(张立英编选,上海开华书局);《女作家小品选》(张立英编选,上海开华书局);《现代小品文选》(上卷)(赵景深选编,上海北新书局)。

本月出版了杂文集《伪自由书》(鲁迅著,上海北新书局以"青光书局"的名义出版)。

本月出版的翻译作品有:诗歌《他人的酒杯》(石民选译,上海北新书局)。童话《日本童话》(曹建华译,上海商务印书馆);《英国童话》(殷佩斯译,上海商务印书馆);《儿童外国短篇小说》(第一册)(徐应昶译,上海商务印书馆);《格林姆的童话》([德]格林著,李宗法译,上海商务印书馆);《意大利的童话》(徐秉鲁译,上海商务印书馆);《童子奇遇记》([苏]洛扎诺夫著,张叔愚译,上海良友图书印刷公司);《给海兰的童话》([俄]西皮尔雅克著,鲁彦译,上海开明书店);《印第安人的神话》(甘常译,上海商务印书馆);小说《长腿爸爸》(曹漱逸译,上海北新书局);《林房雄集》([日]林房雄著,适夷译,上海开明书店);《林房雄集》([日]林房雄著,林伯修译,上海现代书局);《吕柏大梦》([美]华盛顿·欧文著,徐应昶译,上海商务印书馆);《珊瑚岛》([英]巴兰太因著,徐应昶译,上海商务印书馆);《黑奴魂》([美]斯陀著,徐应昶译,上海商务印书馆);散文《托尔斯泰寓言》([俄]托尔斯泰著,唐小圃译,上海商务印书馆);《藤森成吉集》([日]藤森成吉著,森堡译,现代出版社);小说集《青色鸟》([法]陀而诺夫人著,戴望舒译,上海开明书店);《高尔基代表作》([苏]高尔基著,黄源译,上海前锋书店);《高尔基创作选集》([苏]高尔基著,萧参(瞿秋白)译,上海生活书店)。论著《艺术学与美学的区别》([日]金子马治著,张资译,《朔望》半月刊第11号);《从社会学见地来看艺术》([法]尼友著,王任叔译,上海大江书铺)。

十一月

1日,《矛盾》第2卷第3期刊"追悼彭家煌氏特辑",发表了潘子农的《祭坛之前》、彭夫人孙馨的《家煌之死》、何揆一的《活不下去》、何家渊的《记家煌病殁前后》、汪雪湄的《痛苦的回忆》,周祚生、卓剑舟、马良的《悼诗三首》。

鲁彦的小说《李妈》发表在《文艺月刊》第 4 卷第 5 期上。小说写了一个遭到天灾人祸的寡妇李妈，为了孩子和自己的生存，从农村跑到上海做姨娘。起初她辛劳而努力，对主人很诚实，但是当她感到东家不把她当人看时，她开始反抗了，用欺骗的手段报复主人。

张天翼的小说《团圆》发表在《现代》第 4 卷第 1 期。1935 年 12 月上海文化生活出版社出版了作者同名小说集。此外，蒋牧良的小说《高定祥》、林徽因的小说《布鲁塞尔的忧郁》也在同期发表。

巴金的小说《雷》，发表在《文学》第 1 卷第 5 期。小说写了男主人公德为事业"憎恶女人"，女主人公慧既愿意为"大事业"牺牲一切，又要追求"快乐"和爱情。

鲁彦的小说《安舍》发表在《文学》第 1 卷第 5 期。小说写了一个年轻漂亮的女子安舍，21 岁一过门就守寡了。小说对她的神态、思想和生活习性进行了细致的描绘。

万迪鹤的小说《达生篇》在《文学》第 1 卷第 5—6 期连载。1936 年 11 月上海文化生活出版社出版了作者同名小说集。

萧乾的小说《蚕》发表在《大公报·文艺》第 12 期。这是作者的处女作。小说写蚕的生命非常活跃，它们拼命地奋斗着，尽管最终会枯瘦得"比才生育完的妇人还凄惨"，但留下了宝贵的生命痕迹，那金黄的丝"灿烂得可以比晚霞"。

臧克家的诗《秋》、曹葆华的诗《末日》、何其芳的诗《梦》发表在《文艺月刊》第 4 卷第 5 期。

王一心的诗《古都的黄昏》、金克木的诗《年华》发表在《现代》第 4 卷第 1 期。

李健吾的散文《福楼拜的故乡》、叶永蓁的散文《心境的秋》发表在《现代》第 4 卷第 1 期。

丰子恺的散文《劳者自欺》、吴组缃的散文《黄昏》、徐懋庸的散文《我的失败》发表在《文学》第 1 卷第 5 期。

周扬在《现代》第 4 卷第 1 期发表《关于"社会主义的现实主义与革命的浪漫主义"——"唯物辩证法的创作方法"之否定》。文中第一次介绍了苏联的社会主义现实主义理论，指出这一创作方法是从社会生活的发展和运动中去真实认识和反映现实生活。它用典型化的方法去描写客观现实，反映生活的本质。它和革命的浪漫主义既不是对立的，也不是并立的，是可以包括进去的。文章批评了"唯物辩证法的创作方法"忽视了艺术的特殊性，指出："虽然艺术的创造是和作家的世界观不能分开的，但假如忽视了艺术的特殊性，把艺术对于政治，对于意识形态的复杂而曲折的依存关系看成直线的，单纯的，换句话说，就是把创作方法的问题直线地还原为全部世界观的问题，却是一个决定的错误。唯物辩证法地创作方法就是这样一个错误的口号。"文章还介绍了社会主义现实主义几个重要特征。如"社会主义的现实主义是动力的，换句话说，就是社会主义的现实主义是在发展中，运动中去认识和反映现实的"；"只有不在表面琐事中，而在本质的，典型的姿态中，去描写客观的现实……把为人类的更好的将来而斗争的精神，灌输给读者，这才是社会主义的现实主义的道路"；"社会主义的现实主义还有一个重要的特征，就是，它的大众性，单纯性"。

方光焘翻译的日本作家永井荷风的《牧场道上》发表在《文学》第1卷第5期。

里正翻译的日本作家川口浩的《资本主义下的大众文学》发表在《文艺月报》第1卷第3期。

顾仲彝翻译的美国作家多兰蒂的小说《幸运生》发表在《矛盾》第2卷第3期。

高云雁翻译的日本小泉八云的《浪漫派文学与古典派文学在风格上的关系》发表在《新时代》第5卷第5期。

钱杏邨的《关于〈母亲〉》发表在《现代》第4卷第1期。文章根据丁玲《母亲》的相关资料，评述《母亲》"是一部时代的革命史"，"以曼贞为代表的我们前一代女性，怎样憧憬着光明的未来"。"全书第二章写得最成功，诗的气氛很重；第三、四章，母校生活，女性的思想转变部分显出冗赘。第一章最弱"。

茅盾评论臧克家《烙印》的文章《一个青年诗人的〈烙印〉》发表在《文学》第1卷第5号。茅盾认为22首诗中没有一首诗描写女人的"酥胸玉腿"，甚至没有歌颂恋爱，也没有所谓"玄妙的哲理"以及什么"朱圆玉润"的辞藻，它们用了朴素的字句写出了平凡的老百姓的生活，况且诗人还用他那"明快而劲爽的口语"写着。

老舍的评论文章《臧克家的〈烙印〉》发表在《文学》第 1 卷第 5 号。

施蛰存的《关于〈现代〉的诗》发表在《现代》第 4 卷第 1 期。作者认为:"《现代》中的诗是诗,而且纯然是现代的诗。它们是现代人在现代生活中所感受到的现代的情绪,用现代的辞藻排列成的现代的诗行。"此外,侍桁的《〈子夜〉的艺术、思想及人物》、康嗣群的《周作人先生》、黎君亮的《纪念彭家煌》也在同期发表。

4 日,曹聚仁的散文《鲁迅翁之笛》发表在《涛声》第 2 卷第 43 期。

7 日,鲁迅的《反刍》发表在《申报·自由谈》,文章还是为施蛰存等人而作,批驳他们"嘲笑那些反对《文选》的人们自己却曾做古文,看古书"的言论。文章以坐牢狱为喻,说:"不进过牢狱的那里知道牢狱的真相",只有"先前的狱卒"或"释放的犯人"才知道得详细。说明只有了解内情的人说法才可信。并指出,施蛰存的言论,不过是"五四"时期保护文言者的滥调的"反刍":"五四运动的时候,保护文言者是说凡做白话文的都会做文言文,所以古文也得读。现在保护古书者是说反对古书的也在看古书,做文言,——可见主张的可笑。永远反刍,自己却不会呕吐,大约真是读透了《庄子》了。"

9 日,郁达夫应国民党杭州铁路局为杭州到江西玉山铁路通车之请,作浙东之行,游览诸暨、金华、兰溪、龙游、永康等地名胜,历时半月,开始大量写作山水游记。

鲁迅作《古书中寻活字汇》,载于《申报·自由谈》。文中指出:"古书中寻活字汇,是说得出,做不到的。""不看注,也有懂得的,这就是活字汇。"为什么能懂得呢?"这一定是曾经在别的书上看见过,或是到现在还在应用的字汇,所以他懂得。那么,从一部《文选》里,又寻得了什么?"鲁迅在本月 5 日致姚克的信中,也谈及这一问题:"在古书中找活字,是欺人之谈。""我和施蛰存的笔墨官司真是无聊得很,这种辩论,五四运动时候早已闹过了,而现在又来这一套,非倒退而何,我看施君也未必真研究过《文选》,不过以此取悦当道,假使真有研究,决不会劝青年到那里去寻新字汇的。此君盖出自商家,偶见古书,遂视为奇宝,正如暴发户之偏喜摆士人架子一样,试看他的文章,何尝有一些《庄子》与《文选》气。"

12 日,"左联"、"剧联"领导的艺华影片公司、光华书局、良友图书公司、神舟国光社等先后被自称"影界铲共同志会"的暴徒捣毁。

仲方的散文《文学家成功秘诀》发表在《申报·自由谈》。

15日，草明的小说《倾跌》发表在《文艺》第1卷第2期。写三个在农村无法生活下去的贫苦女子来到城里，有的做了帮佣，有的进厂，有的出卖肉体。城里和农村，她们生存得一样艰难。同期还发表了吴奚如的小说《微笑》、丘东平的散文《滦河上的桥梁》、周汶的散文《抢险》、安娥的戏剧《兵差》。

此外，陈君涵翻译的俄国作家 A. 雅各武莱夫的小说《中国花瓶》、林琪翻译的日本鹿地亘的《创作方法之现实的基础》也发表在《文艺》第1卷第2期。

17日，鲁迅以"敬一尊"之名，在《申报·自由谈》上发表《青年与老子》，揭露杨邨人是"改做孝子"，以"父老家贫弟幼"为叛变革命的"理由"，其实是一种极为卑劣无耻的欺骗。

25日，冯宪章翻译的《叶山嘉树集》完成，张传普翻译的《歌德名诗选》完成，由上海现代书局出版。

26日，林语堂的散文《论踢屁股》发表在《申报·自由谈》。文中指出，"中国社会只有两种阶级：踢人家屁股者，及预备屁股给人家踢者"。"踢屁股哲学已深入吾国人心理，要把他革除，以一百年为限。"

本月

徐懋庸将译著《托尔斯泰传》送给鲁迅，两人有了联系。

邵洵美主编的《诗篇》月刊在上海创刊。1934年2月出至4期停刊。

本月出版的小说有《战烟》（黎锦明著，上海天马书店），小说写了一个十九路军少尉排长李雅亭和三五公司经理一家，写出了上层官商和下层兵民对"一·二八"的不同态度。透过弥漫的战争硝烟，作者以苦涩的体验，摄取了种种社会相；《心病》（李健吾著，上海开明书店），小说写了23岁的陈蔚成从老家到北京念书，寄住在舅舅家里，但他还怀念着故乡，时常回忆起母亲的慈爱和青梅竹马的恋人芳的歌声。舅舅很刻薄，侵吞了父亲寄给他的汇款，他用电自杀不成，为了不拖累新婚妻子，留下遗书出走了；《时间与爱的歧路》（张资平著，上海合众书店）；《新路》（崔万秋著，上海四社出版部）；《爱的归宿》（朱文辉著，上海大公书局);《柳絮飞》(夏忠道著,重庆北新书局);《疯了的猴子》(徐学文、顾诗灵著,上海新中国书局);《善女人行品》(施蛰存著,上海良友图书印刷公司)。

本月出版了诗集《细雨集》(李季和著,开封开明印刷局)。这是一部新旧体诗的合集。

本月出版的散文集有《寄健康人》(缪崇群著,上海良友图书印刷公司);《胭脂》(侍桁著,上海新中国书局);《韬奋漫笔》(邹韬奋著,上海生活书店,1936年3月改名《漫笔》出版)。

本月出版的文论与文学史有《写剧原理》(熊佛西著,上海中华书局);《新文艺批评谈话》(黎君亮著,北平人文书店);《浪漫运动》(费鉴照著,上海商务印书馆),专论文艺浪漫思潮及其创作特征,并附《中国与欧洲浪漫运动》;《中国文学体系》(马仲殊著,上海乐华图书公司);《中国诗人》(沈圣时著,上海光明书局);《彦祥漫谈(甲集)》(马彦祥著,天津语林丛书出版部)。

本月出版的翻译作品有:小说《血爱》([法]苏德曼著,成绍宗译,上海光华书局);《好妻子》([美]奥尔珂德著,郑晓沧译,浙江省立图书馆);《一个妇人的情书》([奥]斯齐凡·蔡格著,章衣萍译,上海华通书局)。小说集《英雄的故事》([苏]高尔基著,华蒂译,上海天马书店);《祈祷》([日]洼川绮妮子著,华蒂译,上海光华书局);《现代日本童话集》([日]小川未等著,许亦非译,上海现代书局)。戏剧《医学的胜利》([法]洛曼著,黎烈文译,上海商务印书馆);《哀格蒙特》([德]歌德著,胡仁源译,上海商务印书馆),该剧内容是:总督哀格蒙特为尼德兰人民所爱戴,但他对敌人态度游移,最后被西班牙派来镇压尼德兰人民的阿兰巴将军逮捕处死。哀格蒙特临死前夕,梦见爱人克雷尔欣化作自由女神在云中出现,宣布他的死将给尼德兰带来解放,并且递给他胜利的花环。

本月出版的其他作品有《明清演义》(许兴凯著);《归国印象》(章征言著,上海生活书店);《现代小品文选(下卷)》(赵景深选编,上海北新书局)。

十二月

1日,《文化列车》五日刊于上海创刊,署"文化列车社编辑发行",由方含章、陈栾合编,出至第12期终刊。

苏汶在《现代》第4卷第2期发表《文人在上海》，此文是呼应沈从文的"挑战"。

何德明的小说《跛子李》发表在《青年界》第4卷第5期。

杨刚的小说《一块石头》、徐訏的小说《本质》发表在《现代》第4卷第2期。

魏金枝的小说《制服》发表在《现代》第4卷第2期。小说写了一个做了连长的父亲给儿子阿毛做了一件制服，这在学校引起了一场关系全体师生的风波。因教师和学生的势力，使阿毛尴尬极了、孤独极了。但对阿毛来说，父亲的阵亡，终使他呆呆地像僵尸一般。

叶紫的小说《向导》发表在《现代》第4卷第2期。小说写了一位普通的农家妇女，为了替弟兄和孩子报仇，假扮成向导，把反动军队引入革命军的埋伏圈内，终于消灭了反动军队的一个团，而她自己也牺牲了。

黑婴的小说《一〇〇〇尺卡通》发表在《新时代》第5卷第6期。

郭源新的小说《亚凯诺的诱惑》、勒以的小说《曼陀罗华》、王统照的小说《父子》发表在《文学》第1卷第6期。《父子》写了动荡的中国农村，人物关系的异常。

何德明的诗《诱惑》、陈梦家的诗《黄河谣》、孙毓棠的诗《安闲》、曹葆华的诗《送一年过去》发表在《文艺月刊》第4卷第6期。

陈江帆的诗《百合桥》、侯汝华的诗《傍晚》发表在《现代》第4卷第2期。

方敬的诗《晚霞》发表在《新时代》第5卷第6期。方敬（1914—1996），重庆市万州人，诗人，散文家，文学翻译家，教授。20世纪30年代初考入北京大学外语系，参加了"一二·九"运动。毕业后，他留校任课和研究，一直从事文学创作和翻译，以写诗和散文为主。著有诗集《雨景》、《声音》、《行吟的歌》、《多难者的短曲》、《拾穗集》、《飞鸟的影子》、《花的种子》，散文集《风尘集》、《保护色》、《生之胜利》等。

陈友琴的散文《牢骚与悲伤》发表在《青年界》第4卷第5期。

芦焚的散文《无可说的话》、勒以的散文《我的屋子》发表在《现代》第4卷第2期。

萧丽卿的散文《城隍庙》、徐訏的戏剧《自杀》发表在《新时代》第5卷第

6 期。

洪深的戏剧《香稻米》在《现代》第 4 卷第 2—4 期连载。剧本写了江南的农村受到洋米的冲击，米商囤积居奇，致使大量农民歉收破产，连替媳妇过月子留存的香稻米也保不住。

吴青迟翻译的苏联卢那卡尔斯基的著作《社会主义的写实主义的风格问题》发表在《文学》第 1 卷第 6 号。

周光翻译的英国作家斯各脱的小说《洛弓望》发表在《新时代》第 5 卷第 6 期。

东声翻译的日本美学家厨川白村的著作《英国的厌世诗派》发表在《文艺月刊》第 4 卷第 6 号。

徐迟翻译的美国作家林德赛的诗《圣达飞之旅程》发表在《现代》第 4 卷第 2 期。

朋其翻译的德国诗人海涅的诗《长短诗行》发表在《矛盾》第 2 卷第 4 期。

茅盾作《"木刻连环图画故事"》，载于《文学》第 1 卷第 6 号。赵家璧曾说过："连环画即被众人认作走向艺术大众化的捷径。"茅盾在文中指出："这认识是错误的。""连环画小说只是达到艺术大众化的一条路，却不是艺术大众化这问题的全体。""然而，在'大众文艺'建设的过程中，新的'连环图画小说'将起到巨大的作用，却也不容忽视。"

茅盾以"东方未明"之名，在《文学》第 1 卷第 6 号上发表《王统照的〈山雨〉》。该文肯定了《山雨》的现实主义创作的成就："到现在为止，我们还没有看见过第二部这样坚实的农村小说。"同时也指出《山雨》后半部"单调"，评说《山雨》："第二十五章写奚大有回家乡去打算探望徐利不成而目击了更衰落的村子（注：应该是第二十五、二十六章），实际上成为全书的赘疣。"

3 日，徐懋庸的散文《泽及牲畜》发表在《申报·自由谈》。

5 日，诗人朱湘投江自杀。沈从文认为，"朱湘的诗可以说是一本不会使时代遗忘的诗"，朱湘的诗"使诗的风度，显着平湖的微波那种小小的微绉，更见寂静……代表了中国十年来诗歌的一个方向，是自然诗人用农民感情从容歌咏而成的从容方向"。《草莽集》才能代表作者在新诗一方面的成就，于外形的完整与音调的柔和上，达到一个为一般诗人所不及的高点"，他的诗"保留的是'中国旧词韵律节奏的灵魂'破坏了词的固定组织，却并不完全放弃那组织的美"。

刘半农编辑的《初期白话诗稿》由北平星云堂书店影印出版，内收李大钊、沈尹默、胡适、鲁迅等8人的26首诗作的手迹。

10日，蒋鉴璋的《中国文学史纲》由上海亚细亚书局出版。

12日，萧三在苏联致信"左联"，谈及苏联第一次作家代表大会的情况。

15日，《文艺》第1卷第3期刊登了劳生的散文《石塘》、芦焚的小说《决堤》、艾芜的小说《一家人》、沙驼的戏剧《犁声》。

何思敬翻译的苏联作家乌里亚诺夫的著作《L. N. 托尔斯泰与他的时代》发表在《文艺》第1卷第3期。

鲁迅以"浴文"之名，在《申报月刊》第2卷第12期发表《作文秘诀》，文章是针对提倡读《庄子》、写旧体诗、用古僻字等现象而做的。文中说："现在还常有骈四俪六，典丽堂皇的祭文，挽联，宣言，通电，我们倘去查字典，翻类书，剥去它外面的装饰，翻成白话文，试看那剩下的是怎样的东西呵?!"文章在谈及本题作文秘诀时，主张反其道而行之，提倡"有真意，去粉饰，少做作，勿卖弄"的"白描"的文风。

17日，萧红的散文《烦扰的一日》发表在《国际协报·国际公司》。

20日，卢冀野的《明清戏曲史》由南京钟山书局出版。

22日，鲁迅答复徐懋庸18日的来信。信中，鲁迅肯定了徐懋庸在同韩侍桁关于"现实的认识"和"艺术的表现"的辩论中，"主张是对的"。鲁迅认为，韩侍桁的本意是"一面想动摇文学上的写实主义，一面在为自己辩护"。

鲁迅致信郑振铎，抨击了国民党反动派的文化"围剿"和现代派的文人参与"文网"的可能："《生活》周刊已停止，盖如闻将被杀而赶紧自缢；《文学》此地尚可卖，北平之无第六期，当系被暗扣，这类事是常有的。今之文坛，真是一言难尽，有些'文学家'，作文不能，禁文则绰有余力，而于是乎文网密矣。现代在'流'字排行中，当然无妨，我且疑其余织网不无关系也。"

25日，《文化列车》第5期"文艺刊物批评专号"发表对《现代》、《矛盾》、《文学》、《戏》、《文艺月刊》、《新时代》6种刊物的署名批评文章。

窘羊的《老舍的〈离婚〉》发表在天津《大公报·文艺副刊》。

28日，鲁迅作《答杨邨人先生公开信的公开信》，未另外发表。杨邨人在叛变革命之后,在本月他自己主办的刊物《文化列车》上发表公开信攻击鲁迅,鲁迅发表此信,是对杨做的一次集中而深刻的清算。信中说:"先生给我的信是没有答复的价值的。我并不希望先生'心服',先生也无须我批判,因为近二年来的文字,已经将自己的形象画得十分分明了。自然,我决不会相信'鬼儿子'们的胡说,但我也不相信先生。"鲁迅在信中指出:"革命场中的一位小贩,却并不是奸商。我所谓奸商者,一种是国共合作时代的阔人,那是颂苏联,赞共产,无所不至,一到清党时候,就用共产青年,共产嫌疑青年的血来洗自己的手,依然是阔人,时势变了,而不变其阔;一种是革命的骁将,杀土豪,倒劣绅,激烈得很,主义改了,而仍不失其骁。先生呢,据'自白',革命与否以亲之苦乐为转移,有些投机气味是无疑的,但并没有反过来做大批的买卖,仅在竭力要化为'第三种人',来过比革命党较好的生活。即从革命阵线上退回来,为辩护自己,做稳'第三种人'起见,总得有一点零星的忏悔,对于统治者,其实是颇有些益处的。"

30日,唐弢以"风子"之名,在《申报·自由谈》发表散文《从江湖到洋场》。

31日,鲁迅作《〈南腔北调集〉题记》,未另外发表。题记说明了集子命名的由来:"我不会说绵软的苏白,不会打响亮的京腔,不入调,不入流,实在是南腔北调",并表示了决不与反动派及其走狗文人同流合污的精神。此外,题记还回应了梁实秋的攻击。

本月

国民党中央党部与行政院、内政部、教育部、外交部均参与检查影片,扬言凡"足以引起阶级斗争者,均应予取缔"。

冯雪峰去中央苏区,任瑞金中央党校教务主任、副校长、中华苏维埃中央政府执行委员会候补执委。

鲁迅与郑振铎合作印行《北平笺谱》,以"出版画丛刊会"名义在北平出版。

鲁迅以"左联"美术家之木刻作品200幅寄莫斯科、巴黎、柏林展览。

《生活》周刊被查封。《生活》周刊创办于1925年10月,1926年10月邹韬奋接办《生活》周刊后,即着手内容和编排形式的不断改革,刊物从原来每期发行 2000 多份发展到 15.5 万份，开创了当时期刊发行的新纪录。韬奋被迫出国，《生活》周刊被查封。

本月出版的小说有《喜讯》（彭家煌著，上海现代书局）；《行路难》（郭沫若著，上海商务印书馆）；《饶了她》（郁达夫著，上海现代书局）；《小妹妹》（陈治策改编，中华平民教育促进会）；《五奎桥》（洪深著，上海现代书局）；《现代中国戏剧选》（罗芳洲著，上海亚细亚书局）；《爱人如己》（陈治策改编，中华平民教育促进会）。

本月出版的小说集有《丁玲选集》（丁玲著，上海天马书店）；《理想中人》（谢颂兰著，上海广学会）；《西风》（陈衡哲著，上海商务印书馆）；《儿童剧本第四册》（俞嘉善著，上海商务印书馆）。

本月出版了诗集《嘤嘤诗集》（徐庆誉著，上海太平洋书店）。

本月出版的散文集有《自我演戏以来》（欧阳予倩著，上海神州国光社）；《小言论》（第三集）（邹韬奋著，上海生活书店）。

本月出版的散文集有《女作家散文选》（张立英著，上海开华书局）；《女作家日记选》（张立英著，上海开华书局）；《浙东景物纪略》（郁达夫著，杭州铁路局）。

本月出版的文论与文学史有《先秦文学》（游国恩著，上海商务印书馆）；《唐诗概论》（苏雪林著，上海商务印书馆）；《明代文学》（钱基博著，上海商务印书馆）；《英吉利文学》（徐名骥著，上海商务印书馆）；《罗马文学》（王力主编，上海商务印书馆）；《希腊文学》（王力主编，上海商务印书馆）。

本月出版的翻译作品有《中国古代文艺思潮论》（[日]青木正儿著，王俊瑜译，北平人文书店）；《印度童话》（万邦怀译，上海商务印书馆）；《霍桑童话集》（[美]霍桑著，谬天华译，上海大东书局）；《印度神话》（王焕章译，上海商务印书馆）；《远北童话》（甘棠译，上海商务印书馆）；《汤金小老鼠冒险记》（赵欲仁译，上海儿童书局）；《小学生文库（一）神话》（沈德鸿译，上海商务印书馆）；《狐大神通》（[德]歌德著，君朔译，上海商务印书馆）；《儿童外国短篇小说》（[英]M.巴兰太因等著，徐应昶译，上海商务印书馆）。小说《黑美》（[英]安尼·秀韦尔著，徐应昶译，上海商务印书馆）；《结婚二重奏》（[日]菊池宽著，张品译，济南渤海丛书社）；《生活的路》（[俄]道列林可著，熊绍钧译，北平人文书店）；《贤妇人》（[瑞]佩斯泰罗奇著，郑若谷译，北平著者书店）；《小芳黛》

([法]桑德著,王了一译,上海商务印书馆);《出卖心的人》([英]尼司蓓蒂著,陈伯吹译,上海中华书局);《匈奴骑士录》([匈]育珂摩耳著,周作人译,上海商务印书馆)。戏剧《妒误》([法]本那特著,黎烈文译,上海商务印书馆);《金钱问题》([法]小仲马著,陈聘之等译,上海蓓蕾出版社);《金钱问题》([法]小仲马著,陆侃如译,大江书铺);《瓦轮斯丹》([德]席勒著,胡仁源译,上海商务印书馆);《但顿之死》([苏]亚历舍·托尔斯妥叶著,楼适夷译,上海商务印书馆)。

本卷主要作家人名索引

A

阿 英　65　93　95　154　156　187
　　　　196　207　219

艾 青　6　141　157　173　174
　　　　233　256

艾 芜　5　44　70　78　79　133
　　　　178　198　223　233　246
　　　　252　279

B

巴 金　4　7　8　9　18　21　23
　　　　24　26　27　35　39　42
　　　　43　52　53　54　59　60
　　　　64　65　67　68　70　71
　　　　72　81　83　84　89　91
　　　　96　97　102　103　105
　　　　106　109　111　113　114
　　　　115　118　119　120　121
　　　　128　140　156　157　162
　　　　163　164　166　167　183
　　　　199　205　210　212　213
　　　　221　231　245　246　255
　　　　258　259　260　262　263
　　　　264　272

白 荻　178

白 莽　218　228

白 薇　126　130　139　167　184
　　　　254　259

包天笑　168

卞之琳　4　51　52　70　72　84
　　　　103　209　239　248　255

冰 心　19　62　99　104　109　119
　　　　141　149　179　202　203
　　　　214　259　262　270

C

蔡若虹　6

蔡文星　259

蔡　仪　212	陈凤山　82
蔡元培　54　64　141　144　176　177　199　200　212　219　235　243	陈福熙　214
	陈光尧　264
	陈衡哲　162　206　281
曹葆华　47　63　90　195　229　255　256　260　272　277	陈荒煤　178　231
	陈黄光　202　213
曹涵美　180	陈江帆　247　277
曹剑萍　5　10	陈介白　254
曹靖华　22　80　103　106　118　120　134　135　167　169　180　182　192　265	陈　涓　20　180
	陈　骏　189
	陈亢摩　217
曹聚仁　55　94　106　117　140　196　229　234　235　249　251　257　274	陈鲤庭　219
	陈栾合　276
	陈梦家　4　35　47　51　52　55　60　81　91　102　104　173　174　186　211　222　239　241　265　277
曹雪松　71　128　138	
曹　禺　213	
草　明　167　259　275	
常任侠　216	陈梦韶　111
陈白尘　63　66　183　246　261	陈穆如　50　57　73　80　84　95　231
陈北鸥　239　242	
陈彬龢　57　212　219　257	陈凝秋　204　252
陈炳堃　41	陈聘之　282
陈伯吹　36　60　157　245　260　282	陈企霞　143　200　203　217　245
	陈去病　168
陈楚淮　46	陈三立　192
陈大悲　45　76　108　131　245	陈淑君　263
陈独秀　109　185　194　206	陈　思　118
陈范予　23	陈铁耕　187
陈逢源　132	陈望道　35　47　63　102　128　136

	142　165　169　171　172
	190　229　236　246　257
陈西滢	264
陈翔鹤	218　269
陈学昭	141　225　239　252　253
陈烟桥	6
陈　衍	192
陈彦章	186
陈彝荪	113
陈永翱	229　230　252
陈友琴	277
陈　瑜	227
陈瑜清	104
陈之迈	183
陈志韦	211
陈治策	253　281
陈子英	142
陈子展	62　133　147　256
成仿吾	87　90　96　119　254
成绍宗	276
程碧冰	54　71
程步高	219
程鹤西	63　265
程　衡	168
程景颐	11
程鲁丁	143
程明祥	45
程小青	168　170　213
程一戎	184　185　186　211

程瞻庐	168
崔万秋	22　114　185　209　212
	275
崔盈科	37
崔真吾	40

D

戴平万	50　251
戴叔清	92　104　105
戴望舒	4　17　36　40　49　62　99
	106　109　128　157　179
	191　200　234　240　246
	256　257　260　263　271
谛　山	16
丁　玲	16　17　20　23　31　60
	75　76　83　89　93　98
	99　100　101　109　119
	124　125　136　137　138
	139　141　142　143　148
	156　157　164　165　166
	167　168　182　187　192
	200　203　220　233　236
	242　244　245　251　253
	254　259　260　261　265
	273　281
丁留余	227
丁文江	162
丁西林	97
董绍明	23

董　枢　227
董　瑶　173
杜　衡　26　40　156　157　164
　　　　171　172　197　199　225
　　　　236　238　256　257
杜畏之　104
杜　宣　53　208
端木蕻良　112　202
段可情　204
段梦晖　30
段雪笙　22　270

F

樊梓生　123　133
范菊高　168
范　亢　118　121　145　146　148
　　　　149　151　157　158
范　况　36
范廉卿　138
范文澜　194
范烟桥　168　178
方光焘　29　65　129　130　136
　　　　179　273
方光明　36
方含章　276
方令孺　52　83　228　248
方　萌　193
方玮德　51　52　60　91　228　255
废　名　11　156　177　198　205

丰子恺　55　56　141　147　209
　　　　211　246　264　272
烽　柱　13　39
冯厚生　61
冯蕙熹　18
冯　铿　48　50　58　62　70　228
冯乃超　15　20　21　53　93　101
　　　　148
冯三昧　8
冯雪峰　7　17　24　63　69　75　81
　　　　82　89　99　100　117　122
　　　　138　142　144　154　157
　　　　160　165　170　178　182
　　　　193　200　210　211　257
　　　　270　280
冯余声　114
冯沅君　57　173　203
冯　至　2　3　109
凤　吾　232
傅东华　26　50　71　72　124　125
　　　　209　224　229　245　246
　　　　259
傅　雷　130　217　264
傅尚果　238
傅斯年　162　163　249
傅彦长　28　38　58　106　238

G

甘　棠　281

甘永柏	116
高长虹	155
高　明	129　185　211　217　232　239　257
高沐鸿	71
高　滔	73
高云览	204
高云树	186
高云雁	273
高真常	36
高　植	81　97　184　186
戈公振	142
葛　琴	160
葛贤宁	253
耿济之	50　206
古有成	57　99
谷春帆	249
谷　非	47　138　199　221　256
谷剑尘	70　210
谷万川	258
谷　荫	12　20
顾风城	71　172
顾鸿干	6
顾颉刚	197
顾一樵	130
顾仲彝	76　273
顾醉荑	168
寡　南	93
关德懋	227
关菁英	141
关　露	245
关　萍	35
关数质	179
官亦民	6
郭德浩	173
郭季叶	84
郭沫若	24　26　36　55　57　71　75　80　82　86　96　97　104　126　129　130　141　156　173　181　184　197　231　254　263　281
郭秋生	132　270
郭绍虞	97　173
郭水岩	227
郭源新	260　277
郭湛波	168
郭箴一	71

H

含凉生	168
寒　雯	222
韩德生	36　76
韩　起	213　258
韩侍桁	43　47　59　222
郝宝璋	16
何道生	82
何德明	186　246　277
何干之	167　183

何根通 105
何谷天 252 260 266
何海鸣 168 178
何家槐 62 68 79 81 93 119
　　　 128 157 215 224 231
　　　 236 249 252 254 266
何家骏 106
何家渊 271
何　明 122
何鸣心 26
何其芳 4 157 208 209 216
　　　 222 228 233 241 247
　　　 272
何思敬 279
何一峰 263
贺昌群 227
贺　非 21 113
贺　宜 200
贺永年 70
贺玉波 41 54 90 109 221
洪灵菲 5 40 47 120 227 250
　　　 251
洪　樵 132
洪　深 4 24 56 73 108 131
　　　 167 188 192 215 219
　　　 229 236 246 257 261
　　　 278 281
洪为法 90
洪　叶 6

侯宝章 182
侯　枫 197
侯佩尹 40 73 234 248
侯　朴 94
侯汝华 242 277
侯　曜 231
胡春冰 108 167
胡　风 47 64 129 138 157
　　　 198 200 250 252 258
胡根天 202
胡怀琛 104 231
胡稷咸 65
胡默林 3
胡朴安 104 168
胡秋原 2 71 123 124 130 135
　　　 136 145 151 152 162
　　　 163 165 169 178 185
　　　 189 193 197 198 210
　　　 211
胡仁源 196 276 282
胡山源 96
胡　绳 64
胡　适 8 .35 47 54 64 78
　　　 86 123 133 135 140
　　　 162 163 165 173 206
　　　 212 224 236 249 264
　　　 279
胡絜青 60 89 173 179
胡行之 92 168 227

胡　雪	221					
胡也频	30	31	50	54	58	60
	62	70	109	164		
胡一川	5	6	187			
胡愈之	24	54	96	102	124	142
	200	212	219	229	231	
	246	257				
胡云翼	46	156	245			
胡中持	264					
黄忏华	189					
黄　达	116					
黄岛晴	201					
黄炎培	141					
黄药眠	2					
黄　源	229	235	245	248	261	
	271					
黄震遐	5	28	58	66	95	110
	138	187				
黄仲苏	7					

J

嵇文甫	168					
吉卜林	42	221				
季春丹	37					
贾祖璋	71					
蹇先艾	30	58	228	233	260	
江　丰	5	6				
江　翰	182					
姜亮夫	62					

蒋光慈	17	54	81	95	96	130
	153	208	251	254		
蒋怀青	215					
蒋鉴璋	279					
蒋梦麟	212					
蒋牧良	173	272				
蒋瑞青	227					
蒋山青	262					
蒋翼振	259					
焦菊隐	130					
金季鹤	168					
金克木	234	265	272			
金　焰	146					
靳　以	4	20	21	42	81	128
	157	209	233	242	254	
敬隐渔	42					

K

康白情	201		
康嗣群	223	255	274
柯　林	196		
柯　灵	75	204	219
柯蓬洲	104		
柯仲平	42	50	
孔另境	244	250	
孔鲁芹	11		
孔罗荪	180		
孔若君	176		

L

蓝以琼	261
郎啸苍	186
老 舍	2　4　15　29　35　38　49
	58　59　60　62　63　66
	71　89　107　114　121
	135　140　145　148　150
	156　159　163　167　168
	169　173　174　175　178
	179　181　182　187　189
	191　195　196　199　200
	203　207　212　219　228
	235　247　259　261　262
	274　279
乐倾卿	181
雷仲鸣	176
黎锦晖	46
黎锦明	233　238　247　248　254
	262　275
黎君亮	274　276
黎烈文	20　83　157　196　197
	200　223　230　236　268
	276　282
黎照寰	199
李白英	24
李宝泉	176
李冰人	178
李秉中	19　147　158
李伯钊	119

李长夏	199
李长之	4　157　255　256
李 达	54　165
李大钊	205　230　231　279
李广田	209　210　222
李涵秋	45
李何林	164
李鹤群	75
李辉英	186　211　225
李季和	276
李济之	212
李霁野	44　165　175　176
李健生	186
李健吾	26　34　49　157　215　234
	272　275
李劼人	130
李金发	4　49　120　157　209　255
李锦轩	13　36
李镜池	173
李菊休	57
李垦夫	221
李 兰	113　187
李浪墨	186
李梦琴	227
李鹏年	186
李朴园	207
李青崖	2　4　23　43　53　64　84
	91　103　104　114　115
	142　221

李　晴	186				
李　琼	42				
李润湖	178				
李石岭	257				
李守章	265				
李树芬	141				
李素伯	141				
李素刺	76				
李　儵	107				
李同愈	58				
李唯建	61	71	245		
李伟森	50	58	62	66	
李星华	231				
李耀平	192				
李易水	101				
李赞华	38	65	73		
李则纲	80				
李肇龄	201				
李芝清	204				
李卓吾	26				
李宗法	271				
力　扬	6				
厉广樵	62				
郦崇业	96				
涟　清	269				
梁白波	6				
梁　冰	22				
梁朝令	255				
梁实秋	4	8	24	54	84	125
	142	280			
梁漱溟	130				
梁新桥	251				
梁遇春	13	91	167		
梁竹三	120				
梁宗岱	49				
廖毓文	270				
林伯修	251	271			
林伯愚	186				
林　辰	60				
林呈禄	150				
林淡秋	215				
林　兑	64				
林　庚	184	185	186	211	242
	245				
林寒流	202	213			
林焕平	63				
林辉焜	231				
林徽因	4	52	113	119	157	173
	222	240	263	272	
林健鑫	178				
林　珏	180				
林　瓴	250				
林　莽	228				
林　苹	186				
林　琪	275				
林如稷	266				
林新丰	64				
林雪清	232	264			

林宜生	196					
林疑今	35	66	169	261		
林悠如	202	213				
林语堂	180	199	200	206	212	
	219	268	275			
林育南	50					
凌 鹤	5					
凌 坚	93					
凌其翰	173	183				
凌叔华	4	63				
刘白羽	246					
刘半农	60	120	182	205	213	
	230	262	279			
刘保罗	14	48	53	155	164	
刘大白	3	49	63	142	176	201
	212					
刘孤鸿	186					
刘麟生	259					
刘梦莹	148					
刘呐鸥	175					
刘盼遂	173					
刘 思	178	204				
刘廷蔚	7	84				
刘微尘	190					
刘延芳	265					
刘毅慈	143					
刘宇光	245					
刘毓盘	61					
刘志清	20	21				

刘祖澄	11					
刘尊祺	22	44	65			
柳村任	165					
柳木森	8					
柳 倩	218	258				
柳无非	76					
柳无垢	76					
柳无忌	70	76				
柳亚子	70	168	176	184	185	
	198	247				
娄子匡	5	11	188			
楼建南	219					
楼适夷	15	53	62	63	95	111
	114	125	136	138	139	
	141	143	157	168	178	
	187	196	199	200	235	
	236	239	254	262	264	
	282					
露 珠	252					
卢葆华	179					
卢炳炎	6					
卢冀野	279					
卢嘉文	95	99				
卢剑波	120					
卢 农	129					
庐 隐	54	61	71	72	77	109
	184	203	225	245		
芦 焚	119	139	166	248	262	
	277	279				

本卷主要作家人名索引

鲁　迅　2　9　10　15　17　18　19
　　　　20　21　22　23　24　27
　　　　29　30　40　43　44　51
　　　　57　58　59　60　61　62
　　　　63　65　67　68　69　72
　　　　74　75　79　80　82　85
　　　　86　87　88　89　90　91
　　　　92　95　98　99　101　102
　　　　103　106　108　109　110
　　　　111　113　114　117　118
　　　　120　121　122　123　124
　　　　125　126　127　128　129
　　　　131　132　133　134　135
　　　　136　137　138　139　140
　　　　141　142　144　147　148
　　　　149　150　151　152　154
　　　　155　156　158　159　160
　　　　161　163　165　166　167
　　　　169　170　171　172　173
　　　　175　176　177　179　180
　　　　181　182　185　187　188
　　　　189　190　191　192　193
　　　　194　195　197　198　199
　　　　206　209　211　212　213
　　　　215　216　217　218　219
　　　　222　223　224　225　228
　　　　229　230　235　236　238
　　　　242　243　244　246　247
　　　　249　250　252　255　256
　　　　257　258　260　261　263
　　　　265　266　267　268　269
　　　　271　274　275　279　280
鲁　叶　157
陆侃如　57　242　282
陆　蠡　103
陆立之　174
陆小曼　171
陆振声　270
吕　骥　231
吕叔湘　13
吕天石　71
吕一驰　180
罗皑岚　70　90
罗大刚　223
罗根泽　57
罗黑芷　41　70
罗家伦　176
罗　牧　174　221
罗念生　57　70　73　79　147
罗叔子　114
罗　西　41　90
罗玉军　42
落华生　41　141

M

马国亮　61　128　129　184　253
　　　　258　260　262
马　宁　60　71

马彦祥　4　73　77　81　108　112
　　　　131　276
马幼渔　150　195　212
马仲殊　41　265　276
毛秋白　81
毛如升　245
毛　腾　197
毛一波　65　68　91
茅　盾　1　8　11　15　17　24　25
　　　　26　28　32　33　35　36
　　　　62　68　72　75　76　77
　　　　88　92　94　98　102　107
　　　　110　116　126　133　136
　　　　137　142　153　156　157
　　　　158　161　164　165　166
　　　　167　169　170　171　172
　　　　174　178　180　182　186
　　　　187　191　192　195　197
　　　　198　211　213　214　217
　　　　218　222　229　231　232
　　　　235　236　238　240　243
　　　　246　247　250　253　254
　　　　256　257　259　261　263
　　　　266　273　278
孟　素　225
孟英华　204
苗秀夫　178
缪崇群　2　3　13　21　22　38　42
　　　　81　130　141　221　229

　　　　276
牟宗三　168
穆木天　82　109　125　139　142
　　　　143　149　157　181　218
　　　　242　257　258
穆时英　49　62　73　105　141　149
　　　　157　195　201　216　228

N

倪大从　186
倪贻德　62
聂绀弩　30　130　186　258

O

欧阳溥存　17
欧阳山　167　178　183　252　259
欧阳予倩　2　15　53　61　66　108
　　　　131　202　281

P

潘光旦　54
潘家洵　72　98
潘子农　5　10　11　39　89　113
　　　　152　271
潘漠华　22　44　269　270
潘皮凡　202　213
潘梓年　172　236　242
裴馨园　180
彭道真　30

彭 慧	172	238	269	
彭家煌	43	50	70	157	212	228
	254	261	270	271	274
	281
彭砚耕	50
彭子冈	64
彭子蕴	248	255
蒲 风	181	204	218	220	258

Q

齐如山 129

钱歌川　2　14　46　62　64　211
　　　　235　255　264

钱畊莘　104

钱君匋　113

钱 穆　173

钱谦吾　14　16　65

钱杏邨　34　36　50　61　124　136
　　　　138　145　155　157　164
　　　　165　171　232　242　245
　　　　254　257　273

钱玄同　230

樵 朋　13

秦更年　192

秦 牧　204

丘东平　193　252　275

瞿秋白　15　32　49　58　63　75
　　　　79　81　82　92　94　95
　　　　98　102　103　107　108
　　　　109　110　112　115　117
　　　　118　120　121　122　123
　　　　124　126　127　128　133
　　　　135　136　138　139　140
　　　　141　143　145　146　148
　　　　149　151　152　153　157
　　　　158　161　162　163　166
　　　　169　171　179　185　186
　　　　191　198　207　211　214
　　　　219　223　224　225　229
　　　　230　243　250

R

饶孟侃　51　52　102

壬秋白　227

任白戈　223　258　266

任白涛　257

任敬和　106

任 钧　59　181　204　218　220

任叔永　212

任中敏　61

柔 石　17　20　21　26　50　58
　　　　62　64　69　70　101　155
　　　　180　218　228　270

阮无名　245

S

沙 汀　133　157　179　223　228
　　　　238　240　254　265

商章孙 4
邵冠华 22 73 92 93 94 109
　　　 110 186 209 242 260
邵明之 2
邵洵美 51 52 54 106 136 180
　　　 275
沈从文 3 4 24 30 35 39 41
　　　 42 43 45 52 53 54
　　　 60 70 76 83 84 92
　　　 94 96 103 106 141
　　　 147 157 164 167 168
　　　 173 184 185 186 216
　　　 224 225 236 242 253
　　　 254 259 261 262 263
　　　 266 267 270 277 278
沈德鸿 281
沈端先 38 139 142 199 236
　　　 257 258
沈兼士 143 195
沈启无 21 38
沈起予 36 71 99 156 172 231
沈善坚 10 73
沈圣时 276
沈松泉 148
沈心芜 173
沈叶沉 5 6
沈尹默 201 205 279
沈　樱 83 121
沈仲文 201

沈紫曼 186
沈祖牟 52
师　陀 119 139
施冰厚 168
施春瘦 6 129
施蒂而 256
施　畸 250
施学习 172
施蛰存 4 28 41 54 73 79 82
　　　 83 92 98 111 112 119
　　　 138 156 157 164 165
　　　 179 223 224 226 234
　　　 242 254 261 262 265
　　　 266 267 268 274 276
石　萌 98 110
石　民 23 30 62 103 128 271
石评梅 129
石　苇 239
史爱趣 181
史秉慧 41
史东山 219
史量才 196 197
史田良 173
舒　群 204
舒绣文 164
霜　华 259
宋春舫 202 223
宋桂煌 36 76
宋佩韦 252

宋琴心	242	
宋　阳	135　166　186	
宋亦非	129	
宋之的	141　163　178　229　258	
苏读余	2	
苏　虹	6	
苏　华	53	
苏芹荪	211	
苏寿鹏	186	
苏维熊	172	
苏　汶	124　169　185　189　190　191　192　199　210　211　224　267　277	
苏雪林	281	
隋洛文	22　75　101　103　109　117	
隋树森	61	
孙春荐	176	
孙大雨	52　68　105	
孙伏园	130	
孙福熙	8　71　130　141　176　234　248　259	
孙楷第	199	
孙立源	113　179	
孙俍工	30　64　66　67　80　147　204　221　227	
孙孟涛	60　112	
孙任生	231	
孙席珍	43　44　196　230	
孙　用	61　65　98　107　113
孙毓棠	222　260　277
孙　周	217

T

谭正璧	40
汤斐予	192
汤华民	186
汤匡瀛	114
汤增扬	259
唐澄波	215
唐辞颜	221
唐鸣时	239
唐　弢	196　280
唐小圃	271
陶晶孙	36　172
陶亢德	180　231
陶茂康	188
陶秋英	232
陶行知	78　204　226　253
陶也先	141
田　村	242
田　汉	15　24　53　71　108　130　131　138　141　142　147　148　158　161　166　171　236　244　257
田　洪	164
田　沅	24
田仲济	203

佟子松　225

W

万邦怀　281

万迪鹤　272

万国安　6　28　95　138

万　景　38

万　荣　196

汪辟疆　4

汪馥泉　2　157

汪　济　8

汪金丁　139

汪静之　39　62　109　194　270

汪漫铎　72

汪孟邹　81　95

汪倜然　59　109　169

汪　伟　185

汪锡鹏　4　71　152　216

汪雪湄　271

汪亚尘　176

汪仲贤　168　178

王白渊　64　172

王　彬　192

王伯祥　3

王尘无　53　219

王尘影　96

王沉予　11

王达夫　129

王道平　105

王　迪　252

王独清　2　17　27　44　55　102
　　　　168　254　259　264

王　坟　39　63　67　75　94　104
　　　　107　114

王焕章　281

王家棫　40　78　143

王金绂　168

王　力　173　281

王鲁彦　23　65　202　213　247

王茗青　239

王　澎　26

王平陵　3　4　13　28　58　188
　　　　241

王启怀　61

王乔南　29

王清溪　97

王秋莹　225

王任叔　27　224　233　244　271

王汝良　181

王汝龙　238

王绍清　210

王实味　2　264

王世颖　141

王淑明　261

王统照　43　64　96　104　157　226
　　　　245　246　263　265　277
　　　　278

王维克　232

王西彦	112 201	吴　强	143 231
王先献	61	吴青迟	278
王宣化	189	吴曙天	8 82
王逸岑	259	吴　恕	192
王　莹	234 250 255	吴漱予	204
王余祀	225	吴似鸿	6 95
王　羽	46	吴瘫安	168
王元美	173	吴天赏	172
王云五	53	吴希圣	172
王蕴如	95	吴　宪	162
韦丛芜	72 175	吴稚晖	134
韦素园	72 174 175	吴稚声	231
卫惠林	24	吴组缃	211 240 272
魏金枝	96 139 157 171 172 203 270 277	伍光建	113
		伍　实	256
魏希文	201	伍修权	119
温梓川	178 209 245		
闻一多	24 47 52 63 73 102 173 183 253	**X**	
		夏丏尊	24 50 124 246
翁达藻	265	夏　朋	5
翁照垣	215	夏炎德	231
吴伯箫	130	夏　衍	5 6 17 50 68 110 145 182 218 219 223 229 231 250 257
吴承均	264		
吴春霖	132		
吴　晗	183	夏英喆	112 201
吴焕章	186	夏映庵	192
吴金衡	64	夏征农	45 254
吴克刚	23	夏忠道	276
吴　宓	86 214	向培良	87 152

项德言	204					
萧公权	183					
萧　红	178	203	238	239	263	
	270	279				
萧建初	6					
萧　军	203	238	263	270		
萧丽卿	277					
萧　乾	24	76	178	252	262	
	272					
萧晴之	56					
萧　三	37	49	238	279		
萧　石	16					
萧　燕	85					
萧宗让	120					
谢冰季	35	94				
谢冰莹	22	35	61	141	156	166
	221					
谢达明	197					
谢六逸	14	106	113	229		
谢贻珍	259					
刑桐华	130					
熊佛西	38	108	131	202	226	
	276					
熊绍钧	281					
熊式式	29	121				
徐碧波	168					
徐秉鲁	271					
徐炳昶	182					
徐　迟	157	188	202	278		

徐茂本	221					
徐懋庸	231	244	245	249	250	
	252	261	265	266	272	
	275	278	279			
徐名骥	281					
徐名正	143					
徐钦文	157					
徐庆誉	13	281				
徐泉影	254					
徐绍昌	270					
徐诗荃	177					
徐苏灵	49	152				
徐天白	186	209	247			
徐　位	93					
徐蔚南	106	141	174	238		
徐文明	208					
徐霞村	8	42	43	113	189	234
徐　訏	64	130	216	217	222	
	229	277				
徐旭生	212					
徐学文	16	213	276			
徐衍英	215					
徐应昶	271					
徐则骧	247					
徐枕亚	45	263				
徐志摩	35	45	47	51	52	54
	60	64	68	96	99	102
	107	116	118	119	120	
	141	170	215	217		

徐仲年	4　176　225　227　248
徐转蓬	229　265
徐卓呆	178
许宝驹	270
许宝骙	49
许达年	232　245
许地山	41　49　113　230
许广平	18　23　95　140　167　170　177　179　187　230　235
许　杰	35　254
许廑父	168
许　可	208
许念曾	93
许钦文	63　78　92　148　239　265
许世瑛	2
许寿裳	2　142　144　147　160　176　190　244
许逊甫	192
许文遒	132
许啸天	259
许兴凯	264　276
许幸之	5　6
许　虚	216
许亦非	245　276
薛　冰	8
薛诚之	173
薛凤昌	71
薛何为	96

Y

严独鹤	7　45
严　僧	114
阳翰笙	22　31　50　68　171
杨伯峻	203
杨昌溪	4　35　41　48　93　138　184
杨邨人	8　14　95　208　215　251　275　279
杨　刚	277
杨焕章	186
杨霁云	172　236　251
杨　绛	203
杨晋豪	62　104
杨　靖	21
杨镜秋	149
杨开渠	42　236
杨孟雄	180
杨娜人	251
杨　铨	199　200　212　219　243
杨人楩	52
杨润年	113
杨　骚	40　141　181　218　220　259　263
杨天南	258
杨贤江	136
杨幸之	211　224
杨荫深	35　213　259
杨莹权	180

杨藻章 248 255	141 142 236 246
杨 喆 184	叶 沈 126
杨振声 162 173 203 262	叶慎之 168
杨之华 81 160	叶圣陶 1 3 78 21 24 25 31
杨子惠 52	34 44 50 64 96 99
姚 馥 5 6	101 105 136 142 210
姚寄鸣 178	229 236 246 261
姚 金 192	叶以群 139 148 204 254
姚枚紫 143	叶影芦 47
姚蓬子 36 61 99 147 149 166	叶永蓁 272
姚 森 162	叶作舟 57
姚苏凤 168 219 270	殷 夫 50 58 70 218
姚志伊 196	殷 干 16 17
也 夫 206	殷佩斯 271
叶楚伧 3	殷士松 143
叶得贞 75	尹 庚 43
叶鼎洛 72 147 216 240	应修人（丁休人） 192 236 270
叶公超 167	游国恩 36 281
叶灵凤 65 70 75 87 90 197	于赓虞 8 209 242
209 231 252 260	于 伶 141 163 164
叶 淇 155	予 且 130 239
叶启芳 83	余 菲 192
叶 青 208	余冠英 77
叶秋木 64	余摹膏 176
叶秋原 .36	余慕陶 2 91 196 209
叶渠均 255	余上沅 19
叶荣钟 132	余世鹏 186
叶赛宁 99 187 238	余叔岩 129
叶绍钧 93 97 102 104 125	余文炳 180

余心清	203	
余　修	112　201	
俞大纲	52	
俞嘉善	281	
俞平伯	3　21　38　49　141　202　220	
俞颂华	173　183	
郁达夫	1　10　35　36　47　62　63　64　80　93　102　109　124　125　134　136　142　156　169　178　180　184　185　197　201　202　211　218　221　222　225　226　229　230　231　234　235　236　238　242　244　245　246　248　249　254　259　260　261　274　281	
袁昌英	4　35　36	
袁持中	202	
袁嘉华	9　62	
袁伦仁	212	
袁牧之	4　56　84　91　108　131　210　261	
袁　殊	4　5　15　53　63　84　120　139	

Z

臧克家	4　141　148　157　167　186　222　233　240　241　246　253　255　260　272　273　274
臧亦蘧	201
臧云远	258
曾宝荪	214
曾　粲	129
曾广渊	65
曾今可	71　91　104　112　132　138　167　186　215　231　238
曾　朴	82
曾虚白	221
曾兆泰	186
张碧华	172
张伯驹	129
张常人	219
张传普	275
张春帆	178
张东荪	99
张　谔	5　6
张光年	202
张　鹤	266
张恨水	45　46　52　58　96　97　104　130　141　148　149　173　178　213　220　221　225
张焕珪	132
张焕之	173
张慧剑	168　178

张季纯	236						
张家耀	190						
张竞生	47						
张镜寰	90						
张立英	263 271 281						
张瓴	240						
张鸣春	186						
张盘石	239						
张聘三	132						
张平	79						
张秋虫	178						
张若谷	116 131 209 226 245						
张少峰	60						
张申府	91						
张石川	219						
张士曼	53						
张叔愚	271						
张曙	24						
张天白	178						
张天翼	35 54 61 83 90 92 99 101 106 113 116 125 136 137 138 139 141 155 157 170 172 173 209 212 213 221 222 224 225 228 233 236 238 248 263 272						
张万里	245						
张惟夫	17						
张希之	213						

张向子	178						
张秀中	31						
张延铮	259						
张彝	73						
张逸菲	19						
张英白	242 250						
张永年	252						
张友鸾	120						
张友松	9 42 61 265						
张又君	200 222 240						
张郁堂	22						
张月超	213						
张兆和	173 261						
张正宇	180						
张稚庐	73						
张资平	41 50 54 60 66 71 74 86 90 128 138 141 143 221 230 238 259 275						
张佐夫	30						
章克标	2 9 59 92 174 236 238 258						
章乃器	257						
章铁民	194						
章铁昭	221						
章锡琛	44 177						
章衣萍	35 61 82 91 143 176 190 226 232 239 247 271 276						

章仲梅	180
赵孤怀	211
赵光涛	5
赵家璧	49 105 119 157 212 213 265 278
赵景深	17 31 35 62 73 80 82 93 109 125 127 143 157 215 223 226 227 231 242 271 276
赵铭彝	14 16 48
赵品山	119
赵清阁	184
赵珊菲	38
赵欲仁	281
郑宝益	6
郑伯奇	33 102 136 142 143 157 158 171 202 216 219 248 254
郑次川	71
郑宏述	259
郑晓沧	276
郑　雄	53
郑野夫	187
郑逸梅	168
郑吟涛	22
郑　镛	94
郑振铎	21 51 53 71 75 97 124 132 133 136 141 142 145 146 147 148
	149 159 160 161 162 165 167 168 172 173 174 176 184 185 187 193 197 199 202 203 212 213 227 229 231 245 279 280
钟国仁	36
钟敬文	5 11 141 157 188 228
钟天心	3 4 43 53
钟望阳	204 213
钟耀群	112
周定三	132
周建人	95 124 144 147 176 211 229
周久荣	11
周乐山	90 92 108 259 260
周立波	16 135 143
周木斋	117 130 235 256
周　启	129
周起应	9 83 93 135 157 172 185 187 193 197 243 267
周若冰	211
周瘦鹃	7 168 178 196 203 206 259
周颂棣	184
周文夫	5
周学普	227
周　彦	175

周 扬	16	63	124	135	142		173	183	191	206	209
	143	166	171	182	193		229	234	241	246	253
	198	200	232	236	238		262	270			
	252	257	258	261	272	祝秀侠	74	193	212		
周 颖	130					庄垂胜	132				
周毓英	70	113				庄 心	266				
周作人	2	3	8	60	62	71	96	宗白华	4	211	231	247
	113	141	143	150	156	邹 枋	67	71	74	81	84
	177	201	206	221	225	邹韬奋	113	168	212	219	224
	226	231	253	254	270		229	245	252	269	276
	274	282					280	281			
周祚生	271					邹 箫	223				
朱宾文	196					邹 啸	254				
朱炳旭	213					祖 芸	114	119			
朱大心	36										
朱 复	47										
朱公吕	219										
朱济忍	208										
朱经农	162										
朱镜我	12	15	170								
朱启英	201										
朱谦之	54										
朱维基	17										
朱文辉	275										
朱 雯	39	238									
朱 湘	53	62	90	93	103	229					
	246	255	278								
朱应鹏	4	28	58	106							
朱自清	3	8	55	77	130	141					

本卷后记

本卷是北京师范大学文学院中国现当代文学研究所部分教师和研究生通力合作的结果。具体分工如下：

钱振纲：全卷统稿。

朱永富、李刚、周洁、乌兰、肖汉、郝思聪：修改，协助统稿。

张贝贝：1930年7月至1931年3月。

石志浩：1931年4月至12月。

王芳玲：1932年1月至6月。

伏　煦：1932年7月至12月。

周智源：1933年1月至6月。

王文文：1933年7月至12月。

在此我对他们所做的工作深表谢意。对编写过程中可能存在的疏漏和错误，我们真诚地希望得到专家和广大读者的批评指正。

钱振纲